C. M. EWAN

Etage 13

Es gibt kein Entkommen, und deine Zeit läuft ab

Autor

C. M. Ewan wurde 1976 in Taunton geboren und hat an der Universität von Nottingham Amerikanische und Kanadische Literatur und später Jura studiert. Nach elf Jahren auf der Isle of Man ist er mit seiner Frau, seiner Tochter und seinem Hund nach Somerset zurückgekehrt, wo er sich ganz dem Schreiben widmet. Mit »Das Ferienhaus«, seinem ersten Roman bei Blanvalet, hat er gleich die SPIEGEL-Bestsellerliste erklommen und zahlreiche Fans gewonnen.

Von C. M. Ewan bereits erschienen
Das Ferienhaus · Etage 13 · Er will nicht gehen

C. M. EWAN

ETAGE 13

Es gibt kein Entkommen,
und deine Zeit läuft ab

Thriller

Deutsch von Bernd Stratthaus

blanvalet

Die Originalausgabe erschien 2022 unter dem Titel »The Interview«
bei Macmillan, ein Imprint von Pan Macmillan, London.

Penguin Random House Verlagsgruppe FSC® N001967

1. Auflage
Copyright der Originalausgabe © 2022 by C. M. Ewan
Published by Arrangement with Christopher Ian Ewan
Dieses Werk wurde vermittelt durch die Literarische Agentur
Thomas Schlück GmbH, 30161 Hannover
Copyright der deutschsprachigen Ausgabe © 2023 by Blanvalet
in der Penguin Random House Verlagsgruppe GmbH,
Neumarkter Str. 28, 81673 München
Redaktion: Susann Rehlein
Umschlaggestaltung und -motiv: © Johannes Wiebel | punchdesign;
unter Verwendung von Motiven von stock.adobe.com (alice_photo;
Claudia Hi; binik)
JaB · Herstellung: DiMo
Satz, Druck und Bindung: GGP Media GmbH, Pößneck
Printed in Germany
ISBN 978-3-7341-1284-3

www.blanvalet-verlag.de

Für Jack

Eine Faust schlägt gegen eine Glasscheibe.

Schlägt erneut.

Auf einer Seite der Scheibe ist alles mucksmäuschenstill.

Auf der anderen Seite hallen Rufen und Lärm durch die Luft.

Vierzig Meter weit oben, mitten in einer Neunmillionenstadt – und niemand hört oder sieht etwas.

LEBENSLAUF
Kate Harding
17b Beaumont Street, Balham, London
kharding@mycontact.com

Ich bin eine erfahrene PR-Managerin, habe an der University of London studiert und mit 2,0 in Kommunikations- und Medienwissenschaft sowie in Soziologie abgeschlossen. Früher habe ich als Flugbegleiterin gearbeitet, bin begabt in Kundenbetreuung und Problemlösung. Ich möchte gern zur Senior-PR-Managerin aufsteigen, sodass ich meine kreativen und kaufmännischen Kenntnisse verfeinere und mehr Verantwortung in einer dynamischen, marktführenden PR-Agentur übernehmen kann, die sich auf den Reisesektor spezialisiert.

BERUFLICHER WERDEGANG
- Account Managerin bei Simple PR & Communications (September 2021 bis heute)
Bei Simple habe ich ein Kundenportfolio betreut, das Coachman European Travel, HomeSense Holidays und Scandinavian Getaways umfasste.
- PR-Executive, später PR-Managerin bei MarshJet Aerospace Engineering (September 2014 bis März 2021) PR-Assistentin bei MarshJet (September 2013 bis September 2014)
- Flugbegleiterin bei Global Air (September 2009 bis September 2013)

AUSBILDUNG

- Abschluss in Kommunikations- und Medienwissenschaft sowie in Soziologie an der City University of London (2,0)
- Ausbildung zur Flugbegleiterin, Stufe 2
- Mittlere Reife, Schnitt 2,1

HOBBYS UND SONSTIGE FÄHIGKEITEN

- Ich spreche fließend Französisch und Spanisch und habe ein gutes Niveau in Deutsch.
- Ich habe einen Fortgeschrittenenkurs für Erste Hilfe am Arbeitsplatz absolviert.
- Ich jogge regelmäßig und schwimme gern.

1

Freitag, 17:03 Uhr

Das Schlimmste, was einem beim Vorstellungsgespräch passieren kann, ist, bei einer Lüge ertappt zu werden. Die kleine Lüge in meinem Lebenslauf war ein weiterer Stressfaktor für mich, als ich versuchte, das imposante Gebäude 55 Ludgate Hill zu betreten.

»Komm schon, komm schon.«

Die gläserne Drehtür bewegte sich viel zu langsam. Angst machte sich in mir breit. Stockend ging es vorwärts, dann war ich endlich frei und eilte zum Empfang. Drei Sicherheitsleute hatten Dienst, eine Frau und zwei Männer. Hinter ihnen befand sich ein Raum, in dem ich eine Wand aus Überwachungsmonitoren flimmern sah.

»Ich bin Kate Harding«, keuchte ich völlig außer Atem. »Ich bin zu spät, ich hatte um fünf einen Termin bei Edge Communications.«

»Aha.« Der Wachmann, der mir am nächsten saß, nahm das Telefon ab. Er wirkte steif und geschäftsmäßig, war Anfang sechzig, hatte schütteres Haar und einen Schnurrbart und trug einen marineblauen Blazer mit glänzenden Messingknöpfen. »Ich sage Bescheid. Sie können sich solange ins Gästebuch eintragen, bitte.«

Ich schnappte mir einen Stift und schrieb meine Daten auf. Mir zitterte die Hand. Trotz der kalten Luft im Empfangsbereich konnte ich fühlen, wie mir Schweiß in den Nacken trat.

Hatte ich es schon vermasselt? Nachdem ich buchstäblich den ganzen Tag gewartet hatte, hatte mich eine verspätete U-Bahn gezwungen, von der Haltestelle Blackfriars hierher zu rennen. Ich hatte vorher schon Angstträume darüber gehabt, zu spät zu meinem Vorstellungsgespräch zu erscheinen, und jetzt passierte es wirklich.

Außerdem war da noch mein Lebenslauf. Warum hatte ich das mit dem Schwimmen hinzugefügt? Es war zwar keine totale Lüge, früher bin ich sehr gern geschwommen. Vor langer Zeit war ich sogar mal in einem Verein. Es war eine sehr viel geselligere Art gewesen, mich fit zu halten, verglichen mit dem strapaziösen Joggen im Morgengrauen, das ich mir im Park von Tooting über die letzten neun Monate zur Gewohnheit gemacht hatte. Aber wenn die mich fragen würden, wann ich zum letzten Mal schwimmen gewesen bin, hätte ich keine Antwort darauf. Es war, bevor mein Leben auf den Kopf gestellt worden war. Wie für alles andere auch, gab es fürs Schwimmen ein Davor und ein Danach.

Der Wachmann legte den Hörer auf. »Sie schicken jemanden runter, aber sie sind selbst ein bisschen in Verzug und bitten Sie, zu warten.«

Er zeigte hinter mich, und ich drehte mich um und betrachtete zum ersten Mal das großzügige Atrium. Es war riesig. Überall Glas und Stahl. Mehrere Hektar Kalksteinfußboden. In der Ferne stand neben drei glänzenden Aufzugtüren eine Sitzgruppe aus schwarzem Leder.

»Gehen Sie einfach da rüber. Sie werden dann abgeholt.«

Neben den Aufzügen plätscherte Wasser eine unebene Schieferwand hinab in einen Infinity-Pool. Die andere Seite war bepflanzt. Davor liefen Angestellte in Businessanzügen hin und her. Manche hielten sich ein Handy ans Ohr, andere hatten Aktentaschen oder Dokumentenmappen dabei. Die meisten schienen zum Ausgang zu eilen, vermutlich ins Wochenende.

Du warst mal genau wie sie, dachte ich. Aber irgendwie gab mir das nur noch mehr das Gefühl, eine Hochstaplerin zu sein.

»Und, Miss, wenn Sie gestatten: *Toi, toi, toi*.«

Ich zuckte zusammen. »Sieht man es mir an? Wie nervös wirke ich denn?«

Die beiden Kollegen des Wachmanns blickten von ihrer Arbeit auf, und alle drei schenkten mir ein nachsichtiges Lächeln.

»Weniger als viele andere«, antwortete er. »Vielleicht wollen Sie das lieber nicht hören, aber die Vorstellungsgespräche laufen schon den ganzen Tag. Allerdings, Edge Communications? Ich würde sagen, da passen Sie sehr gut rein.«

Schön wär's. Früher vielleicht mal, aber im Moment fühlte ich mich eingeschüchtert. Das glamouröse Atrium war nicht einfach nur beeindruckend, sondern imposant. Und allein von den anderen Bewerbern zu hören reichte, um meine Zweifel schlagartig wieder zutage zu fördern.

Nicht zum ersten Mal dachte ich, ich hätte Nein sagen sollen, als Maggie, meine Personalberaterin, dieses Vorstellungsgespräch anberaumt hatte. Ich musste zugeben, sie hatte mir mit der Behauptung geschmeichelt, dass meine letzten Kampagnen das Team bei Edge beeindruckt hätten. Inzwischen fragte ich mich, ob Maggie diesbezüglich gelogen hatte. Und … *Oh Gott*. Was, wenn das Team tatsächlich noch nie etwas von mir gehört hatte und das alles hier nur eine riesige Zeitverschwendung war?

Nein, rief ich mich zur Ordnung. *Konzentrier dich*.

Ich wusste, dass ich dazu neigte, mich verrückt zu machen, dass der Strudel aus negativen Gedanken mich erfassen und mitreißen würde, wenn ich nicht aufpasste. Im stillen Zentrum

meines Verstandes versuchte ich, Gelassenheit heraufzube-
schwören, das beruhigende Mantra meiner Psychotherapeutin, einer weisen und lebenserfahrenen Mutter von zwei Kin-
dern, zu der ich alle zwei Wochen fuhr: *Das ist jetzt nicht der
richtige Moment für Hysterie.*

Und das stimmte ja wirklich. Ich bewegte mich hier zwar
aus meiner Komfortzone heraus – es hatte ja keinen Sinn, so
zu tun, als wäre das anders –, allerdings hatte ich mich früher
in dieser Welt ganz selbstverständlich bewegt. Das konnte ich
wieder. Musste es einfach können.

»Miss? Darf ich sonst noch etwas für Sie tun?«

»Nein, alles gut. Aber danke für Ihre Hilfe.«

Langsam entfernte ich mich vom Empfangstresen, das Klappern meiner Absätze hallte durch die Leere. Juni in London. So
viel Sonnenlicht strömte ins Atrium, dass ich die Hand heben
musste, um nicht geblendet zu werden.

Ein Putzmann in einem grauen Overall polierte mit einer
lauten Maschine den Boden. Ich konnte das Putzmittel riechen,
das er versprühte – ein süßlicher Duft, der eine Erinnerung in
mir weckte, die ich gerade überhaupt nicht gebrauchen konnte. Für einen schwindelerregenden Augenblick hatte ich das
Gefühl, wieder durch eine Flughafenhalle zu einer Pressekonferenz zu eilen. Das Blitzlichtgewitter. Die durcheinander-
geschrienen Fragen. Die aufwallenden Gefühle, die mir die
Kehle zuschnürten.

Ein Vorstellungsgespräch.

Warum tat ich mir das an?

Mein Bauch sagte mir, dass ich die Antwort auf diese Frage
kannte. Ich tat es, weil dieses Vorstellungsgespräch vielleicht
alles ändern würde – vielleicht aber auch nicht.

2

Joel Whites Puls beschleunigte sich, als er Kate das lichtdurchflutete Atrium durchqueren sah. Er hatte sie bereits beobachtet, als sie das Gebäude betreten hatte, und sie seither keine Sekunde aus den Augen gelassen.

Sie konnte ihn nicht sehen, denn er stand weit oben auf einem der gläsernen Stege, die kreuz und quer über der Halle verliefen, nur ein anonymer Angestellter in Hemd und Krawatte neben einem zweiten Mann in einem teuren Anzug, der ein Kollege hätte sein können, aber keiner war.

Der Mann neben ihm war dünn, grauhaarig und hatte einen wütenden Gesichtsausdruck. Er schien um ein oder zwei Kleidergrößen geschrumpft zu sein, seit der Anzug geschneidert worden war. Seine Hände schlossen sich um das Stahlgeländer vor ihm und wrangen es so fest, dass das Metall quietschte. Er war ein prominenter Geschäftsmann und hatte ein immenses Vermögen angehäuft, er war Millionär, auf dem Papier vielleicht sogar Milliardär – jedenfalls reich genug, dass der Unterschied nicht mehr allzu sehr ins Gewicht fiel.

»Haben Sie alles, was Sie brauchen?«, fragte der Mann mit pfeifender, erstickter Stimme, die von einer Kombination aus angegriffener Gesundheit, Stress und tiefem Unbehagen herrührte. Kehlkopfkrebs, vermutete Joel, obwohl er nicht nachgefragt hatte und sicher ohnehin keine Antwort erhalten hätte.

Er antwortete nicht auf die Frage des Mannes. Er hatte viele Jahre Vorstellungsgespräche geführt, viele Jahre rund um den

Erdball seine ganz besonderen Fähigkeiten eingesetzt, und doch staunte er immer wieder darüber, wie die hohen Tiere aus der Geschäftswelt in sich zusammenfielen, sobald ihr Ruf und ihre Lebensgrundlage auf dem Spiel standen. Wenn das passierte, wandten sie sich an ihn.

»Ich habe Sie etwas gefragt.« Die Stimme des Mannes klang gepresst und angestrengt. »Man hat mir versichert, dass Sie mich nicht enttäuschen werden.«

Auch jetzt antwortete Joel nicht, sondern drehte sich kommentarlos um, ging zu den Aufzügen und drückte den Rufknopf. Als einer der Fahrstühle aufging, hielt er inne, warf einen kurzen Blick auf die lederne Aktenmappe, die der Mann ihm gegeben hatte, und starrte dann ein letztes Mal auf Kate Harding hinunter. Er spürte, wie sich etwas in ihm veränderte. Seine Muskeln zogen sich zusammen. Seine Entschlossenheit verstärkte sich. Es war wie ein leichtes saures Brennen in seinen Adern.

»Gehen Sie ans Telefon, wenn ich Sie anrufe«, sagte er zu dem Mann, als sich die Aufzugtüren schlossen. »Ich verschaffe Ihnen, was Sie wollen.«

3

Freitag, 17:06 Uhr

Ich war schon fast bei der Sitzgruppe angekommen, als eine Frau hinter einer hohen Pflanze neben mir hervortrat und mich am Arm festhielt. »Denken Sie ja nicht, ich mache das für alle meine Kundinnen«, flüsterte sie mir ins Ohr.

»Maggie?«

»Setzen Sie sich hin. Lächeln Sie. Lassen Sie uns einfach so tun, als wären Sie nicht zu spät und als würde ich mich nicht furchtbar darüber aufregen. Sie haben ungefähr zehn verpasste Anrufe.«

»Was machen Sie denn hier?«

»Meine Arbeit.« Maggie drückte mich in eins der Sofas, setzte sich dann neben mich und stellte ihre Handtasche auf dem Schoß ab. Ihre Handtasche war groß und ohne Schnickschnack, ganz wie Maggie selbst. Sie hatte einen erdbeerblonden Haarschopf und scharf und intelligent blickende grüne Augen. Ihr olivgrüner Hosenanzug war an Brust und Hüften weit geschnitten. Darunter trug sie eine tief ausgeschnittene weiße Bluse. »Es ist Freitagabend, Kate. Ich war in der Gegend.«

»Ihr Büro ist in Dulwich.«

»Na, dann schütze ich eben meine Investition. Sie wissen hoffentlich, dass ich einen Bonus kriege, wenn Sie diese Stelle bekommen?«

Ich musterte sie. In unseren wiederholten Zoom-Calls in den

vergangenen zwei Wochen hatte ich Maggie nur auf ein paar Jahre älter als mich selbst geschätzt, auf Mitte, Ende dreißig. Jetzt zeigten mir die feinen Fältchen um Augen und Mund allerdings, dass sie schon weit über vierzig war.

»Haben Sie gedacht, ich tauche hier nicht auf?«, fragte ich sie.

»Das sollte ich wohl besser gar nicht beantworten. Übrigens sehen Sie toll aus.«

Zweifelnd sah ich an mir hinab. Noch immer befürchtete ich, dass mein Outfit für eine Firma wie Edge zu formell und bieder wirken würde. Ich hatte mich für einen schwarzen Bleistiftrock und ein passendes Jackett entschieden, das ich über einer roten Seidenbluse trug, die deutlich mehr gekostet hatte, als mein Budget erlaubte. Heute Morgen war ich als Allererstes bei meinem Friseur gewesen, nichts Aufregendes, ich hatte nur ein wenig nachschneiden lassen, den Look vervollständigen. Wenn man näher hinsah, konnte man allerdings die dunklen Ringe unter meinen Augen und die eingefallenen Wangen erkennen. Ich konnte von Glück sagen, dass ich in den vier Jahren bei einer Fluglinie, wo ich vor meinem Wechsel in die PR-Branche gearbeitet hatte, alle möglichen Make-up-Tricks gelernt hatte.

»Maggie, der Wachmann hat mir gerade gesagt, dass Edge *den ganzen Tag über* Vorstellungsgespräche geführt hat.«

»Warum machen Sie sich deshalb Sorgen? Sie sind die Einzige, die sie wirklich wollen. Vertrauen Sie mir. Mehr als genug Bewerberinnen haben Erfahrung in der Öffentlichkeitsarbeit, aber niemand hat außerdem noch Ihren Hintergrund in der Reisebranche.«

»Wie viele Kandidaten haben Sie denn hergeschickt?«

»Nur Sie.«

Ich blickte sie skeptisch an.

»*Ehrlich.*« Sie ergriff meine Finger mit ihrer fleischigen Hand. »Kate, wie oft muss ich Ihnen noch sagen, dass diese Stelle perfekt auf Sie passt und umgekehrt? Ich hätte Sie nicht ausgewählt, wenn ich das nicht glauben würde. Nicht nachdem Sie oft genug versucht haben, uns beide aus der Sache rauszuquatschen.«

Dass sie so fest an mich zu glauben schien, erzeugte in mir ein wohlig-warmes Gefühl, obwohl auch die Zweifel wieder aufstiegen. Mir kam es seltsam vor, dass jemand, mit dem ich bisher nur telefoniert oder online kommuniziert hatte, für mein Leben in so kurzer Zeit solch eine Bedeutung gewonnen hatte. Als Maggie sich vor etwas über zwei Wochen bei mir gemeldet hatte, war sie hartnäckig geblieben, sogar als ich ihr (immer weniger überzeugend) mitgeteilt hatte, dass ich nicht auf Jobsuche sei. Ich bin nicht sicher, ob das mehr über Maggies Durchsetzungskraft aussagte oder mehr darüber, was für eine Einzelgängerin ich inzwischen war. Insgeheim war mir klar, dass ich, hätte sie sich nicht an mich gewandt und mir gesagt, dass ich mein Talent bei Simple verschwendete, wahrscheinlich in dem unglücklichen Trott weitergemacht hätte, in dem ich mich seit Monaten befand.

»Atmen Sie durch«, wies sie mich an. »Entspannen Sie sich. Sehen Sie sich eine Sekunde mit mir hier um. Habe ich Ihnen nicht gesagt, dass diese Firma unglaublich ist?«

Gemeinsam blickten wir uns in der Halle um, lauschten dem sanften Plätschern des Wasserfalls hinter uns.

Und sie hatte recht. Das hier *war* unglaublich. 55 Ludgate Hill – im Volksmund als *The Mirror* bekannt – war Londons neuestes Wahrzeichen. Es hatte achtunddreißig Stockwerke und überragte damit die benachbarte St.-Paul's-Kathedrale um ein Vielfaches, obwohl sein auffälligstes Merkmal die vollständig silbrig verspiegelte Glasfassade war. Von außen konnte niemand sehen, was in den oberen Stockwerken des Gebäudes vor sich ging, aber von meiner Online-Recherche her wusste ich, dass man von dort aus einen atemberaubenden Blick über die Themse und weit darüber hinaus hatte.

The Mirror war erst im Februar offiziell eröffnet worden, aber es gab bereits Gerüchte, dass die Firma hinter dem Projekt kurz vor dem Bankrott stand. Die Bauarbeiten hatten noch vor der weltweiten Covid-Pandemie begonnen, und jetzt, da das Gebäude fertiggestellt war, hatte sich die Geschäftswelt komplett verändert. Immer mehr Menschen arbeiteten von zu Hause aus, was bedeutete, dass immer weniger Firmen nach Büroflächen in Toplage in der City suchten. Das Penthouse-Restaurant hatte die Aufmerksamkeit der Presse erregt, weil der berühmte Koch es nach wie vor nicht für das Publikum geöffnet hatte, außerdem wurde gemunkelt, dass mehrere Stockwerke nicht vermietet waren und leer standen. Das passte zu dem, was ich hier in der Halle sah. Zwar gab es hier Leute, aber längst nicht so viele wie vorgesehen.

Das kam mir seltsam vor. Vielleicht zählte ich zu einer Minderheit, aber ich hatte keinerlei Interesse daran, von zu Hause zu arbeiten, und zwar nicht nur, weil meine Einzimmerwohnung in Balham deprimierend war. Einer der attraktivsten Punkte an Maggies Angebot, bei Edge zu arbeiten, war für mich die Ablenkung, die mir ein geschäftiges Büro bieten würde. Meine Psychotherapeutin hatte mir gesagt, es sei für mich an der Zeit, mich wieder nach draußen zu wagen, Risiken einzugehen, mich selbst das Fürchten zu lehren.

Auftrag erfüllt, dachte ich bei mir.

»Es tut mir immer noch leid wegen Simon und Rebecca«, vertraute ich Maggie an. »Sie waren wirklich gut zu mir.«

»Und das verstehe ich auch. Aber was Sie jetzt tun, ist richtig, Kate. Und das wissen Sie auch.«

Ich blickte auf meine Hände hinab und war mir da nicht so sicher. Simon und Rebecca waren ein Paar und die Besitzer von Simple PR. Ich war die einzige Angestellte. Und ich glaube, sie hatten mich mehr aus Sympathie denn aus Bedarf eingestellt. Sie hatten unglaublich viel Geduld mit mir gehabt, während ich neues Vertrauen gefasst hatte – mich langsam wieder in die Arbeitswelt vortastete –, und hatten mir immer mit Rat und Tat zur Seite gestanden. Ich hatte bis jetzt noch nicht den Mut aufgebracht, ihnen zu gestehen, dass ich mich auf eine andere Stelle bewarb.

»Kate, hören Sie mir zu. Auf Ihrer jetzigen Stelle ist es für Sie bequem, und das hat ja auch seine Vorteile. Aber Sie sind ein Star. Das wissen Sie, und ich weiß es ebenfalls. Edge sind die Besten in der Branche. Sie gehören dorthin.«

Ich rang mir ein schwaches Lächeln ab. »Haben Sie das geübt?«

»Ein bisschen. Hat es funktioniert?«

Ich machte ein unbestimmtes Geräusch, der Knoten aus Schuld in meiner Brust machte es mir noch immer schwer zuzugeben – sogar mir selbst gegenüber –, dass es mich sehr reizte, für Edge zu arbeiten. Edge hatte luxuriöse Büros in London, New York und Sydney. Sie vertraten die berühmtesten Klienten und Marken im Unterhaltungsbereich, im Sport und in der Wirtschaft. Es wurde sogar über einige sehr reiche Klienten gemunkelt, über die sie nicht offen sprachen.

Wie der Name der Firma schon sagte, war Edge für große Kampagnen bekannt: hip und außerordentlich innovativ. Das war die Art greller Kampagnen, über die Simon und Rebecca die Nase gerümpft hätten, denn bei Simple taten wir immer genau das, was Simon und Rebecca schon immer getan hatten – wir zielten auf die traditionellen Medien und auf ein älteres Publikum.

Wie Maggie gesagt hatte, dort war es bequem. Und mit bequem, das wusste ich, meinte sie eigentlich »langweilig«.

Ich nickte und war drauf und dran, mich bei ihr für ihr Kommen zu bedanken und mich zu einer Demonstration von Selbstvertrauen durchzuringen, die sie glauben machen sollte, dass ihr Vertrauen in mich gerechtfertigt war, als das Telefon in meiner Handtasche klingelte.

»Sekunde.«

»Na toll.« Maggie warf in gespielter Verzweiflung die Hände in die Höhe. »*Jetzt* schaut sie auf ihr Telefon.«

Ich öffnete meine Handtasche und zog das iPhone heraus. Auf dem Sperrbildschirm war eine kurze Textnachricht zu sehen.

Zeig's ihnen, Schwesterherz. Du wirst sie umhauen. Garantiert.

»Mein Bruder«, erklärte ich. »Er wünscht mir viel Glück.«

Schon als ich das sagte, schoss mir ein gereizter Gedanke durch den Kopf. *Mark sollte mir schreiben. Warum kann Mark mir nicht schreiben?* Aber fast im selben Augenblick, in dem dieser Gedanke auftauchte, zwang ich ihn sofort wieder nieder. Ich konnte es mir gerade nicht leisten, so an meinen Mann zu denken. Das würde mir nicht helfen. Und ich wusste, ich sollte dankbar dafür sein, dass mein Bruder in den hektischen Sekunden zwischen zwei Patienten eine Nachricht an mich schickte. Luke arbeitete als Krankenpfleger im St.-Thomas-Krankenhaus. Er war mein Fels in der Brandung. Seit wir vor fast zehn Jahren Mum und Dad innerhalb von drei grausamen Monaten verloren hatten, war er mein engster Vertrauter.

Unter Lukes Nachricht konnte ich nun sehen, dass ich auch zwei Anrufe von Maggie verpasst hatte. Außerdem wurden ein paar Nachrichten angezeigt: *Im MarshJet-Prozess werden die Aussagen der Familie der Toten gehört …*

Zu spät wandte ich den Blick ab und deckte das Telefon mit der Hand ab. Mir zog sich das Herz in der Brust zusammen.

Jetzt ist nicht der richtige Zeitpunkt. Jetzt ist nicht der richtige ...

»Kate?«

Mir wurde schwarz vor Augen, und ein plötzlicher Kälteschauer lief mir über den Rücken. Ich biss die Zähne zusammen und umklammerte fest das Telefon in meiner Faust. Maggie drückte meine Hand. Ihre Berührung fühlte sich zugleich klamm und heiß an.

»Atmen Sie durch, Kate. Sie schaffen das. Denken Sie an das, was ich Ihnen gesagt habe. Die werden Sie nicht mit Samthandschuhen anfassen, sondern Ihnen ungewöhnliche Fragen stellen, vielleicht müssen Sie sogar irgendwelche vorgeschobenen Aufgaben lösen. Deren Masche ist es, Sie zu überraschen. *So sind die*. Aber das ist okay. Sie sind darauf vorbereitet. Sie werden sich ausgezeichnet schlagen, das verspreche ich.«

Ich nickte und zwang mich zu einem Lächeln, während mir zugleich sehr bewusst war, dass ich nicht ganz ehrlich zu ihr war. Denn sosehr ich Maggies Rat auch schätzte, gab es doch einige Dinge, über die ich mit ihr nicht sprechen konnte. Dinge, über die ich mit niemandem außer meiner Psychotherapeutin sprach.

»Auf der anderen Straßenseite, an der Ecke, ist ein Pub.« Sie stand auf. »Dort warte ich auf Sie. Kommen Sie rüber, wenn Sie fertig sind, dann feiern wir ein bisschen. In Ordnung?«

Ich zuckte zusammen.

»Oder wir trauern. Ausreden akzeptiere ich nicht. Keine Sorge, es wird nicht spät. Ich muss heute Abend noch nach Devon zu meinen Eltern rausfahren. Aber ich lasse Sie nicht hängen, Kate. Wir finden die perfekte Stelle für Sie, sei es bei Edge oder eben woanders.« Sie wandte den Blick ab und nickte in Richtung Aufzug. »Sieht so aus, als wären Sie jetzt an der Reihe.«

Ich drehte mich um und sah, dass eine lächelnde junge blonde Frau auf mich zukam, während Maggie sich mit einem kleinen Winken abwandte und wegging. Die Frau trug einen modischen Overall und blendend weiße Sneakers. In der Sekunde, in der ich sie erblickte, befürchtete ich sofort, dass ich falsch angezogen war, overdressed, einfach ganz offensichtlich unpassend für Edge.

»Kate Harding?«

Ich stand auf und zupfte mir den Rock zurecht.

»Ich bin Hayley.« Sie streckte mir die Hand entgegen. »Schön, Sie kennenzulernen. Sollen wir raufgehen?«

4

Oben in den Büroräumen von Edge Communications saß Joel allein da, nur mit seinen Gedanken beschäftigt.

Und mit der Aktenmappe.

Er blätterte sie durch.

Darin befand sich alles, was es über Kate Harding zu wissen gab. Natürlich ihr Lebenslauf. Der stand im Mittelpunkt. Außerdem gab es eine detaillierte Aufschlüsselung ihres persönlichen Lebens und ihrer Familiengeschichte. Ihres Social-Media-Profils. Ihrer finanziellen Situation und Kreditwürdigkeit. Ihrer Krankengeschichte. Ihrer politischen Einstellungen. Ihrer Leidenschaften. Darüber, was sie mochte und was nicht.

Ihrer Ängste.

Er hielt bei einem der Fotos einer Überwachungskamera inne, das sie von ihr hatten.

Es war eine glänzende Farbfotografie. Das Papier war von erstklassiger Qualität. Das Bild war scharf.

Kate lächelte darauf. Ihre Augen glänzten. Ihre Haut sah weich und vom Wind rosig aus. Sie trug eine rosa Wollmütze und fingerlose Handschuhe und hielt vor einem Marktstand einen Blumenstrauß in den Händen. Es regnete, und Joel konnte Wassertropfen im Licht eines benachbarten Cafés funkeln sehen. Aber was seine Aufmerksamkeit erregte – heute vielleicht noch mehr als bei irgendeinem anderen Bewerber, mit dem er es in der Vergangenheit zu tun gehabt hatte –, war, dass er an ihrem nicht in die Kamera gerichteten Blick erkennen

konnte, dass sie überhaupt nicht wusste, dass sie gerade fotografiert wurde.

5

Freitag, 17:13 Uhr

Hayley drückte auf den Aufzugknopf. »Nervös?«, fragte sie mich.

Ich hob die Hand und hielt Zeigefinger und Daumen ein kleines Stückchen voneinander entfernt. In Wahrheit war mir übel, schwindelig, und der Knoten in meinem Magen zog sich fester und fester zusammen, aber ich wusste, dass ich vorsichtig sein musste. Hayley wirkte freundlich, aber möglicherweise hatte sie den Auftrag, über alles zu berichten, was ich jetzt zu ihr sagte und wie ich mich verhielt. Jetzt das Falsche zu sagen könnte meine Chancen zunichtemachen, bevor das Gespräch überhaupt angefangen hatte.

»Mir geht's gut«, antwortete ich also. »Bisschen aufgeregt.«

»Sehr gut.« Ihr Blick löste sich kurz von mir. »Oh, hallo Leute!« Sie stellte sich auf die Zehenspitzen und winkte zwei Arbeitern hinter mir zu. Sie durchquerten die Lobby in Overalls voller Farbkleckse und hatten Werkzeugkästen dabei. »Seid ihr fertig?«

»Fast«, erwiderte einer von ihnen. »Am Dienstag sollten wir durch sein.«

»Kann's kaum erwarten! Schönes Wochenende, ihr zwei!« Hayley klatschte in die Hände und lehnte sich dann näher zu mir her. »Oben wird ein Fitnessstudio eingerichtet«, erklärte sie mir. »Und falls das hilft: Versuchen Sie, sich wegen des

Gesprächs heute nicht allzu viele Gedanken zu machen. Wir sind hier ein netter Haufen bei Edge. Und der Kerl, der mit Ihnen das Gespräch führt, ist *ziemlich* heiß.«

Die Türen von einem der Fahrstühle gingen auf, und Hayley trat ein, aber ich folgte ihr nicht. Ich war erstarrt.

»Gibt es ein Problem?«, fragte sie mich.

Ja, das gab es.

»Mir wurde gesagt, dass Amanda Palmer das Gespräch führen wird.«

»Oh. Nein, tut mir leid. Amanda ist heute den ganzen Tag bei einem Kunden. Hat Ihnen das denn niemand gesagt?«

Ich schüttelte den Kopf und sah mich nach Maggie um, doch sie war schon auf dem Weg durch die gläserne Drehtür nach draußen und achtete nur auf ihr Telefon. Auf einmal erfasste mich eine Welle der Furcht. Amanda Palmer war die PR-Chefin. Ich hatte mir ihren Lebenslauf auf der Seite von Edge Communications genau angesehen. Ich hatte sie auf Google und LinkedIn recherchiert. Wir hatten einen ähnlichen Hintergrund. Ich wusste, dass sie im Management einer Fluglinie gearbeitet hatte, bevor sie zu Edge gewechselt war, und hatte gehofft, das würde mir einen Vorteil verschaffen.

War das die Art von Trick, vor der Maggie mich gewarnt hatte, eine List, um mich aus dem Konzept zu bringen?

»Wer führt das Gespräch?«

»Er heißt Joel White.«

Im Geiste ging ich die anderen Lebensläufe durch, die ich auf der Edge-Homepage gesehen hatte, aber der Name kam mir nicht bekannt vor.

»Entspannen Sie sich.« Hayley winkte mich in den Aufzug hinein, und nach kurzem Zögern leistete ich ihrer Aufforderung Folge und stellte mich neben sie. »Er ist neu. Brite, arbeitet aber in unserem New Yorker Büro. Kümmert sich wohl von nun an um Einstellungen. Das halbe Büro versucht gerade herauszufinden, ob er noch Single ist.«

»Er ist für diese Vorstellungsgespräche extra nach London gekommen?«

»Ja, aber darüber müssen Sie nicht erstaunt sein. Personalangelegenheiten werden hier sehr ernst genommen. Außerdem dachten sie wahrscheinlich, das wäre eine gute Gelegenheit für ihn, das Londoner Team kennenzulernen.« Sie drückte auf einen Knopf auf der Kontrolltafel. »Wir sind übrigens im dreizehnten Stock. Fantastische Aussicht und kein Straßenlärm.«

Dreizehn. Normalerweise glaubte ich nicht an schlechte Vorzeichen, doch so wie die Dinge für mich in letzter Zeit gelaufen waren …

Die Türen hatten sich fast schon geschlossen, als eine Hand in der Lücke erschien und sie wieder aufgingen.

»Sorry, sorry.«

Der Putzmann im grauen Overall kam rückwärts zu uns in den Aufzug und zog seine schwere Bodenpoliermaschine hinter sich her. Er war ein stämmiger, muskulöser Mann mit rabenschwarzem Haar, das er sich glatt an den Kopf gegelt hatte. Seine Kopfhörer hingen ihm um den Hals.

»Hey, Raul«, begrüßte ihn Hayley. »Bitte sag mir, dass du neue Fotos für mich hast.«

Raul nickte, lächelte strahlend und drückte auf den Knopf für den achten Stock. Die Türen schlossen sich, der Aufzug fuhr an, und er zog ein Handy aus der Tasche, drückte mit dem Daumen darauf und drehte das Display so, dass Hayley es sehen konnte.

»Süß!« Sie lächelte mich an. »Rauls Frau hat letzte Woche ein kleines Töchterchen bekommen.«

»Zarita.« Seine Augen leuchteten vor Stolz, als er auch mir das Telefon unter die Nase hielt.

Eine Sekunde lang wurden meine Knie ganz weich vor Elend. Auf dem Foto war eine attraktive, dunkelhaarige Frau zu sehen, die ein Neugeborenes in einem rosa Strampler im Arm hielt.

Jetzt ist nicht der richtige Zeitpunkt ... Jetzt ist nicht der richtige ...

Ich fühlte mich, als ob mir die Luft abgeschnürt würde. Wie gefangen. Vor nicht allzu langer Zeit schien Mutterschaft noch ein Pfad zu sein, den ich beschreiten würde. Und Mark war genauso begeistert wie ich selbst.

Wie sich herausgestellt hat, hatte das Universum andere Pläne.

»Niedlich«, presste ich hervor und merkte, wie sich der Knoten in meinem Magen löste und ein leeres Gefühl an seine Stelle trat.

Ich legte eine Hand auf meine Hüfte, als Raul das Telefon wieder einsteckte. Hayley bemerkte meine Reaktion und warf mir einen besorgten Blick zu. Ich konnte sehen, dass sie drauf und dran war, mich zu fragen, ob es mir gut gehe, aber in diesem Moment verlangsamte sich der Aufzug und kam mit einem Ruck im achten Stock zum Stillstand. Sobald die Türen auseinandergeglitten waren, wuchtete Raul seine Maschine nach draußen.

»Bis später«, rief er noch.

»Ja, bis später, Raul.« Als die Türen sich geschlossen hatten und der Aufzug sich summend wieder auf den Weg nach oben gemacht hatte, warf Hayley mir noch einmal einen prüfenden Blick zu und stellte sich dann auf den Platz, den Raul gerade freigemacht hatte. »Raul ist eine Seele von Mensch. Eigentlich soll er den Lastenaufzug benutzen, aber jeder hier kennt ihn, und er ist so nett, dass keiner was sagt. Haben Sie noch irgendwelche Fragen?«

Ich presste mir die Fingernägel in die Handflächen und versuchte so, meine Aufmerksamkeit wieder auf das Hier und Jetzt zu lenken.

»Meine Personalberaterin hat erwähnt, dass es während der Vorstellungsgespräche manchmal zu Aufgaben kommen kann ...?«

»Oh. Ach, machen Sie sich deshalb keine Sorgen. Ich bin sicher, dass Joel Ihnen alles erklärt. Wollen Sie meinen Rat? Wenn die Ihnen den Job anbieten, nehmen Sie ihn. Das hier ist ein wirklich toller Arbeitgeber, und wir haben viel Spaß. Ich arbeite zusammen mit einem Typ namens Justin an der Rezeption. Heute ist sein Geburtstag, und später gehen wir alle zusammen noch was trinken.«

Das war auch so etwas, worauf Maggie mich vorbereitet hatte: Bei Edge gab es eine Kultur der harten Arbeit und des harten Feierns. Das Team war jung, die Arbeitszeit lang, die Aufgaben waren anspruchsvoll. Wer hier eingestellt wurde, hielt ein paar Jahre durch, um Edge auf dem Lebenslauf stehen zu haben, dann hatte man einen Burn-out und wechselte den Job.

Das hatte ich nicht vor. Ich wollte irgendwo arbeiten, wo die Herausforderungen so groß waren, dass sie mich vollständig in Anspruch nahmen. Mich verschlangen. Mich vergessen ließen.

Der Aufzug hielt im dreizehnten Stock, und Hayley führte mich in einen eleganten Vorraum und auf eine zweiflügelige schwarze Metalltür im Industrial Style zu. In die Türen waren Scheiben aus mit Draht verstärktem Sicherheitsglas eingelassen. Daneben standen Töpfe mit Kunstgrün. Hayley zog eine Schlüsselkarte aus einer Tasche ihres Overalls.

»Wahrscheinlich haben Sie schon gehört, dass der Großteil des Gebäudes noch immer leer steht, was seine Vorteile hat.

Anscheinend war der Mietvertrag, den wir unterschrieben haben, ein totales Schnäppchen. Wir haben das ganze Stockwerk nur für uns.«

Sie hielt ihre Schlüsselkarte vor einen Metallsensor an der Wand. Ein grünes Lämpchen leuchtete auf, und sie drückte die Tür vor mir auf.

»Willkommen bei Edge.«

6

Der Kontrast zur opulenten Lobby im Erdgeschoss hätte nicht größer sein können. Das Foyer von Edge war schlicht und im Industrial Style gehalten. Nackte Zementböden. Offene Decken, die Belüftungsschächte und Rohrsysteme bloßlegten. Unlackierte Stahlträger. Trennwände aus alten Ziegeln.

Direkt vor mir gab es einen halbrunden Empfangstresen aus grob behauenen Brettern. Hinter dem Tresen prangte das Edge-Logo in rosa Neonröhren über einer Reihe von schulterhohen Metallspinden. Zwei der neuesten Apple-Computer standen auf dem Tresen, und ein magerer Mann in einem Pullover mit V-Ausschnitt über einem karierten Hemd mit Krawatte – vermutlich Justin – telefonierte mit einem Bluetooth-Headset. Vorne auf dem Tresen war der Leitspruch von Edge aufgesprüht: *Brich die Regeln.*

»Hier lang.«

Hayley ging zielstrebig nach rechts, und ich eilte ihr hinterher. Die Räumlichkeiten waren im Grunde ein einziger großer Raum, der von bodentiefen Fenstern umgeben war, das Markenzeichen des Gebäudes. Ihr silberner Schimmer dämpfte sanft den beeindruckenden Blick auf die Londoner Skyline.

»Ein schneller Rundgang.« Hayley wedelte mit der Hand. »Hier sind die Arbeitsplätze. Bei uns gibt es eine Clean-Desk-Policy, das heißt, am Ende des Tages muss der Arbeitsplatz auf-

geräumt werden. Alles muss entweder abgelegt oder geschreddert werden.«

Zu meiner Rechten standen, von niedrigen Trennwänden
abgegrenzt, hufeisenförmige Einheiten weiß laminierter Tische.
An den einzelnen Arbeitsplätzen gab es die übliche Büroaus-
stattung: Computer, Festnetztelefone, Lampen, ergonomische
Schreibtischstühle. Wie Hayley bereits angemerkt hatte, lag auf
den meisten Schreibtischen kaum Papier, auch der persönliche
Kram, den ich von Simple her gewohnt war, fehlte hier.

An den Schreibtischen saßen um die dreißig stylish wirkende
Angestellte. Manche saßen einfach nur herum, andere tippten
etwas auf ihren Tastaturen, wieder andere standen in kleinen
Grüppchen zusammen, plauderten und warfen mir verstohlene
Blicke zu. Die meisten von ihnen sahen wie Hayley- oder Jus-
tin-Klone aus.

»Der Food-Court.«

Hayley zeigte auf eine Küche mit glänzend weißen Schränken links von ihr. An einer Wand hing eine gigantische Tafel,
auf der ein Gittersystem eingezeichnet war.

»Das ist der Schaltplan«, erklärte Hayley. »Alles, was wir
tun, kommt an diese Wand. Jede einzelne Kampagne wird in
Presseziele, Budgets, verantwortliche Mitarbeiter und all den
üblichen Kram aufgeschlüsselt. Im Food-Court gibt es umsonst
stilles und Sprudelwasser, Cola, Saft und Smoothies. Außerdem
Kaffee und Tee. Am Morgen gibt es Müsli, Obst und Muffins.
Und am Abend bestellt meistens irgendwer etwas bei Deliveroo
oder sonst wo.«

»Perfekt«, erwiderte ich und versuchte, so zu tun, als wäre
es normal für mich, in einer Firma zu arbeiten, die Essen und
Trinken umsonst zur Verfügung stellt. Bei Simple aß ich jeden
Tag mehr oder weniger das gleiche Mittagessen aus derselben
traurigen Tupperdose an meinem Schreibtisch. Eine meiner

Aufgaben bestand darin, Wasser, Tee oder löslichen Kaffee für Simon und Rebecca aufzubrühen, wann immer sie mich darum baten.

»Manchmal halten wir auch Besprechungen im Food-Court ab. Aber normalerweise versammeln wir uns in kleinen Gruppen in einem der Pods.«

Hayley zeigte quer durch den Raum, aber keiner der »Pods« schien ein Besprechungsraum im herkömmlichen Sinn zu sein. Einer sah wie die Karosserie eines alten VW-Busses aus, in den Sitze und dazwischen ein Surfbrett als Tisch eingepasst worden waren. Ein weiterer sollte aussehen wie der Korb eines Heißluftballons, der schon halb zur Decke aufgestiegen war. Es gab zwei bemalte Karussellpferde und einen weißen Pavillon, um den sich künstliche Pflanzen rankten.

»Hinter der Rezeption gibt es Unisex-Toiletten, und da hinten sehen Sie unsere Games Area.«

Hayley zeigte auf eine junge Frau und einen jungen Mann, die an einer mit Leuchtfarbe übergossenen Platte Tischtennis spielten. Neben ihnen waren Tanzmatten ausgelegt, darüber Blinklichter, wie man sie sonst in Spielhallen fand.

»Ich bin Top Scorer.« Hayley lächelte mich über die Schulter hinweg an. »Und Justin ist ein Ass an der Kletterwand. Wenn Sie die Stelle annehmen, *müssen* Sie ihn dazu bringen, es Ihnen beizubringen.«

Wenn ich die Stelle annähm. *Als wäre das so einfach.*

Die Kletterwand befand sich am hinteren Ende des Raums, noch hinter der Games Area. Sie reichte bis ganz zur Decke hinauf, eine riesige Stecktafel, auf die bunte Klettergriffe geschraubt worden waren. Am unteren Ende der Wand lagen Matten und Sitzsäcke.

»Oder sind Sie schon eine teuflisch gute Kletterin?«, fügte sie hinzu.

Ich schüttelte den Kopf. »Ich hab mich mal abgeseilt. Für einen wohltätigen Zweck, bei meinem alten Job.«

»Und, hat es Ihnen gefallen?«

»Ja, als ich wieder unten war.«

»Verraten Sie keinem, dass Sie das von mir haben, aber auf diesen Sitzsäcken kann man prima ein Nickerchen machen, wenn man einen Kater hat.«

Als Hayley weiterging, fielen mir noch andere Dinge auf, die sie nicht angesprochen hatte. Eine kleine Bibliothek mit durchsichtigen, aufblasbaren Stühlen. Eine Schaukel.

»Hinter dem Schaltplan haben wir noch freien Platz. Da kommt das Fitnessstudio hin. Ihr Vorstellungsgespräch findet im Kubus statt. Das ist der einzige abgeschlossene Besprechungsraum, den wir haben.«

Sie wandte sich nach rechts und ging zwischen zwei Gruppen von Arbeitsplätzen hindurch und auf einen großen Glaskasten zu, der sich in der Mitte des Großraumbüros befand. Er war ungefähr so groß wie ein Schiffscontainer, und sein Gerüst wurde von weiteren nackten Stahlträgern gebildet. Die Wände bestanden aus großen Glasscheiben, die nicht getönt oder verspiegelt waren, aber von innen waren weiße Jalousien mit Lamellen angebracht. Sie waren sämtlich heruntergelassen.

Ich hielt mir die Hand vor den Mund, um einen trockenen Husten zu unterdrücken, den ich oft bekomme, wenn ich nervös bin. Meine Hände waren schwitzig, und ich wischte sie verstohlen an meinem Rock ab.

Dann blieb ich stehen.

Ein Mann in einem maßgeschneiderten weißen Hemd und einer schmalen, dunklen Krawatte hatte die Tür geöffnet und war herausgetreten. Er wirkte athletisch und hatte ein kantiges Kinn. Er hatte etwas an sich, was einen unmittelbar in seinen Bann schlug. Ja, er sah gut aus, damit hatte Hayley recht gehabt. Aber er hatte auch so eine Präsenz, eine Intensität. Er wirkte unheimlich konzentriert.

Konzentriert auf mich.

»Kate Harding?«

Mir hatte es die Stimme verschlagen.

»Joel White. Kommen Sie doch bitte herein.«

7

Joel streckte Kate die Hand hin und meinte, einen kleinen Schlag zwischen ihnen zu spüren, wie eine elektrische Ladung. Hatte sie es auch gespürt?

Sie machte nicht den Eindruck, aber ihm fiel auf, dass ihre Hand feucht war, und er sah, dass ihr das peinlich war, schnell zog sie ihre Hand wieder zurück, und er bedeutete ihr mit einer Geste, dass sie an ihm vorbei in den Glaskasten gehen solle.

Er blickte ihr nach, und eine seltsame Sekunde lang verlor er die Orientierung – sein Gehör verzerrte alle Geräusche, ein saurer Geschmack trat auf seine Zunge –, bis alles zurückschnappte und er wieder vollkommen konzentriert war.

Pass jetzt auf.

Als sie eingetreten war, zögerte sie, verhielt sich ängstlich, sah sich um. Nicht dass es viel zu sehen gab.

Ein Glastisch mit zwei passenden Schreibtischstühlen aus weißem Leder, einander gegenüber. Deckenbeleuchtung, die geschlossenen Jalousien.

Die karge Einrichtung war mit Bedacht so gewählt und etwas, was Joel genauso angewiesen hatte. Er beschränkte gern jede Ablenkung, soweit er konnte.

»Tut mir leid, dass ich Sie so spät am Freitag hierhergebeten habe«, sagte er nun. »Hayley, könnten Sie Kate bitte die Tasche abnehmen?«

»Ach, nein, das geht schon.« Kate zuckte zusammen und

drückte die Tasche an sich. »Ich behalte sie bei mir, wenn das in Ordnung ist?«

»Natürlich. Kein Problem, Kate. Können wir Ihnen einen Kaffee anbieten? Oder Tee?«

»Wasser genügt.«

Hayley zeigte auf die Karaffe, die auf einer Seite des Glastischs neben zwei Longdrinkgläsern stand. Auf der anderen Seite des Tisches stand ein Telefon. Die lederne Aktenmappe lag in der Mitte, das war alles.

»Sonst noch was?«

»Ich denke nicht.«

»Dann wären wir so weit. Danke, Hayley. Sie können beim Rausgehen die Tür schließen.«

Die Tür ging hinter ihnen mit einem gut geölten Klicken zu. In der kurzen Stille, die darauf folgte, fühlte Joel, wie die Luft im Zimmer gegen seine Haut drückte, seine Instinkte sich schärften und sein Blick sich auf Kate richtete.

»Setzen Sie sich doch bitte, Kate. Machen Sie es sich bequem.«

Er ging um den Tisch herum und wartete, dass sie sich ihm gegenüber hinsetzte. Sie stellte die Tasche rechts neben sich auf den Boden, strich ihren Rock glatt, und als sie dann saß, drückte er seine Krawatte platt gegen seine Brust und ließ sich auf seinen eigenen Stuhl fallen.

»Ich muss mich dafür entschuldigen, dass ich Sie habe warten lassen, Kate. Das war nicht meine Absicht. Leider ist es ein ziemlich voller Tag gewesen.«

»Ist schon in Ordnung. So konnte ich ein Gefühl für das Gebäude entwickeln.«

»Gefällt es Ihnen?«

»Sehr.«

Er nickte, lächelte freundlich. Es war ihm daran gelegen,

dass sie sich wohlfühlte. Die Erfahrung hatte ihn gelehrt, die frühen Interaktionen einfach zu halten. Ein Verhältnis herzustellen. Eine Vertrauensgrundlage zu schaffen. Kates Namen mehrfach auszusprechen war eine Technik, die sie beruhigen sollte. Das Gleiche sollte die Tatsache bewirken, dass er sich Zeit nahm und sie in keiner Weise zur Eile drängte.

Joels oberstes Anliegen war im Moment, sie zu beobachten, zu studieren, zu sehen, wie sie sich verhielt. Blinzelte sie häufig? Zog sie die Augenbrauen hoch oder gestikulierte sie beim Sprechen? Falls ja, was genau tat sie mit den Händen? Legte sie sie ineinander? Vielleicht fasste sie sich ins Gesicht oder ans Haar? Dann gab es die Frage des Lächelns. Wie oft lächelte sie? Wie schnell? Runzelte sie die Stirn, wenn sie über eine Antwort nachdachte? Zogen sich ihre Pupillen zusammen oder weiteten sich? Zuckte sie mit der Oberlippe oder der Wange? Was hatte sie für verräterische Angewohnheiten?

Während seiner Ausbildung beim Geheimdienst, als er Zeugen und Verdächtige, Spione und Informanten befragt hatte, hatte Joel begonnen, sich diese Stufe des Prozesses wie die Kontrollfragen vorzustellen, die ein Techniker vielleicht benutzte, wenn er einen Lügendetektor kalibrierte. Der Unterschied bestand darin, dass er sich für intuitiver und am Ende des Tages auch für genauer als jede Maschine irgendwo auf der Welt hielt. Und die Kunden, die ihn gut bezahlten, stimmten mit ihm in dieser Einschätzung überein.

»Also, Kate. Ich nehme an, in einem Büroturm zu arbeiten ist für eine ehemalige Flugbegleiterin wie Sie kein Thema?«

Da. Entspannung. Eine leichte Lockerung der Lippen. Eine kleine Abwärtsbewegung an den Augenwinkeln.

»Das ist jetzt schon ein paar Jahre her«, antwortete sie, »aber ich glaube schon, dass ich mit Höhe klarkommen sollte.«

Er lachte, nickte anerkennend und ermunternd, bemerkte,

wie ihr Lächeln schief wurde und sie schließlich bescheiden mit den Schultern zuckte.

Sonst noch etwas? Nein.

»Also, ich weiß, dass Sie ursprünglich eigentlich das Vorstellungsgespräch bei Amanda hätten haben sollen ...« Erneute Anspannung. Das Kinn wurde gereckt. Auf der Stirn erschienen Falten. »... und es tut mir auch leid, dass das nicht geklappt hat, aber ich hoffe, Ihnen ist rechtzeitig mitgeteilt worden, dass ich für sie einspringe.«

Ihre Pupillen bewegten sich rasch hin und her. Sie strich sich das Haar hinters Ohr und zuckte zusammen.

»Eigentlich nicht.«

»Ach?«

»Um ehrlich zu sein, habe ich es gerade eben erst erfahren, als Hayley Ihren Namen erwähnt hat.«

Sein Blut geriet leicht in Wallung. Normalerweise war der Ausdruck »um ehrlich zu sein« für Joel ein Warnzeichen. Wenn eine Person ihn benutzte, dann normalerweise, weil sie plante, *alles andere* als ehrlich zu sein. Doch Joel wusste, dass das hier nicht zutraf. Dass sie »um ehrlich zu sein« gesagt hatte, musste er im Hinterkopf behalten.

»Nun, das hätte auf keinen Fall passieren dürfen. Tut mir leid, Kate. Es ist mir unangenehm, auch im Namen von Edge. Sie müssen den Eindruck haben, dass wir Sie damit aus dem Konzept bringen wollen.«

»Ist schon in Ordnung. Wirklich.«

Sie winkte ab. Schürzte die Lippen. Übertrieb es.

»Nein, das ist nicht in Ordnung. Überhaupt nicht. Ich möchte, dass Sie wissen, dass ich auf Ihrer Seite bin, Kate. Ich möchte, dass das Gespräch für Sie gut verläuft. Und in diesem Sinn möchte ich, dass Sie sich keine Sorgen darüber machen, dass Sie keine Gelegenheit hatten, irgendetwas über mich in

Erfahrung zu bringen. Ich stelle mich Ihnen erst einmal vor, dann fangen wir an. Klingt das fair?«

»Ja. Danke.«

»Gut. Also, das Erste, was Sie wissen sollten, ist, dass ich selbst neu bei Edge bin, ich arbeite in unserem New Yorker Büro. Ich komme aus der Personalrekrutierung, obwohl ich in den letzten Jahren auch immer wieder für Unternehmen auf der ganzen Welt an der Fehlerbehebung und im Krisenmanagement gearbeitet habe. Allerdings glaube ich immer noch, dass meine Spezialität das Vieraugengespräch ist, wie jetzt mit Ihnen. Ich unterhalte mich mit Ihnen und finde heraus, was Sie antreibt.«

Er verschränkte die Hände, legte den Kopf schief und lächelte wieder ungezwungen. Manches von dem, was er gesagt hatte, entsprach sogar der Wahrheit, allerdings nicht der Teil, dass er aus den Staaten hergekommen war. Er hatte das New Yorker Büro von Edge noch nie betreten. Tatsächlich war er aus Shanghai hergeflogen, unter anderem Namen und mit anderen Papieren. Davor war er in Hongkong gewesen. Mit einem ähnlichen Auftrag. Ein Gespräch in einer langen Reihe von Gesprächen. In Hongkong war ein niederrangiger Angestellter der Industriespionage verdächtigt worden. Zu Unrecht, wie sich herausstellte. In Shanghai hatte eine Managerin zugegeben, eine Affäre mit der Frau eines Aufsichtsratsmitglieds zu haben. Nicht genau das, was man ihr eigentlich unterstellt hatte, doch obwohl die Enthüllung seinem Auftraggeber offensichtlich peinlich gewesen war, war er natürlich bezahlt worden.

Nun tippte er die Daumen gegeneinander und lächelte freundlich, wobei Kate diesmal seinem Blick standhielt und zuließ, dass der Moment sich in die Länge zog. Das mochte er an ihr. Es bedeutete, dass er erkennen würde, wenn die Fassade bröckelte.

»Also …« Er griff nach den Gläsern, drehte sie um und schenkte Wasser aus der Karaffe ein. »Ich habe hier eine Kopie Ihres Lebenslaufs.«

8

Ich nickte und versuchte mitzukommen. Es war seltsam. Ich konzentrierte mich so stark auf das Hier und Jetzt, dass sich alles mehr als real anfühlte – fast schon wieder irreal –, als ob das Gespräch einfach an mir vorbeirollen würde.

Es war nicht hilfreich, dass ich ständig daran denken musste, wie schlimm meine Hand bei der Begrüßung in der von Joel White geschmatzt hatte. Jetzt schwitzte ich zu allem Überfluss auch noch unter den Achseln. Ich verlagerte das Gewicht und zupfte meine Bluse zurecht.

Bemerkte er das? Wahrscheinlich nicht. Außerdem, so höflich und zuvorkommend, wie er war, hätte er mich das ohnehin nicht spüren lassen.

Im Moment war sein Blick nach unten gerichtet, und er klappte die Ledermappe vor sich auf. Ich reckte den Hals ein bisschen und warf einen Blick auf meinen Lebenslauf, der obenauf lag. Das Papier war zerknittert. Einige Punkte waren unterstrichen worden. Unter anderem der Satz mit dem Schwimmen.

Oje.

Darunter lag noch ein ungefähr zwei Finger dicker Stapel von weiteren Papieren. Ich nahm an, dass es sich dabei um die Bewerbungen der anderen Kandidaten handelte. Mir wurde ein bisschen flau im Magen, als ich darüber nachdachte, wie viele weitere Bewerber mit mir um diese Stelle konkurrierten und wie dringend ich sie inzwischen haben wollte. Joel White war wahrscheinlich genauso charmant und freundlich zu ihnen allen gewesen.

Dann blickte er zu mir auf, und es kam mir vor, als ob jeder einzelne meiner Gedanken aus meinem Kopf verschwunden wäre. Er hatte mattgraue Augen, wie kleine stumpfe Spiegel, und erneut hatte ich das Gefühl, dass in seiner Art, mich anzuschauen, etwas Unwiderstehliches lag. Ich war schon seit sehr langer Zeit nicht mehr auf diese Weise angesehen worden.

Für eine Sekunde zuckte mir ein verrückter Gedanke durch den Kopf ... Flirtete er etwa mit mir?

Darauf folgte ein nächster, noch merkwürdigerer Gedanke: Störte mich das?

Er hatte ein kantiges Kinn, eine gewölbte Stirn, sein dunkles Haar war gepflegt, genau wie sein Dreitagebart. Die Hemdsärmel hatte er an den muskulösen Unterarmen aufgerollt, die Manschetten waren ordentlich geknöpft, die Krawatte wurde von einer silbernen Krawattennadel gehalten. Ich konnte schwach sein Parfum riechen. Noten von Zedernholz und Zitrusfrüchten. Kurz durchfuhr mich der Gedanke, dass ich diesen Duft kannte, doch er war fast im selben Augenblick auch schon wieder verschwunden.

»Ihr Lebenslauf ist kurz und auf den Punkt, Kate, aber Ihrer Erfahrung nach zu urteilen, scheinen Sie ausgezeichnet auf diese Stelle zu passen.«

»Danke. Mir wurde geraten, meinen Lebenslauf kurz zu halten, damit wir mehr haben, worüber wir uns unterhalten können. Aber ich weiß, dass meine Personalberaterin sich ausführlich mit Amanda über meine Berufserfahrung unterhalten hat.«

Oh Gott. Das Schnarren in meiner Stimme. Ich musste mich

sehr bemühen, meine Nerven im Zaum zu halten, aber das war in der vollkommenen Stille, die hier in dem Kubus herrschte, keine leichte Aufgabe. Hayley hatte recht gehabt, als sie mir sagte, dass man hier seine Ruhe hatte. Alle Geräusche und das Stimmengewirr des Großraumbüros waren verschwunden. Durch die heruntergelassenen Jalousien konnte ich nicht nach draußen sehen, und ich war mir ziemlich sicher, dass die erzwungene Intimität der Situation zu meinem unwirklichen Gefühl beitrug.

»Darf ich offen mit Ihnen sprechen, Kate?«

Schon wieder rutschte mir das Herz in die Hose. War die Stelle bereits besetzt worden? Mir war klar, dass er sich vielleicht schon für einen anderen Kandidaten entschieden haben konnte. Wenn er extra aus den Staaten hergeflogen war, hatte er wahrscheinlich einen Jet-Lag. Vielleicht wollte er das hier einfach nur hinter sich bringen.

Er beugte sich zu mir vor. »Wahrscheinlich sollte ich das nicht sagen, aber ich habe hier drin den ganzen Tag Vorstellungsgespräche geführt und muss Ihnen sagen, dass diese ganze Situation langsam ein bisschen künstlich auf mich wirkt.«

Na, wenigstens bin ich da nicht die Einzige.

Er hob seine Hände. Kein Ehering. Ich schämte mich, dass mir das auffiel.

»Wenn man zu viel darüber nachdenkt, wird man irre. Ich bin ein professioneller Personalreferent, also weiß ich, wie es läuft. Ich stelle Ihnen die Fragen, die Sie von mir erwarten, und Sie geben mir die Art von Antworten, die ich von Ihnen hören will, schließlich soll ich Sie dann noch beurteilen, obwohl ich doch eigentlich gar nichts über Ihr wahres Wesen weiß.«

»Nun, wenn es Ihnen hilft, beantworte ich all Ihre Fragen so ehrlich wie möglich.«

Das war eine Lüge. Ich würde sie so zu beantworten versuchen, wie es in dem Ratgeber stand, der in meiner Handtasche steckte: *SOS Vorstellungsgespräch. 101 Fragen und wie man sie beantwortet.* Die Seiten meines Exemplars waren mit Postits gepflastert, außerdem hatte ich mir mit Textmarker verschiedene Stellen angestrichen. Die letzten drei Nächte hatte ich mir um die Ohren geschlagen, um es von vorn bis hinten durchzuackern. Als Simon und Rebecca ihr Vorstellungsgespräch mit mir geführt hatten, war es mehr eine unverbindliche Plauderei gewesen – vor allem weil ein Freund meines Bruders ein gutes Wort für mich eingelegt hatte. Mein letztes richtiges Vorstellungsgespräch war inzwischen Jahre her. Das letzte Mal hatte ich vor drei leitenden Angestellten gesessen, bevor ich bei MarshJet zur PR-Managerin befördert worden war.

»Wissen Sie was, Kate? Ich habe mal vor einiger Zeit einen Artikel gelesen – ich weiß nicht mehr, wo –, aber es ging darin um die Wissenschaft des ersten Eindrucks. Davon haben Sie sicher schon gehört, oder? Die These lautet, dass wir alle in den ersten Minuten des Kennenlernens Urteile über den anderen fällen, die sich dann nur schwer revidieren lassen. Wie wir aussehen, wie wir uns verhalten und uns präsentieren. Der erste Händedruck. Die erste Begrüßung. Wir nehmen all diese Daten auf, verarbeiten sie unheimlich schnell, und dann wissen wir schon auf einer instinktiven Ebene, wie wir zu jemandem stehen, bevor wir uns überhaupt mit dieser Person unterhalten haben.«

»Stimmt.« Ich zögerte. »Also, bekomme ich den Job?«

Er lehnte sich auf seinem Stuhl zurück und lachte lauter als notwendig. »Ich wünschte, es wäre so einfach. Glauben Sie mir. Aber wir müssen hier beide durch irgendwelche Reifen springen, Kate. Ich schätze, Sie wissen bereits, dass die Dinge bei Edge ein bisschen anders laufen?«

»Darum bin ich hier.«

»Nun, manchmal, wenn wir jemanden einstellen, nutzen wir psychometrische Tests oder ähnliche Techniken. Für die vielversprechenden Kandidaten.« Er drehte meinen Lebenslauf um und zog eine durchsichtige Plastikhülle aus der Mappe, die er dann über den Schreibtisch zu mir hinschob. Darin steckten mehrere ausgedruckte Seiten. »Was meinen Sie? Wären Sie bereit, so etwas zu machen?«

Mir war nicht mitgeteilt worden, dass so etwas Teil des Vorstellungsgesprächs sein würde, und ich hatte auch noch nie einen psychometrischen Test absolviert. Um ehrlich zu sein, wusste ich nicht, worum es dabei ging. Aber ich fühlte mich wohl mit Joel. Ich war geneigt, seinem Wunsch zu entsprechen. Und noch wichtiger, mir waren zwei Dinge aufgefallen, die er gesagt hatte: *Manchmal, wenn wir jemanden einstellen.* Manchmal. Nicht immer. Und außerdem: *Für die vielversprechenden Kandidaten.*

»Das kann ich schon machen, ja.«

»Großartig.« Er steckte zwei Finger in seine Brusttasche und zog einen Druckbleistift daraus hervor, drückte ein paarmal darauf. »Warum fangen Sie nicht gleich an?«

9

Freitag 17:30 Uhr

»*Sofort?*«, fragte ich.

»Es ist nur ein kurzer Test, Kate. Sie brauchen nicht mehr als zehn Minuten zum Ausfüllen. Wir haben danach noch genügend Zeit, um uns zu unterhalten, das verspreche ich.«

Er reichte mir den Bleistift.

»Soll ich rausgehen?«

»Nein, das ist nicht nötig. Wir können beide hierbleiben.«

Ich blickte ihn verwirrt an.

»Entspannen Sie sich, Kate. Ich habe diesen Fragebogen selbst entworfen. Er ist vollkommen schmerzfrei, und Sie werden keinerlei Probleme damit haben.«

Ich zog die Blätter aus der Klarsichthülle. Sie waren ordentlich zusammengeheftet, und es waren auch nur fünf oder sechs Seiten. Ich war mir sehr bewusst, dass Joel mich beobachtete, als ich sie durchblätterte und dann aufblickte.

»Darf ich Sie etwas fragen?«

»Natürlich.«

»Was hoffen Sie, dadurch zu erfahren?«

»Etwas über *Sie*, Kate.« Er spreizte die Hände und grinste, als ob ich genau die Frage gestellt hätte, auf die er gehofft hatte. »Genauer gesagt, etwas über Ihre Persönlichkeit. Am besten gehen Sie es an, als ob es gar kein Test wäre, denn Sie können dabei nicht durchfallen. Es ist mehr wie ein Fragebogen. Ziel ist, dass ich einen besseren Eindruck davon bekomme, wer Sie wirklich sind, um zu beurteilen, ob Sie gut in die Firma passen, und noch wichtiger, ob die Firma gut zu Ihnen passt.«

»Und wenn wir nicht gut zueinander passen?«

Er lächelte erneut. »Warum machen Sie nicht einfach den Test, dann sehen wir weiter. Und antworten Sie bitte unbedingt ehrlich, um unser beider willen.«

Ich blickte auf das oberste Blatt.

1. Ich mag keinen Streit und vermeide ihn so weit wie möglich.
   (a) Trifft gar nicht zu   (b) Trifft manchmal zu
   (c) Trifft oft zu   (d) Trifft genau zu
2. Ich arbeite lieber allein als im Team.
   (a) Trifft gar nicht zu   (b) Trifft manchmal zu
   (c) Trifft oft zu   (d) Trifft genau zu
3. Ich fälle schnell Entscheidungen und weiche dann nicht mehr von ihnen ab.
   (a) Trifft gar nicht zu   (b) Trifft manchmal zu
   (c) Trifft oft zu   (d) Trifft genau zu

Ich setzte den Stift auf das Papier, hielt dann inne und blickte noch einmal auf. »Was, wenn ich mir nicht sicher bin, was ich ankreuzen soll?«

»Folgen Sie Ihrem Bauchgefühl.«

»Aber bei einigen dieser Fragen hängt es doch sehr von den Umständen ab, meinen Sie nicht?«

»Machen Sie es nach bestem Ermessen, Kate. Vertrauen Sie sich selbst.«

1. Ich mag keinen Streit und vermeide ihn so weit wie möglich.

Nun, das war doch gar nicht so schwer. Man musste doch

ein totaler Psycho sein, um Streit zu *mögen*, aber andererseits war mir auch klar, dass es mir nicht viel nutzen würde zu behaupten, dass ich ihn aktiv vermied. Edge würde von seinen Bewerbern erwarten, etwas zu sagen, wenn sie mit etwas nicht einverstanden waren oder jemand einen herausforderte. Ich kreuzte (b) an: Trifft manchmal zu.

Ich machte weiter und gab auch bei der zweiten Frage die Antwort (b) (Ich arbeite lieber allein als im Team). Bei Frage drei (Ich fälle schnell Entscheidungen und weiche dann nicht mehr von ihnen ab) wählte ich (c) aus: Trifft oft zu.

Danach füllte ich den Fragebogen immer schneller aus. Joel hatte recht. Obwohl es sich etwas komisch anfühlte, dass er mich beobachtete, musste ich wirklich nicht allzu lange nachdenken. Außerdem konnte ich nur wenig falsch machen, wenn ich meine Antworten die ganze Zeit zwischen (b) und (c) aufteilte.

Es sei denn…

Ich drückte fest mit dem Bleistift auf und hätte beinahe die Mine abgebrochen. Ich musste über das nachdenken, was ich über Edge wusste. Sie mochten es aufzufallen, die Dinge anders zu erledigen. Hieß das vielleicht, dass sie nach Angestellten suchten, die aktiv zum einen oder zum anderen Extrem tendierten? Vielleicht war es falsch, niemals (a) oder (d) anzukreuzen.

»Kate?«

Ich blickte auf, und er schüttelte leicht den Kopf.

»Hören Sie auf, darüber nachzudenken, was wir hören wollen, und kreuzen Sie einfach nur an, was sich für Sie richtig anfühlt.«

Konnte er etwa Gedanken lesen?

»Es ist nur so, dass…«

»Alles in Ordnung, Kate. Wirklich. Jeder tut das.«

»Jeder?«

»*Fast* jeder.«

War das ein Hinweis? Ich las die nächste Frage.

10. Öffentlich zu sprechen macht mich nervös.

Ich starrte so hart auf das Papier, dass die Wörter vor meinen Augen zu verschwimmen begannen. Mich überlief ein heißer Schauer, und sofort fürchtete ich, dass er das bemerkte, was mein Gefühl nur noch verstärkte. Einmal war es so gewesen – das eine Mal, das jetzt nie mehr verschwinden würde –, aber darüber musste ich hinwegkommen. Und mein wahres Ich – von dem ich meiner Psychotherapeutin gesagt hatte, dass ich fürchtete, den Kontakt zu ihm verloren zu haben – war immer auf natürliche Weise gesprächig gewesen. Man konnte nicht effektiv Öffentlichkeitsarbeit machen, wenn man kein Vertrauen in die eigene Redekunst hatte. Ich kreuzte (a) an: Trifft gar nicht zu.

»Gut, Kate.«

Ich unterdrückte die schlechten Gedanken, die sich in mein Bewusstsein drängten, den Eindruck, dass ich irgendwie schummelte, und versuchte, mich nicht zu winden. Still sitzen zu bleiben erschien mir auf einmal wichtig zu sein, denn allmählich fragte ich mich, ob Joel vielleicht ebenso interessiert daran war, *wie* ich den Test anging, wie an den angekreuzten Antworten. Jetzt da ich darüber nachdachte, war das vielleicht auch der Grund dafür, warum er mit mir im Raum hatte bleiben wollen.

Ich machte weiter, versuchte, selbstsicher zu wirken, auch wenn ich mich überhaupt nicht so fühlte. Bald war ich so in die Fragen vertieft, dass ich Joel Whites Anwesenheit beinahe vergaß, und die nächsten beiden Seiten löste ich problemlos.

Bis ich zur vorletzten Seite kam und die oberste Frage las.

26. Beim Sex stelle ich mir mich mit anderen Partnern vor.

Hilfe.

»Gibt's ein Problem?«, fragte mich Joel White.

Ich zeigte ihm das Blatt und deutete auf die Frage.

»Ach, ja.« Er verzog das Gesicht. »Frage sechsundzwanzig.«

»Die ist übergriffig.«

»Da haben Sie recht, Kate. Entschuldigung.«

»Ich antworte nicht darauf.«

Er sog scharf die Luft durch die Zähne ein und setzte einen schmerzlichen Gesichtsausdruck auf. Diese Mimik interpretierte ich als Zeichen, dass ich einen Fehler beging.

»Diese Frage sollte nicht auf diesem Fragebogen stehen«, legte ich nach. »Das ist nicht in Ordnung.«

Sein Gesichtsausdruck wurde noch etwas bedauernder. »Und doch habe ich sie draufgesetzt.«

»Sie bricht alle möglichen Gesetze und Regeln und ...«

Er zog die Augenbrauen hoch, als ob ich den Nagel auf den Kopf getroffen hätte.

Und dann fiel es mir wie Schuppen von den Augen. Das Edge-Mantra. *Brich die Regeln.*

»Was haben Sie gleich noch mal auf die erste Frage geantwortet, Kate?«

Ich erstarrte für einen Moment und spürte ein Prickeln auf meiner Kopfhaut, während er mir dabei zusah, wie ich zum Anfang des Tests zurückblätterte.

1. Ich mag keinen Streit und vermeide ihn so weit wie möglich.

Darauf hatte ich mit (b) geantwortet: Trifft manchmal zu. Aber das hatte doch nicht wirklich etwas zu bedeuten. Oder?

»Wenn es irgendwie hilfreich ist, kann ich Ihnen versichern, dass diese Fragebögen streng vertraulich sind, Kate. Vielleicht hätte ich das gleich zu Anfang erwähnen sollen.«

Ich blätterte wieder zu der Sexfrage. Sie war mir peinlich, ich fühlte mich durch sie bloßgestellt. Aber zugleich ...

»Sie lesen ihn aber«, erwiderte ich.

»Das ist meine Aufgabe.«

»Würden *Sie* diese Frage denn beantworten?«

Er schien über eine diplomatische Entgegnung auf diese Frage nachzudenken. »Ich bewerbe mich hier ja nicht auf eine Stelle, Kate.«

Und das war wohl genau der Punkt, nicht wahr? Ich wollte hier arbeiten oder wenigstens die Aussicht auf eine Stelle hier haben. Maggie hatte mir immer und immer wieder eingeschärft, was für eine großartige Chance das für mich sei. Ich wusste, dass sie recht hatte. Und wenn dies einer der Reifen war, durch die ich springen musste ...

»Das trifft auf mich nicht zu«, sagte ich, diesmal ruhiger.

Joel zögerte, als ob er sich nicht sicher wäre, wie er darauf antworten sollte, aber bevor er sich noch zu einer Entgegnung entschließen konnte, schüttelte ich den Kopf und kreuzte (a) an: Trifft gar nicht zu.

Die nun folgenden Fragen waren ebenso krass und bizarr.

27. Drogen helfen mir, mich zu entspannen.

28. Ich bin schon gelegentlich gewalttätig gewesen.

29. Ich diskriminiere andere rassistisch oder aufgrund ihrer Religion.

Ich hielt den Kopf gesenkt und kreuzte bei allen (a) an: Trifft gar nicht zu. Ich meinte, die Situation jetzt im Griff zu haben. Joel White schien eine Reaktion von mir provozieren zu wollen. Vielleicht hatten sich einige Kandidaten rundheraus geweigert, die Fragen zu beantworten, während andere einfach etwas ankreuzten, ohne den Test überhaupt infrage zu stellen. Aber so, wie er sich mir gegenüber verhalten hatte, wie er darauf reagiert hatte, dass ich ihn herausforderte, verriet mir, dass das keine guten Verhaltensweisen gewesen wären. Ich vermutete außerdem, dass genau das der Grund war, warum er wollte, dass ich den Fragebogen in seiner Gegenwart ausfüllte, und ich begann mich allmählich immer sicherer bei meinem Umgang mit der Situation zu fühlen.

Auf der letzten Seite stand noch eine letzte Frage.

30. Psychometrische Tests betrachte ich als Zeitverschwendung.

Ich lachte müde und schüttelte den Kopf.

»Ich kann nicht behaupten, dass ich nicht neugierig auf Ihre Antwort auf diese Frage bin«, warf Joel ein.

Ich grinste und tippte mir mit dem Bleistift gegen die Handfläche, um den Moment in die Länge zu ziehen. Dann kreuzte ich erneut (a) an: Trifft gar nicht zu.

»Sind Sie sich da ganz sicher?«, fragte er mich.

»Ja, bin ich.«

»Brauchen Sie noch etwas Zeit, um sich einige Ihrer Antworten noch einmal anzuschauen? Oder würden Sie gern selbst noch weitere Fragen stellen oder Anmerkungen machen?«

»Nein, ich bin fertig.«

Ich hielt seinem Blick stand, während ich die Blätter auf dem Tisch aufklopfte und sie dann wieder in die Klarsichthülle steckte. Dann legte ich den Bleistift obenauf und schob alles zusammen über den Schreibtisch zu ihm hinüber, doch er hob die Hand und hielt mich auf.

»Nein, ist schon in Ordnung, behalten Sie den für den Augenblick. Dann lassen Sie uns mal zur Sache kommen, ja? Warum erzählen Sie mir nicht ein bisschen was über sich?«

10

Joel sah, wie sich Kates Pupillen erst aufwärts und dann nach links bewegten. Abruf von Informationen. Es folgte also die vorbereitete Antwort.

»Nun, mich mit anderen Leuten zu verbinden und mit ihnen zu kommunizieren ist schon immer meine Leidenschaft gewesen. Nachdem ich im College ein Diplom als Flugbegleiterin erworben hatte, habe ich vier Jahre in diesem Beruf gearbeitet, auf internationalen und transatlantischen Flügen. Ich habe dieses Leben geliebt, und es ist eine aufregende und befriedigende Karriere gewesen, aber irgendwann habe ich gemerkt, dass ich mich noch einmal verändern möchte, also habe ich mich, nachdem ich drei Jahre lang Kommunikationswissenschaft im Fernstudium absolviert habe, auf eine Stelle als PR-Assistentin bei MarshJet beworben und diese auch bekommen. Meine Arbeit konzentrierte sich vor allem darauf, ihre Flugzeugherstellung auf der ganzen Welt zu promoten, wobei wir mit Unternehmen wie Boeing und Airbus konkurrierten und ich mich langsam zur PR-Managerin hochgearbeitet habe. Danach habe ich in derselben Position bei Simple gearbeitet, wo ich Marken aufgebaut und dabei geholfen habe, die Verkäufe für eine Reihe von Reiseunternehmen zu steigern. Jetzt suche ich nach einer neuen Herausforderung in einem dynamischeren und stärker in der Öffentlichkeit stehenden Feld, darum bin ich so interessiert an der Stelle als Elite-Account-Managerin bei Edge.«

Hier gab es keine Überraschungen. Alles in allem war das

nur eine Zusammenfassung des einleitenden Textes über ihrem Lebenslauf. Erneut nützte Joel die Gelegenheit, genau zu beobachten, was sie tat, statt sich auf ihre Worte zu konzentrieren.

Er registrierte all ihre Augenbewegungen und Gesichtsausdrücke. Die Pausen, die sie beim Sprechen machte. Ihm fiel auf, dass sie Blickkontakt hielt, selbst als sie ihre Hände wieder wegzog und er bemerkte, dass es sie störte, dass er ihr den Fragebogen noch nicht wieder abgenommen hatte.

»Das ist eine sehr detaillierte Antwort, Kate. Ich sehe, Sie haben sich gut vorbereitet.«

Das ließ er so stehen und war sehr darauf bedacht, gerade den richtigen Ausdruck leichter Kränkung und Enttäuschung aufzusetzen, als hätte sie ihnen gerade den gemeinsamen Spaß verdorben. Er legte den Kopf schief und blätterte wieder zur ersten Seite ihres Lebenslaufs in der Aktenmappe zurück. Seine eigenen körperlichen Reaktionen waren ein weiteres Werkzeug, das ihm zur Verfügung stand. Er konnte seine Körpersprache einsetzen, um jede gewünschte Botschaft zu verstärken, zum Beispiel wenn er sie aus dem Tritt bringen wollte und dazu, an sich selbst zu zweifeln.

»Vorbereitet oder nicht, ich meine, was ich über meinen Wunsch sage, für Edge zu arbeiten«, entgegnete sie. »Ich glaube, ich könnte hier wirklich etwas bewirken.«

Interessant.

Als er nun aufsah, hatte sie die Stirn gerunzelt und den Unterkiefer vorgereckt. Die Haltung einer Kämpferin. Vielleicht würde die Herausforderung doch größer sein, als er angenommen hatte.

»Sie haben erwähnt, dass Sie gern als Flugbegleiterin gearbeitet haben.«

»Stimmt.«

»Was hat Ihnen an dieser Arbeit gefallen?«

Sie blickte wieder nach links oben. Eine weitere einstudierte Antwort, sogar nachdem er ihr zu verstehen gegeben hatte, dass das keine gute Strategie für sie war. Das war ebenfalls interessant. Es bestätigte ihm, dass sie ihre Selbstsicherheit nur vortäuschte.

»Alles, was Sie erwarten würden. Ich bin gern gereist, ich bin gern geflogen. Aber am meisten mochte ich die Verbindungen, die ich zu den Passagieren und meinen Kollegen aufbauen konnte. Es hat Spaß gemacht, die Menschen zum Lächeln zu bringen.«

»Und die vergünstigten Flüge?«

»Das war natürlich auch toll. Wir hatten eine gute Vereinbarung bei MarshJet. Einer der Vorteile, für ein Unternehmen zu arbeiten, das viele der weltweit führenden Fluglinien mit Passagierflugzeugen beliefert.«

»Vermissen Sie Ihren alten Job?«

»Manchmal schon.« *Da.* Ihr Blick verschleierte sich, als ob sie in sich hineinschaute – ein klassisches Anzeichen für eine ehrliche, spontane Antwort. »Ich vermisse das Fliegen. Ich vermisse das Gefühl beim Start und die Aufregung, die sich auf mich von den Leuten übertragen hat, wenn sie ihr Ziel erreichten. Ich habe meistens auf Langstreckenflügen gearbeitet, und oft haben die Menschen, die mit uns geflogen sind, ihren Jahresurlaub genommen oder sind geflogen, um sich mit ihrer Familie zu treffen. Es hat mir gefallen, ein Teil davon zu sein.«

»Hatten Sie jemals Angst?«

Ein Zögern.

»Nein.«

Eine Lüge.

Und zwar ganz offensichtlich. Er fühlte, wie es in seinem Brustkorb leicht pulsierte, wie der Impuls eines unsichtbaren Herzschrittmachers.

»Irgendwelche brenzligen Situationen? Notlandungen? Technische Defekte?«

Sie biss sich auf die Wange, und er konnte sehen, wie auf einen Schlag alle Farbe aus ihrem Gesicht wich. Sie war schon von Natur aus blass, sodass er an ihrer Schläfe ein paar bläuliche Adern durchschimmern sah. Wenn er sie aufmerksam betrachtete, würde er ziemlich sicher erkennen können, wenn sich ihr Puls beschleunigte.

»Nein«, erwiderte sie unsicher. »Ich hatte Glück.«

»Wo wir gerade von MarshJet sprechen, ich weiß nicht, ob Sie heute schon die Nachrichten gesehen haben, aber dort wurde gemeldet ...«

»Ich habe es gesehen.« Sie schlug die Augenlider nieder. Schloss den Mund. Eine Falle, die zuschnappte.

Joel spürte, wie ein heißer Schauer in seiner Brust aufwallte. Er hätte zulassen können, dass dieses Gefühl sich ausbreitete, aber er deckelte es. Kontrollierte sich.

»Es ist wohl nicht nötig zu erwähnen, dass ich ebenso interessiert wie alle anderen am Ausgang dieses Verfahrens bin.«

Nun reckte sie das Kinn und straffte die Schultern. Eine klassische Geste des Neuanfangs. Er konnte sehen, dass sie wollte, dass er zu einem anderen Thema überging. Also tat er ihr den Gefallen. Für den Augenblick.

»Warum haben Sie sich überhaupt für die Öffentlichkeitsarbeit entschieden, Kate?«

Ihre Augen leuchteten auf, sie glaubte, wieder sicheren Boden unter den Füßen zu haben. »Ich denke, die kreative Seite der Öffentlichkeitsarbeit hat mich gereizt. Außerdem organisiere ich gern. Ich bin gut darin, Projekte zu managen, vorgegebene Budgets einzuhalten.«

»Und durch den Job bei MarshJet haben Sie trotzdem weiter in der Flugzeugindustrie gearbeitet. Ein logischer Schritt.«

Er senkte den Blick und beobachtete durch die gläserne Tischplatte, wie sie die Hände an die Hüfte zurückzog. Eine defensive Geste. Außerdem zupfte sie an ihrem Daumennagel.

Gut, er war definitiv auf etwas gestoßen.

»Ja, das war logisch. Sie haben jemanden gesucht, der mit Kunden und Journalisten übers Fliegen sprechen konnte, ohne zu technisch zu werden. Mehrere meiner Kollegen waren ebenfalls ehemalige Flugbegleiter.«

»Erzählen Sie mir von einigen der Kampagnen, an denen Sie gearbeitet haben.«

»Die wichtigste Kampagne, die ich mitentworfen und mitausgeführt habe, betraf die Markteinführung unseres Cruise-Flyer Superjumbo. Zur damaligen Zeit war er das größte und sparsamste Passagierflugzeug der Welt. Ich war damit beauftragt, die weltweite Berichterstattung in der Fach- und Publikumspresse zu gewährleisten.«

»Was noch?«

»Ich habe unsere bereits existierende Flotte mittelgroßer Passagierjets bei einer Reihe von europäischen Fluglinien beworben. Außerdem habe ich federführend an einer Kampagne mitgewirkt, die MarshJets ökologische Bemühungen herausstreichen sollte.«

Eine längere Pause.

»Und der Kabinenluftskandal? Was hatten Sie mit dem zu tun?«

Sie reckte wieder das Kinn.

»Ich habe meine Arbeit getan. Wir konnten beweisen, dass unsere Flugzeuge sicher waren, und ich war Teil des Teams, das diese Erkenntnisse nach draußen kommuniziert hat. Wie gesagt, ich bin mir des laufenden Verfahrens bewusst, aber das ist wirklich nichts, das ich irgendwie kommentieren könnte.«

11

Meine Schläfen pochten. Ich fühlte eine klamme Kälte in meinem Nacken. Irgendwie hatten die Dinge angefangen schiefzugehen. Joel Whites Haltung mir gegenüber hatte sich geändert. Oder möglicherweise hatte Joel White mein Unbehagen bemerkt und spiegelte es mir nun verstärkt wieder zurück.

Mir war von Anfang an klar gewesen, dass es schwierig für mich werden würde, über meine Zeit bei MarshJet zu sprechen, aber ich hatte mich bemüht, das Thema so gut ich konnte abzuhandeln. Ich war Joel Whites Fragen nicht ausgewichen, hatte aber klargestellt, dass ich nicht über das Verfahren reden wollte.

Es war nicht so, dass ich sein Interesse daran nicht verstehen konnte.

Den Großteil der letzten Woche über waren in der Presse Geschichten darüber erschienen, dass die Familie einer ehemaligen Flugbegleiterin namens Melanie Turner deren ehemaligen Arbeitgeber und MarshJet vor dem High Court in London verklagte. Es war ein Präzedenzfall, der auch von den Gewerkschaften der Piloten und des Kabinenpersonals unterstützt wurde.

Vor ihrem Tod hatte Melanie an akuten Gelenkschmerzen, Kopfweh und zunehmenden Sinnesstörungen gelitten. Ihre Familie meinte den Auslöser dafür darin gefunden zu haben, dass sie in der Flugzeugkabine regelmäßig giftige Luft eingeatmet hätte. Wie andere Flugzeughersteller nutzte auch MarshJet komprimierte Luft aus den Triebwerken in ihren Systemen dafür, den Kabinendruck aufrechtzuerhalten. Melanies Familie und die Gewerkschaften, die sie unterstützten, argumentierten, dass diese wiederverwendete Luft giftige Gase enthielt und dass Melanies Symptome daher rührten, ihnen an Bord der MarshJet-Maschinen über eine lange Zeit hinweg ausgesetzt gewesen zu sein. Auch Hunderte von anderen Piloten und Kabinenmitarbeitern litten akut an ähnlichen Problemen.

Egal, ob diese Vorwürfe gerechtfertigt waren oder nicht, die persönliche Tragödie, die Melanies Familie hatte erleiden müssen (und ich fühlte mit ihnen), war nichts, womit ich mich länger beschäftigen oder über das ich spekulieren wollte, schon gar nicht in einem Vorstellungsgespräch. Ich hoffte, dass Joel White das respektieren würde. Es war auf jeden Fall etwas, was ich hinter mir lassen wollte.

»Was halten Sie von einer Schnellfragerunde, Kate? Von ein paar allgemeinen Fragen?«

Ich rutschte auf dem Sitz herum. »Einverstanden.«

»Wo sehen Sie sich in fünf Jahren?«

Eine Endorphinwelle durchströmte mich, und für einen kurzen Moment entspannte ich mich. Für ein Unternehmen, das sich so viel auf seine Innovationskraft einbildete, war das eine erstaunlich banale Frage. Aber dann meldeten sich auf einmal wieder meine Zweifel. War die Frage nicht ein bisschen *zu* banal? Obwohl Joel mich immer noch ganz genau beobachtete, hatte ich das beunruhigende Gefühl, dass er mit den Gedanken ganz woanders war.

»Im Moment brenne ich darauf, mein Fachwissen zu erweitern, meine Medienkontakte zu erweitern und meinen Teil zum Erfolg beizutragen, indem ich ein Team in einer vorausdenkenden, progressiven Agentur leite, die weltweit agiert. In fünf Jahren hoffe ich, mich für eine weitere Beförderung empfohlen zu haben, zum Beispiel auf eine Stelle als Presseleitung.«

Und ... durchatmen.

»Ich freue mich, dass Sie nicht geantwortet haben, dass Sie gern auf meinem Platz sitzen würden, Kate. Was halten Sie für Ihre größte Stärke?«

»Meine Neugier. Ich lerne gern neue Leute kennen und lerne auch gern neue Dinge, mache gerne interessante Erfahrungen und stelle mich neuen Herausforderungen. Dieser Antrieb hat mich heute hierhergebracht.«

»Größte Schwäche?«

»Wie Sie wissen, hat sich meine Erfahrung bis jetzt auf die Reiseindustrie beschränkt, und auch wenn ich mich bei Ihnen um eine Stelle als Elite Account Managerin mit Schwerpunkt auf Reisemarken bewerbe, würde ich auch gern verwandte Felder kennenlernen. Ich denke, neue Erfahrungen und frische Herausforderungen können aus mir nur eine bessere PR-Managerin machen, und ich kann mir kein geeigneteres Unternehmen dafür vorstellen als Edge.«

Er starrte mich reglos an. »Und was ist mit der persönlichen Ebene?«

»Ich nehme zu viel Koffein zu mir.«

Das schien eine sichere Antwort zu sein, eine Antwort, die keine wirkliche Bedeutung hatte. Die Art von lustiger Entgegnung, auf die Joel White bisher ganz gut reagiert hatte. Nur sah er mich jetzt auf eine Weise an, die mich fürchten ließ, dass sie vielleicht *doch* bedeutsam war.

»Und dennoch haben Sie vorhin abgelehnt, als ich Ihnen Kaffee oder Tee angeboten habe.«

»Ja, weil ich gerade an meinen Schwächen arbeite.«

Ich nahm mein Wasserglas in die Hand und nippte daran,

wie um meinen Punkt zu unterstreichen. Ich wollte ihn ablenken und ihn dazu bringen, seine Taktik zu ändern, doch stattdessen presste er die Fingerspitzen gegeneinander und beugte sich über den Tisch zu mir herüber, wirkte plötzlich viel ernster.

»Ich möchte Sie nicht anlügen, Kate. Edge ist ohne jeden Zweifel das beste Unternehmen auf dem Markt. Wir arbeiten für einige der größten Firmen und der wohlhabendsten Kunden auf der Welt. Ich glaube, dass wir beide uns darauf einigen können, dass eine Stelle hier für Sie ein großer Aufstieg wäre. Was ich damit sagen will, ist, dass wir, um die Besten zu sein, auch die Besten einstellen und mit den Besten zusammenarbeiten müssen. Gerade haben wir eine offene Stelle, für die wir uns nach der perfekten Bewerberin umgesehen haben. Und Sie könnten diese Bewerberin sein. Es ist jetzt also vielleicht an der Zeit, das ganze Geplänkel sein zu lassen, mit dem wir unsere Zeit verschwenden, und uns stattdessen auf das Einzige zu konzentrieren, was hier wirklich von Bedeutung ist: Was macht *Sie* zu etwas Besonderem?«

12

Joel behielt sein Maß an Intensität bei, und Kate stellte erschrocken ihr Glas wieder ab. Sie wirkte verwirrt, als hätte sie keine Ahnung mehr, was sie von ihm halten sollte. Und das war genau, was er erreichen wollte.

»Das ist eine Frage, die ich nur schwer beantworten kann, ohne wie eine komplette Egomanin zu klingen«, entgegnete sie vorsichtig.

»Das ist jetzt nicht der Moment für Bescheidenheit, Kate.«

»Okay«, sagte sie und sammelte sich. »Dann würde ich sagen, dass ich sehr engagiert bin. Ich arbeite hart. Ich habe innovative Ideen und treibe sie immer so weit, wie ich kann. Bei Simple habe ich mich mit unseren Kunden nach Gelegenheiten für Produktplatzierung umgesehen und frische Social-Media-Kampagnen gestartet, die zu Umsatzsteigerungen geführt haben. Mit größeren Marken, die allen bereits ein Begriff sind, glaube ich, bei Edge noch bessere Ergebnisse erzielen zu können.«

Er sah sie weiter reglos an und dehnte die Pause so weit, bis er sah, dass sie sich fragte, ob sie sie ausfüllen sollte oder nicht. Das Muster ihrer Antworten war ihm inzwischen sonnenklar. Ihm war von Anfang an bewusst gewesen, dass sie einen dieser albernen Ratgeber über Vorstellungsgespräche gelesen haben musste. Sie war präzise gewesen. Sie hatte ein Beispiel für das gegeben, was sie erreicht hatte. Und sie hatte es dann wieder auf Edge bezogen.

Als er sich diesmal zurücklehnte, rieb er sich mit einer Hand übers Gesicht und warf dann einen langen Blick auf seine Armbanduhr.

Es war an der Zeit, einen Gang hochzuschalten.

»Was, glauben Sie, sind die Fähigkeiten, die eine gute PR-Managerin braucht, Kate?«

»Begeisterungsfähigkeit. Engagement. Ich glaube, man muss sehr gut organisiert sein. Man muss strategisch denken können. Man braucht auch Widerstandskraft. Und Kreativität, wie schon gesagt?«

»Was sonst?«

»Ähm …?«

»Glauben Sie vielleicht auch, dass man eine gute Lügnerin sein muss?«

»Eine Lügnerin?«

»Genau.«

»Ich … Nein, ich denke, man muss ein gewisses Maß an Begeisterung für ein Produkt oder einen Kunden rüberbringen, die man möglicherweise nicht immer vollumfänglich teilt, aber …«

»Anders gesagt, man muss lügen können.«

Sein Blick bohrte sich in ihren. Ihre Lippen bewegten sich, und er konnte sehen, dass sie abzuschätzen versuchte, wie sie darauf reagieren sollte, aber er fuhr fort, bevor sie die Gelegenheit dazu hatte.

»Was denken Sie über Hayley?«

»Hayley …?«

»Sie hat Sie hergebracht. Erinnern Sie sich nicht an sie?«

»Doch, natürlich. Es ist nur …«

»Nur was, Kate?«

Er bemerkte, wie Unruhe in ihrem Blick aufblitzte. Sie wusste ganz offensichtlich, dass er ihr so eine Frage nicht stellen sollte. Nach kurzem Überlegen richtete sie sich etwas gerader auf und reckte wieder das Kinn.

»Sie macht einen netten Eindruck.«

»Ach ja?«

»Ich finde schon, ja.«

»Und ist ›nett‹ alles, was Sie finden?«

»Na ja … Ich habe sie ja ganz offensichtlich nur einmal getroffen. Aber ich bin mir sicher, dass sie ihre Arbeit sehr gut macht.«

»Aha? Warum?«

»Weil sie diesen Eindruck auf mich gemacht hat. Sie haben doch selbst über erste Eindrücke gesprochen, und das war der erste Eindruck, den ich von Hayley hatte. Sie wirkte so, als würde sie das, was sie tut, mit Selbstvertrauen tun. Entspannt. Ungezwungen.«

Er tippte mit den Daumen gegen die Tischkante und ließ wieder ein paar Sekunden in Stille verstreichen. Bemerkte sie nicht, dass alles, was sie gerade gesagt hatte, das genaue Gegenteil von ihrem eigenen Verhalten im Moment war? An der Art, wie sie auf ihrem Stuhl herumrutschte und sich über die Oberschenkel rieb, meinte er ziemlich sicher zu erkennen, dass sie das tat. Und jetzt blickte sie sich auch noch zur Tür um, als ob sie fliehen wollte.

»Warum sagen Sie mir nicht, was Sie von diesem Ort hier halten, Kate? Von der dreizehnten Etage. Den Pods. Dem Food-Court. Von alldem. Ihren *ersten Eindruck*.«

»Es ist beeindruckend.«

»Beeindruckend. Okay. Finden Sie es nicht … Keine Ahnung. Lächerlich?«

Erneut blickte sie sich zur Tür um. Diesmal bemerkte sie, dass er sie dabei ertappte, und sie versuchte, es zu überspielen, indem sie die Schultern straffte und sich den Rock glattstrich.

»Halten *Sie* es denn für lächerlich?«, fragte sie ihn und zog eine Augenbraue hoch.

»Ich stelle Ihnen die Frage, Kate. Ich möchte gern Ihre Meinung hören.«

»Die Wahrheit?«

»Darum bin ich hier.«

Von irgendwo war ein entferntes Klingeln zu hören.

»In Ordnung. Dann würde ich sagen, es ist eine bestimmte Ästhetik. Ich denke, sie verrät Ihren Angestellten und jedem, der sonst hier hereinkommt genau, worum es bei Edge geht.«

»Und worum geht es Ihrer Meinung nach?«

»Darum, dass Sie voller Energie stecken. Dass Sie unkonventionell sind. Spaß haben.«

»Und Sie finden nicht, dass es aussieht, als ob wir unsere Zeit verschwenden?«

»Das kann ich unmöglich beantworten, ohne mehr Zeit hier zu verbringen. Aber ich vermute, dass die ganzen spielerischen Sachen normalerweise nicht allzu oft genutzt werden.«

»Sie meinen, es ist nur Show?«

»Das ist egal. Es erfüllt einen Zweck.«

»Wirkt es auf Sie irgendwie hinterhältig?«

Sie zögerte, als ob sie vielleicht erwartete, dass er das wieder zurücknahm.

»Wissen Sie es nicht oder haben Sie keine Meinung dazu?«, hakte er nach.

»Ich … bin mir nicht ganz sicher, ob ich verstehe, worauf Sie hinauswollen.«

»Nun, worauf ich hinauswill, ist, dass all diese Bereiche, in denen man Spaß haben kann, und all das Gratisessen vielleicht nur dazu da sind, unsere Mitarbeiter, ohne dass sie es merken, dazu zu bringen, Überstunden zu machen. Als ob wir vielleicht nicht wollen, dass sie gehen.«

»Ist das denn der Grund?«

Er seufzte und löste den Blickkontakt, dann sah er wieder auf ihren Lebenslauf.

»Machen Sie sich Sorgen wegen Ihres Alters, Kate?«

13

»Wie bitte?«

Ich kam ins Schlingern. Wie waren die Dinge nur so sehr aus dem Ruder gelaufen? Am Anfang hatte ich den Eindruck gehabt, dass zwischen uns eine ganz gute Verbindung bestand. Und jetzt fühlte ich mich angegriffen.

»Ich frage Sie, ob Sie sich für den Job zu alt fühlen, Kate. Die meisten Mitarbeiter, die Sie auf dem Weg hierher gesehen haben, sind schon Account Manager oder Elite Account Manager in unserem Unternehmen. Wenn die einmal in Ihrem Alter sind, werden sie eine Beförderung erwarten oder ihre eigene kleine Firma aufbauen. Vielleicht gründen sie auch eine Familie.«

Eine Sekunde lang konnte ich mir fast vorstellen, wie Mark uns aus der Zimmerecke aus zusah. Ich konnte mir vorstellen, wie er vortrat, sich einmischte und mich in Schutz nahm, wie er Joel White zurechtwies, weil er sich vollkommen unangemessen verhielt.

»Ich ...« *Sollte ich ihn herausfordern? Es dabei bewenden lassen?* »Ich bin nicht sicher, ob das eine angemessene Frage ist.«

»Oh, ganz eindeutig nicht.« Er löste die Hände voneinander. »Aber es ist natürlich etwas, was unvermeidbar in meine Überlegungen einfließt, ob ich Ihnen diesen Job anbieten sollte – ob ich das Ihnen gegenüber nun zugebe oder nicht. Meine persönliche Ansicht ist übrigens, dass Sie sich über Ihr Alter überhaupt keine Gedanken machen müssen. Sie sind eine einunddreißigjährige Frau, na und? Sie könnten genauso gut fünfundzwanzig sein, was macht das schon für einen Unterschied? Die Frage lautet wohl, ob Sie das für sich selbst als Hemmnis betrachten.«

Tatsächlich dachte ich allmählich darüber nach, ob die Frage nicht vielmehr lautete, ob ich ihm die Fresse polieren sollte.

Ich wusste, dass ich in diesem Moment eine Wahl hatte. Ich konnte mich von seiner offensichtlich sexistischen Haltung und seinen stichelnden Fragen beleidigen lassen. Oder ich konnte sie wie eine harmlose Mutmaßung behandeln, mitspielen und versuchen, die kokette Atmosphäre wiederherzustellen, die vorhin geherrscht hatte.

»Sie hören sich allmählich an, als ob Sie sich für meinen Psychotherapeuten halten.«

»Haben Sie denn einen, Kate?«

Ich bildete es mir also nicht ein. Das alles zielte auf etwas ab. Es geschah mit Absicht. Nicht anders als bei einigen der ungewöhnlicheren Fragen auf dem psychometrischen Test, fragte ich mich auch jetzt wieder, ob er mich nicht einfach nur aus dem Konzept bringen sollte, ob es nur um meine Reaktion ging.

»Wenn ich einen hätte, ginge Sie das nichts an.«

»Nicht?«

»Auf keinen Fall.«

»Okay.« Er schob die Unterlippe vor und legte den Kopf schräg. »Die Firma, für die Sie gerade arbeiten. Simple PR. Weiß man da Bescheid, dass Sie heute hier sind?«

»Ich habe mir den Tag freigenommen.«

»Sie wissen aber schon, dass das keine Antwort auf meine Frage ist, Kate.«

Arschloch.

»Dann nein, ich habe es nicht direkt gesagt.«

»Um das also klarzustellen, Sie sagen mir, dass man dort nicht weiß, dass Sie heute hier sind. Sie lügen die Leute an.«

Das schon wieder.

»Ich … Meine Chefs sind gut zu mir gewesen. Es ist eine kleine Firma, und als ich mich damals entschieden habe, MarshJet zu verlassen, haben sie im Grunde genommen eine Stelle für mich geschaffen. Ich wollte sie nicht aufregen und ihnen sagen, dass ich mich auf eine andere Stelle beworben habe, es sei denn …«

»Es sei denn, Sie kriegen den Job. Verstehe. Aber das zu verschweigen ist doch eine Art Lüge. Oder sehen Sie das anders? Ihre Arbeitgeber glauben, Sie hätten sich einfach nur einen freien Tag genommen. Wahrscheinlich glauben sie, dass Sie ein paar Einkäufe erledigen oder vielleicht übers Wochenende weggefahren sind oder …«

»Ich habe gesagt, dass ich mir einen Wellness-Tag gönne.«

»Einen Wellness-Tag?«

»Ich habe behauptet, dass ich noch einen Gutschein einlösen muss, den mein Bruder mir zum Geburtstag geschenkt hat. Und das stimmt übrigens auch.«

»Nur, dass Sie ihn heute nicht einlösen. Weil Sie heute ja hier sind. Bei mir.«

Bei *mir*. Das gefiel mir nicht. Er sollte sich auf Edge konzentrieren.

Irgendetwas an seinem Lächeln hatte sich inzwischen verändert. Es wirkte fast schon höhnisch. Seine Augen schienen nicht mitzulächeln, und zwar mit Absicht, als ob er wollte, dass mir auffiel, wie unaufrichtig er war. Erneut spürte ich, dass er mich piesacken wollte, dass er etwas im Schilde führte.

»Stellen Sie sich vor, ich rufe dort an, Kate.« Er nickte in

Richtung des Telefons. »Stellen Sie sich vor, dass ich gleich das Telefon abhebe, Ihre Arbeitgeber anrufe und ihnen sage, dass Sie hier bei mir sind. Wie, glauben Sie, würden sie das aufnehmen?«

Meine Hände krampften sich instinktiv um die Armlehnen meines Stuhls. Einen Moment überlegte ich, ob ich es als rhetorische Frage auffassen sollte. Doch dann dachte ich einmal mehr an die aufmunternden Worte, die Maggie mir mitgegeben hatte. Vorhin hatte ich gesagt, dass eine gute PR-Managerin widerstandsfähig sein müsse.

Beweis es ihm.

»Ganz sicher wären sie darüber nicht glücklich.«

»Weil?«

Er beobachtete mich erneut. Diese Augen. Ich konnte spüren, wie sein Blick über meine Haut wanderte.

»Weil sie sich auf mich verlassen.«

»Und weil Sie sie angelogen haben.«

»Nein. Das stimmt nicht. Ich …«

»Wer weiß denn überhaupt darüber Bescheid, dass Sie heute hier sind?«

14

»Niemand«, antwortete sie. »Außer meiner Personalberaterin.«

Joels Blut geriet in Wallung. Er konnte regelrecht spüren, wie es durch seine Adern pulsierte. Wieder dieses Brennen, gepaart mit dem Summen in seiner Brust. Inzwischen war er schon so vertraut mit ihr, dass er ihre Lüge sofort bemerkte.

Dabei blickte sie weder nach oben noch hinunter. Sie zupfte nicht an irgendetwas herum oder schluckte. Sie hielt außergewöhnlich still. Nur an einem winzigen Zucken ihrer Wange sowie in den Tiefen ihrer Pupillen sah er den Hauch eines verräterischen Aufblitzens.

Sie war gut, jedenfalls besser als der Durchschnitt. Joel hatte es mit unzähligen CEOs und Aufsichtsratsmitgliedern zu tun gehabt, die inzwischen schon zusammengebrochen wären. Er erinnerte sich an diesen einen Bewerber fürs Management in Tokio. Der Mann geriet so sehr in Not, als Joel ihn mit den von ihm frisierten Verkaufszahlen konfrontierte, dass er zu schluchzen und an seinen Kleidern zu zerren begann, bis er sein Hemd in einem verzweifelten Akt der Selbstkasteiung der Länge lang aufriss. Eine unvergessliche Szene.

»Tatsächlich?«, erwiderte er. »Sie haben mir gesagt, wie dringend Sie diesen Job haben wollen, Kate. Sie haben oft erwähnt, wie sehr Sie sich darauf freuen, für Edge zu arbeiten. Und jetzt wollen Sie mir weismachen, dass Sie sich nicht genug darüber freuten, um irgendeinem Ihnen nahestehenden Menschen von diesem Vorstellungsgespräch zu erzählen?«

Er beobachtete, wie sie die Lippen zusammenpresste, als sie über ihre Antwort nachdachte. Würde sie die Lüge einräumen oder sie noch weiter bekräftigen?

»Sie wirken nervös. Kate.«

»Wahrscheinlich frage ich mich einfach nur, was das alles mit meiner Eignung für den Job zu tun hat, auf den ich mich hier bewerbe.«

Abwehr. Auch interessant.

Er senkte den Blick wieder auf die Aktenmappe und fuhr mit den Fingern über ihren Lebenslauf. Die Lüge über das Schwimmen war offensichtlich und auf deprimierende Weise herkömmlich, aber er verspürte nicht mehr den Drang, sie darauf anzusprechen. Vielmehr entschied er sich, das Schweigen so lange auszudehnen, bis sie sich selbst dazu entschloss, es auszufüllen.

»Vielleicht könnten Sie mir etwas mehr über die genauen Aufgaben erzählen, die ich hier bei Edge erledigen müsste. Falls mir die Stelle angeboten wird, meine ich.«

»Nein, im Moment würde ich lieber über diese Lücke in Ihrem Lebenslauf sprechen, Kate.«

»Ich weiß nicht...«

»Es gibt eine Lücke in Ihrem Lebenslauf, Kate. Sie haben bei dieser Agentur Simple vor neun Monaten zu arbeiten begonnen. Sie haben den Job bei MarshJet sechs Monate vorher aufgegeben. Ich bin in Mathematik jetzt nicht der Allerbegabteste, aber sogar ich sehe, dass es da eine Lücke gibt.«

Stille.

Sie starrte ihn an. Hitze strömte aus seinem Brustkorb in seine Gliedmaßen, als er sah, wie sich die Muskeln in ihrem Kiefer zusammenzogen und verkrampften. Erneut zuckte ihr Blick in Richtung Tür. Inzwischen lag eine gewisse Verzweiflung darin.

»Es ist in Ordnung, wenn Sie gekündigt und dann Zeit

gebraucht haben, um einen neuen Job zu finden, Kate. Vielleicht war es aber auch gar nicht Ihre eigene Entscheidung, MarshJet zu verlassen. Sie waren – wie lange? – fast sieben Jahre bei dem Unternehmen? Vielleicht hat man Sie … Sie wissen schon.«

Er vollführte mit dem Handballen eine schiebende Geste und machte dazu ein quäkendes Geräusch.

Ihm fiel auf, dass sie mittlerweile sichtbar zitterte. Die Lippen waren zu einem Strich zusammengepresst, die Nasenflügel angespannt.

»So ist es nicht gewesen«, erwiderte sie und krallte die Finger in die Armlehnen ihres Stuhls.

Noch ein kleiner Stups.

»Sie wirken empört, Kate. Ich weiß nicht genau, wieso. Vielleicht muss ich Sie daran erinnern, was hier heute meine Aufgabe ist. Es liegt in meiner Verantwortung, die Informationen, die Sie uns geliefert haben, und Ihre Antworten auf meine Fragen zu begutachten, um mögliche Bedenken zu identifizieren. Das bringt uns zu dieser Lücke. Sie ist mir aufgefallen. Möglicherweise möchten Sie nicht darüber sprechen, weil es Ihnen peinlich ist, Sie sich für etwas schämen oder weil Sie etwas zu verheimlichen haben oder …«

»Das reicht.« Ihre sich überschlagende Stimme überraschte sie beide. »Ich habe bei Ihren Spielchen mitgemacht. Aber jetzt reicht es.«

»Ach ja? Sollte das nicht ich entscheiden?«

Ihre Augen füllten sich mit Tränen. Sie biss sich auf die Wange und schüttelte den Kopf. Auf ihr Gesicht trat ein Ausdruck des Schmerzes, des Trotzes … und des Abscheus.

»Mein Mann ist gestorben«, sagte sie schließlich.

15

So. Jetzt war es raus.

Und es tat weh.

Verfluchter Kerl.

Heiße Tränen standen mir in den Augen, ich hatte einen Kloß im Hals, und meine Nägel gruben sich in die Armlehnen des Stuhls.

Ich würde vor diesem Mann nicht weinen. Ich weigerte mich, vor ihm zu weinen.

Aber das Gefühl wallte in mir auf, und immer wenn es mich so traf – besonders dann, wenn ich es nicht wollte –, konnte ich es nicht kontrollieren.

Ich blinzelte, berührte meinen Ehering und drehte ihn an meinem Finger. Mark und ich hatten ihn gemeinsam auf einem Wochenendtrip nach Chicago ausgesucht. Es war ein preiswerter Platinring, aber so viele Erinnerungen waren mit ihm verbunden. Eine ganze Zukunft, die wir nun nicht miteinander teilen konnten.

Meine Augen brannten. Ich blickte auf meine Hände hinab, als ob sie mir irgendwie dabei helfen könnten, alles in mir zurückzuhalten.

»Mark ist bei der Global-Air-Katastrophe ums Leben gekommen«, flüsterte ich. »Er war eins der Opfer.«

Ich konnte die Worte noch immer nicht laut aussprechen,

ohne schreien zu wollen. Mark hatte mir alles bedeutet, und jetzt war er fort, war mir auf die schrecklichste nur vorstellbare Weise genommen worden. Sein Flugzeug war über dem Atlantik abgestürzt, er war einer von 210 Passagieren, die starben.

In der nun folgenden Stille wartete ich auf Joel Whites Entschuldigung. Ich erwartete eigentlich, dass er erschüttert reagieren, zurückrudern und versuchen würde, den von ihm angerichteten Schaden zu reparieren.

Er tat nichts dergleichen.

Er beobachtete mich nur stumm, seine Augen waren wie zwei neblige Tümpel, auf seinem Gesicht war nicht die leiseste Spur von Reue zu lesen.

In diesem Moment brach mein Zorn sich Bahn, brennend und rasch. Es war derselbe sinnlose Zorn, der mich seit der Tragödie wieder und wieder überwältigt hatte.

Ich konnte nicht fassen, dass es ihm gelungen war, in einem Vorstellungsgespräch diese Gefühle wachzurufen. Er hätte mich nie in diese Lage bringen dürfen.

Ich blickte in die Zimmerecke und blinzelte, biss mir auf die Wange, bis es wehtat. Erinnerte mich daran, dass ich diesen Job unbedingt haben wollte. Ich wollte ihn aus all den Gründen haben, die ich nur schwer ertragen konnte. Eine radikal neue Umgebung. Ein vollständiger Tapetenwechsel. *Weitermachen.* Aber er war mir trotzdem nicht wichtig genug, um mich deshalb quälen und mein Innerstes nach außen kehren zu lassen, einzig und allein zur Unterhaltung einer anderen Person.

»Verzeihen Sie mir, Kate.«

Der gleichgültige Tonfall verriet mir, dass er es nicht aufrichtig meinte. Nicht einmal ansatzweise.

Ich starrte ihn wütend an.

Ohnehin kam das zu spät und war zu wenig.

Behalte deine Würde. Die hast du immer noch.

»Das ist unsensibel von mir gewesen.« Erneut klangen seine Worte mechanisch, kein echtes Mitgefühl lag darin, sondern sogar so etwas wie Verachtung. Er klappte die Aktenmappe zu und hob sie vom Tisch auf. »Kate, ich gehe kurz raus, hole ein paar Unterlagen, gebe Ihnen einen Moment.«

Meine Atmung ging nun ruckartig. In meinen Ohren fiepte es. Ich wandte mich von ihm ab, als er hinterm Schreibtisch aufstand, ihn umrundete und neben mir stehen blieb.

Wieder konnte ich sein Parfum riechen. War es das gleiche, das auch Mark getragen hatte?

Alles drehte sich, und ich hatte Mühe, die Tränen zu unterdrücken.

Dann streckte er auf einmal die Hand aus, und für eine fürchterliche Sekunde dachte ich, er wollte mich berühren, bis er im letzten Moment auswich und die Klarsichthülle nahm, in der sich meine Antworten auf den psychometrischen Test befanden.

»Trinken Sie einen Schluck Wasser, wenn Sie wollen, Kate. Es wird nicht lange dauern.«

16

Fünfzehn Monate zuvor

»Trinken Sie einen Schluck Wasser, Kate. Nehmen Sie sich die Zeit, die Sie brauchen.«

Zeit war das Letzte, was ich jetzt brauchte. Ich brannte auf Antworten und Informationen. Ich wollte, dass jemand ins Zimmer stürmte und mir sagte, dass alles nur ein furchtbarer Irrtum war.

Ich starrte auf das Wasser im Glas vor mir und versuchte, alles andere von mir wegzudrängen. Mein Körper war starr vor Entsetzen und Schock, mein Herz fühlte sich schmerzhaft angeschwollen an. Mit der Hand umklammerte ich mein Handy so fest, dass ich hören konnte, wie das Plastik knarzte.

»Das kann nicht stimmen«, flüsterte ich.

»Wir sind erst vor wenigen Augenblicken benachrichtigt worden, Kate. Die Medien wissen noch von nichts, und die Informationen, die uns die Fluglinie gegeben hat, sind bestenfalls grob. Es könnte noch andere Erklärungen geben, aber weil Mark und die anderen auf diesem Flug waren, haben wir Sie hergerufen, sobald wir es erfahren haben.«

Ich nickte schwach, und Tränen traten mir in die Augen. Sir Fergus Marsh, der Gründer und größte Anteilseigner von MarshJet, saß mir gegenüber an seinem großen Teakholzschreibtisch. Er hatte die Hemdsärmel aufgekrempelt und die Krawatte gelockert. Es war Viertel vor neun am Morgen im

Hauptsitz von MarshJet in der Nähe von Gatwick, aber sein ängstlicher Gesichtsausdruck und die geröteten Augen ließen es so wirken, als ob wir mitten in der Nacht in einem militärischen Einsatzraum säßen.

Mark hatte spät abends noch mit fünf anderen Angestellten von MarshJet einen Flug von New York nach Hause genommen. Sie waren Teil eines Teams gewesen, das unser Unternehmen einer amerikanischen Fluglinie vorstellen sollte. Drei Leute aus diesem Team waren Kolleginnen von mir aus der PR-Abteilung gewesen.

Links neben mir ertönte ein Klicken, und Sir Fergus warf einen Blick auf den Mann, der gerade ein Telefon auf dem kleinen Tisch in einer Ecke seines Büros abgestellt hatte. Dominic North, sein CFO, war spindeldürr und hatte schon früh die Haare verloren, er hatte dunkle Augenringe und einen Mund, der zu einer dünnen Linie zusammengepresst war. Er war ein verschlossener, schweigsamer Mann, der dafür bekannt war, aus dem Hintergrund zuzuschauen, wenn Sir Fergus ins Rampenlicht trat, aber seine Anwesenheit hier zeigte mir, wie ernst die Sache war. In meiner Zeit bei diesem Unternehmen hatte ich gelernt, dass Sir Fergus nie ohne Dominics Zustimmung irgendwelche weitreichenden Entscheidungen traf – oder, wie Mark manchmal lästerte, ohne dass sein CFO ihm die Anweisung gab. Die meisten von uns hatten die Erwartung, dass Dominic die Führung des Unternehmens übernehmen würde, wenn Sir Fergus sich irgendwann zur Ruhe setzte.

»Sie überprüfen noch einmal die Radaraufzeichnungen«, sagte er steif. »Noch immer kein Kontakt zum Cockpit.«

»Oh Gott.«

Ich sackte in mich zusammen, und mein Körper begann unkontrolliert zu zittern.

Vor drei Minuten war alles noch ganz normal gewesen. Ich

hatte an meinem Schreibtisch gesessen, hatte meine erste Tasse Kaffee für heute getrunken und meine E-Mails gecheckt. Als ich aufblickte, hatte ich gesehen, wie Sir Fergus' Sekretärin Angela mit kreidebleichem Gesicht quer durch das Büro auf mich zugeeilt war. Sie hatte mir ein Blatt Papier gereicht, auf dem stand, dass Sir Fergus mit mir sprechen wolle. Umgehend.

»Kate, wenn Sie heimgehen wollen, verstehen wir das«, sagte er nun und lächelte mich mit seinem freundlichen, groß-väterlichen Lächeln an. »Wir können einen Wagen rufen. Angela kann Sie begleiten.«

Ich blinzelte, und meine Hände verkrampften sich noch ein bisschen mehr.

»Gibt es irgendwas, was wir tun können? Ich weiß nicht, eine Suchaktion oder, oder …«

»Das sind alles Optionen, die wir im Moment prüfen. Wir tun alles, was in unserer Macht steht. Dominic hat eine Stand-leitung zur Fluggesellschaft und den Behörden. Wir tun unser Bestes und werden Sie auf dem Laufenden halten.«

Ich öffnete die Hand und sah nach, ob irgendeine Nachricht auf meinem Telefon eingetroffen war, ein verpasster Anruf von Mark. Mein Daumen zitterte, als ich ihn noch einmal anzurufen versuchte, wobei ich mir die Nase abwischte und mir Tränen übers Gesicht rannen.

Ich sah ratlos auf und drückte den Handballen gegen meine Schläfe, während mein Anruf auf die Mailbox umgeleitet wur-de. Weitere Bilder begannen sich mir in den Kopf zu drängen: Das Flugzeug, das in einem Feuerball brüllend abstürzte, auf dem Ozean aufkam, auseinanderbrach.

»Werde ich ihn wiedersehen?«

»Kate, das könnte alles falscher Alarm sein. Eine Fehlfunk-tion. Wir müssen einfach das Beste hoffen.«

»Ich kann nicht … Ich will nicht heimgehen. Bitte. Ich will

hierbleiben. Wenn irgendeine Information hereinkommt, sobald Sie irgendetwas wissen, will ich es hören. Ich muss Bescheid wissen.«

Sir Fergus hielt inne und blickte besorgt zu seinem CFO. Ich sah, wie Dominic seinem Blick standhielt, nachdachte und dann nickte.

»In Ordnung, Kate. Bleiben Sie. Aber wenn das Ihre Entscheidung ist ... und natürlich nur, wenn Sie sich in der Lage fühlen, uns zu helfen, dann muss ich Sie leider um etwas bitten. Im Augenblick sind Sie nämlich die einzige Person unseres PR-Teams hier vor Ort.«

17

Das leise Zugleiten der Tür hinter Joel White riss mich aus meinen Erinnerungen und brachte mich ins Hier und Jetzt zurück. Wie betäubt und allein saß ich in dem Kubus.

Die Situation fühlte sich unwirklich an. Nichts von alledem fühlte sich real an.

White musste wissen, dass er eine Linie überschritten hatte. Das Mantra von Edge über das Regelbrechen hin oder her, ich hatte ausreichend Zeit auf ihrer Webseite verbracht, um zu wissen, dass es unmöglich war, ihren Verhaltenskodex für Mitarbeiter zu übersehen. Sie posaunten ihre Zertifizierung als ethischer Arbeitgeber geradezu heraus. Es ging die ganze Zeit darum, dass sie die Bedürfnisse ihrer Angestellten ernst nahmen. Meine heutige Erfahrung lief dem vollkommen zuwider. Vielleicht bemerkte Joel erst jetzt, in welche Bredouille er sich gebracht hatte.

Das wäre gut.

Mein Atem ging zu schnell, und ich bemühte mich, nicht zu weinen, legte die Hände an die Stirn und atmete ein paarmal tief durch.

Reiß dich zusammen.

Das Wasserglas stand vor mir. Zitternd streckte ich die Hand danach aus und führte es an die Lippen.

Als ich in die Flüssigkeit hinabsah, erlaubte ich einer weiteren Erinnerung, in mein Bewusstsein zu steigen. Es war meine liebste Erinnerung aus unseren Flitterwochen. Mark hielt mich an einem makellos weißen Sandstrand in seinen Armen. Wir waren barfuß. Marks weißes Leinenhemd und sein gelocktes Haar bewegten sich leicht in der sanften Brise, die vom Meer heranwehte. Die Augen hatte er wegen des Sonnenlichts zusammengekniffen. Er wirkte glücklich. Und wie er mir übers Gesicht streichelte – immer mit dem Daumen, während er mir die Hand an die Wange legte – beruhigte mich sogar jetzt noch.

Ich hätte aufstehen sollen. Abhauen.

Was hinderte mich daran?

Zum Großteil war es Scham.

Vor meinem geistigen Auge sah ich die ganzen jungen Angestellten in dem Großraumbüro, stellte mir vor, wie sie mir nachblickten, während ich versuchte, auf dem Weg zum Ausgang meine Würde zu bewahren, obwohl ich wusste, dass ich niemandem etwas vormachte.

Als auf einmal ein Läuten im Raum ertönte, zuckte ich zusammen.

Das Telefon hatte zu klingeln begonnen.

Ich starrte es an, stellte mein Glas geräuschvoll auf dem Tisch ab, während unvermittelt Ärger in mir aufflammte, so heiß, als ob glühende Kohlen gegen mein Brustbein gepresst würden.

Er hat nicht mal das Telefon umgeleitet.

War ich jemals ernsthaft als Kandidatin in Erwägung gezogen worden?

Ich blickte mich um. Die Jalousien waren natürlich noch immer heruntergelassen. Die Strahler leuchteten grell. Niemand kam zu mir herein.

Das Telefon klingelte weiter, und plötzlich kam mir ein neuer Gedanke, der mir ein tiefes Unbehagen bereitete.

Manchmal, wenn wir jemanden einstellen, nutzen wir psychometrische Tests. Oder ähnliche Techniken.

Maggie hatte im Briefing für das Bewerbungsgespräch Aufgaben erwähnt, die ich zu lösen hätte. Hayley hatte das zwar auf unserem Weg hier herauf abgestritten, aber handelte es sich vielleicht doch um etwas in der Art? Es war schon denkbar, dass das alles hier eine Art verrückter, ungewöhnlicher Test war, vielleicht dazu gedacht, mich erst fertigzumachen und dann wieder aufzubauen. Meine Eigeninitiative zu prüfen.

Oder White rief an, um zu fragen, ob er wieder hereinkommen könne. Das schien allerdings nicht recht zu seinem bisherigen Verhalten zu passen.

Rangehen oder nicht?

Meine Atmung ging immer noch schwer. Meine Kehle fühlte sich wund und zusammengeschnürt an. Ich bezweifelte, dass ich in der Lage wäre, mit gleichmäßiger Stimme zu sprechen, wenn ich abhob.

Das Telefon klingelte weiter.

Dann kam mir ein wirklich finsterer Gedanke.

Bestand die Möglichkeit, dass White schon die ganze Zeit über Mark Bescheid gewusst hatte? Hatte er mich absichtlich an diesen Punkt gebracht?

Überleg mal.

Ich wusste, dass mögliche Arbeitgeber standardmäßig die Social-Media-Feeds ihrer Bewerber anschauten. Und selbst ein flüchtiger Blick auf meine Facebook-Seite hätte meine Postings über Mark und meine Mitgliedschaft in der Selbsthilfegruppe verraten, die die Angehörigen der Opfer der Global-Air-Tragödie gegründet hatten. Ich schrieb nicht oft etwas in mein Profil. In meinem Leben passierte heutzutage nicht mehr allzu viel, was sich zu teilen lohnte. Die Facebook-Gedenkgruppe besuchte ich sogar noch seltener, weil es zu sehr schmerzte.

Wenn man allerdings fünfzehn Monate zurückscrollte, konnte jeder meine ersten leidvollen Postings nach dem Flugzeugabsturz sowie die Handvoll weiterer rührseliger Einträge finden, die seither an den schwierigen Geburts- und Jahrestagen entstanden waren.

Ich fühlte mich verletzt. Mir war schlecht.

Das hier ist ein wirklich toller Arbeitgeber, und wir haben viel Spaß miteinander.

Aber das hier machte keinen Spaß.

Es war grausam und übergriffig.

Aber vielleicht klingelte das Telefon auch nur zufällig. Vielleicht war es einfach schlechtes Timing.

Es hörte auf.

Die darauffolgende Stille war so dünn und flüsternd wie das Blut in meinen Adern.

Ich hatte Schwierigkeiten, klar zu denken. Wenn dies ein Test war, war ich dann durchgefallen? Kümmerte mich das überhaupt noch?

Ich biss mir auf die Lippe und dachte wieder an Mark, wie er an dem perfekten weißen Strand stand. Das sanfte Streicheln seines Daumens über meine Wange. Was würde er sagen, wenn er jetzt wirklich mit mir hier sein könnte?

Und dann wurde es mir klar. Es war ganz einfach.

Aufstehen und gehen.

Geh erhobenen Hauptes hier raus. Ohne zurückzublicken.

Ich hatte so etwas nicht nötig. Niemand hatte das nötig.

Es würde andere Stellen geben, andere Gelegenheiten.

Ich schob den Stuhl zurück und stand auf. In meinen Händen und Füßen kribbelte es wegen des überschüssigen Adrenalins und der Nervosität. Alles Blut schien mir aus dem Kopf gewichen zu sein, sodass ich schwerelos und schwindelig dastand.

Ich drehte mich zur Tür um und hielt inne. Von der anderen Seite drang überhaupt kein Geräusch herein. Es war beinahe schon *zu* still.

In einem paranoiden Geistesblitz stellte ich mir vor, wie Joel White an einem der Arbeitsplätze gegenüber der Tür saß, mit den Beinen baumelte und grinste, während das ganze Team langsam zu klatschen begann, als ich auftauchte.

Lächerlich.

Mach die Tür auf und schau nach.

Doch bevor ich mich noch bewegen konnte, fing das Telefon wieder an zu klingeln.

Ich erstarrte.

Ich *könnte* abheben. Wenn das irgendeine krasse, unsensible Prüfung war, könnte ich mich ihr stellen, ihnen sagen, was genau ich von ihrer Firma hielt, und *dann* gehen.

Aber eine leise Stimme des Zweifels meldete sich in meinem Kopf. Wenn es ein Test war, sollte ich vielleicht gerade *nicht* abheben. Joel hatte von prominenten Kunden und bekannten Marken gesprochen, die von Edge vertreten wurden. Als Unternehmen schätzten sie Diskretion und Vertraulichkeit. Würden Sie es als Fehltritt werten, wenn ich ranging?

Das konnte ich nicht sagen.

Und ich konnte hier nicht gewinnen.

Also fand ich einen Kompromiss.

Ich ging nicht ans Telefon, aber ich machte auch die Tür des Glaskastens nicht auf.

Stattdessen hob ich die Hand, steckte zwei Finger zwischen die Lamellen der Jalousie und drückte sie auseinander.

Aber Joel White saß nicht da und wartete auf mich.

Da draußen war überhaupt niemand mehr.

18

Freitag, 18:16 Uhr

Nichts bewegte sich. Kein Geräusch. Überall im Großraumbüro war das Deckenlicht gedimmt.

An den Arbeitsplätzen direkt vor mir konnte ich sehen, dass
die meisten Computer heruntergefahren waren, die Monitore
waren ausgeschaltet. Auf ein paar der anderen war das Edge-
Logo zu sehen.

Wenn ich es nicht besser gewusst hätte, hätte ich glauben
können, dass ich mir die ganzen Leute nur eingebildet hatte,
die bei meiner Ankunft hier gewesen waren, auch die ganze
Energie und die Betriebsamkeit. Es war inzwischen nach sechs,
aber es kam mir trotzdem seltsam vor, dass sich das Büro so
rasch und vollständig geleert haben sollte.

Das Festnetztelefon klingelte hinter mir weiter. Wie ein raues
Blöken.

Waren alle gegangen oder ... versteckten sie sich?

Ich ließ die Lamellen los und trat wieder in den Kubus zurück. Das Ganze gefiel mir nicht. Ich wollte ganz sicher nicht
mit Joel White allein in diesem Büro sein, nicht angesichts der
Art, wie er mich behandelt hatte.

Das Telefon hörte auf zu klingeln, aber irgendwie schien ein
Echo in meinem Herzen nachzuhallen.

Ich würde jetzt gehen. Ich würde meine Tasche nehmen, das
Großraumbüro durchqueren, den Kopf gesenkt halten und ...

Ich hielt inne.

Stöhnte auf.

Meine Tasche war weg. Sie stand nicht mehr auf dem Boden neben meinem Stuhl.

Ich wirbelte herum, aber sie stand auch sonst nirgendwo. Sie war definitiv nicht mehr da.

Hektisch drehte ich mich wieder um und griff nach dem Türknauf.

In diesem Sekundenbruchteil schien die Temperatur in dem Kubus um ungefähr zehn Grad zu sinken.

Ich starrte auf meine Hand. Und auf den Türknauf, der sich nicht bewegt hatte.

Ich wusste natürlich, was das zu bedeuten hatte. Ich begriff es sofort. Aber irgendwie weigerte sich mein Gehirn, es zu akzeptieren.

Ich zog an der Tür.

Ich drückte.

Nichts passierte.

Sie war abgeschlossen.

Ich hatte kein Schloss zuschnappen hören. Es gab nicht mal ein Schlüsselloch. Warum war sie abgeschlossen?

Ich ließ den Knauf noch immer nicht los, irgendetwas hielt mich davon ab.

Dann blickte ich instinktiv auf. Mein undeutliches Spiegelbild starrte von der Glasdecke zu mir zurück.

Ich drehte mich wieder um und blickte über meine Schulter hinweg auf das stumme Telefon, und allmählich machte sich ein unheimliches Kribbeln in meinem Nacken breit – eine starke Ahnung, wie kaputt das hier alles war.

Der Anruf musste wohl doch mir gegolten haben, daran zweifelte ich jetzt nicht mehr.

Endlich ließ ich den Türknauf los. Ich war erschüttert, ertrug nur schwer, dass die Jalousien um mich herum alle geschlossen waren. Ich fühlte mich nicht einfach nur eingesperrt, sondern eingezwängt.

Ich ging auf die andere Seite des Glaskastens, schob die Lamellen auseinander und blickte nach draußen, aber ich sah mehr oder weniger das Gleiche, was ich schon vorher gesehen hatte. Das gedimmte Deckenlicht. Die verwaisten Arbeitsplätze. Sogar an den Tanzmatten war der Stecker gezogen worden, kein Blinken und Leuchten mehr.

Ich ließ die Lamellen zurückschnappen und ging in die Mitte des Kubus. Meine Finger streiften die Kante des Glastischs, und ich zuckte zurück, als ob ich mich verbrannt hätte.

Was nun?

Der Stuhl, auf dem ich gesessen hatte, glitt auf seinen Plastikrollen zur Seite, als ich ihn bewegte, und stieß gegen die Jalousien, die daraufhin erzitterten.

Neben jeder Jalousie gab es einen Plastikstab und eine Schnur. Ich stürzte nach vorn, riss an einer der Schnüre und zog mit beiden Händen immer weiter, bis sich die Jalousie nach oben bewegte. Als sie eingerastet war, zog ich die nächste Jalousie hoch, dann die nächste.

Die drei Jalousien, die ich hochgezogen hatte, eröffneten mir einen Blick auf den Food-Court. Auch dort hielt sich niemand mehr auf. Die Lichter über den Küchenschränken waren gedimmt, die Oberflächen waren aufgeräumt und abgewischt worden.

Hayley hatte mir doch gesagt, dass sie Geburtstag feiern wollten. Vielleicht waren sie gegangen und hatten mich einfach vergessen.

Ich verspürte ein ängstliches Kratzen in der Mitte meiner Wirbelsäule – als ob ein Streichholz darüber gerieben würde.

Ganz ruhig, Kate.

Auf dem Schreibtisch hinter mir begann wieder das Telefon zu läuten.

Eine seltsame Vorahnung ergriff von mir Besitz. Ein heißes Zittern breitete sich von meiner Lendenwirbelsäule her aus.

Ganz langsam streckte ich die Hand aus. Die weichen Härchen auf meinem Handgelenk hatten sich aufgerichtet. Als ich den Hörer berührte, fühlte sich meine Hand seltsam leblos an, fast als ob sie zu einer anderen Person gehörte.

Mach es schnell. Als würdest du ein Pflaster abreißen.

Ich nahm den Hörer von der Gabel und hielt ihn mir ans Ohr.

Ein leises, fiebriges Klicken ertönte.

»Sie haben sich Zeit gelassen, Kate.«

Es war Joel White.

»Was ist passiert?«, fragte ich. »Wo sind alle hin?«

»Sie sind gegangen. Es ist Wochenende.«

Ich streckte die Hand nach dem Stuhl neben mir aus, um mich darauf abzustützen. Meine Finger gruben sich in den ledernen Bezug und drückten den Schaumstoff darunter zusammen.

»Ich möchte jetzt auch gehen«, sagte ich mit einer Stimme, die von weither zu kommen schien – von einem Ort, an dem vernünftige und normale Bitten wie meine eigene geäußert und bewilligt werden konnten. »Ich bin an der Stelle nicht mehr interessiert.«

»Ach, nun, das ist ein Problem, Kate. Denn ich kann Sie nicht gehen lassen. Noch nicht.«

»Hören Sie, ich …« Meine Stimme zitterte. *Kontrollier deine Stimme.* »Ich sage Ihnen, dass ich gehen will, und Sie müssen mich gehen lassen. Außerdem will ich meine Handtasche zurück.«

»Warum setzen Sie sich nicht hin, Kate? Sie wirken ein bisschen zittrig. Ich mache mir Sorgen, dass der Stuhl unter ihrer Hand wegrollt.«

Er kann mich sehen.

Entsetzt drehte ich mich um.

Aber er stand nicht hinter mir auf der anderen Seite der Glasscheibe. Er war nirgends zu sehen.

Es gab nur den Glaskubus, in dem ich stand, und das leere Großraumbüro, das ihn umgab.

Es klickte.

Stille.

Ich ließ den Hörer fallen.

19

Drei Meilen entfernt, im St.-Thomas-Krankenhaus in der Nähe der Bahnstation Waterloo und der Westminster Bridge, dachte Kates Bruder Luke an seine Schwester und fragte sich, wie ihr Vorstellungsgespräch gelaufen war. Er hoffte inständig, dass es okay gewesen war. Sie hatte ihm keine Nachricht geschrieben, und das beunruhigte ihn. Es fiel ihm schwer, seine Zweifel abzuschütteln, dass das ein zu großer Schritt für sie gewesen war und wahrscheinlich verfrüht.

Nicht dass er Kate irgendetwas in der Art gesagt hätte. Wenigstens nicht direkt. Er hatte sie nicht verunsichern, nichts beschreien wollen. Es war zu lange her, dass er auch nur einen Schimmer von Begeisterung in den Augen seiner kleinen Schwester gesehen hatte, das wollte er nicht zunichtemachen.

Plötzlich fühlte er einen Schmerz wie immer, wenn er daran dachte, wie verletzlich Kate seit Marks Tod war. Wie bei vielen seiner Patienten auf der Herzstation, wo er jetzt seit acht Jahren arbeitete, war das Leben seiner Schwester durch einen einzigen schrecklichen Schlag entzweigerissen worden. Bevor sie Mark verloren hatte, war sie so selbstbewusst gewesen. So ausgeglichen. Der Tod ihrer Eltern war ein Schock gewesen, keine Frage, aber er hatte sie gezwungen, schneller erwachsen und selbstständig zu werden, hatte Kate widerstandsfähiger gemacht, ihre Entschlossenheit noch weiter gestärkt. Luke hatte sie darum beneidet, wie sie immer nach dem gegriffen hatte, was sie im Leben wirklich wollte, schon von Anfang an, sobald sie es konnte. Er hatte jede einzelne Postkarte, die sie ihm in ihrer Zeit als Flugbegleiterin von überall auf der Welt geschickt hatte, aufbewahrt. Er war auf ihre Karriere in der Öffentlichkeitsarbeit stolz gewesen, auf ihre Beförderungen und den Erfolg ihrer Kampagnen. Ihr Leben war ihm immer so groß und aufregend vorgekommen. Es hatte ihn geschmerzt mitanzusehen, wie es so trostlos und klein geworden war.

Er wurde von einem müden Stöhnen des älteren Mannes aus seinen Gedanken gerissen, der vor ihm im Krankenhausbett lag.

»Mr. Pinner?« Luke legte sanft die Hand auf den Arm des Mannes. »Mr. Pinner, ich bin es wieder, Luke. Ich überprüfe nur Ihre Werte.«

Der Mann im Krankenhausbett war hager und hohlwangig. Für einen Sechsundsiebzigjährigen war er vergleichsweise fit, nur hatte sein Herz am Vortag abrupt zu schlagen aufgehört, als er die Kellertreppe hinuntergestiegen war.

Nach so einem Erlebnis kam immer der Schock, der erschütternde Unglaube, dass etwas im eigenen Körper so plötzlich und vollständig versagen konnte, gepaart mit der unheimlichen Erinnerung an den lähmenden Schmerz.

»Wie fühlen Sie sich?«

Der wässrige Blick bewegte sich über Lukes Gesicht, ohne ihn wirklich anzusehen. Der Mund öffnete sich, aber es kamen keine Worte heraus.

»Der Arzt sagt, Sie dürfen jetzt etwas essen. Ich sehe mal nach, ob ich ein bisschen Suppe auftreiben kann. Bleiben Sie wach, okay? Ich bin gleich wieder da.«

Luke hängte die Tabelle wieder ans Bettende und schob seinen Versorgungswagen in Richtung Schwesternzimmer. Auf der Station hinter ihm lagen sechs Patienten, deren Krankheitsbilder von der Koronarangioplastie bis zur Gefäßprothese in

Bett eins bis zum Herzanfall in Bett fünf und einem postoperativen Bypass in Bett sechs reichten.

Ein gewöhnlicher Freitag eben.

Verstohlen zog er sein Telefon aus der OP-Kitteltasche und checkte die Nachrichten. Noch immer nichts von Kate. Eine weitere düstere Vorahnung befiel ihn. Das Vorstellungsgespräch musste inzwischen doch bestimmt vorbei sein.

»Pizza oder Chinesisch?«

Die Frage kam von Barbara Okafor, der stellvertretenden Stationsleitung. Sie trug einen hellrosa OP-Kittel, saß hinter dem vollgerümpelten Tresen und hatte sich den Telefonhörer auf die Schulter gelegt. Luke schaute kurz auf den Stationsplan auf der Tafel vor sich.

»Was hat Rosa gesagt?«, fragte er dann.

»Pizza.«

»Sam?«

»Pizza.«

»Dr. Summerhayes?«

»Pizza.«

»Also stehen meine Chancen auf chinesisches Essen …?«

»Nicht gut.«

Luke nickte. Es war zur Tradition geworden, dass das Team am Ende der Woche gemeinsam Essen bestellte. Wenn es ruhig war, suchten sie sich einen abgeschiedenen Raum und versteckten sich dort für fünf oder zehn Minuten. Brachten einander auf den neuesten Stand. Versuchten, ein wenig Dampf abzulassen.

Vielleicht würden heute Abend ein paar Stücke übrig bleiben, die er dann mit zu Kate nehmen konnte. Sie würde natürlich sofort durchschauen, worum es ihm wirklich ging – nach ihr zu sehen –, aber zumindest hätte er einen Vorwand.

»Wie geht es denn Anna heute Abend?«

Er fragte so neutral wie möglich, aber Barbara riss zur Antwort trotzdem weit die Augen auf.

»Ist irgendwas?«, fragte er sie unschuldig.

»Wenn du mir jetzt sagst, dass du noch nicht nach ihr gesehen hast, lege ich dich hier über den Tresen und versohle dir den Hintern. Glaub ja nicht, dass ich das nicht machen würde.«

»Verlockend.«

»Ich meine es ernst.«

»Ich mach's gleich.«

»Diese Frau ist in dich verliebt«, sagte Barbara Okafor, als ob es eines der größten Rätsel des Universums wäre.

Luke musste gegen seinen Willen lächeln. »Ich schau gleich nach ihr.«

»Oh, ich wette, das tust du.« Aus dem Papierstapel vor sich zog sie eine Tabelle, die sie ihm reichte. »In Zimmer sechs muss jemand kurz angeschaut werden.«

Luke gab sich überrascht. »Und du willst ihm nicht in die verträumten blauen Augen sehen? Ich habe gesehen, wie du mit ihm zusammen gelacht hast, Barbara. Ich habe den Verdacht, dass du selbst ein bisschen verliebt sein könntest.«

»Zwing mich nicht dazu, dir mit dem Telefon hier eins überzubraten.«

»Ganz ruhig, ich bin ja schon weg.« Luke wich zurück und hob beschwichtigend die Hände.

»Du hast mir noch nicht gesagt, was du auf deine Pizza haben willst«, rief Barbara ihm nach.

»Chow mein«, antwortete er winkend.

Zimmer sechs war ein Einzelzimmer. Luke trat ein und warf einen Blick auf den Mann im mittleren Alter, der vor ihm im Bett saß. Er war schlank und wirkte athletisch – eine Erinnerung daran, dass der Schein trügen konnte, wenn es um Herzkrankheiten ging.

Luke drückte auf seinen Kugelschreiber und deutete damit auf das Lehrbuch, das der Mann bei seinem Eintreten zugeschlagen und auf seinen Schoß gelegt hatte. »Wie geht es mit Ihrem Portugiesisch voran, Mr. Nicholls?«

»Besser als mit dem Norwegisch, das ich mir letztes Jahr selbst beizubringen versucht habe.«

»Kann ich mir vorstellen. Dr. Summerhayes war heute Nachmittag bei Ihnen. Wie ist es gelaufen?«

»Sagen Sie's mir.«

Luke zog sich mit dem Fuß einen Rollhocker ans Bett und setzte sich.

»Die Werte sehen gar nicht schlecht aus.«

»Für jemanden, der auf eine Operation am offenen Herzen wartet oder für einen gewöhnlichen Menschen?«

»Darf ich rasch ein paar Tests durchführen?«

»Bitte sehr.«

Es dauerte fast eine Viertelstunde, und Luke war die ganze Zeit abgelenkt. Das Telefon in seiner Tasche hatte noch immer nicht vibriert, noch immer keine Nachricht von Kate. Er fragte sich, ob er vielleicht noch ein paar Fragen mehr fürs Vorstellungsgespräch mit ihr hätte durchgehen sollen. Vielleicht war das Problem aber auch gewesen, dass sie zu gut vorbereitet war.

Er schüttelte den Kopf und verstärkte den Griff um seinen Kuli. Sich auf diesen tollen neuen Job zu bewerben war von Anfang an ein Risiko gewesen. Ein Kipppunkt, vermutete er. Und wenn das Gespräch nun schlecht gelaufen war … Er machte sich Sorgen, wie sie eine Niederlage verkraften würde.

»Halte ich Sie von irgendwas ab?«, fragte ihn Mr. Nicholls.

»Sie halten mich von hundert Dingen ab. Aber das ist schon okay. Wir sind fertig.« Luke drückte wieder auf seinen Kuli und stand von seinem Hocker auf.

»Wer steht als Nächstes auf Ihrer Hitliste?«

»Die hübsche junge Frau aus Zimmer vier.«

»Sagen Sie ihr doch *Olá* von mir.«

»Das tue ich nicht, Mr. Nicholls.« Auf seinem Weg hinaus deutete Luke noch auf den Rufknopf neben dem Bett. »Wenn Sie irgendwas brauchen, drücken Sie da drauf. Schwester Barbara könnte ein bisschen Bewegung gebrauchen.«

»Das sage ich ihr. Aber brühwarm.«

»Tun Sie das, dann brauchen wir beide einen Chirurgen. Ruhen Sie sich etwas aus. Es dauert jetzt eine Weile, bis einer von uns wieder nach Ihnen sieht.«

Auf dem Korridor zog Luke das Telefon hervor und starrte beunruhigt auf das leere Display. Eine Sekunde lang erwog er, Kate anzurufen und sie aufzumuntern, wenn es nötig sein sollte, aber dann kam ihm der Gedanke, dass sich ihr Gespräch vielleicht verzögert haben oder länger gedauert haben könnte als vorgesehen. Es wäre ein Fehler, sie zu stören. Er sollte lieber noch ein Weilchen warten und sich für den Moment gedulden, entschied er. Seiner Schwester vertrauen. Und übrigens auch dem Karma. Sie verdiente, dass ihr nur gute Dinge passierten.

20

Ich rannte zur Tür zurück. Ich rüttelte am Knauf. Ich trommelte mit der Faust gegen die Glasscheibe. Ich schrie und brüllte. Ich trat mit dem Fuß gegen die Tür.

»Hallo! Ist da jemand?«

Keine Antwort.

Ich trommelte erneut, diesmal noch lauter.

Das Herz schlug mir bis zum Hals. Die Wut überwältigte mich.

»Hallo! Irgendwer?«

Nichts.

Das einzige Geräusch, das ich hören konnte, war mein eigener rasselnder Atem.

War das ein Trick – ein unerhörter, übersteigerter psychometrischer Test –, oder war es schlimmer? War Joel White vielleicht ein irrer Fanatiker, der sich aus welchem Grund auch immer dazu entschlossen hatte, mich zu quälen? Aber warum ausgerechnet mich? Ich war so gewöhnlich. Mein Leben war gewöhnlich. Ich glaube, dass ich damit am meisten zu kämpfen hatte: mit der Gewissheit, dass hier irgendein Fehler passiert war und ich trotzdem in diesem Schlamassel steckte.

Ich wandte mich von der Tür ab. Der Telefonhörer baumelte an seinem Kabel von der Tischplatte.

Ich nahm ihn in die Hand.

Auf dem Telefon klebten Schildchen neben den Schnellwahlknöpfen. Auf einem stand Gebäudesicherheit.

Ich wartete einen langen Moment ab und starrte geistesabwesend durch die Glasscheiben vor mir, während mein Finger über dem Knopf schwebte. Joel musste irgendwo da draußen mit meiner Handtasche sein und mich beobachten. Würde er versuchen, mich aufzuhalten? Nach ein paar Sekunden, als er sich noch immer nicht zeigte, fasste ich einen Entschluss und drückte auf den Knopf.

Nichts passierte.

Es durchzuckte mich wie ein Blitz, bevor mir klar wurde, dass ich den Hörer nach dem letzten Gespräch noch nicht wieder aufgelegt hatte. Ich drückte also rasch die Gabel herunter und dann wieder auf den Knopf für die Gebäudesicherheit.

Es machte keinen Unterschied.

Nein.

Ich versuchte den Knopf, neben dem Rezeption stand, mit demselben Ergebnis.

Ich wählte die 0, aber das funktionierte auch nicht.

Das Blut gefror mir in den Adern. In meinem Mund breitete sich ein metallischer Geschmack aus.

Es gab nicht einfach nur keine Verbindung, wurde mir bewusst. Es gab auch kein Freizeichen. Da war einfach nur vollkommene Stille in der Hörmuschel.

Versuch, nach draußen zu wählen.

Ich drückte auf die 9, was zu nichts führte. Ich tat es ein zweites Mal. Dann legte ich richtig auf, wartete kurz und wiederholte den ganzen Vorgang. Als auch das zu keinem Ergebnis führte, zog ich das Kabel aus dem Telefon und steckte es wieder ein, dann kauerte ich mich hin und folgte dem Kabel bis zu einer Buchse im Fußboden. Ich zog es heraus und steckte es wieder ein.

Das Telefon blieb weiterhin tot.

Darum hat er deine Handtasche mitgenommen. Er will nicht, dass du dein Telefon hast.

Etwas schoss mir ins Herz – die Ahnung irgendeines Schreckens, dem ich mich noch nicht stellen wollte. Ich brauchte einen langen Moment, bis ich den Hörer wieder auf die Gabel legte. Es war, als ob ich einen Kieselstein in die dunkle Grube meiner tiefsten Angst fallen ließ.

Meine Haut fühlte sich auf einmal wächsern und stumpf an. Irgendetwas stimmte auch mit meinen Augen nicht. Meine Sicht war an den Rändern leicht verschwommen, als ob ich die Ereignisse durch eine beschlagene Glasscheibe verfolgte.

Stress. Angst.

Tu etwas. Irgendwas.

Ich eilte quer durch den Raum und ließ die Finger über das Türblatt aus Aluminium gleiten, dann klemmte ich die Fingerspitzen in die Lücke, wo der Riegel eingerastet sein musste. Ich konnte ihn nicht erreichen. Er war flach in den Metallrahmen eingelassen. Die ganze Tür sah stabil und wertig aus. Die Angeln waren an der Außenseite angebracht. Es gab kein Schlüsselloch, das hätte aufgebrochen werden können, und ich hatte sowieso kein Werkzeug bei mir. Ich hatte nicht einmal mehr den Druckbleistift, den Joel White mir gegeben hatte, um den Fragebogen auszufüllen. Es gab nur den Glastisch, die zwei Stühle, die Karaffe und die Kristallgläser, das Festnetztelefon und die Leuchtstrahler über mir.

Ich drehte mich im Kreis und stemmte dabei die Hände in die Hüften, Augen geradeaus, und versuchte, meine Angst im Zaum zu halten.

Ich leide nicht unter Platzangst. Normalerweise. Aber allmählich begann sich ein Erstickungsgefühl in mir breitzumachen.

Ich warf einen Blick auf die übrigen Jalousien, die noch immer heruntergelassen waren, dann machte ich schnell die Runde und zog eine nach der anderen hoch. Als alle Jalousien oben waren, drehte ich mich noch einmal im Kreis und musterte das leere Großraumbüro, das mich umgab. Ich hielt nach irgendeiner Bewegung Ausschau, nach Joel White, und fragte mich, was ich als Nächstes tun sollte.

21

Ich begann damit, die Glasscheiben abzutasten, die sowohl größer als auch breiter als ich waren und mehrere Zentimeter dick. Ich war mir ziemlich sicher, dass sie aus Sicherheitsglas bestanden. Die Scheiben waren fest angebracht und stabil.

An jeder Ecke des Kubus befand sich ein robuster schwarzer Stahlträger und zwischen den einzelnen Glasscheiben waren breite Metallstreifen eingelassen. Der Boden bestand aus poliertem Zement.

Ich drehte eine Runde, ließ die Hände in alle Ecken und Winkel gleiten, von oben bis unten, von links nach rechts, mein Atem bebte, meine Augen fühlten sich in meinem Kopf heiß und geschwollen an.

Ich fand keinerlei Schwachstellen.

Wo war Joel White?

Ich wusste es nicht. Ich konnte ihn noch immer nicht sehen. Mir war klar, dass er sich möglicherweise versteckte, mich vielleicht hinter einer Säule oder einem Schreibtisch hervor beobachtete, aber im Grunde war mir längst eine viel verstörendere Erklärung gekommen, die ich mir wohl einfach noch nicht hatte eingestehen wollen.

Beobachtete er mich aus der Ferne? Gab es hier vielleicht *Kameras*?

Ich musste daran denken, dass er mich bei unserem Telefonat

hatte sehen können. Zu diesem Zeitpunkt hatte ich erst drei der Jalousien hochgezogen. Und ja, es war durchaus möglich, dass er von einem geheimen Beobachtungsposten aus freie Sicht in den Glaskubus gehabt haben könnte, aber ich vermutete, dass ich ihn in diesem Fall inzwischen schon entdeckt hätte.

Ich sah auf. Die Deckenstrahler über mir leuchteten. Wenn dort irgendwo eine Kameralinse versteckt war, konnte ich sie jedenfalls nicht entdecken.

Der Gedanke jagte mir einen kalten Schauer über die Haut. Doch gleichzeitig drängte er mich zu einer Entscheidung.

Ich packte den Stuhl, auf dem ich zuvor gesessen hatte, und rollte ihn in eine Ecke des Glaskubus, sodass er ungefähr einen Meter vom Schreibtisch entfernt stand – so weit, dass das Telefonkabel sich spannte, wenn ich den Apparat vom Tisch nahm und auf den Stuhl stellte. Dann streckte ich die Hand aus, umfasste den Stuhl an den Armlehnen, damit er sich nicht mehr drehte, und kletterte hinauf. Als ich mich vorsichtig aufrichtete – der Stuhl unter mir wackelte wie ein Hundeschwanz – war mein Kopf nur noch ein kleines Stück von der Glasdecke entfernt.

Ich stützte eine Hand an dem dicken, nietenbesetzten Stahlträger ab, der mir am nächsten war, griff dann nach unten und zog einen meiner Pumps aus. Ich nahm den Schuh in die andere Hand, griff ein weiteres Mal hinab und hob das Telefon mitsamt dem Hörer auf. Die Telefonstation bestand aus Hartplastik. Ich vermutete, dass sie einen brauchbaren Hammer abgeben würde.

Der Stuhl quietschte und schwankte wieder unter mir. Ich hatte Angst, dass er zurückrollte und ich stürzte, aber es gelang mir, ihn einigermaßen ruhig zu halten, als ich den Absatz meines Schuhs an der oberen rechten Ecke der Glasscheibe platzierte.

Ich atmete tief durch und brachte alles in Stellung.

Ein harter Schlag.

Vor meinem inneren Auge sah ich, dass die Scheibe in einem Stück abfallen würde wie ein Vorhang von seiner Stange, wenn ich es richtig machte.

Der Stuhl unter mir bewegte sich erneut. Meine Knie zitterten.

Ich nahm noch einmal genau Maß, wandte dann das Gesicht ab und zog die Schultern ein.

Dann holte ich mit dem Telefon aus, schielte noch ein letztes Mal auf meinen Schuh und …

Hinter mir ertönte ein leises metallisches Klicken.

Hastig drehte ich mich um und wäre dabei fast vom Stuhl gefallen.

Die Tür des Glaskastens war aufgesprungen.

22

Ich stieg vom Stuhl herunter, stellte das Telefon auf den Tisch zurück und zog meinen Schuh wieder an.

Ich betrachtete die Tür für einen langen Moment. Sie stand einen Spaltbreit offen.

Wirklich?

Es war vollkommen unmöglich, dass die Tür von allein aufgegangen war. Sie war ganz sicher verriegelt gewesen. Andererseits hatte ich niemanden gesehen, der sich dem Kubus genähert hatte, und auch jetzt konnte ich niemanden in der Nähe entdecken.

Sehr eigenartig.

Erst vor wenigen Sekunden hatte ich mich noch verzweifelt danach gesehnt, den Raum verlassen zu können, aber nun, da er wollte, dass ich ging, war ich mir nicht mehr sicher, ob das so eine gute Idee war.

Mein Körper fühlte sich steif und starr an.

Aber dann fiel mir etwas ein: Wenn er die Tür irgendwie ferngesteuert öffnen konnte, konnte er sie vielleicht auch ferngesteuert schließen?

Ich schoss vorwärts und stellte den Fuß in die Lücke zwischen Tür und Rahmen. Ich atmete hechelnd und flach.

Dann legte ich die Hand auf den Türrahmen. Vorsichtig machte ich einen Schritt nach draußen. Vollkommene Stille umgab mich. Die Atmosphäre unheimlich zu nennen wäre eine gewaltige Untertreibung gewesen. Das Großraumbüro war nicht einfach nur leer und still. Es fühlte sich öde und verlassen an. Als ich zu dem bodentiefen Fenster zu meiner Linken blickte, konnte ich draußen nichts als den blassen Abendhimmel erkennen.

Aus dem Nichts erklang plötzlich zu meiner Rechten ein dröhnendes Gurgeln.

Ich ruckte hektisch herum, das Herz schlug mir bis zum Hals.

Aber es war nur ein Wasserspender gewesen, der eine Luftblase ausgestoßen hatte.

Reiß dich zusammen, Kate.

Ganz offensichtlich sollte ich hier irgendetwas tun. Was erwartete Joel White von mir?

Es war mir egal.

Ich wollte einfach nur weg.

Ich eilte durch die Büroetage auf die Rezeption zu, schlängelte mich zwischen verlassenen Schreibtischen und Aktenschränken hindurch, wobei ich den Blick immer wieder von rechts nach links schweifen ließ und ab und an auch über meine Schulter sah.

Auch der Empfangsbereich war verwaist.

Das neonrosa Schild war ausgeschaltet, die Computer auf dem Rezeptionstresen waren heruntergefahren, zwei Bürostühle waren ordentlich unter den Tresen gerollt worden.

Ich hielt inne und lauschte aufmerksam, doch alles, was ich hören konnte, war das Rauschen meines Blutes in meinen Ohren.

Ich wollte meine Handtasche zurück. Ich wollte sie mitnehmen.

Vergiss die Tasche. Sieh zu, dass du nach unten kommst.

Bring dich in Sicherheit. Deine Tasche kannst du später immer noch holen.

Ich eilte auf die Metalltüren zu, packte den Griff der linken und spürte für einen winzigen Sekundenbruchteil ein Beben an meinen Rippen, bevor ich zog.

Die Tür rührte sich nicht.

Ich versuchte es bei der rechten, aber beide Türen waren abgeschlossen.

Ich senkte den Kopf und spürte beinahe körperlich die vollkommene Stille und den riesigen Büroraum hinter mir. Und meine Einsamkeit.

Ich trat einen Schritt zurück und blickte von einer Seite zur anderen, suchte nach einem Knopf, den ich drücken konnte, nach irgendeinem Entriegelungsmechanismus.

Doch das Einzige, was mir auffiel, befand sich links von mir. Es war eine flache Sensorplatte aus Metall, die genau wie diejenige auf der anderen Seite der Türen aussah und vor die Hayley vorhin ihre Karte gehalten hatte.

Okay, vielleicht gab es dann ja einen Entriegelungsmechanismus hinter dem Empfangstresen. Einen Knopf oder irgendeinen Hebel, den Hayley oder Justin betätigen konnten. Das würde doch Sinn ergeben.

Ich lief zurück und sah nach. Als ich nicht sofort etwas entdeckte, schob ich Papiere und Schreibunterlagen beiseite. Ich zog beide Stühle aus dem Weg und betastete die Unterseite des Tresens. Ich kniete mich hin und reckte den Hals, um drunterzuschauen.

Kein Knopf, kein Hebel.

Stattdessen sah ich Stromkabel und einen Drucker, der auf einem kleinen Schubladenschrank stand.

Ich hob den Kopf. Auf dem Tresen standen zwei Telefone. Ich hob den Hörer des ersten ab, doch die Leitung war tot. Ich versuchte es mit dem zweiten, aber hier war es dasselbe. Ich drückte auf ein paar Tasten, legte auf und versuchte es erneut. Nichts.

Ich legte auf, erhob mich langsam und starrte auf die verriegelten Türen vor mir.

In diesem Moment begannen die Telefone zu klingeln. Alle auf einmal. Jedes einzelne Telefon im gesamten Großraumbüro.

23

Joel beobachtete Kate auf dem Laptopbildschirm vor sich. Er sah, wie sie vom Empfangstresen zurücktrat und die Hand vor den Mund hielt.

Er konnte sie aus verschiedenen Blickwinkeln betrachten. Es gab Kameras und Lautsprecher im gesamten Büro. Einige waren in den Deckenelementen verborgen, andere steckten in Schreibtischbehältern oder in Blumentöpfen. Einige waren auch im Kubus angebracht. Er konnte sie außerdem über die Webcams auf den Computern im Auge behalten, die noch eingeschaltet waren. Sie hatte Angst, und das mitanzusehen bereitete ihm überhaupt keine Freude, außer der Freude des Handwerkers, der ein gutes Arbeitsergebnis betrachtet.

Seltsam, wie das Leben so spielen konnte. Es war einmal – inzwischen war es lange her –, da hatte Joel auf der Seite der Guten gestanden. Das hatte er jedenfalls geglaubt. Das war das Problem mit Geheimdienstarbeit, man wusste nie genau, wer gerade wen über den Tisch zog.

Nach acht Jahren, als es mit seiner Karriere gerade bergauf ging, war er beiseitegenommen und für seine Befragungstechnik gelobt worden. Jedem wurden die Grundlagen beigebracht: Wie man körperliche Reaktionen interpretieren musste, offene Fragen stellte, eine Lüge entlarvte. Aber Joel hatte ein angeborenes Talent für diese Arbeit. Er glaubte an seine Fähigkeit, bis zum Grund der Wahrheit vordringen zu können. Das musste man auch, wenn man der Beste sein wollte.

Darum war er dann auch für einen heiklen Auftrag ausgewählt worden. In den Hinterzimmern von Whitehall, im absolut Geheimen, hatte ein altgedienter Staatsdiener die Innenministerin beschuldigt, Staatsgeheimnisse verraten zu haben, und Joel wurde damit beauftragt, die Ministerin spät in der Nacht in ihrer Wohnung zu vernehmen, ohne dass irgendwer wusste, dass er da gewesen war.

Und was hatte er herausbekommen?

Sie war schuldig, keine Frage. Er hatte daran nicht den leisesten Zweifel gehabt und das auch dem Chef seines Chefs berichtet, dem stellvertretenden Leiter des Geheimdienstes. Darum war er dann auch verwirrt, als der altgediente Beamte, der den Hinweis gegeben hatte, drei Tage später gezwungen worden war, unehrenhaft den Dienst zu quittieren, es wurde von sexueller Belästigung gemunkelt, während die Innenministerin ihren Job behalten hatte.

Geheime Mechanismen, geheime Kreise. Joel stand nicht weit genug oben in der Hierarchie, als dass er erfahren hätte, was für eine Absprache hier getroffen, welcher Hebel angesetzt worden war, doch das bedeutete nicht, dass es ihm gleichgültig sein musste.

Sechs Monate später kündigte er, hatte also genug Zeit verstreichen lassen, um so alle Mutmaßungen darüber zu zerstreuen, was genau ihn zur Kündigung bewogen hatte. Und wie es beim Geheimdienst üblich war, wurde seine Diskretion belohnt.

Zum ersten Mal wurde er nach ein paar Wochen kontaktiert. Der Freund eines Freundes hatte ihn empfohlen. Ob er bereit sei, den Sicherheitschef einer der weltweit führenden Ölfirmen bei der Aufgabe zu unterstützen, einen Hintergrundcheck bei ihrem neuen CFO durchzuführen?

Joel nahm den Auftrag an. Er kannte sich mit so etwas aus,

und das Honorar war beinahe schon unanständig hoch. Ebenso reizvoll war die Tatsache, dass das Beschäftigungsverhältnis nur vorübergehend war und strikter Geheimhaltung unterlag. Niemand musste wissen, wer er wirklich war oder was er in der Vergangenheit getan hatte. Das gestattete ihm auch, einige seiner, nun ja, extravaganteren, unerprobten Methoden und Theorien auszutesten, ohne dass Fragen gestellt wurden. Es gab keine Grenzen in Bezug auf Moral oder Rechtmäßigkeit, über die er sich Sorgen machen musste. Er hatte freie Hand und komplett die Kontrolle über das Vorgehen.

Zufälligerweise stieß der CFO auf keinerlei ernste Bedenken. Zwar hatte er Leichen im Keller, Dinge, die er zuvor noch niemandem außer Joel erzählt hatte – da war zum Beispiel ein junger Mann, dessen Miete er bezahlte (ein Sohn, von dessen Existenz seine Frau nichts wusste) –, aber die Firma war weit entfernt davon, sich von so etwas beunruhigen zu lassen, die Unternehmungsführung hielt diese Informationen unter Verschluss, um sie später bei Bedarf vielleicht einmal zu verwenden.

Im Anschluss an diesen Erfolg rissen die Aufträge nicht mehr ab. Alle stammten von Privatfirmen oder reichen Einzelpersonen, die nach einer diskreten Lösung für ein Problem suchten – und wenn bisweilen sein alter Arbeitgeber hinter den Kulissen die Strippen zog, war das nichts, was Joel wissen musste oder wollte. Er konzentrierte sich zunächst auf Großbritannien und Europa, später kamen die Vereinigten Staaten und Kanada hinzu, vor Kurzem dann – außerordentlich lukrativ – der Ferne Osten.

Bis dann diese besondere Aufgabe auf seinem Radar erschienen war.

Und jetzt war er also hier, *ganz in diesem Moment*, und beobachtete Kate dabei, wie sie darüber nachdachte, ob sie seinen Anruf entgegennehmen sollte oder nicht.

Während er auf ihre Entscheidung wartete, zog Joel sich ein paar dünne Einmal-Plastikhandschuhe über und hob die Klarsichthülle mit dem psychometrischen Test auf, den sie ausgefüllt hatte. Ihre Antworten waren nützlich für ihn. Auf jeden Fall erhellend. Aber das galt auch für die Hülle selbst.

Er hielt sie ins Licht. Und ja, es waren mehrere brauchbare Fingerabdrücke darauf zu sehen sowie ein dicker, fettiger Daumenabdruck am unteren Ende.

Er benutzte einen Streifen klares Klebeband, um den Abdruck aufzunehmen, den er dann auf dem Homebutton ihres Handys platzierte, auf ihn drückte und so ihr Display entriegelte.

24

Freitag, 18:36 Uhr

Ich trat hinter dem Tresen hervor und bewegte mich zur Seite, bis ich quer über das Großraumbüro bis zum Glaskubus sehen konnte. Alle Telefone in Sichtweite klingelten gleichzeitig. In einer ohrenbetäubenden Lautstärke. Winzige Lichter blinkten, es war, als ob ich auf eine durchgedrehte Einsatzzentrale schaute.

Ich hätte das alles ignorieren können. Das redete ich mir jedenfalls ein. Aber das letzte Mal, als ich ein klingelndes Telefon ignoriert hatte, war ich im Kubus eingesperrt worden.

Ich bewegte mich auf den nächstgelegenen Arbeitsplatz zu, legte die Hand flach auf den Tisch und hob das Telefon ab, das dort stand.

Um mich herum kehrte abrupt Ruhe ein. Ich sagte kein Wort, als ich mir den Hörer gegen das Ohr drückte.

»Kate, lassen Sie mich Ihnen ein bisschen Zeit sparen«, erklärte Joel White. »Die Telefone funktionieren, wenn ich es so will. Sonst nicht.«

Meine Hand ballte sich zur Faust. »Sind Sie übergeschnappt? Das dürfen Sie nicht tun.«

»Kate, bitte. Alles, was ich im Moment von Ihnen will, ist, dass Sie durchatmen und sich beruhigen, damit wir miteinander reden können.«

»Beobachten Sie mich?«

»Ja.«

Ich drehte mich im Kreis, das Telefonkabel drehte sich mit mir. Ich starrte so angestrengt auf meine Umgebung, dass mein Sichtfeld zitterte.

»Ehrlich, Kate. Es besteht kein Grund für Unhöflichkeit.«

Meine Knie gaben beinahe nach.

Ich hatte die Hand mit dem ausgestreckten Mittelfinger hochgehalten.

Jetzt kam mir das albern vor.

Ich senkte ruckartig den Arm und spürte ein Spannen im Nacken, als ob eine unsichtbare Person die Hand ausgestreckt und mich gekniffen hätte.

»Sie lassen mich jetzt hier raus«, sagte ich. »Sofort. Lassen Sie mich raus, oder ich rufe die Polizei.«

»Und wie wollen Sie das machen? Sie hören mir nicht zu, Kate. Ich habe die Kontrolle über die Telefone. Sie wissen auch, dass ich Ihre Tasche habe. Und Ihr Handy.«

Ich erstarrte.

Mein Atem stockte. *Zeig ihm nicht deine Angst.*

»Auf Ihrem Sperrbildschirm haben Sie ein schönes Foto, Kate. Ich mag Marks Pullover.«

In meinem Kopf begann es leise zu pfeifen.

Ich blickte bei seinen Worten zu den Ausgangstüren, aber ich nahm sie nicht mehr richtig wahr. Stattdessen stellte ich mir das Bild vor, von dem er sprach. Es war ein Schnappschuss von Mark, wie er auf dem Sofa in unserer alten Wohnung lag. Es stammte von einem Sonntag im November. Mark hatte faul dagelegen, hatte Zeitung gelesen und dabei einen dicken Strickpulli getragen, ein Geburtstagsgeschenk von mir. Er gestattete sich nicht oft, sich so zu entspannen. Sein Haar war zerzaust, denn wir waren gerade spazieren gewesen, um Kuchen von einer Bäckerei in der Gegend zu holen, und es hatte draußen gestürmt. Ich konnte mich daran erinnern, wie er mich an sich gedrückt hatte, um mich warmzuhalten, während wir die Straße entlanggeschlendert waren.

Nein.

Diese Übertretung ging zu weit. Ich packte den Telefonhörer noch etwas fester.

»Jetzt hören Sie mir gut zu«, sagte ich zu ihm. »Wenn Sie mich nicht sofort gehen lassen, schreie ich das Gebäude zusammen.«

»Bitte, schreien Sie, Kate. Wenn es Ihnen guttut. Niemand kann Sie hören. Das Stockwerk über Ihnen ist nicht besetzt. Das Stockwerk unter Ihnen ist das für die ganze Elektrik und den Instandhaltungskram. Zusätzliche Turbinen. Klimaanlagen. Alle möglichen geräuschintensiven Gerätschaften. Und natürlich sind die Fenster dieses Gebäudes verspiegelt, was bedeutet, dass Sie niemandem draußen ein Zeichen geben können. Die Fenster lassen sich nicht öffnen, und einschlagen können Sie sie auch nicht, weil sie aus bruchsicherem Glas sind. Denken Sie nach, Kate, es ist Freitagabend. Die meisten Leute, die in diesem Gebäude arbeiten, werden schon bald weg sein, wenn sie nicht sowieso schon nach Hause gegangen sind. Warum, glauben Sie, haben wir Sie um diese Zeit herbestellt?«

Nein.

Hör nicht auf ihn.

Lass dich nicht einschüchtern.

Aber ... wer war »wir«? Redete er von Edge? Über sich und – wen noch? Hayley? Maggie?

Das ergab keinen Sinn. Nichts von alledem ergab einen Sinn.

Wofür hielt er das hier, für einen verdammten Escape-Room?

»Hören Sie mir gut zu, Sie Freak. Wenn das hier vorbei ist, werde ich Sie und Edge bei jeder nur denkbaren öffentlichen

Stelle melden. Ich nutze alle meine Pressekontakte, um die Geschichte da draußen zu verbreiten.«

»Kate. Bitte. Sie kreischen. Und hier geht es nicht um Ihr Vorstellungsgespräch. Es geht um keine Stelle. Es gibt keine Stelle. Es geht um Sie.«

Ich geriet ins Taumeln.

Ganz ruhig.

In meinen Ohren rauschte es.

Das meint er nicht ernst. Er will dich nur zu einer Reaktion zwingen.

Ich blinzelte die Tränen weg und blickte zur Decke, schöpfte Atem. Ich brauchte ein paar Sekunden, um zu bemerken, dass ich eigentlich nach irgendeiner Spur von Kameras oder Mikrofonen Ausschau hielt.

Zwar konnte ich nichts entdecken, aber das bedeutete ja nicht, dass sie nicht da waren.

Ich presste mir eine Hand gegen die Stirn, um einen weiteren Schub von Benommenheit abzuwehren. Ich versuchte, nicht in Panik zu geraten. Sondern nachzudenken.

Lag es noch immer im Bereich des Möglichen, dass das hier irgendeine Art von Prüfung war? Ich hatte mich an diese Idee geklammert, aber allmählich entglitt sie mir. Doch wenn das hier *nicht* echt war, dann war die ganze Sache ein einziger Betrug. Er log. Und wenn er mir eine Lüge von diesen Ausmaßen auftischen konnte, dann konnte er mich auch über alles andere anlügen.

Ich fragte mich, ob das Stockwerk über mir tatsächlich nicht besetzt war. Ich wusste, es lag im Bereich des Möglichen. Die Presseberichte über das Gebäude hatten mir so viel verraten. Aber ich wusste nicht mit Sicherheit, welche Stockwerke vermietet waren und welche nicht.

Schrei. Sofort.

»HALLO! HALLO, IST DA JEMAND? KANN MICH IRGENDJEMAND HÖREN?«

Ich wartete, dann schrie ich erneut, diesmal noch lauter.

»HALLO! HILFE!«

Mein Herz schlug unkontrolliert. Ich presste mir die geballte Faust gegen die Brust. Ließ sie einen Moment lang da. Das tat ich immer, wenn ich mich morgens beim Laufen überanstrengte. Wenn ich mich zu immer höheren Leistungen antrieb. Wenn ich mich stärker machte. Meinen Schmerz aushielt. Als ich meiner Trauerbegleiterin davon erzählte, hatte sie eine Augenbraue hochgezogen und mir erklärt, dass der Drang zu laufen eine bessere Art war, mit seiner Trauer umzugehen, als die meisten Süchte, die sie gesehen hatte. »Stellen Sie es sich so vor: Körperlich sind Sie wahrscheinlich in der Form Ihres Lebens, auch wenn Sie seelisch an einem Tiefpunkt sind.«

»HALLO!«

Es erfolgte noch immer keine Antwort von der Etage über oder unter mir – oder überhaupt von irgendwoher.

Es gab kein Anzeichen dafür, dass mich irgendwer hören konnte.

Außer Joel White.

»Kate, sparen Sie Ihre Kräfte. Ich sage Ihnen jetzt, was Sie für mich tun müssen. Sie müssen zurück in den Kubus gehen, sich dort hinsetzen und auf mich warten. Sobald Sie dort sind, komme ich zu Ihnen, und wir können uns unterhalten.«

25

Freitag, 18:40 Uhr

Nein. Das konnte er sich abschminken. Absolut nicht. Ich würde nicht in den Kubus zurückgehen. Nicht nachdem Joel White mich vorhin dort eingesperrt hatte. Ich würde *überhaupt nichts* von dem tun, was dieser Mann von mir verlangte.

Ich legte den Hörer auf und wandte mich wieder den Ausgangstüren zu. Ich nahm Anlauf und rammte sie mit der Schulter. Schmerz schoss mir durch die Seite. Ich trat dagegen. Ich trommelte mit den Fäusten an das mit Draht durchzogene Sicherheitsglas. Die Türen waren in Metall eingefasst. Dagegen kam ich nicht an.

Ich hielt inne.

Okay. Auch wenn es keinen Entriegelungsmechanismus gab – wenigstens keinen, den ich leicht finden konnte –, so wusste ich doch ganz genau, dass es eine Sensorplatte gab. Um rauszukommen, musste ich also nichts weiter tun, als eine Codekarte zu finden.

Eine einzige Codekarte.

Ich lief hinter den Empfangstresen zurück und ließ den Blick über die Oberfläche gleiten. Ich hob die Tastaturen hoch, drehte die Behälter für die Stifte um. Ich kauerte mich hin und sah in den Schubladen des Schränkchens nach, auf dem der Drucker stand, aber darin lagen nur Stapel von Druckerpapier.

Ich richtete mich auf und kämpfte einen plötzlichen Schwindel nieder, dann wandte ich mich den vier dünnen Metallspinden hinter mir zu. Ich öffnete sie, einen nach dem anderen. Die Metallangeln quietschten und klickten.

Darin fand ich das übliche Büromaterial: Druckerpapier, Papier mit Briefkopf, Briefkarten, Umschläge in allen möglichen Maßen und Größen. Stifte, Büroklammern, Tintenpatronen.

Aber keine Codekarten.

Okay, das war seltsam, aber vielleicht hatte White die Spinde überprüft, damit ich nichts fand. Doch selbst wenn ich davon ausging, dass das der Fall war, konnte er nicht *überall* nachgesehen haben. Es musste irgendwo einen Vorrat an Karten geben. Es war ja nicht so, dass die Leute, die hier arbeiteten, nicht von Zeit zu Zeit ihre Schlüsselkarten verlegten oder vergaßen.

Es sei denn …

War es möglich, dass alles so detailliert geplant worden war, weil sie es vorher schon einmal getan hatten? Weil es tatsächlich eine Übung bei Einstellungsverfahren war?

Es musste eine Möglichkeit geben, die Ausgangstüren zu entriegeln.

Dass man sie nicht öffnen konnte, war unmöglich.

Ich ging zu den Türen zurück und betrachtete sie noch einmal eingehend, dann legte ich die Hand auf die schmale Scheibe aus Sicherheitsglas in der linken Tür. Ich spähte nach draußen. Die Lichter im Vorraum waren genauso gedimmt wie auf dem Rest der Bürofläche, sodass der Vorraum in ein sumpfig grünes Licht getaucht war. Ich konnte noch immer die Normpflanzen sowie die drei Fahrstühle mit ihren polierten Stahltüren erkennen, die aussahen, als ob sie in ein Aquarium versenkt worden wären. Alle drei Aufzüge waren geschlossen. Doch ich konnte auch einen schmucklosen Notausgang rechts davon ausmachen.

Ich trat einen Schritt zurück und blickte noch einmal auf die

Sensorplatte und von da aus nach links, bis ich etwas entdeckte, was an der unverputzten Ziegelwand befestigt war. Ein Feuerlöscher. Er war leuchtend rot lackiert.

Ich starrte ihn weiter an, stellte mir vor, wie White meinen Fortschritt über seine blöden Kameras überwachte, und ging darauf zu. Er wurde von einem Plastikseil an Ort und Stelle gehalten. Ich lockerte es und hievte den Feuerlöscher mit beiden Händen aus seiner Halterung. Er war so schwer, dass er mir sofort zu Boden sackte. Sein Fuß bestand aus massivem Metall. Damit konnte man ernsthaft Schaden anrichten.

Ich schloss die Hand um den Griff und zerrte den Feuerlöscher hinter mir her, zurück zur Tür. Der Fuß schleifte und hüpfte über den Betonboden. Nachdem ich ihn erst einmal dorthin verfrachtet hatte, wo ich ihn haben wollte, schöpfte ich Atem und strich mir das Haar aus dem Gesicht. Dann stellte ich mich breitbeinig hin, beugte die Knie und wuchtete den Feuerlöscher auf Schulterhöhe.

Ich zitterte wegen seines Gewichts am ganzen Leib, holte einmal kurz zu einem Testschlag aus und richtete den Fuß des Feuerlöschers auf die Scheibe aus Sicherheitsglas in der linken Tür.

Dann zog ich den Feuerlöscher mit angespannten Armen zurück.

White hatte die Tür des Glaskubus geöffnet, als klar wurde, dass ich dabei war, das Glas zu zertrümmern. Ich wartete darauf, dass er jetzt noch einmal das Gleiche tun würde.

Und ich wartete.

Der Feuerlöscher wurde immer schwerer. Meine Arme begannen zu zittern.

Ich biss mir auf die Lippe und betrachtete einen langen Moment die Decke, stellte mir die Kameras vor. Ich war sicher, dass sie auf mich gerichtet waren und bestimmt ganz klar meinen Gesichtsausdruck zeigten. Ich zog eine Augenbraue hoch, als wollte ich ihn fragen: *Wollen Sie das wirklich?*

Eine Sekunde lang kam es mir vor, als ob ein Teil meines Bewusstseins sich abspaltete und in eine alternative Realität überwechselte. Ich konnte mir beinahe schon vorstellen, wie ein lauter Alarm losplärrte, gefolgt von White und seinem Team, die aus den Kulissen hervorsprangen, in die Hände klatschten und mir sagten, dass ich den Feuerlöscher jetzt wieder abstellen könne, denn die Prüfung sei bestanden.

Aber nichts von alledem geschah.

Es erfolgte keinerlei Reaktion.

Ich war alleine, hielt den Feuerlöscher in den Händen und wurde mir allmählich dessen bewusst, dass White es darauf ankommen ließ.

Okay, wenn Sie es unbedingt wollen.

Ich sah nach vorn, reckte den Hals zur einen Seite, dann zur anderen und hieb zu.

26

Im letzten Moment schloss ich die Augen. Der Aufprall fuhr mir durch Mark und Bein. Es knallte, und die Türen erzitterten.

Doch als ich die Augen wieder öffnete, war das Glas nur ein wenig gesplittert, hatte ansonsten aber gehalten.

Ich versuchte es erneut. Und noch einmal. Ich sah verbissen dabei zu, wie die Scheibe sich bog und splitterte. Winzige Risse und Scharten entstanden, aber die Glasscheibe gab nicht vollständig nach. Sie wollte einfach nicht zerbrechen.

Meine Finger schmerzten, und in meinen Händen kribbelte es dumpf – als ob ich ein elektrisches Werkzeug benutzt hätte.

Ich atmete aus und stellte den Feuerlöscher neben mir ab. Dann drückte ich mit gespreizten Fingern gegen das zersplitterte Sicherheitsglas. Erneut gab es ein winziges bisschen nach, aber ich konnte die Scheibe nicht vollständig eindrücken.

Ohnehin war die Glasscheibe so hoch und schmal, dass ich nur meinen Arm hätte hindurchstrecken können, auch wenn ich die Scheibe zertrümmert hätte. Ich hätte auf keinen Fall hindurchklettern können, und ich konnte mich auch nicht daran erinnern, eine Entriegelung auf der anderen Seite gesehen zu haben, nach der ich hätte tasten können. Ohne Codekarte saß ich hier immer noch fest.

Mit dem Handrücken wischte ich mir über den Mund. Die Türen bestanden aus dickem Metall, aber vielleicht war ihr

Schließmechanismus weniger stabil. In der Ritze zwischen Tür und Rahmen glänzte ungefähr auf Hüfthöhe etwas aus poliertem Stahl. Irgendeine Art Riegel.

Ich blickte noch einmal mit zusammengebissenen Zähnen zur Decke hoch. Diesmal rechnete ich nicht damit, dass White sich einmischen würde. Ich glaube, ich wollte einfach nur, dass er den Abscheu auf meinem Gesicht sah.

Ich drehte mich seitwärts, hob den Feuerlöscher auf Hüfthöhe, stieß einen Schrei aus und rammte ihn frontal mittig gegen die Türen.

Die Wucht des Stoßes warf mich beinahe um, hatte jedoch sonst so gut wie keinen Effekt. Es war, als ob ich gegen eine Wand gedonnert wäre.

»Scheiße.«

Meine Schultern sackten nach unten, und ich ließ den Feuerlöscher scheppernd zu Boden fallen. Mein Gesicht war mittlerweile von einem Schweißfilm bedeckt. Haarsträhnen klebten mir an Stirn und Wangen. Mein Jackett war hochgerutscht, und die Bluse hing mir aus dem Rock.

Also gut.

Ich wirbelte herum und stürmte hinter den nächsten Arbeitsplatz. Ich schubste einen Stuhl beiseite, grapschte wahllos nach einem Telefon und versuchte, eine Verbindung nach draußen herzustellen. Auf der Suche nach einer Codekarte öffnete und schloss ich Schubladen und Schränke. Dabei wischte ich allen möglichen Kram beiseite.

Und die ganze Zeit über wiederholte ich im Kopf etwas, was White zu mir gesagt hatte.

Es geht um Sie.

Das glaubte ich ihm nicht. Nichts, was ich getan hatte, hätte irgendwen dazu veranlassen können, mich so zu behandeln. Ich hatte nichts verbrochen.

Ich dachte an unser Gespräch zurück, ob es irgendetwas in meiner Bewerbung gegeben oder ich irgendetwas gesagt haben könnte, was White dazu veranlasst hatte, sich auf diese Weise zu verhalten. Er hatte ein paarmal den MarshJet-Prozess erwähnt, aber das war kaum verwunderlich angesichts meiner Geschichte mit dem Unternehmen. Und auch wenn ich verstand, dass das vor allem für die Crewmitglieder ein emotional aufgeladenes Thema war, die behaupteten, ernsthafte Gesundheitsschäden erlitten zu haben, weil sie mit MarshJet-Maschinen geflogen waren, war meine Verbindung zu dem Prozess bestenfalls lose. Weder die Verteidigung noch die Anklage hatte sich wegen einer Zeugenaussage an mich gewandt.

Gab es sonst noch etwas? Mir fiel nichts ein. Nichts, das irgendwen zu so etwas hier hätte provozieren können.

Der Gedanke, dass es hier um etwas Persönliches ging ... Dass alles geplant war ... leuchtete mir nicht ein.

Dann waren da noch die Kameras und die kompliziert manipulierten Telefone und dass alle anderen wie auf Kommando das Büro verlassen hatten, unmittelbar nachdem mein Vorstellungsgespräch begonnen hatte. Es fühlte sich jedenfalls so an, als ob die ganze Sache von vornherein so eingefädelt worden wäre. War das alles hier ein einziger Schwindel?

Ich hielt inne und blickte auf die Unordnung, die ich veranstaltet hatte. Ich hatte nirgends eine Schlüsselkarte gefunden. Nichts, was einer Schlüsselkarte auch nur *ähnlich* gesehen hätte. Und war das nicht ziemlich seltsam?

Vor mir leuchtete das Edge-Logo auf einem Computermonitor auf.

»Okay«, sagte ich halblaut zu mir selbst. »Okay.«

Ich beugte mich über die Tastatur und tippte an die Maus. Wenn ich irgendwem eine Nachricht schreiben, irgendwie ins Internet gelangen könnte ...

Aber in dem Moment, in dem der Bildschirmschoner verschwand, erschien an seiner Stelle die Aufforderung, einen Benutzernamen und ein Passwort einzugeben.

Ich knurrte und schüttelte den Kopf, tippte ein paar zufällige Buchstaben ein und klickte dann mit der Maus auf den Login-Button.

Die Festplatte summte und vibrierte, der Bildschirm blinkte auf, wurde kurz dunkel, dann erschienen eine Fehlermeldung und eine neue Maske, die mich zur Eingabe eines Passworts aufforderte.

Ich fluchte und drehte die Tastatur um. Ich sah auf der Bildschirmrückseite nach. Wenn ich einen Klebezettel finden könnte, auf den ein Benutzername und ein Passwort gekritzelt worden waren ...

In diesem Moment erinnerte ich mich an die Regel, den Schreibtisch ordentlich zu hinterlassen, die Hayley erwähnt hatte. Sie hatte mir erzählt, dass sämtliche vertraulichen Nachrichten geschreddert werden mussten. So lautete die Unternehmensregel, und ich zweifelte keine Sekunde daran, dass ihre IT-Sicherheit ebenso streng gehandhabt wurde.

Ich durchwühlte noch einmal die Schubladen und die Papiere, die ich bereits durchgesehen hatte. Ich schaute sogar in den Papierkörben nach.

Nichts.

Ich knallte die Schublade zu, stand auf und presste mir die Hand gegen die Stirn. Die Frustration begann innerlich an mir zu nagen. Langsam drehte ich den Kopf und blickte wieder auf den Glaskubus.

Was, wenn ich tat, was White verlangte? Was, wenn ich hineinging und mich wieder hinsetzte?

Du würdest ihm in die Falle gehen.

Aus einer ganzen Reihe von Gründen würde ich das nicht

tun. Stolz. Ärger. Angst. Misstrauen. Ich musste daran denken, wie unsensibel er sich verhalten hatte, als ich ihm von Mark erzählt hatte. Meine Wut kochte wieder hoch.

Ich wollte nicht noch einmal allein mit diesem Mann in einem geschlossenen Raum sein. Ich wollte ihm gegenüber nicht ein Jota nachgeben. Außerdem, selbst wenn er Wort hielt und herkam, um mit mir zu sprechen, gab es keinerlei Garantie dafür, dass er mich danach rauslassen würde.

Ich drehte mich wieder um und sah mich um, dachte nach, suchte. Mein Blick wanderte wieder zu dem Edge-Motto, das mir zuerst ins Auge gesprungen war, als ich den Empfangs-bereich betreten hatte: *Brich die Regeln.*

In Ordnung, Joel, dachte ich, *was, wenn ich etwas anderes breche?*

27

Ich hielt inne, drehte dem Ausgang den Rücken zu und eilte auf die bodentiefen Fenster vor mir zu, die nach Norden gingen und sich über dem Haupteingang befinden mussten. Außerdem erinnerte ich mich daran, dass über der gläsernen Drehtür ein Glasdach angebracht war.

Ich wurde immer schneller, irrer, lief erst, rannte dann, bis das Büro um mich herum verschwommen an mir vorbeizog.

Auf meinem Weg an dem letzten Cluster von Arbeitsplätzen vorbei griff ich mir einen Stuhl. Ich drosselte weder mein Tempo, noch geriet ich aus dem Tritt, zog den Stuhl hinter mir her, sodass er ins Trudeln geriet und über den Boden holperte. Als ich die gläserne Wand erreicht hatte, stemmte ich die Füße auf und holte kräftig aus.

Der Stuhl segelte in hohem Bogen durch die Luft. Der Fuß bestand aus massivem Metall und Hartplastik. Er prallte mit einem heftigen Knall gegen das Fenster.

Ich weiß nicht, was genau ich erwartet hatte, denn ich wusste ja, dass die Fenster auf dem letzten Stand der Technik waren. White hatte mir mitgeteilt, dass sie aus bruchsicherem Glas bestanden.

Ich nehme an, ich dachte, dass die Scheibe wenigstens einen Riss bekommen oder splittern würde, in etwa so wie das Sicherheitsglas in der Tür, das ich mit dem Feuerlöscher zu zertrümmern versucht hatte. Denn bruchsicher hieß nach meinem Verständnis, dass das Fenster tatsächlich zerbrechen würde, dass die Scherben allerdings durch irgendeinen – keine Ahnung – raffinierten Überzug oder durch eine chemische Eigenschaft des Glases zusammengehalten würden. Mir war klar, dass die Scheibe zwar halten, aber möglicherweise geschwächt würde.

Falsch gedacht.

Der Stuhl prallte einfach nur vom Glas ab, als ob ich ihn gegen eine durchsichtige Gummiwand geschleudert hätte. Meine Arme schlotterten. Die Scheibe bog sich ein bisschen und erzitterte leicht, aber das war alles.

Der Stuhl krachte zu Boden, und ich starrte auf das Glas. Ich berührte es mit den Fingerspitzen. Es hatte keinen Riss und war auch im Inneren nicht gesplittert. Nicht der geringste Kratzer war zu erkennen. Als ich hinabblickte, gab es keinerlei Anzeichen dafür, dass irgendwer auf der Straße irgendetwas mitbekommen hatte.

Vielleicht wenn ich noch härter zuschlage…

Mit beiden Händen packte ich erneut den Stuhl und schwang ihn nach links hinten, holte sogar noch übertriebener aus. Ich rotierte die Hüfte und verdrehte schnell meine Wirbelsäule, wie eine Tennisspielerin, die für eine Rückhand ausholt.

Mit einem Schrei warf ich den Stuhl.

Wieder prallte er von der Glasscheibe ab und zwar mit solcher Wucht, dass er mir direkt gegen die Brust geschleudert wurde. Ich keuchte auf und griff mir mit der Hand ans Brustbein. Ich krümmte mich zusammen und gab ein pfeifendes Geräusch von mir.

Meine Brust schmerzte beim Einatmen. Meine Haut brannte und kribbelte. Ganz langsam richtete ich meinen Körper wieder auf und hob den Kopf.

Der Stuhl lag auf dem Boden. Zwei Rollen waren kaputt. Eine der Armlehnen aus Plastik war geborsten und abgefallen.

Die Glasscheibe hingegen sah noch immer vollkommen unbeschädigt aus.

28

Fünfzehn Monate zuvor

Vor mir glitt eine Glastür auf. Der Raum für Pressekonferenzen am Flughafen von Gatwick war proppenvoll. Alle Sitzplätze waren belegt. Außerdem standen Reporter in den Gängen und lehnten sich mit gezückten Notizbüchern gegen die Wände. Fernsehkameras, Blitzlichter und ein Mikrofonbündel versperrten mir die Sicht auf das Podium an der Vorderseite des Raums, wo Sir Fergus ganz links neben fünf leitenden Angestellten der Fluggesellschaft Global Air und des Flughafens Gatwick saß. Dominic North stand in einigem Abstand zu meiner Rechten neben einer weiteren Tür. Er hatte die dürren Arme verschränkt, den Kopf erhoben, und seine Augen blickten finster und aufmerksam, während er konzentriert zuhörte.

Ganz vorn auf dem Podium stand die CEO von Global Air, eine gestresst wirkende Frau in einem signalroten Hosenanzug, vor einem Monitor, auf dem eine Karte mit der Route von Flug GA1501 und dessen letzte übermittelte Position zu sehen waren. Das winzig kleine Bild eines Flugzeugs schwebte über der ausgedehnten blauen Fläche des Atlantik und blinkte dabei wie ein einsames, verlorenes Leuchtfeuer. Als ich darauf starrte, hatte ich für einen Augenblick den Eindruck, als ob es das Einzige wäre, was mich in diesem Moment noch mit Mark verband. Panik und Furcht stiegen in mir auf und schnürten mir die Luft ab. Jedes Mal, wenn ich einatmete, kam es mir vor, als ob der ganze Raum luftleer wäre. Schweiß rann mir das Rückgrat hinunter.

Ich hätte nicht herkommen sollen, wurde mir schlagartig bewusst. Ich musste vollkommen übergeschnappt gewesen sein, als ich zugestimmt hatte. Sie hätten mich nicht fragen dürfen.

»... Und das ist alles an Informationen, was wir im Moment für Sie haben. Bitte haben Sie Verständnis, wir befinden uns in einer Situation, in der sich die Datenlage rasch ändern kann.«

Ich musste hier raus. Ich musste weg.

Ich schaute zu Dominic, aber er nahm mich gar nicht wahr – vielleicht tat er auch nur so. Sein Blick war fest auf das Podium gerichtet. Er hatte MarshJet und Sir Fergus sein ganzes Leben gewidmet. Im Moment spürte ich, dass er trotz der Ruhe, die er auszustrahlen versuchte, fürchtete, dabei zusehen zu müssen, wie alles, was sie gemeinsam aufgebaut hatten, in sich zusammenfiel.

In diesem Moment gestikulierte die Frau in dem kräftig roten Hosenanzug in Richtung des hinteren Teils des Raums, wo ich gerade versuchte, mich durch die Menge zu quetschen, wobei sich ein Stapel hastig zusammengestellter Papiere in meinen schwitzigen Händen zu wellen begann.

»Falls Sie weitere Fragen haben, sind Vertreter von Global Air und MarshJet anwesend, die Ihnen die technischen Spezifikationen und alle weiteren Informationen liefern können, die Sie benötigen. Es liegt noch einiges an Arbeit vor uns, der wir uns nun wieder widmen müssen. Ich danke Ihnen für Ihr Verständnis.«

Die Personen auf dem Podium erhoben sich, Stühle schabten über den Boden, und Mikrofone knisterten. Sir Fergus folgte den anderen aus dem Raum, ohne einen Blick zurückzuwerfen.

»Dominic!«

Er hörte mich nicht. Und bevor ich ihn noch erreichen konnte, umringte mich ein Pulk von Journalisten. Sie bedrängten mich und redeten durcheinander, schrien Fragen und grapschten nach den ausgedruckten Blättern. Ich stellte mich auf die Zehenspitzen, aber alles, was ich sehen konnte, war Dominics schütteres Haar, als er zügig den Raum verließ und dabei auf sein Handy starrte.

»Eine Reihe von Piloten hat vorher schon Bedenken wegen der Software an Bord der CruiseFlyer geäußert, vor allem wegen des …«

»Können Sie uns erklären, wie eine Black Box funktioniert, bis in welche Tiefe sie noch senden kann, um zu …«

»Bei einem solchen Unfall gehen die Überlebenschancen gegen null, aber liegen Ihnen irgendwelche Daten vor, die nahelegen, dass …«

»Tut mir leid«, murmelte ich. »Ich kann nicht … Ich muss nur …«

Ich ließ die Papiere fallen, wirbelte herum und stürmte durch die Tür nach draußen.

Doch der Flur war verwaist. Nirgends eine Spur von Dominic oder sonst irgendwem, der mir hätte helfen können.

Die Luft hier draußen war sogar noch dünner. Es war, als ob ich durch eine Raumschleuse in ein Vakuum getreten wäre.

Vor meinen Augen tanzten schwarze Punkte. In meiner Lunge baute sich Druck auf. Ich presste die Hand flach gegen die Wand vor mir und beugte mich vor. Die Panik raubte mir den Atem, Geschiebe und Lärm drängten brüllend und unscharf wie das Rauschen eines falsch eingestellten Radios auf mich ein. Ich hob die Hand zu meiner Brust und schloss sie über meinem Herzen.

29

Ich legte die Finger gegen die Scheibe, auf die ich mit dem Stuhl losgegangen war, riss mich aus meinen Erinnerungen und blickte nach unten, an meinen Schuhspitzen vorbei, auf das gläserne Vordach über dem Haupteingang des Gebäudes.

Dreizehn Stockwerke.

Ein leichter Schwindel ergriff mich. Die Scheibe beschlug unter meinem Atem.

Ich hatte mich an jenem Tag vor fünfzehn Monaten völlig verlassen gefühlt – ich hatte gekündigt, ohne jemals wieder den Hauptsitz von MarshJet betreten zu haben – und jetzt fühlte ich mich genauso.

Die Menschen bewegten sich weit unter mir hin und her wie Ameisen. Ich konnte schwarze Taxis und rote Londoner Busse entdecken, die beschleunigten und den Ludgate Hill hinabfuhren. Es gab dort unten Autos, Motorradkuriere und Fahrräder, manche von ihnen rasten die Straße gegenüber hinauf.

Niemand blickte zu mir hoch. Und wenn sie doch hochblickten, konnten sie mich trotzdem nicht sehen, sondern nur den goldenen Glanz der Abendsonne, die sich in der Glasfassade spiegelte.

Für einen Moment schloss ich die Augen, wandte mich dann um und blickte nach rechts auf den viktorianischen Pub mit den Buntglasfenstern und dem alten Schild. Alles in mir zog sich zusammen. Maggie saß dort und wartete auf mich, redete ich mir ein. Sie wusste, wann mein Vorstellungsgespräch angefangen hatte, und musste sich inzwischen wundern, wo ich blieb.

Sie kann dir helfen.

Sie hatte mir erzählt, dass sie heute Abend noch wegfahren wollte. Und sie war fordernd – die Sorte Mensch, die bei Edge anrufen und fragen würde, ob mein Vorstellungsgespräch tatsächlich immer noch andauerte. Vielleicht würde sie den Pub auch verlassen, nach 55 Ludgate Hill zurückkehren und das diensthabende Sicherheitspersonal fragen, ob ich schon wieder heruntergekommen wäre und das Gebäude verlassen hätte.

Ich glaubte nicht, dass sie ohne mich wieder gehen würde. Vor diesem Gespräch war ich die ganze Zeit wankelmütig gewesen, und sie hatte trotzdem zu mir gestanden. Ich konnte mich auf sie verlassen, dachte ich. *Hoffte* ich. Aber wie lange würde es noch dauern, bis sie ungeduldig genug wurde, um nach mir zu sehen? Ich wollte hier nicht eine Sekunde länger allein mit Joel White verbringen als unbedingt notwendig.

Ich legte die Hand auf die Brust und rieb über die Stelle, an der mich der Stuhl erwischt hatte. In meiner Brust spürte ich einen Schmerz, ganz ähnlich dem, der mich am Tag von Marks Flugzeugabsturz niedergestreckt hatte.

Ein Stückchen vom Pub entfernt wartete eine Menge von Leuten an einer Bushaltestelle. Ich sah genauer hin. Die meisten von ihnen wirkten wie Angestellte aus den umliegenden Bürogebäuden oder aus den kleinen Geschäften, Cafés und Restaurants.

Ich ließ die Hand wieder sinken und drehte mich vom Fenster weg. Nachdem ich mich ein paar Sekunden lang umgesehen hatte, ging ich zum nächstliegenden Arbeitsplatz, öffnete eine Schublade und durchsuchte sie.

Dort fand ich einen schwarzen Edding. Ich zog die Kappe ab. Der chemische Geruch war stark und berauschend. Der Stift hatte eine dicke, stumpfe Spitze, die mit Tinte durchtränkt war.

Ich drehte mich wieder zum Fenster und malte ein dickes H darauf, das ungefähr von meinem Kopf bis zu meinen Knien reichte. Der Stift quietschte dabei auf dem Glas. Ich stieg über den kaputten Stuhl und malte ein spiegelverkehrtes E auf das nächste Fenster links daneben. Dann fügte ich – ebenfalls in Spiegelschrift – ein großes L und ein P auf den nächsten beiden Fenstern hinzu.

Dann hielt ich inne und starrte mit angehaltenem Atem hinunter auf die Menschenmenge.

Niemand blickte zu mir hoch.

Niemand bemerkte mich.

Ungeduldig wippte ich auf den Zehenspitzen auf und ab, dann ließ ich den Stift fallen und sah mich erneut um. Neben meinen Füßen entdeckte ich zwei im Boden versenkte Mehrfachsteckdosen, und auf allen Arbeitsplätzen, die ich sehen konnte, standen Schreibtischlampen. Ich rannte zurück und schnappte mir zwei der Lampen, zog sie heraus und steckte sie dann in die Steckdosen. Ich schaltete sie ein und drehte sie so, dass sie auf die Scheibe strahlten.

Ich stand da und wartete noch ein wenig länger, das Licht der Lampen wärmte meine Haut. Die meisten Leute an der Bushaltestelle starrten auf ihre Handys. Ihre Schultern hingen herab, sie wirkten erschöpft und gelangweilt. Keiner von ihnen warf auch nur einen flüchtigen Blick in meine Richtung.

Ich trommelte mit der Faust gegen die Scheibe.

»Komm schon, irgendwer. Bitte.«

Ängstlich sah ich mich nach White um, starrte dann wieder auf den Eingang des Pubs. Als ich Maggie immer noch nicht entdeckte, stieg ich über den Stuhl rechts neben mir und blickte zur altehrwürdigen Kuppel von St. Paul's und dem Kruzifix, das sie krönte, hinüber. Hinter der Kathedrale war eine ausgedehnte Ansammlung von Bürogebäuden und Kränen zu sehen, Wolkenkratzer in der Ferne, alte Gebäude, Straßen und Gleise, dazwischen kleine Grünflächen. Zu einem anderen Zeitpunkt, unter anderen Umständen, hätte mir diese Aussicht vielleicht gefallen. Sie war ja angeblich einer der Vorteile dieses Arbeitsplatzes.

Doch jetzt nicht.

Ich hockte mich hin, richtete noch einmal die Lampen aus, überprüfte meine Nachricht, warf einen Blick auf die Straße.

Ein Mann, der sich von St. Paul's entfernt hatte, hatte angehalten und starrte nun zur Spitze von The Mirror herauf, wobei er sich die Augen mit der Hand beschirmte.

Er stand auf der gegenüberliegenden Straßenseite, trug ein grellbuntes Hemd, Cargoshorts und weiße Sneakers. Um seinen Hals hing eine Kamera, und er hielt etwas, was wie eine Broschüre oder ein Reiseführer aussah, in der anderen Hand. Während ich ihn beobachtete, hob er die Kamera und richtete sie aufwärts.

Ich hielt inne, wartete darauf, dass er meine Nachricht entdeckte, erstarrte, die Kamera senkte, noch einmal genauer hinsah, irgendjemanden herbeiwinkte, zu mir herdeutete oder etwas rief.

Aber er machte einfach nur sein Foto, ließ dann die Kamera wieder sinken, warf einen kurzen Blick auf seine Karte und ging dann weiter.

Ich starrte ihm hinterher und fühlte, wie Hoffnung aus mir entwich, wie Fassungslosigkeit durch meine Adern strömte.

Meine Nachricht war nicht angekommen. Man konnte mich nicht sehen.

Vielleicht später, wenn es dunkler wird …

Aber wenn es dunkler würde, wollte ich nicht mehr hier sein. Ich wollte überhaupt nicht mehr hier sein, Punkt.

Ich kämpfte Panik nieder und gestattete mir einen letzten sehnsüchtigen Blick auf den Pub. Wahrscheinlich hoffte ich, dass Maggie irgendwie spüren würde, dass ich nach ihr Ausschau hielt, dass sie die Straße überqueren und mir zu Hilfe eilen würde – aber als das nicht geschah, entfernte ich mich endlich vom Fenster und durchquerte schnell das Großraumbüro.

Ich ging rasch an dem Korb des Fake-Heißluftballons und dem Gerippe des Campingbusses mit den gepolsterten Plastiksitzen vorbei. Ich ließ die Finger über die rissige Oberfläche der alten Karussellpferde gleiten, dann passierte ich die Schaukel und den Pavillon mit den Plastikblumen.

Auf dieser Seite hatte ich freie Sicht über die Fleet Street bis zum Trafalgar Square, über die Menschen und den Verkehr, der hin und her floss. Die Aussicht verschwand, als ich nach links weiterging und zwischen den Tanzmatten und der Tischtennisplatte hindurch auf die Kletterwand zuging. Zwei reglose leuchtend bunte Kletterseile waren durch ein System von Flaschenzügen an der Decke gefädelt. Beide Seile waren am anderen Ende mit gewebten Klettergurten verbunden. Ich berührte eins der Seile und ging daran vorbei, dann blieb ich abrupt stehen.

Ich starrte auf die Fläche hinter dem Food-Court. Schreibtische waren zur Seite geräumt, Stühle waren aufeinandergestapelt worden. Inmitten der Bürofläche konnte ich neben einem der nackten Stahlträger, die die Decke stützten, einen großen beigefarbenen Kopierer sehen. Am hinteren Ende des Raums befand sich der Bereich, in dem das neue Fitnessstudio eingerichtet werden sollte.

Hinter gläsernen Abschirmwänden mit einem blauen Schutzüberzug gab es Abdeckplanen, Trittleitern, Farbeimer und

Farbrollen. In der Luft lag der Geruch von Wandfarbe, und dicke blaue Plastikfolien waren vor die Fenster und Wände geklebt worden, um sie vor Farbspritzern und Staub zu schützen. Kartons waren hinter den Glaswänden aufgestapelt. Auf ihnen waren diverse Fitnessgeräte abgebildet.

Eine entfernte Bewegung hinter dem Fenster neben mir erregte meine Aufmerksamkeit. Als ich genauer hinsah, erkannte ich, dass es sich um ein Passagierflugzeug handelte, das hoch über dem Kraftwerk von Battersea einschwenkte. Sein Metallrumpf glänzte im Sonnenlicht, und seine Triebwerke stießen einen milchweißen Kondensstreifen aus. Der Pilot drehte offenbar eine Warteschleife. Er wartete auf die Landeerlaubnis für Heathrow. Das wusste ich, weil ich früher selbst unzählige Male diese Warteschleifen geflogen war.

Ein mulmiges Gefühl durchfuhr mich, als ich den Blick senkte und zum London Eye hinübersah, zur Westminster Bridge, Richtung Parliament und Waterloo. Das trübe Wasser der Themse glänzte wie geschmolzenes Blei im Abendlicht.

In der Nähe des Bahnhofs Waterloo lag das St.-Thomas-Krankenhaus. Luke hatte dort Dienst. Genau wie Maggie wusste auch mein Bruder über das Vorstellungsgespräch Bescheid. Wahrscheinlich fragte er sich, warum ich mich noch nicht bei ihm gemeldet und ihm erzählt hatte, wie es gelaufen war.

Ich drehte mich wieder um, spähte in den Fitnessbereich sowie über die leere Bürofläche dazwischen hinweg. Und da bemerkte ich die beiden Türen, die sich neben der Trennwand zu meiner Linken befanden. Die nähere der beiden Türen war schmucklos und unbeschriftet. Quer über der zweiten war waagerecht ein Metallgriff angebracht. Darüber leuchtete ein grünes Zeichen auf. Und auf dem Zeichen stand in weißen Buchstaben das Wort NOTAUSGANG.

30

Als er ihr Einzelzimmer betrat, versuchte Luke, nicht körperlich auf den Anblick zu reagieren, der sich ihm bot. Es traf ihn schwer zu sehen, wie sehr sich ihr Zustand in den letzten vierundzwanzig Stunden verschlechtert hatte.

»Wie geht es meiner Lieblingspatientin denn heute Abend?«

Die Innenseite von Annas Sauerstoffmaske beschlug, als sie ein schwaches Lachen ausstieß, dann zog sie die Maske beiseite.

»Haben Sie es denn nicht gehört?« Sie sprach schwerfällig und leise. »Sie haben ein neues Herz für mich gefunden. Meine Transplantation ist … glänzend verlaufen.«

»Das wäre schön, Anna. Wir schaffen das. Irgendwann ist es so weit. Wir tun alles, was in unserer Macht steht.«

»Das will ich Ihnen auch geraten haben.«

Ihr Gesicht war grau. Schläuche wanden sich in ihre Arme und wieder heraus, und ihr braunes Haar war zerzaust und lag aufgefächert auf dem Kissen. Sechsundzwanzig Jahre alt, und jeden Tag schien sie tiefer in die Matratze einzusinken.

»Sind Ihre Eltern in der Kantine?«

Annas Eltern hatten an ihrem Bett Wache gehalten, seit sie vor über vierzehn Tagen eingeliefert worden war. Sie waren ein freundliches Paar, fast schmerzhaft höflich zu sämtlichen Ärzten und dem Pflegepersonal, am Boden zerstört von dem grausamen Schicksal, das ihrer Tochter bevorstand.

»Heute nicht. Ich habe sie heimgeschickt.«

Luke legte den Kopf schief. »Das muss sie einiges an Überzeugungskraft gekostet haben.«

»Ich habe ihnen gesagt, dass sie eine Pause brauchen. Wir haben ja noch ein paar Tage, bis… Sie wissen schon. Sie müssen sich ihre Kräfte aufsparen.«

»Anna…«

»Ich habe auch eine Pause gebraucht. Ist das schlimm? Es ist nur… Es ist sehr schwer, die ganze Zeit mit ihren Sorgen umzugehen, wissen Sie?«

»Ja.« Luke schaute auf ihr EKG und blätterte die oberste Seite ihres Kurvenblattes um. »Tatsächlich verstehe ich das sehr gut.«

»Ihre Eltern waren also genauso?«

Er schüttelte den Kopf. »*Ich* bin genauso. Meiner Schwester gegenüber. Sie hatte heute ein Vorstellungsgespräch.«

»Ach ja!« Sie drückte sich mit den Ellbogen ein wenig vom Bett hoch. »Wie ist es gelaufen?«

Er zuckte mit den Achseln. »Sie hat mir noch keine Nachricht geschrieben.«

»Haben Sie ihr denn nicht geschrieben?«

»Haben Sie Ihren Eltern heute Abend schon geschrieben?«

»Vielleicht mache ich es später noch.«

»Eben.«

»Sie glauben, Ihre Schwester braucht momentan ein bisschen Abstand?«

»Ich glaube, den brauchen wir vielleicht beide.«

Anna ließ sich wieder auf ihre Matratze sinken. Er war sich nicht sicher, was es mit ihr auf sich hatte, aber er hatte Anna mehr anvertraut als irgendeiner anderen Person seit Langem. Es gab Menschen, die behaupteten, dass die Konfrontation mit der eigenen Sterblichkeit einem etwas wie Weisheit verlieh. Normalerweise hätte Luke das rundheraus abgestritten, aber bei Anna, mit ihr zu sprechen – nun, da gab es irgendetwas. Eine Verbindung.

Es half.

»Es ist Freitagabend«, sagte sie zu ihm.

»Stimmt.«

Ihre Augen glitzerten und sie lächelte listig. »Wissen Sie, was ich tun würde, wenn ich nicht hier drin festsäße?«

»Ich habe so eine Ahnung, dass Sie mir das gleich verraten.«

»Ich würde einen Jungen anrufen, den ich gern mag, und ihn dann dazu bringen, mit mir auszugehen. Ich würde mich richtig aufbrezeln. Mich schminken und frisieren. Wir würden was trinken gehen. Und dann tanzen.«

»Hört sich an wie ein großer Spaß.«

»Ach, das wäre es auch.«

Jetzt wurde ihr Lächeln mehr als nur ein bisschen wehmütig, und sie tat Luke wieder schrecklich leid.

»Ich bin hier durch für heute, Anna. Ich muss los und alles fertigmachen. Meine Schicht ist bald vorbei.«

Sie tat so, als würde sie schmollen. »Schon?«

»Ich schau morgen früh wieder nach Ihnen, einverstanden? Gleich als Erstes, das verspreche ich.«

Er klopfte gegen das Fußende ihres Bettes und ging dann zur Tür.

»Luke?«

Er drehte sich noch einmal um.

»Sie müssen aufhören, sich um Ihre Schwester so viele Sorgen zu machen. Vertrauen Sie mir. Sie will nur so behandelt werden, als wäre alles vollkommen normal. Im Grunde will niemand von uns irgendwas anderes.«

»Ja, vielleicht haben Sie recht.«

Aber es fiel ihm schwer. Schwerer, als sie es sich ausmalen konnte. Denn sosehr Luke sich Anna auch anvertraut hatte, war es doch nicht einfach, das Ausmaß der Traumatisierung zu erklären, die seine Schwester tatsächlich erlitten hatte.

Auf dem Korridor schaute er auf dem Rückweg zum Schwesternzimmer durch das Bullauge im nächsten Zimmer auf Mr. Nicholls, der anscheinend mit sich selbst sprach, den Mund übertrieben bewegte, offenbar wiederholte er irgendeine portugiesische Redewendung. Während er ihn noch beobachtete, zog Luke schon das Handy aus seiner Gesäßtasche und warf einen Blick auf das Display.

Noch immer keine Nachricht von Kate.

Unbehagen baumelte in seinem Inneren wie ein schweres Gewicht, dass nur an einem zerschlissenen Faden hing.

Mit dem Verstand begriff er, dass Anna recht hatte. Er wusste, dass es das Gesündeste wäre, seiner Schwester ein bisschen Raum zu geben.

Aber am Ende des Tages war er ihr großer Bruder, und da ihre Eltern nicht mehr lebten, war es seine Aufgabe, sich um sie zu kümmern. Ein schnelles Hallo und eine kurze Nachfrage, wie es ihr ging, mussten drin sein.

Er suchte ihre Nummer, dachte kurz nach und rief dann an.

Das Telefon brauchte mehrere Sekunden, um eine Verbindung aufzubauen, dann klingelte es ein paarmal, bis er auf die Mailbox umgeleitet wurde.

Das sah Kate gar nicht ähnlich. Er fühlte einen besorgten Stich, bevor er sich selbst daran erinnerte, dass das nicht unbedingt heißen musste, dass es ihr schlecht ging. Vielleicht hatte sie ihr Telefon nicht gehört. Oder sie war laufen gegangen, um den Kopf freizubekommen. Luke war schließlich derjenige gewesen, der sie dazu überredet hatte, mit ihm laufen zu gehen. Er hatte beteuert, dass es gut für ihre psychische Gesundheit sei, sich ein wenig an der frischen Luft zu bewegen, doch wenn er ehrlich war, war er überrascht und auch ein bisschen alarmiert gewesen, wie sehr sie sich danach ins Laufen als Ventil gestürzt, wie leidenschaftlich, fast besessen sie es in der Folge betrieben hatte.

Er dachte darüber nach, ihr eine Nachricht aufzusprechen, entschied sich dann aber dagegen. Sie würde sehen, dass er angerufen hatte, sobald sie auf ihr Handy schaute. Dann konnte sie ihn zurückrufen oder auch nicht, ganz abhängig davon, wie sie sich fühlte. Die Entscheidung würde er ihr überlassen.

31

Freitag, 18:58 Uhr

Ich kam mir dumm vor.

Das hier war ein Hochhaus auf dem letzten Stand der Technik. Und ja, ich hatte auch einen Notausgang draußen im Vorraum gesehen, aber natürlich musste es mehr als eine einzige Nottreppe geben.

Ich sah zur Decke und dachte an die Kameras, die dort möglicherweise versteckt waren, und die Angst knisterte in mir, als ich zum Sprint ansetzte.

Es war ein großer, leerer Raum. Beim eiligen Durchqueren erwartete ich die ganze Zeit, dass Joel White auftauchen und mich anbrüllen würde. Dass er versuchen würde, mich irgendwie aufzuhalten. Aber er zeigte sich nicht, und als ich die Tür erreichte, grapschte ich sofort nach dem Griff und drückte ihn herunter.

Nein.

Die Tür ließ sich nicht öffnen.

Ich richtete mich auf und versuchte es erneut, drückte mit aller Kraft gegen den Griff. Mir wurde schwindelig. Ich zog die Zehen ein und stemmte die Fußballen gegen den Boden, stöhnte und kämpfte, doch als die Tür sich immer noch nicht bewegen ließ, schlug ich mit der flachen Hand dagegen und schrie frustriert auf.

Ich warf mich seitwärts, griff hektisch nach dem Türknauf

zu meiner Linken, erwartete bereits, dass auch diese Tür versperrt oder verriegelt sein würde, aber zu meiner Überraschung ließ der Knauf sich drehen, und die Tür schwang auf.

Auf der anderen Seite herrschte schwaches Zwielicht.

Ich wagte mich ein bisschen näher heran, fürchtete, dass White sich dort versteckte oder dass mich sonst irgendeine unangenehme Überraschung erwartete. Ich tippte gegen die Tür.

Kein Widerstand.

Sie schwang vollständig auf.

Ich fasste vorsichtig hinein und betätigte einen Lichtschalter. Ein kleines Kämmerchen tauchte aus der Dunkelheit auf. Der kleine Raum war mit maßangefertigten Metallregalen gesäumt. In den meisten lagerte Büromaterial. Es sah wie ein Ersatzlager für die hüfthohen Metallspinde aus, die ich hinter dem Empfangstresen entdeckt hatte.

Ich sah mich noch einmal um, für den Fall, dass White mir auflauerte, dann schob ich mich in den Raum, warf einen genaueren Blick hinein und nahm mir ein Regal nach dem anderen vor. Alles war ordentlich organisiert und aufgereiht. Es gab eine Menge Schachteln mit Kopierpapier, alle mit Klebeband verschlossen. Es gab einen Vorrat an Briefumschlägen und Polstertaschen. Es gab Locher und Büroklammern und Schachteln voller Büroklammern sowie mehrere Schreibtischlampen.

Allerdings gab es keine Codekarten, nichts, was mir dabei geholfen hätte, hier rauszukommen.

Ein saures Rinnsal bildete sich in meiner Magengrube.

Ich ließ das Licht an und trat benommen wieder aus der Kammer, die Augen geradeaus gerichtet.

Es war unglaublich, dass mir das geschehen konnte. Vollkommen unbegreiflich.

Nach ein paar Sekunden wurde mir bewusst, dass ich wieder auf den Kopierer schaute, der mitten im Raum stand. In meinem Kopf begann es zu kribbeln.

Ich stürmte vorwärts.

Der Kopierer war ein riesiges Ding. Hoch und breit und beige, ungefähr so groß wie die unbenutzten Schreibtische, die in seiner Nähe zusammengeschoben worden waren. Im Boden war eine weitere Steckdose eingelassen. Das Gerät selbst war mit Plastikrollen ausgestattet.

Es summte leise im Stand-by-Modus. Ich riss den Stecker aus dem Boden, und die Maschine verstummte mit einem Geräusch wie von einem Staubsauger, der gerade ausgeschaltet worden war.

Ich legte den Stecker und das Kabel auf den Dokumenteneinzug, löste die Bremsen an den Plastikrollen und drehte und hievte das Gerät dann von der Säule weg, als ob ich einen voll beladenen Einkaufswagen herumwuchten würde.

Er war schwer.

Ich trat hinter den Kopierer, legte die Hände flach auf die Seite und begann zu schieben.

Das Gerät schepperte und taumelte. Das Metallgehäuse wackelte und bog sich. Die Rollen trudelten und flatterten wie verrückt hin und her, alles nahm Geschwindigkeit auf und ratterte voran.

Das Gerät rollte im Zickzack, rutschte weg, ein Papierfach flog auf und dann wieder zu.

Ich hielt nicht an. Ich schob immer weiter, schneller, stärker. Ich benutzte auch meine Beine, raste über den Betonboden und näherte mich dem Notausgang, kam immer näher, senkte den Kopf.

Im allerletzten Moment fletschte ich die Zähne und schrie auf, dann schob ich das Gerät über die letzten Meter und rammte es in die Tür.

Die Ecke des Kopierers traf zuerst mit einem lauten Krachen auf.

Aber die Tür gab nicht nach.

Das Gerät bäumte sich nur einen Sekundenbruchteil auf, dann sackte es zurück, wobei die Ecke des Metallgehäuses sich tief in meine Magengrube bohrte.

Ich knickte vorwärts in der Hüfte ab, knallte auf den Deckel des Kopierers und stieß mir die Knie an.

»Scheiße.«

Ich taumelte zurück, hielt mir den Bauch und kämpfte die aufkeimende Wut und die Übelkeit nieder. Als ich dann die Bluse aus meinem Rock zog und sie anhob, konnte ich einen roten Striemen erkennen, der sich bis über meine Seite zog.

Der Kopierer klickte und tickte wie der Kühler bei einem Auto.

Der Notausgang war verbeult, aber Schloss, Angeln und Rahmen waren weiter intakt. Ich starrte verzagt auf den Türrahmen, stieß mich dann von dem Gerät ab und marschierte stur davon, quer durch die Büroetage.

32

Ich betrat den für das Fitnessstudio vorgesehenen Bereich. Ich hielt mir die Seite, unterdrückte den Schmerz.

Die Wände und Fenster um mich herum waren mit Plastikfolien geschützt. Weitere Plastikplanen raschelten unter meinen Füßen. Als ich nach rechts durch die gläsernen Trennwände sah, wirkte der Rest der Bürofläche wegen des blauen Plastiküberzugs wässrig und verschwommen.

Ich sah mich auf der Baustelle vor mir nach Werkzeug um, doch alles, was ich finden konnte, waren Pinsel, Rollen und Farbeimer. Zwei schmutzige Overalls hingen über einer Trittleiter.

Rechts neben der Leiter waren die großen Kartons mit den Fitnessgeräten aufgestapelt worden. An den Skizzen auf den Seiten konnte ich erkennen, dass sie Laufbänder und Heimtrainer enthielten. Ein weiterer Karton war bereits geöffnet worden, und einige Teile lagen ausgepackt davor auf dem Boden. Die Zeichnung auf der Seite des Kartons stellte einen Crosstrainer dar.

Ich trat näher heran und betrachtete die Gegenstände auf dem Boden. Es gab ein großes Schwungrad und zwei Pedale aus Plastik, außerdem zwei lange, seltsam geformte Griffe, die ein bisschen wie Skistöcke aussahen. Und es gab zwei Metallstangen, vielleicht die Verbindungsstücke zwischen den Skistöcken und dem Schwungrad. Die Stangen waren ungefähr so lang wie mein Arm und endeten in flachen Flanschen.

Ich hob eine der Stangen auf und wog sie in der Hand. Sie war leichter, als ich erwartet hatte, und hohl, aber ich vermutete, sie könnte als behelfsmäßige Brechstange taugen.

Ich drehte mich um und kehrte zum Notausgang zurück, schob den Kopierer mit der Hüfte beiseite, dann hob ich die Stange über meine Schulter und rammte das flache Ende in die Mitte der Tür.

Eine weitere kleine Beule. Ein weiterer dumpfer Knall.

Die Stange riss an der Haut meiner Hände.

Ich packte sie noch einmal fester, dann schlug ich mit der Stange mehrere Male hintereinander immer wieder auf dieselbe Stelle ein, ruckte sie hin und her, ohne allerdings deutlich voranzukommen. Ich schob den Kopierer mit dem Rücken noch weiter zur Seite, damit ich die Stange als Hebel in der Lücke zwischen Türblatt und Rahmen ansetzen konnte.

Doch die Lücke war winzig. Selbst das flache Ende der Stange war noch um einige Millimeter zu dick. Es passte nicht, sondern rutschte immer wieder ab.

Vor Frustration schlug ich seitlich gegen den Rahmen. Ein leises, aber hörbares Knacksen war zu hören, allerdings wusste ich nicht, wo es hergekommen war. Der Rahmen sah nirgends beschädigt aus.

Ich trat einen Schritt nach rechts und bearbeitete den Türrahmen von der anderen Seite. Ein Stück Holz splitterte ab. Ich schlug noch einmal auf den Türrahmen ein. Ein weiteres Stück löste sich. Ich zielte immer und immer wieder auf dieselbe Stelle, immer schneller, bis ein Sprung zu sehen war und allmählich breiter wurde. Es gelang mir, einen etwa handtellergroßen Teil des Türrahmens von der Ziegelmauer darunter loszuhämmern.

Dann machte ich mich mit der Stange an beiden Seiten der Lücke zu schaffen. Der Türrahmen war fest in die Wand geschraubt. Ich vermutete, dass ich ihn wohl irgendwann davon lösen könnte, aber ein einziger Blick auf das Stück, das ich freigelegt hatte, zeigte mir, dass keine echte Chance darauf bestand, die Stange in irgendeine Lücke zwischen der Mauer und der Tür zu stemmen.

Ich hielt inne und sah kurz auf.

Das Kribbeln in meinem Kopf kehrte zurück.

Mein Bewusstsein brauchte ein paar Sekunden, um zu begreifen, was mein Unbewusstes mir sagte, dann ließ ich die Stange sinken und starrte einfach nur.

Auf der Anzeige über der Tür stand nicht einfach nur NOT-AUSGANG. Darauf war auch das Piktogramm eines kleinen weißen Strichmännchens zu sehen, das vor Flammen floh.

33

Ich kickte mir die Pumps von den Füßen, warf sie beiseite und rannte auf Strumpfhosen und mit der Metallstange in der Hand zum Empfang zurück. Als ich mich der zweiflügeligen Ausgangstür näherte, blieb ich abrupt stehen und blickte nach links und rechts.

Nah bei der Stelle, an der der Feuerlöscher an der Wand gehangen hatte, gab es einen Feuermelder. Hinter einer quadratischen Scheibe aus Sicherheitsglas befand sich ein leuchtend roter Griff. Quer über das Glas waren die Worte ins Glas geätzt: IM NOTFALL SCHEIBE EINSCHLAGEN.

Ich stellte mich davor und holte mit der Metallstange aus.

Diesmal machte ich keine Pause, um zur Decke zu blicken. Ich wollte Joel White keine Gelegenheit geben, mich aufzuhalten.

Ich wandte das Gesicht ab und schlug mit der Stange das Glas ein. Es zersplitterte, und die Scherben fielen zu Boden. Ich zog mir den Jackettärmel über die Hand, wischte die letzten Fragmente beiseite und packte den Alarmgriff.

In diesem Augenblick machte ich dann doch noch eine Pause.

Nicht lange, aber lange genug, dass die Zweifel einsetzten.

Ich war mir nicht ganz sicher, was als Nächstes geschehen würde, aber ich fürchtete: gar nichts. Wenn White dreist genug gewesen war, den Notausgang zu verschließen, hatte er vielleicht auch die Leitung des Alarmsystems gekappt. Oder … keine Ahnung … vielleicht würde ich den Hebel umlegen, und eine lächerliche Explosion würde ausgelöst, und Konfetti würde auf mich herabregnen, als Zeichen dafür, dass mein Martyrium beendet war.

Ein alberner Gedanke, aber irgendwie erschien er mir glaubwürdig. Wahrscheinlich war das ein guter Gradmesser dafür, wie sehr mich die ganze Situation aus der Bahn geworfen hatte.

Ich zog an dem Griff.

Und einmal mehr passierte absolut gar nichts.

Für den Bruchteil einer Sekunde.

Dann brach ein ohrenbetäubender Höllenlärm los.

Der Lärm war überall. Es war wie im Tollhaus. Schrill und tatsächlich so laut, dass es sich in diesen ersten paar Sekunden wie eine physische Kraft anfühlte, die mich niederdrückte.

Ich kniff die Augen zusammen und sah nach vorn. Weiße Notbeleuchtung blinkte und blitzte über mir. Eine Lampe drehte sich wie wild auf dem Empfangstresen. Andere Lichter zuckten über den Boden des Großraumbüros hinter mir. Ein einzelnes Licht blinkte im Vorraum, es flackerte durch die mit Draht durchzogene Scheibe aus Sicherheitsglas.

Ich fragte mich, ob die Türen jetzt entriegelt sein würden. Vielleicht gab es für den Notfall einen entsprechenden Mechanismus.

In der Hocke bewegte ich mich auf die Türen zu, aber nein, als ich sie zu öffnen versuchte, waren sie noch immer fest verschlossen.

Ich zog mich zurück und drehte mich noch einmal um. Der Alarm kreischte weiter. Joel White hätte mich jetzt anrufen können – auf jedem Telefon, wenn es ihm gefiel –, ich hätte nichts davon mitbekommen.

Für eine Sekunde blickte ich quer über den blinkenden Büroboden und fühlte mich dabei, als ob ich die ganze Szene auf einer altmodischen Bildertrommel mitanschauen würde. Vermutlich trug das zu dem auf verrückte Weise unwirklichen Eindruck bei, der sich mir aufdrängte. Aber vielleicht war es auch ganz einfach nur Verwirrung – ein Übermaß an Sinneseindrücken. Der Alarm plärrte so laut und dröhnend, dass er direkt in meinem Kopf zu heulen schien.

White war nirgends zu sehen. Ich hielt die Hand über die Augen, bewegte mich voran, stieß gegen einen Schreibtisch.

Ich stolperte, keine Ahnung worüber. Dann ging ich weiter, bis ich zwischen den Arbeitsplätzen hervortrat und mich wieder den bodentiefen Fenstern näherte, auf die ich mein von hinten angestrahltes SOS gekritzelt hatte. Ich schlug noch einmal mit der Stange gegen das Glas. Auch diesmal zerbrach es nicht. Ich schlug ein zweites Mal zu, die Stange erzitterte in meiner Hand, dann lehnte ich mich vor und sah nach unten.

Männer und Frauen in Businesskleidung strömten aus dem Haupteingang auf die Straße, ihre Taschen an sich gepresst und die Handys am Ohr, es war wie eine Szene aus einem Katastrophenfilm. Wieder andere blickten über die Schultern hinauf zu den obersten Stockwerken des Gebäudes.

Ich hatte Mühe zu begreifen, was ich sah. Der Alarm war nicht nur auf diesem Stockwerk losgegangen, wurde mir schlagartig klar, sondern im gesamten Gebäude.

Ich spürte ein tiefes, kräftiges Ziehen aus Angst und Vorahnung in mir.

Die Wirklichkeit traf mich mit voller Wucht.

Es bestand nun keinerlei Möglichkeit mehr, dass das alles eine Finte oder eine Prüfung war. Dafür ging das hier viel zu weit. Doch wenn die Räumung des Gebäudes, die ich in Gang gesetzt hatte, tatsächlich geschah, war auch die Reaktion darauf echt. Irgendwer würde hier heraufkommen und nachsehen, warum der Alarm ausgelöst worden war. Und Maggie würde nach mir sehen. Sie würde sichergehen wollen, dass alles in Ordnung war. Ich musste mich nun also nur noch von Joel White fernhalten und wachsam bleiben, bis Hilfe eintraf.

34

Freitag, 19:11 Uhr

Versteck dich. Das war der erste Gedanken, der mir durch den Kopf schoss. Der zweite war: *Schütze dich.*

Die Metallstange war hohl und leicht. Wenn Joel White mich angriff, konnte ich damit nach ihm schlagen, aber wenn er sie mir entriss, war ich wehrlos.

Der Alarm schrillte in meinen Ohren. Die Notfallbeleuchtung pulsierte und blitzte. Mein Herz hämmerte wie wild, und mein Atem beschleunigte sich. Jede Sekunde, die ich zögerte, schien sich endlos hinzuziehen – die Zeit verlangsamte sich.

Beweg dich, trieb ich mich an. *Tu irgendwas.*

Durch das ganze Licht und den Lärm hindurch fixierte ich den Food-Court. Dann rannte ich los.

Kennen Sie diese Albträume, in denen man vor irgendeiner schrecklichen Gefahr davonläuft, aber nirgendwo hinzukommen scheint? So war es jetzt auch, nur schlimmer, weil ich nicht wusste, woher die Gefahr drohte. Ich hatte keine Ahnung, wo Joel White sich gerade aufhielt.

Vielleicht war er im Waschraum?

Beinahe hätte ich angehalten, als ich an dem Glaskubus vorbeikam. In den Toiletten hatte ich bisher noch nicht nachgesehen. Hayley hatte mir erklärt, dass sie hinter dem Empfang lagen. Wenn White dort lauerte und jetzt auf dem Weg zu mir war, könnte er jede Sekunde auf mich zugestürzt kommen.

Der Instinkt, mich umzudrehen und in die andere Richtung davonzulaufen, war stark, aber ich kämpfte ihn nieder. Ich umrundete den langen Besprechungstisch im Food-Court, blieb mit dem rechten Fuß an einem der Stühle hängen, fiel vorwärts, stieß mich vom Tisch ab und stürmte weiter.

Ich nahm die Küche ins Visier, riss Schranktüren und Schubladen auf.

In der dritten Schublade fand ich etwas.

Ein Küchenmesser.

Es hatte eine lange, dreieckige Klinge und einen grünen Gummigriff. Vielleicht war es früher am Tag von irgendwem dazu benutzt worden, die Geburtstagstorte für Justin aufzuschneiden.

Jetzt war es eine Waffe.

Vielleicht. Wenn ich dazu bereit war, es zu benutzen.

Ich nahm es in die Hand und drückte zu. Die Klinge wackelte beunruhigend. Eigenartigerweise schien alle Kraft aus meinem Arm gewichen zu sein.

Der Gedanke, damit auf jemanden einzustechen … oder ihn damit zu ritzen …

Ich verdrängte ihn.

Kümmere dich darum, sobald es nötig wird.

Einmal mehr drehte ich mich um und betrachtete das Büro, warf pfeilschnelle Blicke umher, das Messer in der einen Hand, die Metallstange in der anderen. Durch den offenen Raum gab es nur wenige infrage kommende Verstecke. Den Glaskubus schloss ich umgehend aus, nicht nur weil er mich verunsicherte, sondern auch weil ich sämtliche Jalousien von innen hochgezogen hatte.

Joel hatte mich vorher schon beobachtet, und ich wusste, dass er mich möglicherweise auch jetzt beobachtete.

Ich dachte an den Pavillon mit dem Plastikblumen links

neben dem Glaskasten, aber darüber blinkte und drehte sich eine Glühbirne. Sie würde mich zu hell ausleuchten.

Entscheide dich. Schnell. Ich winselte leise und zitterte unkontrolliert, und da spürte ich es ganz zweifellos.

Einen Luftzug.

Ein Aufwallen meines Blutes.

Einen kalten Hauch in meinem Nacken.

Eine ganze Kaskade von urwüchsigen, instinktiven Reaktionen, die mir nur eine einzige dringende Botschaft zubrüllten: *Er kann dich sehen.*

Ich wirbelte herum.

Aber ich sah ihn nicht. Noch nicht.

35

Sie hatte lange gebraucht, um den Alarm auszulösen, dachte Joel bei sich. Er war eigentlich davon ausgegangen, dass sie früher darauf kommen würde.

Das war enttäuschend, aber langjährige Erfahrung hatte ihn gelehrt, dass man nicht zu viel von den Leuten erwarten durfte.

Er stand vom Boden auf, sein Laptop war aufgeklappt, und er balancierte ihn auf der Handfläche. Der Bildschirm war in ein Gitter aus verschiedenen kleineren Fenstern aufgeteilt. In jedem der Fenster war das Bild einer anderen Kamera zu sehen. Wenn er wollte, konnte er zwischen den einzelnen Einstellungen wechseln oder sie heranzoomen.

Sicher, die blinkenden Lichter ließen ihn auf einigen der Fenster auf seinem Bildschirm nur noch Weiß sehen, aber immerhin hatte er mitgekriegt, dass sie sich ein Messer aus der Küche geholt hatte, zusätzlich zu der Metallstange, die sie sich vorhin schon genommen hatte. Er beobachtete sie dabei, wie sie darüber nachdachte, was sie als Nächstes tun solle, und schließlich sah er sie zu einem der Schreibtische laufen und sich darunter verkriechen.

Er war der Einzige, der das sehen konnte, denn er hatte in die Sicherheitsüberwachung dieser Etage eine wiederkehrende Bildschleife eingespeist, seit die letzten Angestellten gegangen waren, und nur noch Kate und er im Kubus zurückgeblieben waren.

Nachdem er den Laptop zugeklappt hatte, verstaute Joel ihn

in seinem schwarzen Nylonrucksack und setzte diesen dann auf.

Er stand auf der zweiten Nottreppe, hatte unmittelbar hinter dem Notausgang gesessen, als Kate versucht hatte, die Tür aufzubrechen.

Hier roch es nach frischer Farbe. Es lag nahe, dass diese Treppe seit der Eröffnung des Gebäudes kaum einmal benutzt worden war. Er war hier auch keiner einzigen Person begegnet, die sie vielleicht benutzt haben könnte, als der Alarm ausgelöst worden war. Wegen der leer stehenden Stockwerke war die Anzahl der Menschen, die hier arbeiteten, bereits ziemlich niedrig, und von denen, die sich an diesem Abend noch im Gebäude aufgehalten hatten, hatten die meisten wohl die Haupttreppe benutzt, um nach draußen zu kommen, vielleicht sogar die Fahrstühle, obwohl die Evakuierungspläne das natürlich untersagten. Es überraschte ihn nicht. Joel hatte dieses Phänomen schon oft in Bürogebäuden auf der ganzen Welt miterleben können. Wenn der Alarm zu schrillen begann, verloren die Leute jedes Fünkchen Verstand. Panik bemächtigte sich ihrer, und sie flohen.

Er nicht.

Nachdem er die schweren Riegel gelöst hatte, mit denen er den Notausgang zusätzlich gesichert hatte, zog er die Tür auf, schob den Kopierer beiseite und betrat den Büroraum. Der Lärm war ohrenbetäubend, die Lichter blendend hell. Er sah auf seine Uhr und wusste, dass er sich beeilen musste.

36

Ich kauerte im Fußraum unter dem Schreibtisch. Ich passte gerade so darunter. Der Alarm gellte über mir. Die Notbeleuchtung warf flackernde Muster auf den Boden. Das Messer hielt ich in der Faust auf dem Boden umklammert, die Metallstange lag neben mir.

Der Schreibtisch, unter dem ich kauerte, befand sich an der Außenseite eines Hufeisens, von wo aus ich einen eingeschränkten Blick auf den Empfangsbereich hatte.

Ich richtete den Blick fest auf die Ausgangstüren, versuchte, mich so klein wie möglich zu machen und so leise wie möglich zu sein.

Rücken und Beine taten mir weh. Meine Knie schlotterten.

Ich konnte nicht sagen, ob White in der Nähe war. Bei all dem Lärm konnte ich ihn jedenfalls nicht hören. Und kommen sehen würde ich ihn auch nicht, es sei denn, er käme aus der Richtung des Empfangs. Und falls er tatsächlich von dort käme, würde er mich ebenfalls sehen.

Du hast dir ein schlechtes Versteck ausgesucht. Geh woanders hin.

Aber mein Körper weigerte sich, meinem Verstand zu gehorchen. Die Angst lähmte mich.

Für eine Sekunde überlief mich eine heiß kribbelnde Vorahnung. All meine Synapsen schienen gleichzeitig zu feuern.

War er vielleicht schon hier?

Ich war drauf und dran, den Kopf vorzustrecken und nachzusehen, aber dann entschied ich mich dagegen. Wenn er in meiner Nähe stand, würde ich ihm mein Versteck verraten.

Mit zusammengebissenen Zähnen und zitterndem Messer blinzelte ich mir den Schweiß aus den Augen und zog mich noch ein bisschen weiter in meinen Schlupfwinkel zurück.

37

Joel spürte einen zusätzlichen Adrenalinstoß, als er an der Trennwand vorbeiging. Das ganze Büro war voller Lärm und Licht. Überall um ihn herum herrschte Chaos.

Er lief am Playground und dem Glaskasten vorbei, dann bog er nach links ab und passierte den Pavillon mit den Plastikblumen und die Karussellpferde. Als er die Fenster erreichte, auf die Kate ihren Hilferuf geschrieben hatte, trat er zwischen die Lampen, die sie auf den Boden gestellt hatte, reckte den Hals und blickte hinunter.

Dort konnte er einen kleinen Pulk Schaulustiger in Businesskleidung auf der gegenüberliegenden Straßenseite stehen sehen. Ein paar Nachzügler verließen nun das Gebäude und gesellten sich zu ihnen. Mehrere der Angestellten hatten leichte Jacken an oder Akten- und Laptoptaschen in der Hand. Einige von ihnen begannen bereits, sich aus der Menge zu lösen und von hier zu verschwinden, um ins Wochenende zu starten. Er rechnete nicht damit, dass viele von ihnen noch einmal in das Gebäude zurückkehren würden.

Nachdem er die Lampen ausgeschaltet und sich vom Fenster abgewandt hatte, näherte sich Joel dem Schreibtisch, unter dem Kate sich, wie er beobachtet hatte, versteckte. Direkt davor war ein Schreibtischstuhl beiseite gerollt worden.

Mit einer Reihe schneller, zielgerichteter Schritte ging er dorthin. Die Lichter flackerten vor seinen Augen, der Alarm plärrte in seinen Ohren.

Er duckte sich und streckte den Arm rasch nach Kate aus, grapschte nach ihrem Arm, ihrem Haar, irgendetwas.

Doch er griff ins Leere.

Was zum Henker …?

Sie war nicht mehr unter dem Tisch. Ruckartig hob er den Kopf.

Nachdem er den Laptop zugeklappt hatte, musste sie den Standort noch einmal gewechselt haben. Das hatte er anscheinend knapp verpasst.

Er grübelte noch immer darüber nach, als er eine flüchtige Bewegung zu seiner Rechten wahrnahm. Etwas anderes als die Blinklichter.

Da.

Eine Schreibtischlampe schaukelte und wankte. Sie stand am Rand eines der Schreibtische im nächsten Hufeisen.

Die Lampe schwankte noch ein wenig mehr.

Dann fiel sie vom Schreibtisch auf den Boden.

Ups.

Kate musste wohl dagegen gestoßen sein.

Joel sprang über den Tisch und lief hinüber.

38

Freitag 19:17 Uhr

Das Geräusch der Lampe, die zu Boden fiel, traf mich wie eine Faust gegen die Kehle.

Hinter mir hörte ich Schritte.

Jetzt.

Ich sprang unter dem Tisch hervor. Der Stecker der Lampe lag in meiner Faust. Als White sich vom Fenster entfernte, hatte ich an dem Kabel gezogen, um ihn abzulenken.

Ich atmete schwer.

White richtete sich von dem Schreibtisch auf, unter dem ich vorhin gehockt hatte. Die Verwirrung verschwand nur langsam aus seinem Gesicht, als er mich entdeckte.

»Keine Bewegung!«, schrie ich.

Meine Worte klangen lauter als gewollt. Es war, als ob meine ganze Panik und Nervosität sich plötzlich Bahn gebrochen hätten. Ich ließ den Stecker los und streckte stattdessen das Küchenmesser mit beiden Händen vor mir aus, aber ich konnte es nicht ruhig halten. Auf der Klinge reflektierte sich das Blitzen und Flackern der Notbeleuchtung. Die Metallstange lag neben meinen Füßen auf dem Boden.

»Bleiben Sie weg von mir! Ich habe ein Messer!«

»Das sehe ich, Kate.« Er hob die Hände und bewegte sie beschwichtigend in der Luft. »Kate, es ist alles in Ordnung. Sie können sich jetzt entspannen. Es ist vorbei.«

Ich starrte ihn an und konnte nicht mal richtig den Kopf schütteln. Er hatte einen schwarzen Rucksack aufgesetzt, und ich sah ihm dabei zu, wie er ihn ganz langsam abzog und auf den Boden stellte.

»Sie haben den Test bestanden, Kate. Sie waren gut.«

Noch immer sagte ich nichts.

»Kate, bitte. Was Sie jetzt tun müssen, ist, mir zu vertrauen und das Messer wegzulegen, einverstanden?«

Ich war nicht einverstanden. Nicht mal ansatzweise.

Der schrille Alarm bohrte sich mir in die Brust. Die Zunge in meinem Mund fühlte sich trocken und geschwollen an. Unruhig blickte ich immer wieder zum Empfang hinüber. Warum kam immer noch niemand? Wo waren nur alle?

»Kate. Schauen Sie mich an. *Kate.*« Als ich mich ihm ruckartig wieder zuwandte, hob er die Hände noch etwas höher und spreizte die Finger. Er wirkte ruhig und vernünftig. »Wir möchten doch nicht, dass hier irgendwer verletzt wird.«

»Dann kommen Sie nicht näher.«

Er zögerte.

Gut.

Ich schielte auf die Stange neben meinen Füßen. Noch immer befand sich der Schreibtisch zwischen uns, aber er fühlte sich nicht wie eine ausreichend schützende Barriere an.

Ich blieb, wo ich war, und schwankte leicht hin und her. Hinter meinen Augen baute sich Druck auf. Auch in meinen Nebenhöhlen. Die Lichter blinkten auf wie Blitze, und der ohrenbetäubende Alarm machte es mir schwer, meine eigenen Gedanken zu hören.

»Kate, es ist in Ordnung. Sie haben den Alarm ausgelöst. Aber das ist nicht schlimm. Sie haben doch gesehen, wie der Rest des Gebäudes reagiert hat, oder? Das liegt an den Notfallanweisungen, die alle einzuhalten haben.«

Ich befeuchtete mir die Oberlippe. Ich zitterte unkontrolliert. Ich wusste, dass ich in diesem Moment nichts würde sagen können, denn ich hatte keine Ahnung, was.

»Erinnern Sie sich an Tony? Das ist der Sicherheitsmann, den Sie am Empfang getroffen haben, als Sie hergekommen sind.«

Mir stockte der Atem. Wie er das sagte, legte nahe, dass er sich dessen sicher war. Hatte er mich tatsächlich beobachtet?

»Entspannen Sie sich, Kate. Wir haben das schon früher gemacht. Tony weiß Bescheid, wie wir das bei Edge machen. Er wird jetzt jede Sekunde hier auftauchen. Es ist seine Aufgabe, die Sirenen wieder abzuschalten und der Überwachungsstelle Bescheid zu geben, dass es falscher Alarm war. Aber zuerst müssen Sie mir den Gefallen tun und das Messer runternehmen, okay?«

Das Verrückte ist, ich hätte es beinahe getan. Vermutlich *wollte* ein Teil von mir, dass das hier vorbei war. Ich wollte ihm glauben, dass das eine vollkommen unwahrscheinliche, aus dem Ruder gelaufene Testsituation war.

Aber das war auch das Problem. Sie war einfach *zu* unwahrscheinlich. Selbst in meiner Panik war mir klar, dass kein Unternehmen gestattet haben würde, dass eine fingierte Räumung des Gebäudes wegen eines Feueralarms Teil des Rekrutierungsprozesses war – vor allem wenn sich in dem Gebäude auch noch andere Firmen und Büros befanden. Kein Unternehmen – nicht mal Edge – konnte gutheißen, was Joel White mir angetan hatte. Und darum glaubte ich ihm nicht, auch dann nicht, als er mir weiszumachen versuchte, dass das alles schon viele Male vorher passiert sei.

Ich *konnte* ihm nicht glauben.

Wahrscheinlich spürte er das. Ich bemerkte, wie etwas in seinen Augen sich veränderte. Ein leiser Zweifel, ein Funke Unsicherheit. Und als mir das auffiel, bemerkte er es wiederum augenblicklich selbst. Das war der Moment, in dem sich die ganze Situation drehte.

»Na gut, Kate, wenn Sie es so wollen ...«

Ich wartete nicht auf den Rest. Ich drehte mich um, stieß mich mit dem vorderen Fuß ab und rannte los.

Ich kam zwei Schritte weit. Drei.

Ich hatte den Eindruck, durch Sand zu waten.

Dann wurde mein Kopf brutal nach hinten gerissen, und Schmerz schoss mir in die Kopfhaut.

Ich schrie auf.

Er musste über den Schreibtisch gesprungen sein und nach meinem Haar gegriffen haben.

Mein Oberkörper klappte in der Hüfte nach hinten, folgte meinem Kopf, als ob ich gegen einen Querbalken gelaufen wäre. Ich schrie erneut auf und versuchte, mit dem Messer nach ihm zu schlagen, aber zu diesem Zeitpunkt hatte er mich schon gepackt und die Arme fest um mich geschlossen. Ich stolperte und fiel. Er drückte mich mit dem Gesicht voran auf einen Schreibtisch.

Zuerst trafen meine Ellbogen auf, dann mein Kinn. Die Luft wurde mir aus der Lunge gepresst.

Er landete mit seinem gesamten Gewicht auf mir und fixierte mich.

Ich wand und krümmte mich. Mit der Messerspitze stach ich nach ihm, doch er ergriff mein Handgelenk mit der Faust. So fest, dass er mir fast die Knochen brach. Dann schlug er meinen Handrücken so lange gegen den Schreibtisch, bis ich das Messer losließ.

Nein.

Ich versuchte, es mit der anderen Hand wieder zu fassen zu bekommen, aber er erwischte mich, bevor mir das gelang, packte mich mit der Faust an den Haaren in meinem Nacken, drehte sie, zog daran, riss meinen Kopf aufwärts und mich außer Reichweite.

In meinem Hals hatte sich ein großer Schleimpfropf gebildet. Die Angst explodierte wie Silvesterkracher in meinem Schädel.

Ich trat nach seinen Schienbeinen, nach seinen Knien.

Er bog mir den Arm auf den Rücken, drückte ihn aufwärts. In mein Schultergelenk fuhr ein blendender Schmerz und zog sich bis hinunter in meinen Ellbogen. Für eine schreckliche Sekunde hatte ich den Eindruck, dass er mir den Arm brechen würde.

Ich hielt still.

Und in diesem Moment verstummte abrupt der Alarm.

Die darauffolgende Stille erschien mir seltsam unnatürlich und gezwungen.

Mein Gehör musste sich noch vom Ansturm der Sirene erholen, ganz zu schweigen von meinem heftig pulsierenden Blut, aber ich dachte, dass ich ein ersticktes saugendes Geräusch gehört hätte, möglicherweise von den sich schließenden Türen beim Empfang. Darauf folgten vorsichtige Schritte.

»Hallo?« Es war eine männliche Stimme. Sie klang unsicher. »Was ist hier los?«

Hätte ich gekonnt, hätte ich aufgeschrien, aber Joel White erhöhte den Druck auf mein Ellbogengelenk, und für eine Übelkeit erregende Sekunde gab es nur den gleißenden Schmerz in meinem Kopf und die Angst, dass es noch schlimmer werden würde. Seine Lippen streiften mein Ohr, ich spürte seinen Atem auf meinem Gesicht.

»Er ist vierundsechzig, Kate. Er ist verheiratet. Hat eine Tochter. Hat er Ihnen erzählt, dass er bald in Rente geht? Tun Sie das Richtige, dann bleibt er am Leben. Wenn Sie mir Ärger machen, töte ich ihn. Und hinterher töte ich Sie.«

39

White nahm das Messer an sich, als er sich von mir löste. Ich konnte noch immer das erdrückende Gewicht seines Körpers spüren, als er sich einen Schritt von mir entfernte.

Eine ängstliche Sekunde lang blieb ich, wo ich war. Als ich mich umdrehte und mir den Ellbogen hielt, sah ich den Wächter an. Ich musste mich zwingen, nicht um Hilfe zu flehen.

Er stand in der Tür zur Büroetage und starrte mich an. Ganz offenbar beunruhigte ihn mein Zustand, und die Szene, in die er gerade hineingeplatzt war, schien ihm unangenehm zu sein. Sein Blick wanderte ständig zwischen White und mir hin und her. Seine Lippen bewegten sich langsam, als ob er sich selbst einreden wollte, dass das hier nicht war, wonach es aussah.

»Miss? Ist alles in Ordnung?«

Die Sorge in seiner Stimme hätte beinahe dazu geführt, dass ich die Fassung verloren hätte. Er war kleiner als White, und als ich ihm nicht sofort antwortete, stellte er sich auf die Zehenspitzen, um an White vorbei einen besseren Blick auf mich werfen zu können. Er hielt ein Telefon in der rechten Hand und ein Tablet in der linken. Er trug eine leuchtende Sicherheitsweste über seinem Blazer, sein Gesicht war schweißnass und gerötet – wahrscheinlich weil er sich so sehr beeilt hatte, hier heraufzukommen.

Er hatte Übergewicht und war nicht in Form. Wenn White

ihn angegriffen hätte, wäre der Ausgang dieser Auseinandersetzung klar. Er konnte ihn töten, daran hatte ich keinerlei Zweifel.

»Ihr geht's gut«, erwiderte White. »Es ist nur ein bisschen mit uns durchgegangen, das ist alles.«

Ein Schauder des Widerwillens lief mir über die Haut. Bei seinen Worten wusste ich sofort, welches Bild er zu erzeugen versuchte und wie die Szene zwischen uns für einen Außenstehenden erscheinen mochte. Mein Rock war hochgeschoben. Meine Bluse war zerknittert und herausgezogen. Meine Haut war gerötet. Ich atmete schwer. Mein Haar war offen und zerzaust.

Und dann war da noch White. Gutaussehend. Voller Selbstvertrauen. Gefasst.

Er rang sich ein spitzbübisches Grinsen ab. Das Messer hielt er in der anderen Hand, die er hinter seinem Oberschenkel verbarg. Mein Blick war wie magnetisch darauf geheftet, und er musste das bemerkt haben, denn er klopfte zweimal mit dem Zeigefinger darauf, eine Mahnung: *Zwingen Sie mich nicht, ihm wehzutun.*

Der Wachmann sah noch immer zu mir und verzog den Mund unter seinem Schnurrbart. Mir war klar, dass er nach einer Bestätigung von Whites Aussage suchte, aber damit konnte ich nicht dienen.

In meinen durcheinanderpurzelnden Gedanken sah ich mich noch immer über diesem Tisch liegen. Joel Whites Körper gegen mich gepresst. Sein Atem an meinem Ohr.

Ich hielt unnatürlich still, während Joel sich vorwärtsbewegte und mehrere Schritte auf den Wachmann zu machte. Dabei schob er klammheimlich mit dem Fuß die Metallstange unter einen Schreibtisch und versperrte dem Wachmann dabei die Sicht auf mich und den Rest der Bürofläche. Mit der Hand hinter seinem Oberschenkel tippte er erneut zweimal gegen die Messerklinge, als wollte er sagen: *Bestätigen Sie, was ich sage, ansonsten …*

»Haben Sie den Alarm mit dem Tablet nur auf diesem Stockwerk stummgeschaltet oder haben Sie ihn ganz abgestellt?«, fragte White.

Der Wachmann gab ihm keine Antwort. Er war zu abgelenkt, zu verunsichert. Er blickte zur Seite, auf den Sprung in der Glasscheibe der Tür und den Feuerlöscher auf dem Boden daneben. Dann machte er mehrere Schritte zur Seite, bis er das Großraumbüro besser überblicken konnte. Er riss die Augen auf, als er die Botschaft las, die ich auf die Fenster geschrieben hatte.

»Miss, ich …« Er schüttelte den Kopf, starrte Joel an und nahm die Hände herunter. »Sie haben mir nicht gesagt, dass hier so etwas passieren würde. Sie haben nicht gesagt …«

Ein langer Moment in der Schwebe.

Es kam mir vor, als wäre sämtliche Luft aus dem Raum gewichen.

Alles schien sich um mich zu drehen.

Alles geriet außer Kontrolle.

»Ist das Gebäude leer?«, fragte White.

Der Wächter ruderte mit den Armen. Er antwortete nicht. Einen Moment lang erschien er mir ebenso verloren und gefangen wie ich selbst.

»Tut mir leid«, platzte er heraus. »Ich hatte keine Wahl. Meine Tochter ist …«

»Hey!«, Joel schnippte mit den Fingern. »Ich habe Ihnen doch gesagt, lassen Sie Ihre Tochter meine Sorge sein. Und jetzt konzentrieren Sie sich. Sind alle fort?«

Seine Tochter. Was wollte er gerade über seine Tochter sagen?

Der Wachmann schien sich gegen irgendetwas zu wappnen – einen unterdrückten inneren Schmerz oder eine Angst –, dann nickte er, sackte in sich zusammen und sah auf sein Tablet hinunter.

Ich fühlte, wie etwas in mir zerriss und nachgab.

»Das System sagt, dass alle, die hier arbeiten, ausgecheckt haben, ja.«

»Was ist mit dem Rest der Sicherheitsleute?«

»Sie sind um halb sieben gegangen. Ich bin jetzt allein hier.«

Ich lehnte mich gegen den Schreibtisch hinter mir. Mein Körper war erschlafft wie der einer Marionette. Ich hatte Schwierigkeiten beim Atmen.

Er ist verheiratet. Hat eine Tochter.

Was hatte Joel getan? Wozu war er noch bereit?

Und warum?

»Und was ist mit der Feuerwehr?«

Keine Antwort.

Mir war immer noch schwindelig, also brauchte ich eine Sekunde, bis ich bemerkte, dass Joel den Wachmann am Arm gepackt hatte und die Hand mit dem Tablet hochzog, damit er auf das Display schauen konnte. Erneut starrte ich auf das Messer, das Joel hinter sich verbarg. Ich hatte furchtbare Angst, dass er jeden Augenblick damit zustechen würde.

»Die Überwachungsstelle hat sich schon bei mir gemeldet«, erwiderte der Wachmann hölzern. »Sie warten auf meinen Bericht.«

»Rufen Sie jetzt da an«, befahl White ihm. »Sagen Sie, dass sie nachgesehen haben und alles in Ordnung ist. Es gibt keinen Grund, dass sich die Feuerwehr auf den Weg macht.«

Ich beobachtete die beiden regungslos, und mir wurde bewusst, dass sich unsere Rollen verkehrt hatten. Inzwischen war ich diejenige, die zu begreifen versuchte, was sich hier vor mir abspielte. Ich hatte den Verdacht, dass ich den Blick des Wachmanns, als er den Raum betreten und mich angeschaut hatte, möglicherweise falsch eingeschätzt haben könnte. Was ich als Unsicherheit und Sorge gedeutet hatte, konnte genauso gut eine Mischung aus Scham und Angst gewesen sein.

»Nein«, sagte ich. »Bitte nicht. Sie müssen ...«

Ich machte einen Schritt nach vorn, aber White streckte mir die flache Hand entgegen. Erneut tippte er mit dem Finger der anderen Hand gegen die Messerklinge, und ich stellte mir vor, wie leicht er zustechen könnte.

»Rufen Sie da an«, befahl er dem Wachmann noch einmal. »Und zwar sofort.«

Der Wachmann zögerte noch eine Sekunde und sah mich dabei schmerzlich und mit schlechtem Gewissen an, dann schüttelte er unglücklich den Kopf und hielt sich das Telefon ans Ohr.

»Hier ist Tony Johnson«, sagte er eilig, als jemand abnahm. »Ich bin der Brandschutzbeauftragte aus dem Gebäude 55 Ludgate Hill, EC4M 7JW. Das Kennwort für das Gebäude lautet Zulu Bravo Whiskey. Ich bestätige, dass es auf dem dreizehnten Stock einen Fehlalarm gegeben hat. Ein paar Leute hier oben haben Möbel herumgerückt. Dabei haben sie aus Versehen den Alarm ausgelöst.«

Er horchte.

»Ganz recht. Alles in Ordnung. Tut uns leid, wenn wir irgendwem Umstände gemacht haben.«

Er hörte noch einen Moment lang zu, wie jemand etwas sagte, dann legte er auf.

Ich starrte ihn an. Ich konnte mich nicht bewegen.

»Gut«, sagte White zu ihm. »Jetzt stellen Sie die Alarmanlage wieder an und unterbrechen Sie sie für dieses Stockwerk.«

Der Wachmann blickte auf seine Füße und tappte dann zu

der Schalttafel an der Wand. Ich beobachtete ihn, wie er die Hand ausstreckte, einen Augenblick zögerte und dann den Alarmhebel wieder umlegte. Er senkte den Kopf und tippte irgendetwas auf seinem Tablet. Als er damit fertig war, schien sein gesamter Körper in sich zusammenzufallen.

»Fertig?«, fragte White.

»Ja.«

»Dann gehen Sie jetzt runter und warten Sie dort auf mich. Ich brauche nicht lange. In der Zwischenzeit will ich erfahren, wenn irgendwer das Gebäude betritt. Egal wer es ist.«

»Und was ist mit meiner Tochter? Wann werden Sie...?«

»Wenn wir hier fertig sind. Genau wie es Ihnen versprochen worden ist.«

Der Wachmann warf mir einen weiteren verängstigten Blick zu, dann schüttelte er den Kopf in dem verzweifelten Versuch einer Entschuldigung, sah zu Boden und ging zu den Türen zurück.

»Nein, warten Sie!«, rief ich ihm hinterher. »Bitte! Kommen Sie zurück!«

Hektisch hielt er seinen Sicherheitsausweis über den Sensor an der Tür, als ob er fürchtete, dass irgendjemand oder irgendetwas ihn verfolgen könnte.

»Sie können die Polizei rufen. Sie können um Hilfe bitten.«

»Nein«, murmelte er kopfschüttelnd. »Kann ich nicht.«

Und mit diesen Worten zog er eilig an der Tür, schob sich durch den Spalt nach draußen und verschwand.

Ich wollte ihm folgen, aber White streckte den Arm aus, ergriff mein Handgelenk und zog mich zurück. Unsere Blicke trafen sich. Dann sah ich nach unten auf das Messer, dass er inzwischen neben sich hielt. Ich griff mit der freien Hand danach, während ich hinter mir das dumpfe Klappern der Türen hörte, die sich schlossen und wieder verriegelten.

40

Freitag, 19:27 Uhr

Ich ließ das Messer nicht los.

White sah mich einfach nur an. Ich mochte es nicht, ihm so nahe zu sein, vor allem nicht nach der Angst und dem Unbehagen, die ich in den Augen des Wachmanns gelesen hatte. Trotzdem zog ich die Hand nicht zurück.

Vielleicht war dafür meine Sturheit verantwortlich. Wäre ich in unserem Vorstellungsgespräch aufrichtig gewesen, hätte ich White geantwortet, dass das meine größte Schwäche war: Ich hatte schon immer Probleme damit aufzugeben.

»Was haben Sie mit seiner Tochter gemacht?«

»Nichts. Noch nicht. Und wenn er tut, was er soll, passiert ihr auch nichts.«

Das erschütterte mich. Ich fragte mich, wo sie war und womit sie bedroht wurde, egal, ob es eine echte Drohung war oder nicht. Der Wachmann glaubte jedenfalls, dass sie echt war, und das verängstigte mich nur noch mehr. Warum tat White das? Was wollte er von mir?

Das Schweigen zwischen uns wurde von dem dumpfen Klingeln eines Fahrstuhls unterbrochen, der im Vorraum ankam. Mir rutschte das Herz in die Hose, als ich an den Wachmann dachte, der in die Kabine trat, auf einen Knopf drückte und ins Erdgeschoss fuhr. Ich stellte mir vor, wie der Aufzug nach unten rauschte und meine Hoffnung auf Rettung mit sich nahm.

In diesem Moment ließ ich endlich das Messer los und gab White eine Ohrfeige.

Das geschah, bevor ich überhaupt realisierte, was ich tat. Bevor ich mir Gedanken über die Konsequenzen gemacht hatte, schlug ich einfach zu.

Danach hing das scharfe Echo des Schlags noch einige Sekunden zwischen uns in der Luft.

Mit abgewandtem Gesicht blieb er furchtbar still. Ich konnte den Abdruck sehen, den meine Finger auf seiner Wange hinterlassen hatten, zuerst weiß, dann leuchtend rot. Es musste ihm wehgetan haben. Meine Hand schmerzte jedenfalls sehr.

Ich stolperte rückwärts, hob die Arme und hielt sie mir vors Gesicht. Ich fürchtete, dass er zurückschlagen, mich verprügeln würde. Ich sah es daran, wie er seine Schultern straffte und wie sein Blick sich verfinsterte. Ich sah, wie sich seine Finger zur Faust ballten, als er sich vorbeugte und die Metallstange aufhob. Doch dann warf er sie beiseite, nach rechts, in Richtung der Kletterwand.

Er wartet auf etwas.

Mir lief es kalt den Rücken herunter, als ich darüber nachdachte, was dieses Etwas sein könnte.

Er richtete sich wieder auf, führte den Arm hinter seinen Rücken, zog sein Hemd hoch und steckte sich das Messer in den Hosenbund. Dann ging er an mir vorbei und auch an dem Tisch, auf den er mich gedrückt hatte, ging weiter in Richtung des Fensters, von dem aus man den Haupteingang des Gebäudes sehen konnte.

Ich wartete einige Sekunden ab, bevor ich zum Empfang losrannte.

»Die Türen sind abgeschlossen, Kate«, rief er mir ruhig hinterher. »Sie verschwenden Ihre Zeit.«

Ich versuchte es trotzdem. Ich drückte, zog und rüttelte daran. Sie ließen sich nicht öffnen.

Draußen im Vorraum war niemand mehr zu sehen. Der Wachmann war fort. Ich konnte einen leuchtenden Pfeil auf der Digitalanzeige links oberhalb der Aufzugtür erkennen. Er fuhr zum Empfang hinunter, wie es ihm befohlen worden war.

»Warum kommen Sie nicht zu mir rüber, Kate?«

Ich drehte mich von den Türen weg. Mir war schwindelig, ich fühlte mich benommen, und der Boden schien unter meinen Füßen weggezogen zu werden wie Sand am Ufersaum.

Ich fasste mir an die Schläfe. Mir brummte der Schädel, und hinter meinen Augen saß ein schwacher Schmerz.

White stand genau vor einer der getönten Scheiben – derjenigen, auf die ich das L geschrieben hatte – und hatte die Hände in den Taschen vergraben. Das Metallarmband seiner Uhr glänzte. Die Sonne draußen leuchtete bronzefarben. Mit gesenktem Kopf blickte er auf die Straße hinunter. Es sah aus wie das Stockfoto eines Unternehmers, tief in Visionen für die Zukunft seiner Firma versunken.

Innerlich fühlte ich heiße Wut und Schmerz. Mein Ellbogen war immer noch taub, das Gelenk wackelig. Ich berührte ihn mit der Hand, zuckte zusammen und musste wieder an die Schmerztentakel denken, die durch meinen Körper geschossen waren, daran, wie knapp es gewesen war, dass White mir den Arm gebrochen hätte.

»Alle gehen weg, Kate. Ich sehe niemanden zurück ins Gebäude kommen.«

Ein hohles Gefühl machte sich in meiner Brust breit. Ein kalter Schauer überlief mich.

Obwohl ich eigentlich stehen bleiben wollte, ging ich zu ihm hinüber. Vielleicht musste ich es mit eigenen Augen sehen. Als ich mich dem Fenster näherte, hielt ich trotzdem Abstand und reckte den Hals, um nach unten zu sehen. Er sagte die Wahrheit. In kleinen Grüppchen entfernten sich die Büroangestellten nach beiden Seiten entlang des Ludgate Hill. Weitere verschwanden über die Straße gegenüber.

»Ich hätte das Gebäude selbst nicht effektiver räumen können, Kate.«

Das Atmen bereitete mir Schmerzen.

Er wollte das.

Du hast genau das getan, was er von dir erwartet hat.

»Freitagabend, Kate. Sie befinden sich im dreizehnten Stock. Sie sind ganz allein. Gefangen in einer Schachtel oben am Himmel.«

»Hören Sie.« Ich schluckte. »Das hier ist eine Verwechslung. Ich weiß nicht, für wen Sie mich halten oder was Sie von mir wollen, aber Sie haben die *falsche Person*.«

Er betrachtete mich mit den Händen in den Taschen, dann zuckte er leichthin mit den Schultern, zog eine Hand aus der Tasche und zeigte mir, was er darin hielt.

Mein Telefon.

Über dem Homebutton klebte ein Stück Tesafilm, und als er darauf drückte, leuchtete das Display auf. Ich sah Mark in seinem Herbstpullover und spürte, wie mir die Tränen kamen.

»Bitte«, sagte ich. »Nicht.«

Er sah mich neugierig an.

»Es ist wichtig«, sagte ich zu ihm. »Es gibt …«

Aber ich wusste nicht, wie ich es ihm erklären sollte. Ich wollte nicht, dass er Bescheid wusste.

»Kate, es wird allmählich Zeit für Ihr Gespräch. Diesmal für Ihr *richtiges* Gespräch. Nur noch eine Sache, bevor wir beginnen.« Er tippte mit dem Daumen auf das Smartphone und schob dann die Unterlippe vor. »Erzählen Sie mir etwas über Maggie.«

41

»Sie ist meine Personalberaterin«, sagte ich.

»Das weiß ich, Kate. Was muss ich sonst noch über sie wissen?«

»Sie ist…«

Ich beendete den Satz nicht. Ich versuchte immer noch zu verstehen, was White gerade zu mir gesagt hatte. Ich begriff nicht, was er damit meinte, dass es nun Zeit für mein »richtiges« Gespräch sei.

Seine Psychospielchen waren ermüdend. Mir war nicht klar, ob ich Angst haben musste. Tony hatte jedenfalls Angst gehabt. Das war offensichtlich gewesen.

»Kate, sie hat Ihnen Nachrichten geschickt.« Joel räusperte sich und fing an vorzulesen. »Hi? Ich sitze im Pub. Wo sind Sie?«

Oh Gott.

Ich widerstand meinem Instinkt, nach unten auf die Straße zu blicken und nach Maggie Ausschau zu halten. Er durfte nicht erfahren, dass sie hier war. Das durfte ich ihm nicht sagen. Sie war nun die Einzige, die vielleicht bald nach mir sehen würde.

Während meines Vorstellungsgesprächs hatte Joel mich gefragt, wer Bescheid wusste, dass ich heute hier war. Schon zu diesem Zeitpunkt hatte ich das für eine seltsame Frage gehalten, aber vielleicht war alles noch schlimmer, als mir bewusst war. Vielleicht hatte er gar nicht vor, mich gehen zu lassen. Hoffte er vielleicht, dass er mich einfach ... *verschwinden* lassen konnte?

»Kate, sehen Sie mich an. Wo sind Sie verabredet?«

»Sie ist ...«

Aber ich brachte den Gedanken nicht zu Ende. Ich versank. Ertrank in Leid.

»Kate, konzentrieren Sie sich. Zwingen Sie mich nicht dazu, Ihnen noch einmal wehzutun.«

Ich rieb mir den Ellbogen und schmiegte ihn eng an mich.

»Beantworten Sie die Frage, Kate. Wo ist Maggie gerade?«

»Balham.«

Eine schnelle Antwort. Einfach. Klar.

»In der Nähe Ihrer Wohnung?«, fragte er mich.

Mir gefiel es gar nicht, dass er das wusste. Doch dann fiel mir wieder ein, dass meine Adresse ganz oben auf meinem Lebenslauf gestanden hatte.

»Ja.«

»Lügen Sie mich etwa an, Kate?«

Schau nicht runter auf die Straße. Und denk nicht an das Messer. Du willst nicht, dass er an eins von beiden denkt.

»Nein. Ich lüge nicht.«

»Hm.« Er setzte eine verwirrte Miene auf und scrollte dann mit dem Daumen auf dem Display herunter. »Na, das ist aber wirklich seltsam.«

Ich antwortete nicht, fürchtete, in die nächste Falle getappt zu sein.

Joel las vor: »Ich bin vors Pub gegangen, als ich den Alarm gehört habe. Hab Sie nicht aus dem Gebäude kommen sehen. Alles okay?«

Der Griff um meinen Ellbogen verstärkte sich.

»Lügen Sie mich ruhig weiter an, Kate. Mir ist das wirklich egal. Aus jeder Lüge lerne ich. Sie machen es nur einfacher für mich und schlimmer für sich selbst.«

Die Beine wären beinahe unter mir weggesackt. Bei jedem anderen hätte ich das für Prahlerei gehalten. Aber bei White war ich mir nicht so sicher. Er klang so selbstbewusst. So gefasst.

Wieder dachte ich an mein Vorstellungsgespräch zurück, an seine seltsamen, übergriffigen Fragen und all die bohrenden Blicke, die er mir zugeworfen hatte. An all das *Beobachten*. Und dann war da noch der psychometrische Test, den er mich hatte ausfüllen lassen.

Es kam mir fast so vor, als ob er mich glauben machen wollte, dass er jeden meiner Schritte, seit er mich allein gelassen hatte, bereits vorausgesehen hatte. *Aber was, wenn das tatsächlich stimmte?*

Für eine schwindelerregende Sekunde hatte ich ein verrücktes, furchtbar verstörendes Gefühl, dass White sich in meinem Hirn zu schaffen gemacht, meine Gedanken in Unordnung gebracht und sie dann wieder anders zusammengesetzt hätte.

Das bildest du dir nur ein.

Aber etwas an seiner Haltung, daran, wie er mich ansah, verriet mir, dass ich mir das keineswegs nur einbildete. Ich wich zurück.

»Ich wollte sie bloß schützen«, flüsterte ich. »Sie ist für Sie doch gar nicht wichtig. Sie müssen sich ihretwegen keine Sorgen machen. Ich habe ihr nur gesagt, dass ich mich nach dem Gespräch vielleicht noch auf einen schnellen Drink mit ihr treffen würde.«

Er sah mich einen weiteren bedächtigen Moment lang an, dann nickte er in Richtung der Straße unter uns.

»Können Sie sie sehen, Kate? Welche von denen ist sie?«

»Ich kann sie nicht …«

»Schauen Sie wenigstens hin, bevor Sie mich anlügen.«

Ich schloss die Augen. *Das war dumm gewesen.* Dann drehte ich mich um und blickte nach unten.

Der Boden schien sich wie ein Jo-Jo auf mich zu- und wieder von mir wegzubewegen.

Ein ständiger Strom von Autos, Bussen und Taxis fuhr vorbei. Kleine Pulks von Menschen standen immer noch auf der gegenüberliegenden Straßenseite zusammen, aber keiner von ihnen gehörte mehr zu den Schaulustigen, die im Gebäude arbeiteten. Es waren Gäste aus dem Pub, insgesamt vielleicht fünfzehn oder zwanzig an der Zahl.

Die meisten von ihnen rauchten und hatten Bier- oder Weingläser in der Hand. Sie trugen Bürokleidung, nickten einander zu und unterhielten sich angeregt miteinander. Ein regelmäßiger gemeinsamer Abend zum Ausklang der Arbeitswoche.

Maggie konnte ich nirgends entdecken.

Zumindest nicht sofort.

Dann sah ich sie.

Bleib ruhig. Verrate dich nicht.

Selbst von hier oben erkannte ich ihre dunkelgrüne Jacke und die Arbeitshosen. Ihren erdbeerblonden Haarschopf. Ihre überdimensionierte Handtasche.

Sie stand etwas abseits an einer Seite, nicht weit von der Bushaltestelle entfernt, nah am Bordstein. Es sah so aus, als ob sie auf eine Lücke im Verkehr wartete, um die Straße zu überqueren und im Gebäude nach mir zu sehen.

»Nun?«, fragte mich Joel.

»Ich kann sie nirgends entdecken. Sie ist nicht hier.«

Erneut beobachtete er mich. Ich wandte mich zu ihm um und schaute ihn so offen wie möglich an. Ich wollte, dass er weiter mich fixierte und nicht die Straße im Auge behielt. Ich versuchte, meinen Gesichtsausdruck so neutral wie möglich zu halten. Wenn es stimmte und er wirklich irgendwie meine Reaktionen lesen konnte, war die beste Abwehrstrategie, ihm erst gar nichts zu lesen zu geben.

Schließlich wandte er sich ab, seufzte und richtete seine Aufmerksamkeit wieder auf mein Telefon. Mit beiden Daumen tippte er rasch eine Nachricht ein.

»Hey, Maggie«, diktierte er sich selbst. »Tut mir echt leid. Der Alarm hat uns hier aufgehalten, als wir gerade fertig waren. Können Sie noch ein bisschen länger warten?«

Er zog eine Augenbraue hoch, und sein Daumen verharrte über dem Sendeknopf. Ich wandte den Blick nicht von ihm ab. Ich wagte es nicht.

Bitte sag mir, dass du die Straße schon überquert hast, Maggie. Bitte sag mir, dass du schon außer Sichtweite bist und dass er dich nicht mehr entdecken kann ...

»Okay«, sagte ich schnell. »Vielleicht hab ich sie gesehen. Aber wenn ich Ihnen sage, wer sie ist, müssen Sie mir versprechen, dass Sie ihr nichts tun.«

»So funktioniert das aber nicht, Kate.«

»Versprechen Sie es.«

»Wirklich, Kate? Wollen Sie etwa, dass *ich* jetzt anfange, *Sie* anzulügen?«

Ich starrte ihn an. Ich wusste, dass ich die Sache so lange wie möglich hinauszögern musste, aber erneut sah ich keinen Ausweg. Wenn er die Nachricht abschicken und sich für mich ausgeben würde, konnte er Maggie danach alles sagen, was er wollte. Er konnte ihr gegenüber behaupten, dass ich meine Meinung geändert hätte und heimgegangen wäre. Er konnte es so einrichten, dass sie auf keinen Fall hereinkam, mit Tony, dem Wachmann, sprach, Verdacht schöpfte und dann Hilfe holte.

Wenn ich Glück hatte, hatte sie die Straße inzwischen schon überquert.

»Einverstanden«, sagte ich zu ihm. »Das da ist sie.«

Ich legte den Finger auf die Glasscheibe, um sie ihm zu zeigen. Joel musterte mich gründlich, bevor er den Kopf drehte und nach unten auf die Straße blickte.

»Welche davon?«

»Die kleine Blonde? Mit der Zigarette? In dem Grüppchen?«

Schon als ich es aussprach, war ich mit meiner Aufmerksamkeit woanders. Ich schielte seitwärts auf die Stelle, wo Maggie vom Bürgersteig heruntertrat, zögerte und sich wieder zurückzog, als sich rasend schnell ein Taxi näherte.

Beweg dich, Maggie.

»Grauer Hosenanzug?«

Vergib mir.

»Ja.«

Joel verstummte und betrachtete die Szene. In der ohrenbetäubenden Stille, die nun folgte, schienen all meine Nervenenden bloßgelegt worden zu sein. Ich versuchte, nicht zu zucken. Versuchte, nicht auf irgendeine Weise zu reagieren. Ich versuchte, mir einzureden, dass alles gut würde. Dass Maggie nun jede Sekunde herüberstürmen, bei Tony eine Szene machen und von ihm verlangen würde, ihr zu verraten, wo ich war. Dass ich gerade nicht eine zufällige Fremde in Gefahr gebracht hätte.

Die Frau, die ich ihm gezeigt hatte, war gertenschlank und hatte langes blondes Haar. Einen ihrer Arme hielt sie sich vor den Bauch, in der anderen Hand hielt sie eine Zigarette, die sie sich an die Lippen führte. Sie schien über irgendetwas zu lachen, was einer der Männer in der Gruppe zu ihr gesagt hatte.

»Nur um das klarzustellen, Kate. Ich möchte, dass Sie wissen, dass mir klar ist, dass Sie mich gerade wieder anlügen.«

»Tue ich nicht.«

»Tatsächlich? Nun, lassen Sie uns mal sehen.«

Mein Handy gab ein Rauschen von sich, als er die Nachricht abschickte.

Ich schluckte schwer und starrte auf die Straße, legte beide Hände flach gegen die Scheibe, blickte erst auf die zufällige blonde Frau, die ich ihm gezeigt hatte, dann auf Maggie, die sich gerade anschickte, hinter einem vorbeifahrenden Bus über die Straße zu flitzen.

Beeilung. Bitte.

Ich warf Joel einen Seitenblick zu. Er runzelte die Stirn. Für eine halbe Sekunde war auf seinem Gesicht etwas zu sehen, was vielleicht Verwirrung sein konnte. Zuerst begriff ich nicht ganz, weshalb, aber dann bemerkte ich, dass die blonde Raucherin in die Innentasche ihrer Jacke griff.

Um ihr Telefon herauszuziehen?

Alles schien sich in den nun folgenden Sekunden zu verlangsamen. Die Hand der Blonden schien sich irgendwie in ihrer Jacke verheddert zu haben. Der Bus, der an Maggie vorbeifuhr, versperrte mir einen Augenblick lang die Sicht auf sie.

Ich starrte auf die mir unbekannte Blondine, die ihre Hand wieder aus der Jacke zog.

Aber darin hielt sie kein Telefon.

Sie hatte ein Päckchen Zigaretten herausgeholt und klappte es jetzt auf, um einer ihrer Begleiterinnen eine davon anzubieten.

In der Zwischenzeit war der Bus weitergefahren, und Maggie war wieder auf den Gehweg zurückgetreten. Sie sah seitlich an sich hinunter und durchwühlte ihre Handtasche. Sie zog ihr Telefon hervor, sah auf das Display und starrte dann einen langen, ratlosen Moment über auf den Eingang zu 55 Ludgate Hill.

»Na, sieh einer an«, sagte White. »Da ist sie ja.«

42

Joel spürte, wie ihn ein kalter Schauer überlief, als er aus dem Fenster starrte. Nach außen musste er kontrolliert erscheinen. Doch innerlich war er erschüttert.

Für eine Sekunde hatte er an sich selbst gezweifelt. Für die Sekunde, in der die blonde Frau die Hand in die Tasche gesteckt hatte, hatte er sich gefragt, ob er Kate falsch eingeschätzt hatte. Das passierte *nie*. Doch mit Kate, nun ja, gab es Schwierigkeiten. Darauf hatte er sich zwar vorbereitet, aber es war dennoch besorgniserregend.

Dann war da noch die Personalberaterin. Man hatte ihn natürlich darüber in Kenntnis gesetzt, wie sie vorbereitet worden war, dass man sie im Namen von Edge angesprochen und auf Kate als die ideale Kandidatin für den zu vergebenden Job hingewiesen hatte. Aber er hatte keine Ahnung gehabt, wie sie aussah, denn er hatte keine Veranlassung gesehen, sich weitergehend mit ihr zu beschäftigen. Er hatte nicht damit gerechnet, dass sie jetzt hier auftauchen würde. Das war absolut nicht Teil des Plans.

Jetzt, wo er wusste, wer sie war, erkannte er sie allerdings wieder. Er hatte sie im Atrium herumlungern sehen, als er auf Kates Ankunft gewartet hatte. Zu diesem Zeitpunkt war sie für ihn irrelevant gewesen. Einfach eine weitere Arbeitsbiene, die ihre Zeit totschlug, indem sie auf ihrem Smartphone herumscrollte. Hintergrundrauschen.

Jetzt nicht mehr.

Sie wusste, dass Kate sich noch im Gebäude befand, nachdem es geräumt worden war. Er selbst hatte es ihr in einer Textnachricht mitgeteilt. Schwer zu sagen, was für Komplikationen sie auslösen würde, wenn sie Kate nicht bald zu Gesicht bekäme. Und das bedeutete, dass er sich irgendwie um sie kümmern musste.

Er warf Kate einen Seitenblick zu. Die Anspannung zerrte an ihm. Zum Glück schien sie für den Augenblick zu gestresst zu sein, um sein Unbehagen zu bemerken. Sie legte die Hände flach auf die Scheibe, als ob sie sich wünschte, dass sie irgendwie zu Maggie hindurchgreifen könnte, die inzwischen wieder zu der Eckkneipe zurückwatschelte und dabei auf ihrem Telefon herumtippte. Kates Telefon vibrierte in seiner Hand.

Kein Problem. Hört sich vielversprechend an!

»Nun, es sieht so aus, als ob es an der Zeit wäre, mich Maggie persönlich vorzustellen, Kate.«

Sie wirbelte herum, wirkte gleichzeitig entschlossen und mitgenommen.

»Was meinen Sie damit? Was wollen Sie tun?«

Die dünnen Äderchen an ihren Schläfen begannen noch schneller als zuvor zu pochen. Joel war nicht besonders abergläubisch, aber er hatte ein schlechtes Gefühl. Nicht wirklich eine Vorahnung, aber eine Unruhe, die in seiner Brust ihren Ursprung genommen hatte und jetzt schlimmer wurde, sich von seiner Körpermitte her ausbreitete wie winzige eisige Risse, die ihm über Arme und Beine liefen. Für jemanden wie ihn, der immer beherrscht war – der stolz darauf war, seine Gefühle im Griff zu haben –, war das eine neue und unwillkommene Erfahrung.

Er hielt Kates Blick für ein paar Sekunden länger stand, dann packte er sie am Arm und im Nacken.

»He! Lassen Sie mich!«

Er kniff sie in die Haut, drückte ihr Gesicht herunter und führte sie zum Glaskubus.

»Aufhören! Sie tun mir weh!«

Sie streckte die Hände zu beiden Seiten aus, als sie die Tür erreichten, widersetzte sich ihm, aber er drückte nur noch fester und zwang sie zum Weitergehen. Mit einem letzten brutalen Stoß beförderte er sie in die hinter Ecke des Glaskastens. Bis sie sich gefangen und wieder umgedreht hatte, ihr Körper angespannt und bereit zurückzuschlagen, hatte er schon das Küchenmesser aus seinem Hosenbund gezogen.

»Ganz ruhig. Kate. Tun Sie besser nichts, was wir beide später bereuen würden.«

Augen und Klinge auf sie gerichtet, entfernte er sich rückwärts, streckte im Gehen die Hand nach dem Stuhl aus, den Kate vom Schreibtisch in die Ecke gerollt hatte. Er zog ihn an der Rückenlehne zu sich heran, schob ihn dann hinter sich und rollte ihn aus dem Kubus.

»Und jetzt schubsen Sie den anderen zu mir her«, wies er sie an und gestikulierte in Richtung des Stuhls, der noch immer hinter dem Schreibtisch stand.

Sie ignorierte ihn.

»Ich will nicht, dass Sie noch weitere Stühle ruinieren, Kate. Ich möchte, dass Sie ruhig hier warten, bis ich wieder zurückkomme und wir uns unterhalten können.«

»Sagen Sie mir, was Sie mit Maggie vorhaben.«

»Das geht Sie nichts an.«

»Sagen Sie es mir.«

»Der andere Stuhl, Kate. Jetzt. Ich frage nicht noch einmal.«

Sie sah ihn finster an, wütend, aber dann lenkte sie ein und bewegte sich beleidigt auf den Stuhl zu, packte ihn heftig und schubste ihn zu ihm hinüber.

Er hielt ihn auf, bevor er ihn am Bein erwischte.

»Schon besser.« Er ging mit dem Stuhl zusammen rückwärts aus dem Glaskubus und streckte die Hand nach der Tür aus. »Gehen Sie nirgends hin, solange ich weg bin, Kate.«

Dann schloss er die Tür und verriegelte sie.

Sie sah böse zu ihm nach draußen, das Haar hing ihr über Augen und Mund, während er zu der Stelle ging, an der er seinen Rucksack auf dem Boden abgestellt hatte. Er hob ihn hoch, verstaute das Messer darin, dann setzte er ihn auf, zog die Gurte straff und starrte zu Kate, die sicher im Kubus gefangen war.

»Versprechen Sie mir, dass Sie ihr nichts antun«, rief sie.

Er antwortete nicht, sondern drehte sich einfach nur um und ging davon, vorbei am Food-Court und dem Playground. Er blieb nur noch einmal kurz stehen, um die Metallstange aufzuheben, dann setzte er seinen Weg fort, vorbei an der Kletterwand. Als er am hinteren Ende des Großraumbüros angekommen war, jenseits der Trennwand und außer Sichtweite von Kate, hetzte er zur Baustelle des Fitnessstudios, bog dann scharf ab und stürmte durch den Notausgang.

In dem Moment, als er auf der anderen Seite stand, ließ er die Metallstange fallen und verriegelte die Tür hinter sich, dann beugte er sich in der Hüfte nach vorn, ballte die Fäuste und lehnte sich gegen die Wand. Sein Herz raste, und er schwitzte unter seinem Hemd.

Das hätte nicht so schwer sein sollen.

Das konnte er nicht erlauben.

Dreizehn Stockwerke.

Er betrat das Treppenhaus, packte das Geländer und sprintete hinab. Drei atemlose Minuten später kam er im Erdgeschoss an. Der Notausgang vor ihm führte ins Atrium. Er öffnete ihn einen Spaltbreit und spähte hinaus.

Zunächst kam ihm der Raum verlassen vor. Ein Mausoleum

aus Kalkstein und Glas. Erneut spürte er Panik in sich aufsteigen, bis er zur Seite blickte und den Wachmann entdeckte.

Tony kehrte ihm den Rücken zu und hatte die Hände in die gut gepolsterten Hüften gestemmt. Die Füße waren gespreizt, die Schultern sackten nach vorn, und er sah auf die Straße hinaus.

Joel vermutete, dass er den letzten Angestellten hinterhersah, die das Gebäude verlassen hatten, vielleicht versuchte er auch noch, die Szene zu verarbeiten, in die er oben hineingeplatzt war. Eventuell wurde ihm erst jetzt allmählich bewusst, wie groß die Gefahr war, in der seine Tochter tatsächlich schwebte.

Die Dinge hatten sich auch für Tony geändert. Dank Kate. Dank *Maggie*. Es war eine weitere Schwierigkeit, um die Joel sich würde kümmern müssen – und zwar nicht so, wie er ursprünglich vorgehabt oder gehofft hatte.

Eins nach dem anderen.

Er trat einen Schritt zurück, schloss leise wieder die Tür vor sich und eilte dann weitere vier Treppen abwärts, wo er das Parkdeck im zweiten Untergeschoss mit den niedrigen, kahlen Decken betrat. Das Licht war gelblich. Die Luft roch nach kaltem Diesel und Beton.

Kein Mensch war zu sehen, und nur wenige Autos parkten noch hier. Eins davon war ein schwarzer Audi, den man in Gatwick für ihn bereitgestellt hatte, als er am vorigen Nachmittag nach London geflogen war. Joel ging darauf zu, öffnete den Kofferraum und legte seinen Rucksack hinein.

Er schlug den Kofferraum des Audi wieder zu und verriegelte ihn. Dann folgte er den gelben Pfeilen auf dem Boden im Laufschritt, rannte aufwärts in Richtung Ausfahrtrampe, immer und immer weiter, bis er Sonnenlicht vor sich sah. Er duckte sich unter einer der gestreiften Schranken vor dem Parkdeck hindurch und trat auf die Straße hinaus.

Dann hielt er inne.

Zu seiner Linken konnte er den Haupteingang des Gebäudes sehen, auf der anderen Seite den Pub, in dem Maggie saß. Es war warm, die Abendluft war rau, der Verkehr laut und zäh fließend. In der Nähe gab es nur relativ wenige Fußgänger. Es half, dass Ludgate Hill kein Wohngebiet war. Jetzt, wo die Arbeitswoche vorbei war, gab es für die meisten Angestellten nur wenig Grund, sich hier länger aufzuhalten. Morgen früh würden Touristen St. Paul's und die Millenium Bridge besichtigen, aber keiner von ihnen hätte auch nur einen blassen Schimmer, was sich dreizehn Stockwerke über ihren Köpfen abspielte.

Vor allem wenn es bis dahin vorbei war.

Joel wischte sich den Schweiß aus dem Gesicht, drückte sich das Haar platt, steckte das Hemd in die Hose und überquerte die Straße.

43

Ich schlug mit den Händen gegen den Glaskasten. Drehte mich weg. Fasste mir an den Kopf.

Ich wusste nicht, ob Joel wirklich nur vorhatte, sich mit Maggie zu unterhalten, aber ich wusste, dass ich ihm nicht über den Weg trauen konnte. Ich wusste außerdem, dass er das Messer bei sich hatte. Und selbst wenn er tatsächlich nur mit ihr redete, machte mir das Sorgen. Schließlich konnte er ihr erzählen, was er wollte.

Ich fluchte und raufte mir die Haare, dann drehte ich mich wieder im Kreis und betrachtete noch einmal das mich umgebende Büro. Die ungeordnet dastehenden, leeren Schreibtische vor dem Glaskubus. Die nutzlosen Computer.

Mein Kopf klingelte, mein Puls fühlte sich so ungleichmäßig an, als ob das Blut unter meiner Haut brodeln würde.

Benutz es.

Ich wirbelte herum und schnappte mir das Telefon vom Glastisch. Und hörte wieder kein Freizeichen. Ich knallte den Hörer auf, stemmte die Handflächen gegen die Tischkante und schob mit aller Kraft.

Er bewegte sich nicht.

Ich starrte auf die Metallbeine hinunter und folgte ihnen mit dem Blick zum Boden. Und erneut traf der Schock mich mit voller Wucht. Die Beine waren am Boden festgenietet.

Wie in einer Gefängniszelle.

Ich fiel auf die Knie und betastete rasch die Nieten. Sie ließen sich nicht drehen. Sie saßen fest. Und ich hatte nichts, womit ich sie hätte lösen können, außer meinen Fingern. Wenn ich den Tisch nicht verrücken konnte, konnte ich mir damit auch nicht den Weg hinaus freirammen.

Es ist Freitagabend, Kate. Du bist im dreizehnten Stock. Du bist ganz allein. Gefangen in einer Schachtel im Himmel.

»Verdammte Scheiße!«

Ich raffte den Rock nach oben und kletterte auf den Tisch, wobei ich beinahe die Karaffe und die Gläser umgestoßen hätte. Die Glasplatte des Tischs kam mir relativ stabil vor, als ich mich darauf kauerte. Nur zur Sicherheit stellte ich die Füße auf den Metallrahmen zu beiden Seiten, dann richtete ich mich auf und schaute nach oben.

Die Leuchtstrahler wärmten mein Gesicht, und die Glasdecke des Kubus befand sich nur noch ungefähr dreißig Zentimeter über mir. Ich konnte sie mit den Händen berühren.

Ich drückte dagegen. Mit aller Kraft. Meine Füße begannen, auf dem Tisch wegzurutschen. Doch die Scheibe wölbte und bewegte sich nicht. Sie knarrte nicht einmal. Mein ganzer Erfolg bestand darin, ein paar klebrige Handabdrücke auf dem Glas hinterlassen zu haben.

Ich hielt für einen Moment inne und musterte die Decke des Kubus genau. Zu meiner Rechten gab es einen metallenen Querbalken. Ich stellte mich auf die Zehenspitzen, betrachtete ihn genauer und sah, dass die Scheibe mit schwarzem Harz mit dem Metall verbunden war.

Ich kratzte mit dem Fingernagel daran. Ein kleines Stückchen Harz löste sich, doch das meiste davon saß außen an der Scheibe, wo ich nicht hinkam.

Ich schnippte es weg und befühlte den Querbalken. Vielleicht, so dachte ich, könnte ich irgendetwas finden, eine lose Schraube oder eine Art Metallbruchstück. Doch ich fand nichts außer Staub und Dreck.

Außerdem ein dünnes Kupferkabel, fast so dünn wie ein menschliches Haar.

Ich zog daran, löste es vom Balken. Dann zog ich noch ein bisschen weiter. Der Draht glänzte wie eine Angelschnur. Ich blickte nach unten auf meine Füße, machte einen vorsichtigen Schritt nach vorn, stellte mich auf die Zehenspitzen und zog erneut.

Ein kleiner Gegenstand löste sich und hing an dem Draht herunter. Er hatte eine zylindrische Form und war in etwa so groß wie die Kappe eines Füllfederhalters. An seinem Ende saß eine kleine Glasperle.

Eine Kamera.

Ich zog sie zu mir heran und riss dabei noch mehr von dem Draht vom Querbalken ab. Irgendwann straffte er sich und verschwand dann in einem winzigen Loch, das oben in den Balken gebohrt worden war. Ich folgte dem Draht an der anderen Seite weiter und stieß auf eine zweite Kamera und ein zweites winziges Loch.

Eine Weile starrte ich die Kameras an, dachte nach, nahm sie in die Hand und riss den Draht heraus. Dann schob ich alles wieder auf den Querbalken und wischte mir den Schmutz von den Händen.

44

Die Atmosphäre im Pub war gedämpft, das Licht spärlich, die Luft roch nach verschüttetem Bier. Einige der Raucher, die Joel vom Bürofenster aus gesehen hatte, hatten sich um einen kleinen runden Tisch zu seiner Rechten geschart. Unter ihnen war auch die blonde Frau, auf die Kate seine Aufmerksamkeit fälschlich zu lenken versucht hatte. Hinter der Bar gab es eine Spiegelwand mit bunten Spirituosen und Pyramiden aus Alkopop-Dosen. Zwei proletenhafte Bankertypen in lachsrosa Hemden und mit schlaffem Haar grölten und lachten in einem vergeblichen Versuch, die Barfrau zu beeindrucken.

Joel entdeckte Maggie allein auf einer Bank im hinteren Teil des Schankraums. Die große Handtasche stand vor ihr auf dem Tisch neben einem großen Glas Weißwein. Vor ihr lag aufgeschlagen ein dicker Kalender. Die Kappe des Stifts, mit dem sie darin schrieb, hatte sie sich in den Mundwinkel geklemmt.

Vorsichtig ging er auf sie zu, die abgetretenen Bodendielen fühlten sich unter seinen Füßen ein wenig klebrig an. »Verzeihung? Sind Sie Maggie?«

Sie blickte mit großen Augen zu ihm auf und dachte bis jetzt noch nicht daran, die Kappe des Stifts aus dem Mund zu nehmen.

»Ich bin Joel White. Von Edge.«

Jetzt nickte sie, und ein anerkennendes Lächeln trat auf ihre Lippen, als sie die Kappe aus dem Mund nahm und ihm die Hand schüttelte. »Sie wollen Kate«, sagte sie.

»Wollen wir, ja.«

»Wo ist sie?«

Falls sie Verdacht schöpfte, zeigte sie es jedenfalls nicht. Sie war voll im professionellen Modus, ganz offenbar erpicht darauf, einen Deal zu machen, aber gleichzeitig, so vermutete er, zweifelte sie daran, dass er hoch genug in der Hierarchie stand, um so eine Entscheidung zu treffen.

»Sie ist mit Amanda Palmer noch oben und verhandelt einige Details die Stelle betreffend. Darf ich mich zu Ihnen setzen?«

Ohne ihre Antwort abzuwarten, setzte er sich auf die Bank ihr gegenüber und beobachtete Maggie dabei, wie sie mit dem Stift wiederholt gegen den Kalender schnippte und sich dann zurücklehnte, um ihn ihrerseits zu mustern.

»Wir brauchen ein Einstiegsgehalt von fünfundvierzigtausend im Jahr«, sagte sie dann.

»Sie wissen genau, dass wir nur vierzig anbieten.«

»Aber Sie werden fünfundvierzig zahlen.«

Er spreizte die Hände, als ob er geneigt wäre, in diesem Punkt nachzugeben. In Wirklichkeit beobachtete er sie, hielt nach irgendwelchen Anzeichen dafür Ausschau, dass er sich Sorgen machen musste.

»Und Lohnerhöhungen in den ersten drei Jahren nach einem Vertrag, den wir zwischen uns schriftlich festhalten. Zuzüglich Leistungsboni.«

»Das sollte sich einrichten lassen.«

»Einfach so?«

»Amanda Palmer muss es natürlich abzeichnen.«

»Und Sie sagen mir, dass Kate die Stelle annimmt?«

Das war der Satz, auf den er gewartet hatte.

»Kommen Sie doch mit und fragen Sie sie selbst. Freitags trinken wir im Büro immer noch was. Sie sind jetzt hier, Kate ist hier, wir sind hier. Wenn Sie mit raufkommen, können wir uns gemeinsam um die Details kümmern und dann darauf anstoßen. Warum sollten wir bis Montag warten?«

Das ließ er erst einmal so im Raum stehen und betrachtete sie aufmerksam. Es gab kein Anzeichen von Zurückhaltung, obwohl er ihr Bemühen wahrnahm, ihre Gier zu verstecken. Wahrscheinlich rechnete sie schon aus, wie viel sie selbst verdienen würde, sobald Kate auf der gestrichelten Linie unterschrieb.

Sie tat so, als ob sie einen Blick auf ihr Handy warf, bevor sie wie nebenbei nickte. »Das geht. Aber ich muss erst mit Kate unter vier Augen sprechen.«

»Kein Problem. Sollen wir?«

Er stand auf und wartete am Ende des Tisches, während sie ihren Kalender zuklappte und ihn mit einem abgenutzten Gummiband sicherte. Dann nahm sie noch einen großen Schluck von ihrem Wein, warf all ihre Habseligkeiten in die Handtasche und trat vor ihm aus der Nische, in der der Tisch stand. Sie war klein und hatte einen stattlichen Bauchumfang, aber sie bewegte sich mit der Leistungsfähigkeit einer langjährigen Angestellten im Finanzsektor.

»Warum ist das Gebäude denn geräumt worden?«, fragte sie ihn über die Schulter hinweg, als sie die Pubtür aufstieß und auf die Straße trat.

»Falscher Alarm.« Er hielt sich dicht neben ihr, als sie eine Lücke im Verkehr entdeckte und sich anschickte, die Straße zu überqueren.

»Also sind Sie gar nicht gegangen?«

Seine Antennen kribbelten. Plauderte sie einfach nur oder steckte mehr hinter der Frage?«

»Es war der dritte Fehlalarm diese Woche. Das System hat immer noch Kinderkrankheiten. Und wir waren sowieso schon fast fertig. Aber ja, eigentlich hätten wir runterkommen müssen. Nehmen Sie es als Zeichen dafür, wie sehr wir Kate haben wollen.« Die gläserne Drehtür vor ihnen bewegte sich nicht. Joel musste sich darum bemühen, sie nicht anzuschauen, als er eine Schlüsselkarte aus der Brieftasche hervorzog und sie vor den Sensor hielt, sodass sich eine Tür an der Seite öffnete. Tony beobachtete sie mit einem strengen, wachsamen Gesichtsausdruck von seinem Hocker hinter dem Empfangstresen aus. »Das muss ich übrigens noch kurz klären. Macht es Ihnen etwas aus, neben dem Wasserfall auf mich zu warten? Ich lasse Sie registrieren und komme dann zu Ihnen.«

»Lassen Sie sich Zeit.«

Er sah ihr hinterher, wie sie durchs Atrium flitzte und ihr Telefon aus der Tasche zog, ohne sich noch einmal umzudrehen. Ihre Schritte erzeugten ein Echo. Ansonsten war die Lobby still und leer. Niemand sonst war hier. Erst als er sicher war, dass sie sich außer Hörweite befand, trat er an den Empfangstresen.

»Was macht sie denn hier?« Tony wirkte alarmiert.

»Das hat Sie nicht zu kümmern.« Joel beugte sich näher zu ihm hin. »Und sprechen Sie bitte leiser, ja?«

»Sie haben sonst niemanden erwähnt. Sie haben mir nie gesagt…«

»Ich erwähne es jetzt«, erwiderte Joel und beendete damit die Diskussion.

Er nickte in Richtung der schmucklosen Tür in der Wand hinter dem Tresen. Sie führte in ein abgeschiedenes Büro, in dem Joel Tony vorhin die Fotos von seiner Tochter Sophie gezeigt hatte. Es gab Bilder aus Sophies Haus in Harpenden. Bilder von dem Mann, der draußen vor der Tür stationiert war. Außerdem war da noch ihr iPad. Sie hatten es von ihrem Nachttisch. Joel hatte Tony gezeigt, dass ihre Kalenderapp ihnen verriet, wo sie sich an jedem Tag des kommenden Jahres aufhalten würde. Er hatte ihm demonstriert, wie es ihnen erlaubte, ihr Telefon zu tracken und ihren genauen Aufenthaltsort zu bestimmen. Daraufhin hatte Tony sich mit einer leberfleckigen Hand über die Glatze gestrichen und war sich dann damit über das schlaffe Gesicht bis zum Mund gefahren. Dabei hatte er nur den Kopf geschüttelt, zu erstaunt und zu verängstigt, um irgendetwas zu erwidern.

»Jetzt ist es Zeit für den Anruf«, erklärte Joel nun. »Sie haben Ihre Seite des Deals eingehalten. Ihrer Tochter wird nichts passieren.«

Tony betrachtete ihn argwöhnisch. »Das ist alles?«

»Ich habe Ihnen doch gesagt, dass wir haben, was wir wollen.«

Der Wachmann beugte sich zur Seite und warf noch einen Blick auf Maggie. Sie tippte mit beiden Daumen auf ihrem Telefon herum, die riesige Handtasche hing dabei an ihrem Handgelenk. Joel bemerkte, dass Tony Unbehagen über das verspürte, was er sah. Und das war inzwischen das Problem. Das hatte sich von Grund auf geändert und musste nun wieder ins Lot gebracht werden.

Bis Maggie auf der Bildfläche aufgetaucht war, hatten sie sich nur um Kate kümmern müssen. Wenn später irgendwer vorbeigekommen wäre – zum Beispiel die Polizei – und Fragen gestellt hätte, hätten sie Tony dazu zwingen können, denen genau das zu erzählen, was Joels Auftraggeber wollten. Aber jetzt kam Maggie hinzu und eine Reihe von Fragen, wie *zwei* Frauen verschwinden konnten, beide zu ungefähr derselben Zeit und beide mit einer Verbindung zum selben Gebäude. Na ja, das addierte sich nicht zu einer Summe auf, die Joel so einfach ausgleichen konnte.

»Sie können selber anrufen«, sagte Joel zu ihm. »Aber nicht hier draußen. Wir machen es im Büro, damit niemand mithören kann.«

Tony leckte sich über die Lippen. »Und dann ist es vorbei?«

»Ja. Dann ist es vorbei.«

Joel ging um den Tresen herum und wartete, bis Tony von seinem Hocker geklettert war, die Messingknöpfe an seinem Blazer glänzten im Deckenlicht. Er sah ihn lange skeptisch an, bevor er einen finsteren Ausdruck aufsetzte und vor ihm durch die schmale Tür in das kleine, vollgestellte Büro dahinter ging. Ein paar graue Aktenschränke aus Metall waren links an die Wand gerückt. Eine Reihe von Überwachungsmonitoren waren hinter einer Werkbank zu ihrer Rechten aufgehängt, daneben befand sich ein Lochbrett, an dem Schlüssel hingen.

Tony griff nach dem Telefon auf der Werkbank, aber seine Hand erreichte es nicht. Der Raum war so eng, dass er keinen Platz zum Manövrieren hatte, als Joel sich nach vorn warf, von hinten einen Arm um seine Brust schlang und ihn rückwärts von den Füßen riss.

Joel hielt ihn verbissen fest und presste dem Mann die Hand auf den Mund.

Tony war massig und für sein Alter erstaunlich stark. Sie schlugen gegen Aktenschränke, Tony versuchte, Joel abzuschütteln. Er trat um sich und ruderte mit den Armen, um irgendetwas zu fassen zu bekommen. Ein Stiftbehälter kippte um und fiel zu Boden, die Kulis verteilten sich im ganzen Raum.

Joel blickte hinter sich, sie waren zu laut, man konnte sie hören. Doch zu diesem Zeitpunkt hatte er Tony schon, wo er ihn brauchte: auf dem Boden und beide Hände auf seinen Mund und seine Nase gepresst.

Zwei Minuten später sprang er auf, trat zurück und wischte sich mit dem Hemdsärmel übers Gesicht. Tony starrte ausdruckslos aufwärts, aber Joel kam es immer noch so vor, als ob etwas Anklagendes in seinem Blick läge.

Angewidert wandte er sich ab, nahm einen der Aufzugschlüssel von dem Lochbrett, verließ dann den Raum, schloss die Tür hinter sich und winkte Maggie zu, als sie von ihrem Handy aufsah.

Sein Hemdkragen fühlte sich zu eng an. Er fuhr mit dem Finger an seinem Hals entlang und schluckte schwer.

Das Gästebuch lag auf dem Tresen, und er zog es zu sich heran und zwang sich dazu, sich zu konzentrieren und die physische Erinnerung an den Moment auszublenden, in dem Tonys Körper noch ein-, zweimal gezuckt hatte, bevor er schließlich in seinen Armen erschlafft war.

Kates Name stand in der zweituntersten Zeile. Als er ihn gefunden hatte, folgte er mit dem Blick der Zeile nach rechts und sah, dass Tony getan hatte, was von ihm verlangt worden war: Er hatte eine Zeit kurz nach sechs in die Spalte »Ausgecheckt« eingetragen. Eine Unterschrift war nicht notwendig, denn Kate hatte ja bei ihrer Ankunft unterschrieben. Auch um die Kameras im Atrium musste er sich keine Sorgen machen, übrigens auch nicht irgendwo sonst. In fünf oder zehn Minuten wäre er wieder im Sicherheitsbüro und konnte alle Aufzeichnungen der letzten vierundzwanzig Stunden löschen.

Er legte in dem Buch keinen neuen Eintrag für Maggie an. Sie hatte sich kurz nach Kates Ankunft ausgetragen. Sofern es den Papierkram betraf, wäre es, als ob sie nie zurückgekommen wäre.

»Alles geregelt.« Er zwang sich zu lächeln, als er die Lobby durchquerte und sich Maggie näherte, die ihr Handy wieder einsteckte. Noch immer gab es bei ihr keinerlei Anzeichen für Bedenken oder Zweifel. »Noch einmal vielen Dank, dass Sie uns Kate geschickt haben, Maggie. Sie ist wirklich was Besonderes.«

»Das finde ich auch.«

Der Wasserfall hinter Maggie plätscherte und gurgelte. Ansonsten herrschte in der Lobby vollkommene Stille. In seinem Kopf hingegen pulsierte wütend das Blut, und seine Fingerspitzen steckten voll zittriger Energie. Er blieb dicht neben ihr stehen und beugte sich dann vor, um den Rufknopf für den Aufzug zu betätigen.

»Bitte«, sagte er, als die Türen im mittleren Schacht sich öffneten. »Nach Ihnen.«

45

Ich suchte nach weiteren Kameras und Drähten. Es gelang mir, mich noch ein bisschen zu strecken und zwei weitere Querbalken von meiner Position auf dem Schreibtisch aus zu betasten. Außerdem überprüfte ich die Leuchtstrahler, die ich erreichen konnte. Dann kletterte ich vom Tisch und durchsuchte den Rest des Glaskastens, drückte mein Gesicht nah an die Scheibe, studierte jede Einbuchtung und jedes mögliche Versteck und stocherte in den Fugen zwischen den Metallstreben und den Glasscheiben herum. Ich zog die Jalousien zurück und sah auch hinter ihnen nach.

Ich fand keine weiteren Geräte mehr und fragte mich, ob die Kameras, die ich entdeckt hatte, nur Attrappen oder eine Art Köder waren. White hätte ich das zugetraut, aber es gab für mich keine Möglichkeit, es mit Sicherheit festzustellen.

Während meiner Suche dachte ich immer wieder an Maggie und daran, dass White sich gerade mit ihr traf. Ich fragte mich, ob er sie bedrohte. Zugleich konnte ich nicht anders als mir selbst Vorwürfe zu machen. Ich weiß, dass das kein vernünftiger Gedanke war. Ich bin mir auch bewusst, dass es sich dabei auf jeden Fall um Selbstmitleid handelte. Doch seit Marks Tod hatte ich dieses Gefühl, irgendwie beschmutzt zu sein. Beschädigt. Vielleicht sogar verflucht. Tief im Inneren wurde ich den Eindruck nicht los, dass mein Leben von nun an unter einem dunklen Stern stand und dass ich Maggie irgendwie unter dessen Einfluss und in die Finsternis gezogen hatte.

Ich versuchte, diesen Gedanken abzuschütteln, als ich mich vom Boden hochstemmte und noch einmal am Türknauf des Kubus rüttelte. Als sie sich immer noch nicht öffnen ließ, legte ich mich auf den Rücken und trat frustriert gegen die Scheibe.

Das Glas gab einen dumpfen Laut von sich, und der Stoß ließ mich nach hinten wegrutschen.

Ich trat weiter und verfluchte dabei White und die gesamte Situation, in der ich steckte. Ich trat und fluchte noch immer, als ich jemanden meinen Namen rufen hörte, aufblickte und sah, wie White durch die Büroetage auf mich zukam.

Er war allein, die lederne Mappe, die er vorhin schon bei sich gehabt hatte, hatte er sich unter den Arm geklemmt. Außerdem hielt er eine Frauenhandtasche in der Linken.

Nein.

Ich erschauderte. Die Tasche war groß und praktisch. Sie sah auf jeden Fall genau wie die von Maggie aus. Und es war ausgeschlossen, dass sie sie ihm einfach so überlassen hatte.

In den darauffolgenden Sekunden breitete sich eine entsetzliche Eiseskälte in meinem Rumpf aus, wie beim Schwimmen im Meer, wenn man plötzlich den Eindruck hat, dass sich irgendeine Kreatur unter einem befindet, die nach einem schnappen und einen unter Wasser ziehen würde.

»Treten Sie zurück, Kate«, rief er mir durch die Scheibe zu.

Das tat ich nicht. Ich blieb einfach auf dem Boden liegen.

»Machen Sie das hier doch nicht schwieriger, als es sein muss. Wir wissen beide, dass ich jetzt reinkomme. Ich möchte Ihnen dabei nicht wehtun müssen.«

Ich starrte zu ihm hoch. Er legte den Kopf schräg und wartete darauf, dass ich mich bewegte, drückte dann die Handtasche gegen die Glastür.

»Sie wissen doch, wem die hier gehört, oder?«

Ich brach den Blickkontakt zu ihm ab und musterte die Stelle, wo sein Hemd am Bund in der Hose verschwand. Hatte er das Messer dabei?

»Gehen Sie da weg, Kate.«

»Was haben Sie mit ihr gemacht?«, schrie ich.

Ohne meine Frage zu beantworten, bedeutete er mir noch einmal, ich solle mich bewegen.

»Wenn Sie ihr was angetan haben...«

Wieder entgegnete er darauf nichts. Er sah mich einfach nur an und wartete, bis ich mich endlich hochrappelte und rückwärts stolperte. Meine Fersen schmerzten, und ich tastete nach der Glaswand hinter mir, auf die ich mich zubewegte.

Ich sah ihm dabei zu, wie er eine Hand in die Tasche steckte. Eine Sekunde später ertönte ein leises Klicken, und die Tür entriegelte sich. Er drückte sie auf, und sofort stürzte ich nach vorn und versuchte, mich an ihm vorbeizudrängen.

Ich kam nicht sehr weit, bevor er mich um die Hüfte fasste und mich hochhob.

Ich schrie, strampelte mit den Beinen und bearbeitete seine Schultern und den oberen Rücken mit meinen Fäusten. Er drückte meine Hüfte etwas fester, quetschte mich zusammen, die Kante der ledernen Aktenmappe schnitt mir ins Fleisch, dann stieß er mich rückwärts, drückte mich unsanft gegen das Glas und hielt mich dort fest.

Die Scheibe hinter mir schepperte. Ich zuckte bei dem stechenden Schmerz zusammen, der mir durch die Schulterblätter und in die Wirbelsäule fuhr.

Als er mich dort festhielt, war sein Gesicht nur wenige Zentimeter von meinem entfernt.

Ich spuckte ihn an.

Er zuckte zusammen und blinzelte, senkte den Kopf, sammelte sich. Dann wurde er für einen langen Moment sehr still, bevor er mich schließlich losließ und einen Schritt zurücktrat. Er versperrte mir den Weg aus dem Glaskasten, zog ein Taschentuch hervor und wischte sich damit das Gesicht ab.

Da bemerkte ich die Blutflecke auf seinem Hemdsärmel. Die rotbraunen Spritzer um seine Brusttasche herum.

Nein.

Die betäubende Kälte in meinem Rumpf nahm weiter zu.

»Sie haben ihr etwas angetan, oder? Warum haben Sie das gemacht?«

White hob den Kopf und sah mich an. Falls es ihm leidtat oder er sich schämte, zeigte er es jedenfalls nicht. Er starrte mich einfach nur an und bewegte sich irgendwann abrupt seitwärts, stellte Maggies Handtasche auf den Glastisch und legte die Aktenmappe daneben. Dabei kehrte er mir den Rücken zu. Ich bemerkte, wie seine Schultern sich unter dem Hemd hoben und senkten.

Ich starrte zur Tür, dachte an Flucht.

»Sie sind nicht schnell genug«, sagte er über seine Schulter zu mir und schüttelte den Kopf. »War sie übrigens auch nicht.«

Ein heftiges Beben durchlief mich, als ob die unsichtbare Kreatur, vor der ich mich die ganze Zeit schon fürchtete, ihre Zähne in meine Knöchel geschlagen hätte und mich in die Tiefe ziehen würde.

Mir war schlecht, ich fühlte mich schlaff, und als er sich schließlich umdrehte, um die beiden lederbezogenen Stühle, auf denen wir bei unserem Vorstellungsgespräch gesessen hatten, wieder hereinzuholen, zitterte ich so stark, als ob mich jemand aus dem Meer gezogen und in eine Wärmedecke gepackt hätte. Die Schrecken, die ich erlitten hatte, hatten mich vollkommen abstumpfen lassen.

Ich konnte mich nicht rühren, als er die beiden Stühle einander gegenüber an den Tisch zurückstellte und dann wieder auf demselben Stuhl Platz nahm, auf dem er vorhin bereits gesessen hatte, Maggies Handtasche beiseiteschob und die Aktenmappe vor sich aufschlug.

»Kate?« Er nickte in Richtung des Stuhls ihm gegenüber. »Es ist so weit.«

Ich bewegte mich nicht.

»Setzen Sie sich, Kate.«

Ich blieb stehen.

»Wenn Maggie jetzt mit Ihnen sprechen könnte, würde Sie Ihnen raten, sich zu setzen. Sie würde sogar darauf bestehen. Glauben Sie mir.«

Endlich bewegte ich mich langsam vorwärts. Meine Schritte waren unbeholfen und unsicher, der Betonboden fühlte sich unter meinen Strümpfen hart und kalt an.

Ich schluckte, als ich nach meinem Stuhl griff und mich ruckartig hinsetzte, während der Stuhl knarzte und sich dann unter meinem Gewicht wieder beruhigte.

»Lassen Sie uns doch noch einmal von vorn beginnen, ja? Wir unterhalten uns jetzt, Kate, Sie werden meine Fragen beantworten und diesmal wahrheitsgemäß, oder Maggie wird mehr leiden als nötig.«

Ich blieb still sitzen – so still ich konnte – und starrte auf ihre Handtasche. Alles, woran ich im Augenblick denken konnte, war das Blut auf seinem Hemd.

»Ich will, dass Sie mir sagen, was Sie mit ihr gemacht haben.«

»Wissen Sie, worüber ich staune, Kate? Es scheint mir fast so, als ob ich Sie daran erinnern müsste, wie ein Vorstellungsgespräch abläuft. Es ist doch so: Ich stelle Ihnen meine Fragen, Sie beantworten sie, und am Ende haben Sie dann die Gelegenheit, selbst noch ein paar Fragen zu stellen. Verstanden?«

Ich presste die Fingernägel in meine Handflächen und musste daran denken, wie Maggie unten in der Lobby meine Hand ergriffen und mir gesagt hatte, dass ich die perfekte Bewerberin für diese Stelle bin und alles gut wird.

»Sind Sie bereit, Kate?«

»Sagen Sie einfach, was Sie von mir wollen.«

»Okay, gut. Hier kommt also meine erste und wichtigste Frage: Wo ist Ihr Mann, Kate? Wo ist Mark in diesem Moment?«

46

In meinem Magen rumorte es, und die Säure kroch meine Kehle hinauf.

»Warum tun Sie mir das an?«

Ich zitterte. Mein ganzer Leib schmerzte.

»Beantworten Sie einfach die Frage, Kate.«

»Sie ist grausam.«

»Antworten Sie. Und seien Sie diesmal ehrlich.«

»Sie kennen die Wahrheit. Mark ist tot. Ich habe Ihnen schon gesagt, dass er bei der Global-Air-Katastrophe ums Leben gekommen ist.«

»Schon komisch, oder? Dass wir sie so nennen? Ist Ihnen jemals aufgefallen, dass es fast immer die Fluggesellschaft ist und nicht der Flugzeughersteller, die mit einem Absturz in Verbindung gebracht wird, Kate? Pan Am über Lockerbie. Der Malaysian Airlines Flug MH370. Die Global-Air-Katastrophe. Warum, glauben Sie, ist das so? Liegt es an guter PR?«

Meine Hände gruben sich in die Armlehnen meines Stuhls, als mir unvermittelt ein Bild vor Augen trat. Es war die schreckliche Vision, die mich in meinen allerschlimmsten Albträumen heimsuchte.

Das Flugzeug brach auseinander. Es stürzte ab. Und Mark, der wusste, was passierte, hielt sich panisch fest.

Ich wusste zu viel über Flugreisen, um mir selbst etwas

darüber vorzumachen, wie furchtbar es für ihn gewesen sein musste. Ich wusste, dass Sauerstoffmasken herabgefallen waren. Ich wusste, dass die Piloten bis zum allerletzten Moment gewartet hatten, bevor sie »Brace, Brace!« gerufen hatten. Ich wusste, dass die Passagiere geschrien und geweint hatten, und das Allerschlimmste: Ich wusste, dass Mark klar gewesen war, dass keinerlei Hoffnung mehr bestand.

Er war Flugzeugingenieur. Er hatte Erfahrung als Pilot. Sie waren auf elftausend Metern, als sie rasch an Höhe verloren. Mitten über dem Atlantik.

»Kate.«

In meinen Albträumen befand ich mich zusammen mit Mark an Bord, als das Flugzeug abstürzte, aber ich konnte ihn nie berühren oder mit ihm sprechen, ihm sagen, wie sehr ich ihn liebte. Ich konnte nur hilflos zusehen, wie die Kabine in der Nacht schaukelte und klapperte und wie das Trudeln sich kreischend fortsetzte, während die Welt um uns herum auseinanderfiel.

»Kate, sehen Sie mich an.«

Ich sah ihn nicht an. Ich konnte es nicht. Ich kniff die Augen fest zu, atemlos, als wäre ich verprügelt und an meinen Stuhl gefesselt worden, meine Vision flammte wie ein schmerzhaft heller Scheinwerfer in meinem Kopf auf.

»Kate.«

»*Wie können Sie es wagen.*«

»Kate …«

»Zweihundertzehn Menschen sind gestorben.«

Meine Brust schmerzte. Ich fühlte mich wie ausgehöhlt. Mein Rachen stach, war wund. Zugleich baute sich eine heiß lodernde Wut in mir auf. Hätte ich mich nicht an meinem Stuhl festkrallen müssen, hätte ich zugeschlagen.

»Zweihundertzehn. Verstehen Sie, was das heißt? Haben Sie irgendeine Vorstellung davon?«

Jetzt blickte ich doch zu ihm hoch. Langsam. Ich konnte spüren, wie meine Gefühle mir das Gesicht zu einer wilden, hässlichen Fratze verzerrten.

»Sind Sie irgendwie krank?«, fragte ich. »Ist es so was? Macht es Ihnen Spaß, andere Menschen zu quälen? Gibt Ihnen das ein gutes Gefühl?«

Er antwortete nicht, starrte mich einfach nur ausdruckslos an. Nach einem kurzen Moment schien er auszuatmen, als ob ich ihn enttäuscht hätte, dann griff er nach dem Telefonhörer und tippte eine lange Zahlenkombination ein.

Die Kombination war viel zu lang für eine Telefonnummer. Ich nahm an, dass es sich um einen Code handelte, mit dem er die Telefonanlage freischaltete.

Dann drückte er auf den Knopf für die Freisprechanlage.

Das Freizeichen hallte laut im Glaskubus wider.

Er verschränkte seinen Blick mit meinem und wählte erneut. Diesmal eine Telefonnummer nach draußen.

Ich hörte es brummen und klicken, dann folgte ein tiefer Klingelton.

Es klingelte nur zwei Mal, bevor jemand abhob.

Ich hörte ein Klopfen und ein Rascheln, dann folgten eine kurze Pause und schweres Atmen.

»Reden Sie«, sagte eine raue Stimme.

47

Freitag, 20:11 Uhr

White musterte mich aufmerksam von der anderen Seite des Schreibtischs aus, bevor er den Mund in Richtung Mikrofon senkte.

»Sie behauptet, sie weiß nichts. Sie sagt, er ist tot.«

Tot.

Das Wort schien wie ein Querschläger in meinem Brustkorb umherzusausen – genau wie es das immer und immer wieder in den letzten fünfzehn Monaten getan hatte. Die Welt beruhigte sich nie. Sie tat nichts, außer mir noch weitere Schmerzen zuzufügen.

Der rasselnde Atem am anderen Ende der Leitung war deutlicher zu hören. »Sagt sie die Wahrheit?«

Mir traten Tränen in die Augen. Ich biss mir auf die Wangen und schüttelte den Kopf in Whites Richtung. Mich gefangen zu halten war das eine, aber das hier, das war zutiefst verdorben.

»Es ist zu früh, um das zu entscheiden.«

»Wir haben Zeit.«

»Soll ich weitermachen?«

Während White die Antwort abwartete, achtete er genau auf meine Reaktionen, als wäre ich ein Versuchskaninchen hinter einer dicken Glasscheibe.

»Rufen Sie mich wieder an, wenn Sie etwas Neues wissen«, keuchte die Stimme.

Dann wurde die Leitung unterbrochen, und White lehnte sich auf seinem Stuhl zurück.

48

Sobald der Anruf beendet war, hob der Mann mit dem rasselnden Atem ein weiteres Telefon ab und wählte eine andere Nummer.

»Bring mich auf den letzten Stand«, sagte er.

Am anderen Ende der Leitung war kurz Schweigen. »Ich weiß mit Sicherheit, dass heute mit jemandem geredet wurde.«

»Wann?«

»Am Morgen und am Nachmittag. Es war dieselbe Person, die sich vor drei Wochen erstmals gemeldet hat.«

»Was weißt du sonst noch?«

»Sie sind nervös, aber zugleich euphorisch. Sie sind ganz sicher auf etwas Großes gestoßen. Sie haben Essen bestellt und machen Überstunden. Ich habe einen von ihnen sagen hören, dass das alles verändern wird.«

»Bis wann?«

»Bis Montag auf jeden Fall.«

»Sonst noch was?«

»Ja. Sie haben furchtbare Angst, dass etwas nach draußen dringt.«

49

»Wer war das am Telefon?«, fragte ich White.

Er setzte eine bedauernde Miene auf. »Das war mein Auftraggeber.«

»Ich verstehe nicht ganz.«

»Ich hab es Ihnen doch erklärt, Kate. Ich arbeite im Krisenmanagement. Dadurch komme ich überall auf der Welt rum. Und im Moment sind Sie die Krise, die ich managen muss.«

»Aber ...«

Meine Worte verebbten. Ich hatte keine Ahnung, was ich darauf entgegnen sollte. Nichts von alledem ergab für mich irgendeinen Sinn. Es konnte keinen Sinn ergeben.

Ich schob meinen Stuhl zurück und stand auf.

Ich hatte das nicht geplant, es war instinkthaft geschehen. Aber jetzt fiel mir auf, dass ich nicht wusste, was ich als Nächstes tun sollte.

»Setzen Sie sich hin, Kate. Sie können nirgendwohin. Und außerdem müssen Sie sich jetzt diese Bilder hier anschauen.«

Er schlug die Aktenmappe in der Tischmitte auf, wartete kurz, als ob er sich erst selbst noch überzeugen müsste, dann drehte er sie zu mir um und schob sie über den Schreibtisch.

Ich wollte mir nicht ansehen, was er mir zeigte – mir war klar, dass es nichts Gutes sein konnte –, aber was blieb mir übrig, also riss ich mich zusammen und blickte hinunter.

Vor mir lagen zwei Klarsichthüllen, die zwei Farbfotos enthielten. Die Bilder waren vergrößert und auf DIN-A4-Blättern ausgedruckt worden. Die Qualität war nicht sehr gut, die Aufnahmen waren körnig und verschwommen.

Ich versuchte, mich zu beherrschen. Ich zitterte schon wieder.

Auf beiden Fotos war ich selbst zu sehen.

Beide waren wann genau aufgenommen worden? Vor vierzehn Tagen?

Jetzt erinnerte ich mich an den Samstagmorgen. Nach einer weiteren schlaflosen Nacht war ich früh aufgestanden und mit dem Rad zum Camden Market gefahren. Dort hatte ich Sodabrot, ein Halstuch und Blumen gekauft.

Und ganz offenbar hatte mich jemand dabei fotografiert.

Aber das war nicht alles.

Daran, wie White mich ansah, konnte ich erkennen, dass ich auf den Bildern etwas entdecken sollte, und als ich mir die Fotos noch einmal genauer betrachtete, schien sich eine Falltür unter meinen Füßen zu öffnen.

Ich sackte auf meinen Stuhl.

Da. Im Hintergrund auf beiden Fotos, verborgen in der Menge. War das etwa ... *Mark*?

Ich atmete heftig aus.

Die Gestalt war nicht deutlich zu erkennen, die Aufnahme war nicht ganz scharf.

Sie sah wie Mark aus, aber irgendwie auch anders.

Wie er, nur älter.

Sein Haar war an den Ohren und im Nacken länger, an den Schläfen grauer. Er hatte einen dichten Bart wie ein Holzfäller, trug eine Cap und eine Wetterjacke.

Ein Schluchzen stieg in mir hoch, aber ich ließ es nicht raus, denn ich hatte mir die Faust in den Mund gesteckt. Ich biss mir auf die Knöchel. Tränen traten mir in die Augen.

Manchmal hatte ich mich gefragt, wie Mark ausgesehen hätte, wenn er älter geworden wäre, und hier hatte jemand diese Arbeit für mich erledigt. Ich wusste, dass solche Technologien existieren. Photoshop. Alterungssoftware. Aber wozu? Warum?

Ich blickte auf. Tränen ließen meine Sicht verschwimmen. Whites Blick überwachte mit messerscharfer Präzision meine Reaktionen.

»Der Mann, der vor mir angeheuert worden war, Mark zu finden, hat seine Spur wieder verloren, kurz nachdem diese Fotos aufgenommen worden sind.« Er sprach ruhig, beinahe sanft, als wollte er den Schlag abfedern. »Meine Vermutung ist, dass er ihn verschreckt hat. Ihr Mann hat bemerkt, dass Sie verfolgt werden, und hat sich aus dem Staub gemacht.«

»Das ist gelogen. Sie lügen.«

Ich streckte die Hand nach den Fotos aus, zog sie aber sofort wieder zurück. Ich wollte sie nicht berühren. Sie waren Schmutz. Schlimm genug, dass ich verfolgt und fotografiert worden war, aber noch schlimmer war es, zu wissen, dass dieser Horror nicht einfach nur am heutigen Tag stattfand. Er war vorbereitet worden. Lange geplant.

»Ist schon okay, Kate. Wir wissen, dass er bei Ihnen war.«

»Nein.«

»Der Mann, der diese Fotos gemacht hat, hat sich auch mit Ihren Nachbarn unterhalten. Die Nachbarin unter Ihnen. Er hat ihr diese Fotos gezeigt, und sie hat bestätigt, Mark vor Ihrer Wohnung gesehen zu haben.«

Unter mir wohnte eine verbitterte alte Frau namens Faye. Die meiste Zeit verbrachte sie in ihrem zugewucherten Garten, machte ziemliches Tamtam um ihre Pflanzen und ihre Katze. Ihre Wohnung hatte einen eigenen Eingang durch den Garten, also begegnete ich ihr nur selten und unterhielt mich auch nicht mit ihr, wenn es doch einmal so kam. Zum Teil geschah das aus Scham: Die Böden waren nicht so dick, dass Faye mein Weinen mitten in der Nacht überhört haben konnte.

Aber sie hätte mir erzählt, wenn jemand nach mir gefragt hätte. Das hoffte ich jedenfalls.

»Er hat sich Zugang zu Ihrer Wohnung verschafft, als Sie nicht da waren. Was würden Sie sagen, wenn ich Ihnen verrate, dass wir forensische Beweise dafür haben, dass Mark bei Ihnen gewesen ist, Kate? Fingerabdrücke. Haare. Alle stimmen mit denen von Mark überein.«

»Ich würde Ihnen sagen, dass Sie lügen.«

»Es ist Wissenschaft.«

»Es ist Bullshit. Das alles hier ist Bullshit. Jeder einzelne Teil.«

Ich schlang die Arme um meinen Leib und fühlte, wie die harte Gewissheit wie ein Tumor in mir wuchs.

Nach Marks Tod hatte ich mir nicht vorstellen können, in unserer Wohnung in Highbury zu bleiben. Zu viele Erinnerungen. Zu schmerzhaft. Zunächst war ich für kurze Zeit bei Luke eingezogen. Dann hatte ich meine jetzige Wohnung gemietet, die nicht weit von Lukes entfernt in Balham lag.

Aber mal angenommen, jemand wäre tatsächlich in meiner Wohnung gewesen – war es denkbar, dass diese Person dort Spuren von Mark gefunden hätte? Wahrscheinlich schon. Es gab so viele Dinge, von denen ich mich noch nicht hatte trennen können. Ich hatte mehrere Kartons in meinem Schlafzimmer stehen, in denen ich Sachen von Mark aufbewahrte: Bücher, CDs, Papiere. Manchmal nahm ich Kleidungsstücke heraus, die noch nach ihm rochen, und drückte sie mir gegen das Gesicht, legte sie beim Einschlafen neben mein Kopfkissen. Es half nicht. Nichts half. Alles machte meine Sehnsucht nur schlimmer. Aber ich tat es trotzdem.

In diesem Sinn hatte ich Mark wohl tatsächlich in meine neue Wohnung mitgenommen. Aber alles in allem erschien es mir viel wahrscheinlicher, dass White mich aus Gründen, die ich immer noch nicht vollkommen verstand, aus dem Gleichgewicht bringen wollte.

»Dieser Mann ist noch einmal in Ihre Wohnung geschickt worden, Kate. Gestern. Als Sie bei der Arbeit waren. Bevor mein Flug gelandet ist.«

Meine Kopfhaut spannte. Ich wusste nicht, warum er mir das erzählte. Natürlich konnte es sein, dass er mich einfach nur aus dem Konzept bringen wollte, aber da lag diese seltsame Spur von Mitgefühl in seiner Stimme, als ob es ihm ehrlich leidtun würde, mich in diese Situation gebracht zu haben. Ich umschlang meinen Oberkörper noch fester mit den Armen.

Da fiel mir siedend heiß etwas ein, und ich musste daran denken, wie ich am Vorabend nach Hause gekommen war. Ich hatte eine Einkaufstüte aus dem Mini-Supermarkt dabei. Die hatte ich auf dem Tisch abgestellt und den Kühlschrank geöffnet.

Und dann hatte ich so ein Gefühl. Einen seltsamen, unterschwelligen Eindruck, *als ob ich nicht allein wäre.*

Leise hatte ich die Kühlschranktür wieder geschlossen und war durch meine Wohnung geschlichen. Ich brauchte nicht lange, bis ich alles überprüft hatte. Es gab nur Schlafzimmer, Wohnzimmer und Bad zu durchsuchen. Und da war niemand. Und es fehlte auch nichts.

Und dennoch hatte mein Unbehagen angedauert. Ich erinnerte mich nun daran, dass ich die Kette vor die Eingangstür gelegt hatte, weil ich so nervös gewesen war. Und das war nichts, was ich normalerweise tat.

»Nein«, entgegnete ich ihm. »Ich glaube Ihnen nicht.«

»Kate, bitte. Hören Sie mir zu. Ich versuche, Ihnen zu helfen.

Sehen Sie doch nur, wo Sie jetzt sind. Denken Sie an alles, worüber ich hier die Kontrolle habe. Glauben Sie wirklich, dass die Leute, die mich angeheuert haben, ein Problem damit hatten, jemanden in Ihre Wohnung zu schicken?«

Ohne den Blickkontakt zu unterbrechen, streckte er die Hand aus, zog die Mappe zu sich heran und drehte sie wieder um. Er blätterte vor zur nächsten Klarsichthülle, betrachtete mich einen Moment aufmerksam, dann zog er einen Gegenstand daraus hervor, den er umgedreht vor mir auf den Glastisch legte.

Ich sah darauf hinunter.

Es handelte sich um ein biegsames, gummiertes Blatt von der Größe eines kleinen Briefumschlags.

Ich löste mich aus der Umklammerung meiner eigenen Arme und streckte zögernd die Hand danach aus. Ich holte tief Luft und drehte es um.

Noch ein Foto.

Es war mit einem durchsichtigen Plastikfilm überzogen, und von einem billigen azurblauen Rahmen umgeben. Der Rahmen war mit Abbildungen von Muscheln und Delfinen dekoriert. Der Name ST. LUCIA war ganz oben in einer leuchtend gelben Schrift aufgedruckt. Was ich für eine gummierte Rückseite gehalten hatte, war tatsächlich ein Magnet.

Es war mein Lieblingsfoto von Mark und mir. Wir beide in unseren Flitterwochen am Karibikstrand, Mark hinter mir in einem Leinenhemd, die Arme um mich geschlungen und die Augen gegen das Sonnenlicht zusammengekniffen.

Normalerweise hing es am Kühlschrank in meiner Wohnung.

50

Freitag, 20:19 Uhr

»Darf ich Sie etwas fragen, Kate?«

Ich antwortete nicht. Wenn er tatsächlich mit anderen zusammenarbeitete, waren sie nicht nur in mein Zuhause eingedrungen. Sie hatten mein Herz verletzt.

White hatte keine Ahnung, wie viel mir dieses Foto bedeutete und wie sehr es mir in den Monaten, seit ich Mark verloren hatte, Halt gegeben hatte.

Mir hätte schon am Vorabend auffallen müssen, dass es verschwunden war. Und auf eine gewisse Weise war es mir ja auch aufgefallen. Ich hatte meine Einkäufe im Kühlschrank verstaut, als ich zum ersten Mal gespürt hatte, dass etwas nicht stimmte, auch wenn ich den Zusammenhang nicht hergestellt hatte. Ich war zu sehr in Eile gewesen, zu beschäftigt mit Gedanken an mein Vorstellungsgespräch und die ganzen Vorbereitungen, die ich noch treffen musste. Und jetzt stellte sich heraus, dass das alles – was genau gewesen war? Ein Betrug, nur um mich hierherzulocken und mich damit zu konfrontieren, wie mühelos sie in meine Wohnung eingebrochen waren? Ich würde gern behaupten, dass ich dieses Foto betrachtete, ohne mich einschüchtern zu lassen. Aber das wäre gelogen.

Ich war erschüttert.

»Warum wollten Sie diesen Job überhaupt, Kate? Meine persönliche Einschätzung? Er passt gar nicht zu Ihnen.«

Ich berührte das Foto und betrachtete es. Mein früheres Ich lächelte unverstellt. Ein Gefühl von Richtigkeit und Zufriedenheit schien aus all meinen Poren zu strömen. Damals war mir das natürlich nicht klar gewesen, aber in der Rückschau konnte ich ohne den geringsten Zweifel sagen, dass das der glücklichste Tag meines Lebens gewesen war.

»Sie kennen mich nicht«, flüsterte ich. »Sie wissen gar nichts über mich.«

»Nicht? Sehen Sie sich um, Kate. Hier ist alles nur Oberfläche, ohne Substanz. Sie sind besser als das. Und das wissen Sie auch. Warum wollten Sie den Job? War es das Geld? Das könnte ich schon verstehen. Es muss Ihnen sehr wehgetan haben, als Sie nichts von Marks Lebensversicherung ausgezahlt bekamen.«

Zum ersten Mal seit einer ganzen Weile hatte ich den Eindruck, dass eine von Joels Spitzen ihr Ziel verfehlt hatte. Tatsächlich war mir das Geld nämlich vollkommen gleichgültig. Es hatte mich noch nie interessiert. Mark war zwölf Jahre älter als ich. Und obwohl MarshJet tatsächlich eine großzügige Lebensversicherung für ihn abgeschlossen hatte, war mir von vornherein klar gewesen, dass ich im Fall seines Todes nichts davon bekommen würde. Das hatten wir sogar noch vor unserer Hochzeit besprochen. Und die Abmachung war uns beiden entgegengekommen.

Also nein, White hatte unrecht. Das Einzige, was mir wehtat, war, Mark verloren zu haben.

»Das Geld ist seiner Tochter zugutegekommen«, sagte ich.

»Rosie. Wie alt ist sie jetzt? Neunzehn?«

Darauf antwortete ich nicht. Rosie war zwanzig, und ich war mir sicher, dass er das wusste. Was mir gar nicht gefiel, war, dass er Rosie überhaupt erwähnte. Ich musste daran denken, wie er Tonys Tochter bedroht hatte, und ich spürte, wie

meine Angst sich zusammenballte und stärker wurde, eine ver-
klumpte Masse mitten in meiner Brust.

»Sprechen Sie oft mit ihr, Kate?«

»Nicht so oft, wie ich es mir wünschen würde«, antwortete
ich vorsichtig. »Aber ich nehme an, das wissen Sie, wenn Sie
tatsächlich so gut informiert sind, wie Sie behaupten.«

»Zweite Ehen. Die können hart sein. Hab ich recht?«

Kurz fragte ich mich, ob er aus Erfahrung sprach, aber dann
traf mich unvermittelt die Erkenntnis, dass mich das überhaupt
nicht kümmern musste. Weder wollte ich Joel White kennenlernen, noch verstehen, was ihn zu alldem hier trieb. Ich wollte einfach nur von ihm weg. Und wenn das bedeutete, ihn am
Reden zu halten, bis jemand mich oder Maggie fand – voraus-
gesetzt, sie war immer noch am Leben –, dann war ich bereit,
dabei mitzumachen.

Ich blickte noch einmal auf das Foto. Seit ich Mark verloren
hatte, hatte ich unzählige Stunden damit verbracht, es anzu-
starren und mir zu wünschen, dass ich irgendwie durch meine
Erinnerungen an unsere Flitterwochen einen Weg in die Vergangenheit finden würde, hin zu einem geheimen Ort jenseits
von Zeit und Raum, an dem wir wieder zusammen sein
konnten.

»Woran lag's?«, fragte mich White. »Mochte Papas kleines
Mädchen die Vorstellung nicht, dass Sie es ihrem alten Herrn
besorgten?«

»Nein, das war nicht der Grund. Rosie und ich sind gut miteinander ausgekommen.«

»Dann also seine Exfrau.«

»Paula.«

»Paula, genau. Hat sie Rosie Gift ins Ohr geträufelt?«

Ich wollte ihm nicht die Genugtuung verschaffen, Ja zu
sagen, obwohl genau das mehr oder weniger passiert war.

Marks Ehe mit Paula war nicht glücklich gewesen, aber Mark hatte seine Tochter Rosie sehr geliebt. Er hatte sich große Mühe gegeben, dass es funktionierte. Paula und er waren schon seit über einem Jahr getrennt, als ich zu MarshJet kam und wir uns kennenlernten. Wir waren beide Teil des Teams gewesen, das an der Markteinführung des neuen CruiseFlyer Jumbos gearbeitet hatte. Es war eine intensive, aufregende Zeit. Eine Menge Überstunden im Büro. Eine Menge Gelegenheiten, sich zu unterhalten und miteinander zu flirten. Von Anfang an hatte es zwischen uns gefunkt, aber wegen Rosie hatten wir es langsam angehen lassen. Als wir uns kennenlernten, war sie zwölf. Mark wollte nie irgendetwas tun, das seiner Tochter Schmerz bereitet hätte.

Inzwischen, fast neun Jahre später, quälte mich, dass ich mit ihm zugleich auch die Verbindung zu Rosie verloren hatte. Nicht nur weil sie und ich uns nahegestanden hatten – obwohl ich gern glaubte, dass das der Fall war –, sondern weil ich wusste, dass Mark gewollt hätte, dass ich für ihn auf Rosie aufpasste. Paula hatte jedoch alles in ihrer Macht Stehende getan, um das so gut wie unmöglich zu machen. Zu Beginn des vorigen Sommers waren beide nach San Francisco gezogen, in Paulas Heimatstadt.

»Andererseits«, meldete sich Joel wieder zu Wort, »kann ich schon verstehen, warum Sie aus der Luftfahrtindustrie aussteigen wollten. Erstens aufgrund der Umstände, wie Mark die Global-Air-Katastrophe ausgenutzt hat.«

»Mark hat gar nichts ausgenutzt. Er ist bei diesem Absturz ums Leben gekommen.«

»Und zweitens wegen des Kabinenluftskandals.«

Ich erstarrte.

»Ja.« Er sah mich durchdringend an. »Jetzt kommen wir allmählich zur Sache.«

51

Joel beobachtete Kates Reaktion. Das Weiten ihrer Pupillen. Die winzigen Bewegungen ihrer Lippen. All dieses Hin und Her. Und jetzt, wo sie hier saßen, was wusste er?

Nichts mit Sicherheit.

Und das war ein Problem. Er hatte so etwas noch nie vorher erlebt. Sie sendete so viele uneindeutige Signale aus.

Oder vielleicht lag es an ihm? Vielleicht war sein Urteilsvermögen beeinträchtigt. Vielleicht wollte er in diesem Fall zu viel.

»Warum tun Sie mir das an?«, hatte sie ihn gefragt.

»Sie wissen, warum, Kate. Mark hat Ihnen den Grund genannt, nicht wahr?«

Erneut schüttelte sie den Kopf, aber jetzt schon weniger energisch, sodass er sich fragte, ob ihre Abwehrmechanismen allmählich versagten.

»Wie erklären Sie dann die Fotos, die ich Ihnen gezeigt habe?«

»Die haben Sie gefälscht.«

»Und was ist mit den forensischen Spuren?«

»Die gibt es nicht.«

Sie lehnte sich zurück, von ihm weg, sie war aschfahl, die Nase war leicht gerümpft. Er erkannte, dass sie Angst hatte und zutiefst verzweifelt war. Ihre Augen waren gerötet und wirkten eingefallen, irgendwie gedimmt.

Unter der Oberfläche spürte er ein Ziehen des Mitgefühls. Aber er wusste auch, dass ihr emotionaler Aufruhr für ihn notwendig war. Sie die ganze Zeit im Ungleichgewicht zu halten war Teil seiner Strategie. Seiner Erfahrung nach kam die ungeschminkte Wahrheit nur dann zum Vorschein, wenn man jemanden richtig in Bedrängnis brachte.

»Und was ist mit alldem hier?«, fuhr er fort. »Dem Vorstellungsgespräch? Ihnen. Mir. Meinem Auftraggeber?«

Sie konnte seinem durchdringenden Blick nicht standhalten. Sie sah zur Seite auf das Wasserglas.

»Ich weiß nicht, warum Sie mir das antun.«

»Oh doch, Kate. Denken Sie darüber nach. Haben Sie sich vielleicht eingeredet, dass Mark nichts wusste? Hat Ihnen das geholfen?«

Sie schloss die Augen. Verzog das Gesicht. Sie schien wieder in Gedanken zu versinken.

Er wartete lange darauf, dass sie zu ihm und in diesen Raum zurückkehrte. Als es so weit war, zeigte sich auf ihrem Gesicht kein Ausdruck neu gewonnener Entschlossenheit. Es gab kein Anzeichen dafür, dass sie zu einer Entscheidung gekommen war, welche Rechnung auch immer sie in Gedanken angestellt hatte. Ihr Blick verlagerte sich auf das Wasserglas, das war alles.

»Trinken Sie etwas, wenn Sie wollen, Kate. Ich habe es nicht eilig.«

Sie trank nicht, gestattete ihm nicht einmal diesen kleinen Sieg.

Er rückte seinen Stuhl näher an den Schreibtisch heran. Als er die Hand nach ihr ausstreckte, zuckte sie zusammen und wich zurück, aber er wollte nur das Foto berühren, das er vor sie hingelegt hatte.

»Kommen Sie schon, Kate. Mark wusste, dass es ein Problem mit diesen Flugzeugen gab. Er *wusste* es. Tun Sie jetzt nicht so, als hätten Sie nicht wenigstens den *Verdacht* gehabt, dass da etwas faul war. Lassen Sie mich Ihnen sein Verhalten in den Wochen vor dem Absturz beschreiben. Er war aufgewühlt, abwesend, reizbar. Er hat schlecht geschlafen. Konnte sich nicht konzentrieren. Er hatte Schwierigkeiten, sich in Ihrer Nähe aufzuhalten oder mit Ihnen intim zu werden. Er hat Ausflüchte dafür gesucht, allein loszuziehen und Abstand zu gewinnen. Ich wette, Sie haben versucht, mit ihm darüber zu sprechen, und er hat Ihnen gegenüber behauptet, dass es keinen Grund zur Sorge gebe. Dass er nur Stress auf der Arbeit habe. Nichts, worüber Sie sich Gedanken machen müssten. Aber Sie haben nicht lockergelassen, nicht wahr? Und schließlich hat er sich Ihnen anvertraut. Haben Sie deshalb gekündigt? Ich kann sehen, dass Sie einen moralischen Kompass haben, Kate. Es wäre Ihnen schwergefallen, Ihren Kollegen weiter in die Augen zu blicken. Darum waren Sie auch nicht bei den Demonstrationen, oder?«

Er sah, wie sie die Hände hob und ineinander verschränkte, als wären ihre Gefühle ein Gummiball, den sie fest zusammendrückte. Doch dann schloss sie die Augen und hielt still.

Mit welchen Dämonen hatte sie zu kämpfen?, fragte er sich. Was wollte sie vor ihm verbergen?

52

Siebzehn Monate zuvor

»*Mark? Es ist spät. Warum bist du auf? Komm zurück ins Bett.*«

»*Gleich.*«

»*Mark.*«

Ich schlurfte barfuß durch unser Wohnzimmer, der Saum des alten T-Shirts, das ich trug, streifte meine Oberschenkel. Mark saß an dem kleinen Klapptisch neben dem Fenster, eine Stehlampe tauchte ihn in einen Lichtkegel. Seine Aktentasche war geöffnet, mehrere Dokumente lagen auf dem Boden.

»*Was auch immer es ist, es kann bis morgen warten*«, *sagte ich zu ihm.*

Ich legte ihm eine Hand auf die Schulter und spürte die verkrampften Muskeln unter seiner Haut. Er trug ein altes Unterhemd und Boxershorts, hatte eine Hand in seinem zerzausten Haarschopf vergraben. Mir fiel auf, dass er eines der Dokumente auf dem Tisch vor mir zu verbergen versuchte, aber ich streckte die Hand danach aus, bevor ihm das gelang.

»*Mark, bitte. Tu das nicht.*«

Ich hob den Bericht hoch. Ich erinnerte mich noch gut daran, wie ich an seiner Erstellung mitgearbeitet hatte. Meine Aufgabe war gewesen, die technischen Daten in ein nutzbares Format zu bringen. Dafür hatte ich Untertitel, Tortendiagramme und Schaubilder erstellt.

Vor drei Monaten war Mark in mein Büro im Hauptsitz von MarshJet gestürmt und hatte mit einem zentimeterdicken Bericht herumgewedelt. Er war von einem Team aus unabhängigen Experten zusammengestellt und von der Luftfahrtbehörde bestätigt worden.

»Er ist hier«, sagte er zu mir und konnte die Erleichterung auf seinem Gesicht nicht verstecken. »Es ist die Bestätigung, auf die wir gewartet haben.«

»Ist er positiv?«

»Mehr als das.« Er blätterte zu einer Seite am Anfang des Berichts und tippte mit dem Finger darauf. »Die Durchschnittswerte über zwei Jahre zeigen, dass die Luftqualität in den Kabinen der MarshJet-Flugzeuge genauso gut oder sogar besser als in normalen Innenräumen war.«

»Gilt das für alle?«

»Es gab einen Flug, auf dem wir uns den Grenzwerten genähert haben, aber wir haben sie nie überschritten. Es ist ein Beweis, Kate. Unwiderlegbar.«

Ich war aufgestanden und ihm um den Hals gefallen. Mehr als sonst irgendwer hatte ich eine Ahnung von dem furchtbaren Druck, unter dem Mark gestanden hatte. Als Chef der Forschungs- und Entwicklungsabteilung bei MarshJet hatte er sich mit dem Gedanken gequält, dass die Entwürfe und Schemata, die er genehmigt und abgezeichnet hatte, irgendwie die Leben von Piloten und Kabinencrew in Gefahr gebracht haben könnten.

Ich hatte ihn an mich gedrückt. »Kann ich es den Leuten jetzt sagen?«

»Du kannst es allen sagen. Ruf es von den Dächern. Verbreite es überall.«

Und genau das hatte ich getan. Wir waren vor die Presse getreten. Wir hatten die Ergebnisse mit den Vertretern der Piloten- und der Flugbegleitergewerkschaften geteilt. Wir hatten sichergestellt, dass die Rechtsabteilung von MarshJet mit allen Informationen ausgerüstet war, die sie möglicherweise benötigen würde.

Aber die Beschuldigungen hielten an. In den Medien wurden unheimliche Geschichten von Flugbegleitern und Piloten veröffentlicht, die an schrecklichen Krankheiten litten. Und die Gewerkschaften hatten selbst auch Nachforschungen in Auftrag gegeben. Sie zitierten Studien, die zeigten, dass Fälle von chronischem neurologischem Verfall und andere ernste und belastende Krankheiten bedeutend häufiger bei Flugbegleitern und Piloten auftraten, die zum Großteil oder ausschließlich an Bord von MarshJet-Maschinen ihren Dienst versehen hatten.

Das hatte Mark zurück zu seinen Papieren und zu seinen Plänen getrieben. Zurück zu seinem Bericht. Als ob er, indem er darüber grübelte, irgendwie seine tiefsten und heimlichsten Ängste aussperren könnte.

»Bitte, Mark, komm wieder ins Bett.«

»Gleich.«

»Du kannst dich nicht immer weiter so quälen.«

»Nicht?«

Und mit diesen Worten griff er in seine Aktentasche und drückte mir einen handgeschriebenen Brief in die Hand, der oben in einem Fach seiner Tasche gesteckt hatte. Das Papier war dünn und knittrig. Es war eine geschwungene Handschrift in blauer Tinte. Als ich den Brief auffaltete, fand ich zwischen den dünnen Blättern das Foto einer Frau Mitte, Ende fünfzig vor. Die Augen waren eingefallen und der Kopf mit einem gemusterten Tuch verhüllt. Sie wurde von einem Kind, wahrscheinlich von einem Enkel, unterstützt, die Kerze auf einem Geburtstagskuchen auszublasen.

»Der Brief stammt von ihrer Tochter«, erklärte Mark mir,

seine Stimme klang brüchig und abwesend. »Sie hieß Melanie Turner. Sie ist als Flugbegleiterin zwanzig Jahre lang in Marsh-Jet-Maschinen geflogen. Letzte Woche ist sie gestorben.«

53

»Sie glauben, er hat mir irgendwas gegeben, oder?«, fragte ich.

»Ach ja?«

»Bevor er starb. Sie glauben, Mark hat mir irgendeinen – keine Ahnung – einen Beweis für die Anschuldigungen gegen MarshJet hinterlassen. Hat mir irgendwie gezeigt, dass die Kabinenluft tatsächlich giftig war. Dass sie die Crew wirklich krank gemacht hat. Unterlagen. Ein Geständnis. Darum ist jemand in meiner Wohnung gewesen. Danach hat die Person gesucht.«

»Reden Sie weiter.«

»Und darum haben Sie das ganze Zeug über Mark erfunden. Um mich zu verwirren. Mich aus dem Gleichgewicht zu bringen.«

»Und was ist mit Ihnen, Kate? Was versuchen Sie zu verbergen? Sie haben mir nicht gesagt, dass ich mich Mark betreffend getäuscht habe. Darüber, wie er *vor* dem Unfall gewesen ist.«

Das hatte ich nicht abgestritten, weil ich es nicht konnte. Denn was White gesagt und insinuiert hatte, war der Wahrheit schwindelerregend nahegekommen.

Das war einer der schwersten Aspekte daran, Mark zu verlieren: das geheime Wissen darum, dass ich ihn schon vor seinem Tod ganz allmählich verloren hatte.

Natürlich hatte ich ihn gefragt, was los war. Ich hatte versucht, ihn dazu zu bringen, sich mir gegenüber zu öffnen. Aber Mark hatte jedes Mal nur den Kopf geschüttelt und mir gesagt, dass er nichts sagen könne. Noch nicht.

Ich hätte entschiedener nachhaken sollen. Das wusste ich inzwischen. Aber wenn ich ehrlich war, hatte ein Teil von mir das schon seit dem Absturz gedacht.

Manchmal fragte ich mich, ob an den Anschuldigungen, denen MarshJet sich ausgesetzt sah, mehr dran war, als Mark mir erzählt hatte. Ich selbst war als Stewardess mit MarshJet-Maschinen geflogen. Auch viele meiner Freundinnen und Freunde hatten das getan. Hatte Mark als Mitglied des Vorstands von MarshJet etwa wissentlich mein Leben und die Leben Tausender anderer Menschen in Gefahr gebracht?

Und was war mit der Rolle, in der ich als Pressesprecherin den Leuten versichert hatte, dass die Flugzeuge sicher waren? Hatte man mich hintergangen? *Benutzt?*

Ich kannte die Antworten auf diese Fragen nicht. Sie waren in den Tiefen des Atlantik versunken, zusammen mit der Leiche meines Mannes und den Leichen der übrigen Passagiere, die an jenem Tag gestorben waren.

Für mich war es nur ein weiterer Baustein der Tragödie, an die nie zu denken, ich mich bemühte. Es war eine Sache, zu wissen und mit dem Wissen zu leben, dass Mark tot war und dass er mir auf so eine entsetzliche Weise genommen worden war. Ich wollte mich nicht zusätzlich mit der Frage belasten, ob er an einer Verschleierung mitgewirkt hatte, zu der auch ich gegen meinen Willen beigetragen hatte.

Doch selbst wenn ich ihn damals dazu gebracht hätte, sich mir anzuvertrauen, hätte das nichts geändert. Die Katastrophe wäre noch immer die Katastrophe gewesen. Das Flugzeug, an dessen Bord er sich befand, wäre immer noch abgestürzt. Der einzige Unterschied hätte möglicherweise darin bestanden, dass ich nicht diese unterschwelligen Gewissensbisse gehabt hätte. Das ruhelose Unbehagen, das von meinem Wissen darum herrührte, dass Mark zum Zeitpunkt seines Todes nicht voll und ganz mit sich und der Welt im Reinen gewesen war. Dass er nicht wirklich der Mark gewesen war, in den ich mich einmal verliebt hatte.

Das war der Grund gewesen, warum ich mich bemüht hatte, mich von dem Medienzirkus rund um den MarshJet-Prozess abzukoppeln. Darum hatte ich mich aus der Berichterstattung so weit wie möglich ausgeklinkt. Und ja, Joel White hatte recht, es war der Grund, warum ich mich von den Piloten und den Flugbegleitern ferngehalten hatte, die vor dem Obersten Gericht demonstriert, eine Entschädigung und eine öffentliche Untersuchung verlangt hatten.

Aber jetzt saß ich hier einem Mann gegenüber, der mich mit genau den Fragen konfrontierte, die ich so hart zu verdrängen versucht hatte. Ein Mann, dessen Rolle mir plötzlich erschreckend deutlich bewusst wurde.

»Ist das Ihr *Auftraggeber*?«, fragte ich also. »MarshJet? Arbeitet Edge für MarshJet?«

»Gewissermaßen.«

Unter meiner Haut knisterte es. Mir wurde klar, dass ich das nicht hätte fragen sollen. Denn die Antwort auf diese Frage zu kennen, erhöhte nur die Gefahr, in der ich schwebte. Aber ich musste es wissen.

»Und wer war gerade am Telefon?«

»Ganz vorsichtig, Kate.«

»Sagen Sie es mir.«

»Sind Sie sicher, dass Sie das hören wollen?«

Nein.

»Ja.«

»In Ordnung. *Er* höchstpersönlich.«

Ich schluckte und musste daran denken, wie mich Sir Fergus Marsh in sein Büro gerufen hatte, um mir mitzuteilen, dass Marks Flugzeug abgestürzt war. Damals hatten seine Freundlichkeit und sein Mitgefühl mich beeindruckt. Aber dann hatte er mich in die Pressekonferenz geschickt, hatte mich den Wölfen zum Fraß vorgeworfen, gerade als ich am verletzlichsten war. Wer konnte also sagen, ob er nicht auch zu dem fähig wäre, was ich gerade durchmachte?

Sir Fergus war im letzten Jahr in den Medien nicht groß in Erscheinung getreten – wenigstens nicht vor Beginn des Prozesses. Ich hatte gehört, dass er zum Auftakt der Verhandlungen nach London geflogen war, persönlich ausgesagt und eine Pressemitteilung herausgegeben hatte, in der stand, dass er absolutes Vertrauen habe, dass MarshJet von allen Vorwürfen freigesprochen würde. Normalerweise konnten die Boulevardzeitungen nicht genug von seinem glamourösen Lebensstil mit seiner jungen Frau in Monaco bekommen. Im Lauf der Jahre hatten zahllose Paparazzi ihn auf dem Deck seiner neuesten Megayacht abgelichtet, eine Zigarre im Mund und umgeben von den Reichen und Berühmten. Es hatte Gerüchte über eine Erkrankung gegeben, man munkelte, dass er sich in einer Schweizer Privatklinik einer Behandlung unterzog. Ich vermutete, dass ich vielleicht deshalb seine Stimme gerade am Telefon nicht erkannt hatte.

»Behaupten Sie, das war Fergus Marsh?«, fragte ich.

»Wollen Sie, dass ich ihn für Sie zurückrufe?«

54

Joel deutete auf das Telefon, obwohl er nicht vorhatte, den Anruf tatsächlich zu tätigen. Er spürte, dass Kate das wusste, aber er wartete dennoch auf eine Antwort.

Sie schüttelte schwach den Kopf.

»Nein?«

»Ich finde, Sie sollten mich gehen lassen.«

»Das kann ich nicht, Kate. Der Prozess wird Montagmorgen wieder aufgenommen. Wenn die Dinge für meinen Auftraggeber schlecht laufen, könnte bis nächsten Freitag ein Urteil gefällt werden. Zum Beispiel, wenn Mark gegen MarshJet aussagt. Man munkelt, die Staatsanwaltschaft habe einen geheimen Zeugen.«

Kate hielt seinem Blick stand, aber er bemerkte, wie ihre Hand wieder zu der Fotografie ihres Mannes glitt.

»Wenn, was Sie sagen, wirklich stimmt und Mark noch lebt – wenn er in meiner Wohnung war –, dann wäre es wohl logischer, mich gehen zu lassen.«

»Ach? Und warum?«

»Weil er mir, falls er mir tatsächlich schon einmal gefolgt ist, wieder folgen wird. Wenn er schon einmal in meiner Wohnung war, wird er wiederkommen.«

»Und dann? Sagen Sie mir Bescheid, wenn Sie ihn sehen?«

Er starrte sie an und schüttelte den Kopf.

Doch dann bemerkte er die Andeutung eines Lächelns auf Kates Lippen. Es war ein gebrochenes, schmerzliches Lächeln.

»Sie lassen mich nicht gehen, weil Sie wissen, dass Sie lügen«, sagte sie zu ihm. »Sie lassen mich nicht gehen, weil Sie wissen, dass Mark tot ist.« Sie machte eine Pause und blickte mit Tränen in den Augen nach oben in eine Zimmerecke. »Jetzt möchte ich Maggie sehen.«

»Nein.«

»Ich muss wissen, dass es ihr gut geht.«

»Ich kann Ihnen nicht helfen, Kate.«

»Das ist doch verrückt.«

»Ach ja?«

Sie nickte, und diesmal begann sich ihr Gesicht zu verzerren. »Mark ist tot.«

Er wartete, spürte das Brennen in seinen Adern und das Ticken wie von einer Uhr, die zu schnell in seinem Schädel tickte.

In sämtlichen Gesprächen, die er im Lauf der Jahre auf der Suche nach der Wahrheit geführt hatte, war er auf seine Selbstdisziplin stolz gewesen. Auf seine Geduld und seine Objektivität.

Es war ein Schock zu sehen, wie das alles ins Rutschen geriet.

»Das sollte er, Kate. Insoweit gebe ich Ihnen recht. Er hätte mit diesem Flugzeug abstürzen sollen.«

55

Es war etwas an der Art, wie er das sagte. Etwas an der Kraft und der Unverstelltheit seiner Stimme.

Er hätte mit diesem Flugzeug abstürzen sollen.

Die Betonung lag auf dem Wort »hätte«.

Es war, als wollte er andeuten, dass die Katastrophe gar kein Unfall gewesen sei.

Ich rief mir ins Gedächtnis, was ich über die Tragödie wusste – alle Informationen, mit denen ich zwangsweise konfrontiert worden war, all die Details, die ich hatte zusammentragen können, weil mir ehemalige Kollegen bei MarshJet einen Gefallen taten. Alles lief auf dasselbe hinaus: Die Ermittlungen zu dem Absturz waren noch immer nicht abgeschlossen. Ein Zwischenbericht hatte ergeben, dass das Flugzeug nicht auseinandergebrochen war, bevor es auf dem Atlantik aufschlug. Das bedeutete, dass es keine Explosion gegeben hatte. Keine Bombe. Und dass es immer noch nur sehr wenige Antworten gab.

Offiziell suchte ein internationales Team noch immer nach dem Flugschreiber. Inoffiziell hatte man sich anscheinend damit abgefunden, dass die Flugschreiber für immer auf dem Meeresgrund lagen, in großer Tiefe und zerklüftetem Terrain.

Es waren 197 Passagiere und eine dreizehnköpfige Besatzung an Bord gewesen, aber nur die Leichen von 58 Passagieren, die zwischen Wrackteilen auf der Meeresoberfläche trieben, hatten gefunden werden können. Einer von ihnen, ein Freund von mir, hatte in der PR-Abteilung von MarshJet gearbeitet. Mark war nicht unter den Toten gewesen, die man aufgefunden hatte.

In der Presse hatte es Spekulationen darüber gegeben, dass ein neues computergesteuertes Warnsystem zum Strömungsabriss und das fehlende Verständnis seiner Funktionsweise durch den Piloten zu der Tragödie geführt haben könnten. In den Wochen und Monaten, nachdem ich die Firma verlassen hatte, hatte MarshJet mehrere Pressemitteilungen herausgegeben, die versicherten, dass die Bordelektronik nicht versagt hatte. Und auch wenn einige erfahrene Piloten der Idee widersprochen hatten, dass es ein Pilotenfehler gewesen sein könnte, schien das Fehlen ähnlicher Probleme bei sämtlichen anderen MarshJet-Maschinen diese Verteidigungslinie zu entkräften.

Es sei denn, MarshJet hatte gelogen.

Das war das Problem daran, dass man den Flugschreiber nicht gefunden hatte. Alle möglichen Verschwörungstheorien konnten ins Kraut schießen.

»Zweihundertzehn Menschen sind gestorben«, wiederholte ich.

Ich kam immer wieder darauf zurück, weil es für mich eine Bestätigung dafür war, dass etwas von ungeheuerlicher Tragik geschehen war, das nicht ignoriert werden konnte.

Und weil einer dieser Menschen Mark gewesen war.

56

Freitag, 20:35 Uhr

Hey, ich bin's. Wir sind pünktlich an Bord gegangen. Ich wollte nur anrufen und dir sagen, dass ich dich liebe und wir uns sehen, sobald ich lande. Ich hoffe, du schläfst gut.

Das waren die letzten Worte, die Mark jemals an mich gerichtet hatte. Um genau zu sein, richtete er sie an meine Mailbox. Mein Telefon war in der Nacht stummgeschaltet. Ich hatte die Nachricht auf meinem Telefon gespeichert und hörte sie mir immer noch fast täglich an. Und ja, sie stürzte mich in tiefe Verzweiflung, aber sie brachte mir auch eine seltsame Art von Trost. Sie war ein Grund mehr, warum ich mein Telefon von Joel White zurückhaben wollte.

Ich mochte es, Marks Stimme zu hören, die Zärtlichkeit, die darin lag. Ich mochte die Art, wie er mir sagte, dass er mich liebte, wie er mir sagte, dass ich hoffentlich gut schlief.

In dieser Nachricht flüsterte er fast. Ich hatte angenommen, dass er neben einem anderen Passagier gesessen hatte, den er nicht stören wollte. Vielleicht war es ihm auch peinlich, dass einer unserer Kollegen die Nachricht eventuell mitanhören konnte.

Solche Nachrichten hatte ich schon unzählige Male von ihm bekommen, bevor er an Bord eines Flugzeugs gegangen war. Auch ich hatte ihm meinerseits ganz ähnliche Nachrichten aufgesprochen oder geschrieben. *Wir gehen jetzt an Bord. Bis bald.*

Ich liebe dich. Dinge, die man sagte, falls das Allerschlimmste eintrat. Worte, die eine Katastrophe abwenden sollten.

Nur dass die Katastrophe diesmal trotzdem hereingebrochen war, und jetzt gab es nichts mehr, was man tun konnte, um sie ungeschehen zu machen.

Natürlich hatte ich Träume, die anders endeten. Träume, in denen ich Marks Anruf am frühen Morgen entgegengenommen und ihn bekniet hatte, das Flugzeug wieder zu verlassen. In denen ich ihm sagte, dass ich eine Vorahnung hätte, in denen ich ihn angefleht und er auf mich gehört hatte. In denen ich ihn gerettet hatte.

Aber natürlich hatte ich das nicht getan. Ich hatte es nicht tun können. Und diese niederschmetternde Wirklichkeit machte mich immer wieder aufs Neue fertig, wenn ich aufwachte und bemerkte, dass ich allein im Bett lag, oder wenn ich spät in der Nacht mit tränenüberströmtem Gesicht seine Nachricht abhörte.

Damals, als wir zusammen waren, vor seinem Tod, in den zärtlichen Momenten, nachdem wir uns geliebt hatten, legte ich die Hand oft auf Marks Brust, um das Klopfen seines Herzens zu spüren. Ich ließ meine Hand gern dort liegen, schloss die Augen und allmählich fühlte es sich an, als ob Marks Herzklopfen sich auf meine Handfläche übertragen hätte. Wenn ich die Hand dann wieder wegzog und auf mein eigenes Herz legte, kam es mir so vor, als ob die beiden Rhythmen sich miteinander vereinigten. Als ob unsere beiden Herzen miteinander verbunden wären.

Ich hatte das seit Marks Flugzeugabsturz zur Probe oft versucht: Ich hatte die Hand zu unzähligen Gelegenheiten auf mein Herz gelegt, hatte meinen eigenen Herzschlag unter der Haut gespürt, die Augen geschlossen und mich nach dem schwachen Echo von Marks Herzschlag in meiner Hand gesehnt, ihn jedoch nicht mehr heraufbeschwören können. Wahrscheinlich war es mehr als alles andere dieser Umstand, der mich davon überzeugte, dass er wirklich fort war. Jedes Mal, wenn ich es tat, erinnerte es mich daran, dass ich allein war und dass mir etwas genommen worden war, was niemals ersetzt werden konnte.

Eine Verbindung, wie sie zwischen mir und Mark bestanden hatte, konnte man nicht vortäuschen. Ich hatte ihn mit jeder Faser meines Wesens geliebt. Tat es immer noch. Und das würde auch immer so bleiben.

Das war der Grund, warum ich wusste, dass Joel White mich anlog – ganz bestimmt Mark betreffend; möglicherweise auch andere Dinge.

Es ist nicht so, dass ich ihm nicht glauben *wollte*. In vielerlei Hinsicht fühlte der Verlust von Mark sich für mich so allumfassend an, dass er mir zugleich vollkommen unfassbar erschien. Sogar jetzt wusste ich, dass ich alles dafür geben oder tun würde, noch einmal die Hand auf seine Brust legen und seinen Herzschlag an meiner Handfläche spüren zu können.

Ich wusste aber auch, dass das unmöglich war.

»Sie Arschloch«, sagte ich jetzt zu White. »Ich habe meinen Mann betrauert. Ich betrauere ihn immer noch. Sie sollten sich schämen.«

57

Nachdem sie gesprochen hatte, musterte Joel Kate für einen langen Moment. Er konzentrierte sich darauf, sich im Zaum zu halten, während er wartete, dass die Gefühlsaufwallung in ihm wieder abebbte, denn er wusste, dass er jetzt mehr denn je einen klaren Kopf bewahren musste.

Konzentrier dich darauf, warum du hier bist.

Er dachte über die rohe Emotion in Kates Stimme nach, über ihre kaum unterdrückte Wut. Ihm war bewusst, dass es ihr missfiel, so offensichtlich beobachtet zu werden, vor allem wenn sie so wütend und schutzlos war. Doch als er sie nun ansah, wurde ihm klar, dass sie genau das Gleiche mit ihm tat. Ein unbehagliches Gespinst verstopfte seine Lunge. Was sah sie? Was *meinte* sie zu sehen?

»In Ordnung, Kate. Entschuldigung.«

Sie entspannte sich ganz leicht.

Seltsam.

Glaubte sie etwa, es wäre jetzt vorbei?

»Aber, Kate, ich muss Ihnen jetzt etwas erklären, das Sie vielleicht überraschen wird. Sie haben bestimmt schon mal den Ausdruck ›Information ist der Schlüssel‹ gehört, oder?«

Sie gab ihm keine Antwort, starrte ihn nur böse an.

»Nun, Information ist auch für Sie ein Schlüssel, Kate. Nämlich der Schlüssel, der Ihnen die Türen dieses Büros aufschließen kann. Sie müssen verstehen, dass die entsprechende Information für meinen Auftraggeber von entscheidender Bedeutung ist. Er möchte etwas von Ihnen wissen und hat mich beauftragt, diese Information zu beschaffen. Darin bin ich gut. Die Wahrheit zu identifizieren. Sie zu beurteilen. Zu wissen, ob jemand mich anlügt oder nicht. Sie können mir glauben, dass ich der Beste auf dem Gebiet bin. Es ist nun so, dass ich nicht mit leeren Händen zu meinem Auftraggeber zurückkehren kann. Das geht einfach nicht. Das wäre schlecht für Sie und sogar noch schlechter für mich. Man erwartet Ergebnisse, Kate. *Man verlässt sich auf mich.* Wenn ich mit leeren Händen zurückkehre, kann ich mir genauso gut selbst die Pistole gegen die Schläfe drücken. Und das will ich wirklich nicht tun. Verstehen Sie das?«

Erneut erwiderte sie nichts.

»Mein Punkt ist der, Kate, die Wirklichkeit, der wir uns hier beide stellen müssen, ist, dass auch noch andere Leute angeheuert wurden. Als Rückversicherung quasi. Meine Auftraggeber können es sich nicht leisten, dass irgendetwas schiefgeht. Das verstehen Sie doch sicher, oder? Und ich kann Ihnen garantieren, dass, wenn es so weit kommt, jeder, der hier hereinkommt und mich ersetzt, eine ganz andere Taktik anwenden wird. Es würde dann nicht dieselbe Art von … netter Unterhaltung geben. Verstehen Sie, was ich meine?«

»Sie drohen mir.«

»Nein, Kate. Schauen Sie, das ist doch genau mein Punkt: Diese *anderen* Leute würden Sie bedrohen. Wenn es so weit kommt. Ich hingegen versuche, Ihnen zu helfen.«

Ihre Wange zuckte. Sie warf einen flüchtigen Blick zur Tür.

Er war zu ihr durchgedrungen, dachte er und fuhr fort:

»Wenn Sie meine persönliche Meinung hören wollen, wäre das eine törichte Strategie. Warum? Weil sie zu fragwürdigen Ergebnissen führt. Meiner Erfahrung nach sagen Sie jemandem, der Ihnen wehtut, alles, was er hören will, nur damit es aufhört. Und dann wird es umso komplizierter, wenn Sie sich in meine Lage versetzen, der ich die Wahrheit von den Lügen unterscheiden will. Auf wie viel von dem, was man dann hört, kann man sich noch verlassen? Was sollte man besser ignorieren? Verstehen Sie?«

Nichts.

»Kate? Verstehen Sie das?«

»Ja«, murmelte sie.

»Gut. Denn was mich so besonders macht – und was der Grund dafür ist, warum ich und nicht einer dieser anderen Leute jetzt hier ist –, ist, dass ich alles Menschenmögliche dafür tue, um meinen Auftraggebern verlässliche Informationen zu liefern. Und wie mache ich das? Es braucht dazu eigentlich nur dreierlei: Erstens beobachte ich mein Gegenüber sehr genau, so wie ich das mit Ihnen getan habe. Zweitens führe ich Vieraugengespräche, so wie wir es gerade tun. Ich lege alles detailliert dar, versuche, so transparent und fair wie möglich vorzugehen. Außerdem achte ich darauf, was mir gesagt wird und was nicht. Aber es ist nicht immer so einfach. Das bringt mich zu meinem dritten Werkzeug. Mein drittes Werkzeug ist Zeit, Kate. Sie kann sich ausdehnen und Raum schaffen.« Bei diesen Worten breitete er die Arme aus, um es zu veranschaulichen, als ob er ein unsichtbares Gummiband dehnen würde – genauso wie er es unzählige Male vorher schon veranschaulicht hatte. »Aber Zeit kann auch ablaufen.«

Und nun klatschte er hart in die Hände.

Sie zuckte zusammen.

»Das kann wirklich bei der Konzentration helfen, Kate.«

Sie öffnete die trockenen, rissigen Lippen, blickte wieder auf ihr Wasserglas hinunter.

»Machen Sie, Kate. Trinken Sie einen Schluck.« Als sie den Kopf schüttelte, sagte er: »Nicht? Sind Sie sicher?«

Ihre Weigerung überraschte ihn nicht. Nicht solange das Angebot zu seinen Bedingungen gemacht wurde. Was sie bis jetzt noch nicht begriff, war, dass hier *alles* zu seinen Bedingungen geschah. Das war von Anfang an so gewesen.

»Nun … wahrscheinlich ist das klug, Kate, denn das könnte die Zeit, die wir noch zusammen haben, schneller vergehen lassen.« Er nahm wieder die Aktenmappe zur Hand und blätterte sie ziellos durch. »Ich habe hier drin alle möglichen Informationen über Sie, Kate. Inklusive ihrer Krankheitsgeschichte. Die Herz-OP, als Sie noch klein waren? Sie haben keine Langzeitschäden davongetragen, stimmt's? Das hoffe ich doch. Denn wenn wir übersehen hätten, dass Sie irgendein Herzmedikament brauchen, könnte das die Zeit deutlich reduzieren, die uns noch bleibt, um diese ganze Angelegenheit zu klären.«

Er machte eine Pause und bemerkte, wie sie die Augen aufriss und wie ihr Blick sich verfinsterte. Der Zweifel begann in ihr zu keimen und sich auszubreiten.

»Spüren Sie es schon? Die Frage stelle ich mir. Normalerweise fängt es mit einem Kribbeln an. Manche Menschen erwähnen einen leicht metallischen Geschmack. Andere sprechen von einer Bitterkeit hinten auf der Zunge. Einem wird schwindelig. Das Sehvermögen wird schlechter. Dann trocknet die Kehle aus. Ist Ihnen heiß? Wahrscheinlich ist es dafür noch zu früh, aber den meisten Menschen wird irgendwann heiß. Wie bei einem Fieber. Manche beginnen auch zu zittern oder haben Halluzinationen.« Ein leichtes Schulterzucken. »Dann folgt schließlich der Herzstillstand.«

58

Lukes Schicht endete spät, wie üblich, und er wollte gerade aus dem Haupteingang des Krankenhauses treten, als er in der Eingangshalle die junge Frau ihren Blumenstand abschließen sah. Die Metallgitter waren schon halb heruntergelassen, und die Frau duckte sich darunter hindurch, um die letzten Töpfe nach drinnen zu schieben.

»Wie viel kostet der rosa Ballon?«, fragte Luke.

Er hatte die Plastikclogs gegen gelbe Sneakers getauscht, die auf dem genoppten Gummiboden quietschten, als er näher kam und darauf zeigte. Die Frau hob den Kopf und sah ihn an. Sie musterte seinen OP-Kittel und seinen laminierten Ausweis, den Rucksack, den er sich über eine Schulter geschlungen hatte, und das gestresste, müde Gesicht.

»Die Hälfte, wenn Sie es passend haben.«

»Einverstanden.«

Sie zog eine Schere aus der Schürze und schnitt damit den Heliumballon von den anderen neben der Kasse ab.

Sie musterte ihn. »Ärger mit Ihrer Freundin?«

»Nein«, entgegnete er. »Der ist für jemand anders.«

Oben auf der Station war aus seiner Schicht jetzt nur noch Barbara Okafor. Sie hatte schon den Mantel an, stand vor dem Schwesternzimmer und plauderte mit dem Team für die Nachtschicht. Sie alle blickten sich zu ihm um, als er sich näherte. Es gab wissendes Grinsen und Pfiffe. Er winkte nur ab und eilte an ihnen vorbei.

Vor Annas Zimmer spähte er durch das Bullauge in der Tür. Eine Sekunde lang dachte er, sie würde schlafen, und er verspürte ein leises enttäuschtes Ziepen, doch dann drehte sie den Kopf zu ihm um, ein schwaches Lächeln erschien auf ihrem Gesicht. Sie hob die Hand und winkte ihn herein.

Er drückte die Tür auf, und der Ballon stieß beim Eintreten gegen die Wand. In der gedämpften Krankenhausstille fühlte er sich plötzlich gehemmt und albern. »Ich dachte einfach nur ...« Er verlagerte das Gewicht. »Sie haben doch gesagt, dass Sie ein Date wollen, und ich weiß zwar, dass das was anderes ist, aber auf dem Ballon sind Rosen, und weil wir auf der Station ja keine Blumen erlauben, hab ich mir gedacht ...«

Sie zog die Sauerstoffmaske herunter. »So ziehen Sie sich für ein Date an?«

Er starrte auf seinen Kittel. »Oh, ich ...«

»Ich mache nur Witze.« Sie klopfte neben sich auf das Bett. »Setzen Sie sich zu mir.«

»Das muss wirklich nicht sein. Ich meine, wenn Sie müde sind oder wenn Sie gerade schlafen wollten. Es ist wichtig, dass Sie genug Ruhe haben, Anna.«

»Ich mache doch nichts, außer mich auszuruhen. Setzen Sie sich.«

Er leistete der Aufforderung Folge, überreichte ihr den Ballon und bemerkte die Freude in ihren Augen, als sie das Band durch ihre Finger gleiten ließ und der Ballon zur Decke aufstieg.

»Sie sind süß«, sagte sie zu ihm.

»Vielleicht sollte ich den woanders hintun?« Er wollte wieder aufstehen. »Ich kann ihn an Ihrem Bettgestell festbinden oder vielleicht in der Ecke?«

»Nein.« Sie hielt ihn erstaunlich kraftvoll am Handgelenk fest, ließ nicht los, und er hatte das Gefühl, dass sie sich an ihm festklammerte wie an einer Idee. An einer Möglichkeit.

Ihre Hand fühlte sich kalt an. Ihr Griff wurde allmählich schwächer. Luke sah auf ihr Gesicht hinab, wandte dann den Blick ab und spürte, wie sich alles in ihm zusammenzog. In seiner Zeit als Krankenpfleger hatte er mehr als genug gebrochene Herzen und Tragödien mitangesehen, und ja, er war auch Zeuge von Momenten echter, lebensbejahender Freude geworden. Aber das hier war etwas, woran er sich nie gewöhnen würde: Eine junge Frau, die ihr ganzes Leben noch vor sich haben sollte, hielt gerade noch so durch, verblasste bereits.

»Ich habe über meine Schwester nachgedacht«, erzählte er ihr. »Darüber, was Sie vorhin zu mir gesagt haben.«

»Ich wollte mich nicht einmischen, Luke. Achten Sie nicht auf mich. Ich …«

»Nein, ist schon okay. Wirklich. Was ich vorhin gesagt habe, dass ich mir Sorgen um sie mache, liegt nicht nur daran, dass sie in letzter Zeit viel durchgemacht hat, obwohl das stimmt …« Er verstummte. Dachte darüber nach, wie er es am besten ausdrücken sollte. Wie um alles in der Welt konnte er erklären, was ihn mit Kate verband. »Meine Schwester ist mit einem Loch im Herzen zur Welt gekommen. Sie haben es entdeckt, als sie noch klein war. Ich war damals natürlich auch noch klein. Zwar älter als sie, aber trotzdem immer noch ein Kind. Bei der ersten Operation war sie fünf. Ich war acht. So erinnere ich es wenigstens. Meine Tante und mein Onkel kümmerten sich um mich, aber ich weiß noch, wie meine Eltern all ihre Zeit bei ihr im Krankenhaus verbracht haben. Genau wie Ihre Eltern ihre ganze Zeit mit Ihnen verbracht haben. Und ich erinnere mich daran, dass ich sie besucht habe. Die Operation ist wirklich gut verlaufen, die nächste ebenfalls. Aus der Rückschau war es fast ein Routineeingriff. Seitdem geht es ihr gut. Sie ist deutlich fitter als ich. Aber trotzdem, ich weiß nicht …«

»Sie haben sich Sorgen um sie gemacht.«

»Ja. Ich meine, äußerlich ist sie stark gewesen. Sie hat diese ganzen tollen Sachen gemacht. Sie hat die ganze Welt bereist.«

»Aber lassen Sie mich raten – Sie sehen noch immer das kleine Mädchen im Krankenhausbett vor sich?«

»Manchmal. Ja, das tue ich wohl.«

»Ich meine, es ist nicht so schwer, das zu erraten. Das ist auch der Grund, warum Sie hier arbeiten, oder?«

»Nein. Nein, das hat gar nichts damit zu tun…« Aber er verstummte. Denn vielleicht hatte sie recht, und er hatte sich das bis jetzt nur noch nie eingestanden.

»Ist schon okay.« Sie drückte seine Hand. »Sie müssen es nicht erklären. Sie hat sich wegen ihres Vorstellungsgesprächs immer noch nicht bei Ihnen gemeldet?«

»Nein, noch nicht.«

»Wollen Sie sie anrufen und hören, wie es ihr geht?«

»Ein Teil von mir will das. Aber ein anderer Teil von mir denkt, dass ich es dieses Mal vielleicht lassen sollte. Vielleicht sollte ich sie mit dem, was sie heute erlebt hat, selbst klarkommen lassen. Ich will schließlich nicht, dass es so aussieht, als würde ich sie bedrängen, also…«

»Also?«

Er seufzte. »Meine Waschmaschine ist kaputt.«

»Ich verstehe nicht…«

»Meine Waschmaschine ist kaputt. Wenn ich mir um Kate Sorgen mache, sage ich normalerweise zu ihr, dass ich Wäsche waschen muss. Ich gehe zu ihr, schmeiße eine Ladung rein, und dann muss ich warten, bis die Maschine fertig ist. Das heißt, wir fangen an, uns zu unterhalten.«

»Und Sie helfen ihr.«

»Nicht immer.«

»Aber manchmal schon.«

»Ja.«

»Und das wollen Sie heute Abend auch wieder machen?«

Er dachte darüber nach, während er zu dem Ballon aufblickte, der über der gefliesten Wand dahintrieb, als ob er einen
Ausweg aus dem Zimmer suchte. »Ich weiß nicht, Anna. Ich
weiß es wirklich nicht.«

59

Mein Herz pochte.

Es schmerzte.

Ich wollte mir einreden, dass dies nur eine weitere Lüge war. Ich wollte mich selbst davon überzeugen.

Aber dann überlief mich eine Welle aus Panik, und ich musste an den sauren Geschmack in meinem Mund denken. Das kreidige Gefühl hinten auf meiner Zunge. Als ich schluckte, fühlte sich meine Kehle heiß und wund an, aber inzwischen begann ich mich zu fragen, ob dort hinten nicht auch etwas anschwoll. Hinzu kam der Schwindel, den ich die ganze Zeit schon verspürte. Die verschwommene Sicht.

Oh Gott.

Ich legte mir die Hand auf die Brust. Fühlte den außer Kontrolle geratenden Herzschlag. Joel White hatte recht, ich nahm keinerlei Medikamente. Seit meinen Teenagerjahren hatte ich keine Herzuntersuchung mehr benötigt. Wenn es nach meinem Hausarzt ging, war mein Herz genauso gesund wie das einer normalen Person. Vielleicht sogar stärker, wegen der ganzen Läufe, die ich im letzten Jahr unternommen hatte.

Aber schlug mein Herz inzwischen unregelmäßig, oder bildete ich mir das nur ein?

»Sie haben von dem Wasser getrunken, Kate. Vielleicht hätten Sie doch lieber beim Kaffee bleiben sollen.«

Ich starrte auf mein Glas, dann auf die Karaffe. Joel hatte sich selbst auch ein Glas eingeschenkt, daran erinnerte ich mich. Aber sein Glas war noch immer voll. Ich hatte nicht gesehen, dass er es an die Lippen geführt hatte.

Das Wasser sah vollkommen klar aus. Es gab keinen pudrigen Rückstand, keinen öligen Glanz.

Trotzdem.

Es kribbelte tatsächlich hinten auf meiner Zunge.

»Wollen Sie ... etwa sagen, dass Sie mich vergiftet haben?«

»Nun, um genau zu sein, haben Sie sich selbst vergiftet, Kate.«

Alles Folgende geschah in großer Hast.

Ich sprang von meinem Stuhl auf, stürmte aus dem Glaskasten, rannte in die Küche und riss einen der Vorratsschränke auf. Darin lagen Pappteller, Plastiktassen und Wegwerfbesteck. Und noch etwas anderes, was ich vorher schon bemerkt hatte.

Ein Kartonspender voller einzelner Tütchen mit Salz.

Ich schnappte mir eine Handvoll davon, nahm ein Glas von einem hohen Regal und drehte den Wasserhahn auf. Ich riss die Salztütchen auf, schüttete ihren Inhalt in das Glas und rührte das Gemisch strudelnd um. Dann führte ich das Glas an die Lippen und trank.

»Kate? Kate, dafür ist es viel zu spät.«

Meine Kehle öffnete sich. Ich musste würgen.

Ich trank noch einen weiteren Schluck, dann beugte ich mich über das Spülbecken, und alles kam mir wieder hoch. Ich hielt mich an den Hähnen fest, als sich mir der Magen umdrehte und sich zusammenkrampfte. So blieb ich einen Moment stehen, der sich sehr lang anfühlte, bis ich schwach und zittrig zu Boden sank.

Ich hatte ein klammes Gefühl auf der Haut. Mein Haar

klebte mir an der Stirn. Meine Augen fühlten sich zu groß und heiß in den Höhlen an.

Ich regte mich nicht, als Joel White zu mir herantrat und sich mit der Aktenmappe in den Händen vor mich hinkauerte.

»Tut mir leid, Kate, aber es ist schon in Ihrem Kreislauf. Es braucht nur eine winzige Dosis.«

Erneut fragte ich mich, ob er mich belog. Ich hatte nichts Seltsames geschmeckt, als ich vorhin aus dem Wasserglas getrunken hatte. Allerdings war ich da auch noch nicht misstrauisch gewesen.

Im Moment stand ich unter riesigem Stress. Ich hatte mich gerade übergeben, aber irgendwas fühlte sich anders an. Falsch. Ich spürte es auf dieselbe Weise, auf die man die frühen Symptome einer Erkältung oder einer Grippe erkennen kann. Das leichte Fieber. Mein gestörtes Gleichgewicht. Das Halsweh und das Kribbeln auf der Zunge, als ob ich eine örtliche Betäubung ins Zahnfleisch gespritzt bekommen hätte.

»Kate.« Er streckte die Hand nach meinem Gesicht aus, und ich wich zurück, aber nicht genug. Er strich mir eine Haarsträhne aus der Stirn. »Wenn Sie mit mir reden, kann ich Ihnen helfen, Kate. Wir können Sie in ein Krankenhaus bringen, sodass Sie im Fall eines Falles die nötige Behandlung bekommen. Und die werden Sie brauchen.«

Er legte die Hand an meine Wange und streichelte mit dem Daumen darüber.

Genau wie Mark es immer getan hatte.

Ich schlug die Hand weg.

»Sie haben noch ein paar Stunden, bevor es richtig wirkt, Kate. Sie müssen jetzt sorgfältig darüber nachdenken, was Sie mir mitteilen wollen. Aber zuerst lasse ich Sie ein bisschen in Ruhe, damit Sie Zeit zum Überlegen haben. Ich sehe solange mal nach Maggie.«

Er stand auf und sah auf mich herunter. Sein Gesicht lag im Schatten, der Umriss seines Körpers war vom Licht der untergehenden Sonne vor dem Fenster orangefarben umrandet.

Er drehte sich um und ging weg. Ein paar Augenblicke später hörte ich, wie die Türen im Empfangsbereich entriegelt wurden, sich öffneten und sich hinter ihm wieder schlossen.

60

Draußen im Vorraum atmete Joel aus und fasste sich mit der Hand in den Nacken. Er war nervös. Ruhelos. Zu gleichen Teilen freudig erregt und entsetzt darüber, was er Kate angetan hatte. Was er hatte tun *müssen*.

Und dennoch.

Er hatte zu diesem Zeitpunkt schon auf ein klareres Ergebnis gehofft, doch stattdessen beschäftigte er sich noch mit den Fragen vom Anfang. Die Zeit lief ihm davon.

Kates Sturheit überraschte ihn nicht. Ein Blick auf die Hintergrundinformationen, die er über sie bekommen hatte, hatte ihm gezeigt, dass sie sich nicht leicht verunsichern ließ. Sie war eine Kämpferin. Das hatte sie wahrscheinlich schon in jungen Jahren gelernt, als sie so krank gewesen war. Und ihm war klar, dass sie ihren Ehemann sehr liebte. Die Frage war, wie weit diese Liebe reichte. Wie viel sie wusste.

Er ging zur Seite, griff hinter den hohen Übertopf zu seiner Rechten und zog die beiden Handys hervor, die er dort versteckt hatte.

Das erste gehörte Kate. Er verschaffte sich wie vorhin schon mit dem Fingerabdruck auf dem Klebeband Zugang dazu und überprüfte, ob es irgendwelche neuen Nachrichten oder verpasste Anrufe gab. Gab es nicht.

Das zweite Telefon war ein billiges Prepaidhandy. Auch darauf gab es keine neuen Nachrichten oder verpassten Anrufe. Er würde nur eine einzige Nummer jemals darauf wählen.

Er verspürte ein unbehagliches Zwicken, als er diesen Anruf jetzt tätigte.

Während er auf die Verbindung wartete, drehte er sich um und spähte durch die Glasscheibe in der Tür auf Kate, die mit gesenktem Kopf aufsprang und sich auf dem Weg zur Toilette den Bauch hielt. Das war in Ordnung, redete er sich ein. Er hatte die Toiletten vorhin überprüft. Darin befand sich nichts, was ein Risiko darstellte.

Er blickte noch immer durch die Tür, als am anderen Ende der Leitung jemand abhob. Er hörte das raue Knistern eines rasselnden Atems.

»Ich habe einen Fortschritt zu berichten«, sagte er zu Fergus Marsh.

»Schießen Sie los«, keuchte dieser.

»Sie behauptet, nichts zu wissen. Gar nichts.«

Eine lange Pause.

Seine Schläfen pochten schmerzhaft.

Einen seltsamen Moment lang lauschte Joel auf den schweren Atem am anderen Ende der Leitung. Es kam ihm vor, als ob das Büro vor ihm atmen würde – wie ein riesiger Organismus, der sich vor seinen Augen sanft ausdehnte und dann wieder zusammenzog.

»Glauben Sie ihr?«

Da war sie. Die Frage, die er beantworten musste. Die Frage, für deren Beantwortung er bezahlt wurde. Die Frage, mit der er jetzt sehr bedachtsam umgehen musste.

»Es ist möglich, dass sie die Wahrheit sagt.«

»Ihr Job ist nicht, mir zu erzählen, was möglich ist.« Die Stimme krächzte und knallte wie ein rostiges Sägeblatt. »Ihr Job ist es, mir eine Antwort zu liefern.«

Als ob er das nicht wüsste.

Das Pochen in seiner Schläfe verstärkte sich, und er drückte erneut mit den Fingerspitzen dagegen, sodass ein stechender Schmerz durch seine Stirn schoss. Er litt schon seit seiner Jugend an Migräne. Im Moment konnte er sich keine leisten.

Wie sollte er die richtige Antwort geben?

Üblicherweise hatte Joel zu diesem Zeitpunkt bereits eine klarere Vorstellung. Normalerweise spürte er schon, dass er sich einem Urteil näherte.

Nur heute nicht.

Wenigstens bis jetzt nicht.

Das musste sich irgendwann ändern. In die eine oder andere Richtung.

Doch das wollte kein Auftraggeber hören. Vor allem nicht einer, für den alles auf dem Spiel stand.

»Es ist ein Prozess. Wir unterhalten uns noch. Wir haben Zeit.«

»Ihre *Zeit* läuft ab.«

Ein weiterer blendender Schmerz in seiner Stirn. Es war genauso, wie er es Kate gegenüber geschildert hatte. Auf die eine oder andere Weise würde es eine Rückversicherung geben. Er vermutete, dass es sich dabei um den Mann handelte, der Tonys Tochter beaufsichtigte – und der in Kates Wohnung eingebrochen war. Nicht dass es irgendeine Rolle spielte. Das Einzige, was jetzt zählte, war, wie lange Marsh noch warten würde, bevor er ihn herschickte.

Ein Funken von etwas, was Panik sehr stark ähnelte, breitete sich von seinem Hirnstamm nach unten aus und verzweigte sich dabei. Seine Synapsen feuerten. Seine Muskeln verkrampften sich.

Vertrau auf dein übliches Vorgehen.

Vertrau auf dich selbst.

»Darauf verlasse ich mich«, sagte er und legte auf.

61

Sir Fergus Marsh keuchte und verzog nach dem Telefonat das Gesicht, dann krallte er sich an dem glänzend lackierten Schreibtisch vor ihm fest, bis seine Knöchel sich weiß verfärbten. Der allzu vertraute Schmerz fühlte sich wie Tausende kleiner Schnitte hinten in seiner Kehle an. Er hörte nie auf, obwohl das Morphium ihn normalerweise besser betäubte als derzeit.

Marsh überstand die neueste Welle aus Schmerz. Ein paar weitere Sekunden der Qual, gefolgt von einem weiteren Telefonanruf, dann konnte er sich einen Moment ausruhen. Er stellte das andere Telefon auf Freisprechen, wählte und wartete. Er wartete eine ärgerlich lange Zeit.

»Ich brauche Informationen über die letzten Entwicklungen«, krächzte er dann.

»Sie beraten sich«, flüsterte sein Informant. »Aber sie sind inzwischen vorsichtiger. Ihnen kommen allmählich Zweifel.«

»Was ist die Strategie?«

»Sie entwickeln zwei Herangehensweisen. Eine für den Fall, dass sie die gewünschte Aussage für Montag bekommen. Eine weitere für den Fall, dass nicht.«

»Wieso die Zweifel?«

»Sie haben keinerlei Kontrolle über die Person, mit der sie gesprochen haben. Sie haben damit gerechnet, heute Abend wieder von ihr zu hören, aber bis jetzt hat sie sich noch nicht gemeldet.«

Für einige Sekunden bestand das einzige Geräusch aus seinem rasselnden Atem. In solchen Momenten war der ununterbrochene Lärm irgendwie schlimmer als der Schmerz und das körperliche Unbehagen. Mehr als alles andere sehnte er sich nach der entspannten Stille in seinem Hirn, die er früher für selbstverständlich gehalten hatte. Es fiel ihm jetzt so viel schwerer, sich selbst denken zu hören.

Hatten sie Kate Harding etwa unterschätzt? Konnte sie selbst die Zeugin sein?

Vor drei Wochen hatte ihr Informant bei der Staatsanwaltschaft sie gewarnt, dass es eine Änderung in der Anklage gab. Der Anrufer, der eine Software zur Stimmverzerrung benutzte, hatte sie mit einer Datenprobe aus einer Informationsquelle geködert, zu der nur Mark Harding Zugang hatte (unter anderem weil er selbst sie zusammengetragen hatte), es sei denn, er hatte das Material an seine Frau oder eine andere Person weitergegeben. Diese Erkenntnis hatte sie dazu gezwungen, sich eine Frage zu stellen, die vorher undenkbar gewesen war: War Mark wirklich tot? Und wenn nicht, wie konnten sie ihn finden, bevor es zu spät war?

Doch wenn die Anklage heute Abend vergeblich auf einen Anruf wartete, während Kate gefangen gehalten wurde ...

»Das haben Sie mir vorher nicht gesagt.«

»Ich sage Ihnen, was ich weiß, sobald ich es erfahre.«

Sir Fergus legte auf, ohne etwas darauf zu entgegnen, und starrte einen langen, furchtbaren Moment vor sich hin, dann wandte er sich einer Ecke des Raumes zu, von der aus Dominic North ihn aus dem Schatten heraus beobachtete. Die eine Hälfte seines Gesichts war blendend weiß wegen des schräg auf ihn fallenden Lichts der Stehlampe. Dominics schmale Finger ragten auf, und er presste sie sich von unten gegen das Kinn. Sir Fergus hatte diese Denkerpose an ihm schon viele

Male gesehen, wenn sie in der Vergangenheit gemeinsam wichtige Entscheidungen getroffen hatten.

»Darum haben wir uns um einen Plan B gekümmert«, sagte Dominic jetzt, als ob es sich dabei um die vernünftigste Bemerkung der Welt handelte.

Sir Fergus kniff die Augen zusammen, als ihn eine neue Welle aus Schmerz überrollte. »Dafür ist es noch zu früh«, murmelte er.

»Wirklich?« Dominic drehte den Kopf vollständig ins Licht, sodass seine Gesichtszüge wie ein Totenschädel leuchteten. »Manchmal stelle ich mir die Frage, ob Ihre Gesundheit das Einzige ist, was allmählich nachlässt.«

Es war wirklich erstaunlich, dachte Sir Fergus bei sich, wie die Loyalität und die unverbrüchliche Treue eines Mannes im Lauf der Jahre zu etwas so Hinterhältigem gerinnen konnten.

»Wir dürfen nichts überstürzen.« Er schüttelte den Kopf. »So lasse ich mich nicht noch einmal in die Enge treiben.«

»So denken Sie inzwischen darüber? Ich würde es Überzeugung nennen, Fergus. Kraftvoll tun, was getan werden muss. Sie wissen, wie das hier enden wird.«

»Wenn der Vorstand es je herausfindet ...«

»Der Vorstand. Sie haben doch Pappkameraden für Positionen angeheuert, die sowieso nur auf dem Papier bestehen. Was hat Ihr geschätzter Vorstand denn je für dieses Unternehmen getan, wenn es wirklich darauf ankam?«

Sir Fergus schloss den Mund und kämpfte seinen Schluckreflex nieder, denn Schlucken bedeutete Qual. Er hatte sich mit einer Schlange verbündet, und obwohl er wusste, dass es mittlerweile viel zu spät war, Dominic die Giftzähne zu ziehen, war er sich mehr denn je bewusst, dass er sich nicht hetzen lassen durfte.

»Wir haben eine professionelle Analyse in Auftrag gegeben.« Etwas in seiner Luftröhre kratzte, als ob sich darin ein Streifen Sandpapier verfangen hätte. »Wenn Mark Harding eine Bedrohung ist, müssen wir das wissen. Und wir brauchen die Information, wer sonst dahintersteckt, falls er es nicht ist.«

»*Sie* haben einen *Experten* beauftragt, Fergus. Ich habe einen *Kammerjäger* angeheuert.« Dominic deutete auf das Telefon. »Rufen Sie an.«

Er versuchte, tiefer zu atmen, sammelte Kraft für eine neue Anstrengung und wählte eine weitere Nummer, die automatisch auf eine anonyme Mailbox umgeleitet wurde. Es war eine von vielen Vorsichtsmaßnahmen, die sie getroffen hatten.

Keine Namen. Keine Einzelheiten. Lassen Sie alles im Vagen.

»Bereiten Sie sich auf ein Eingreifen vor«, krächzte er nach dem Pfeifton. »Aber warten Sie mein Startzeichen ab.«

62

Freitag, 20:52 Uhr

Das Licht ging automatisch an, als ich die Waschräume betrat. Links gab es Kabinen, eine Reihe von Waschbecken zu meiner Rechten. Ich riss mir das Jackett vom Leib, warf es auf den Boden und streckte die Hand nach einem der Waschbecken aus. Ich drehte das kalte Wasser auf und ließ es mir über die Handgelenke laufen. Ich spritzte mir etwas ins Gesicht. Dann sah ich mich im Spiegel an. Mein Spiegelbild war ein Schock für mich. Ich war hohlwangig und hatte dunkle Augenringe, und meine Lippen hatten sich bläulich verfärbt.

Ich beugte mich weiter vor und zog die Unterlider herunter, überprüfte meine Augen, dann machte ich den Mund auf und streckte die Zunge heraus.

Mein Magen knurrte, ich hatte Krämpfe.

Ich zog einige Papierhandtücher aus dem Spender, tupfte damit mein Gesicht trocken und krempelte dann die Ärmel meiner Bluse hoch.

Denk nach.

Nur eine Sekunde dachte ich an die Fotos, die Joel White mir von meinem Besuch auf dem Camden Market gezeigt hatte. Das Traurigste daran war gar nicht, wie grausam die Bilder manipuliert worden waren, sondern dass ich tatsächlich glauben wollte, dass Mark dort gewesen war. Ich wünschte mir so sehr, dass es wahr wäre.

Ich biss mir auf die Lippe und betrachtete mich erneut im Spiegel, dann hob ich langsam die Hände und knöpfte die beiden oberen Blusenknöpfe auf. Ich schob die rechte Hand unter den dünnen Stoff, und meine Finger fanden sofort die vertraute, zackige Narbe, die mir über die Brust lief. Sie war weiß und wulstig. Ein bisschen uneben. Ich atmete tief ein und presste mir dann die Hand aufs Herz.

Ich konnte es schlagen spüren. Ein hektisches Rat-tat-tat-tat.

Ich versuchte, es zu ignorieren, und suchte nach einem reinen, leeren Platz in der Mitte meines Bewusstseins, wartete auf das Echo von Marks Herz, an das ich mich schon so lange erinnerte.

Aber da war nichts außer einer vollkommenen Reglosigkeit und Abwesenheit in meiner Handfläche. Nur mein eigenes Herz, das mir heftig in der Brust hämmerte, so wie die harte, sterile Stille der Toilette, die mich umgab.

Ich schluckte mit trockenem Mund und nahm die Hand weg. Dann knöpfte ich die Bluse wieder zu.

»Du musst stark sein«, forderte ich mich auf. »Du bist stark.«

Das hatte ich mir immer wieder eingeredet, nachdem ich Mum und Dad verloren hatte. Ein Mantra, das ich heraufbeschwor, um mich selbst voranzutreiben und weiterzumachen. Im Augenblick war ich allein, aber das war in Ordnung. Ich war auch vorher schon allein gewesen. Ich konnte mich aus dieser Lage befreien. Ich *würde* mich daraus befreien.

Es ging um mich.

Nur um mich.

Und um Maggie, flüsterte eine Stimme in meinem Kopf.

Ich wirbelte herum und sah zu der geschlossenen Toilettentür.

Warum hatte ich nicht schon vorher daran gedacht?

63

Als ich aus der Toilette trat, herrschte eine beunruhigende Stille. Aber sie war nicht vollkommen. Inzwischen gewöhnte ich mich immer mehr an meine Umgebung. Als ich durch den Korridor schlich und mich dann ins Foyer hinauswagte, war ich in der Lage, selbst die kleinsten Nuancen in der Geräuschkulisse wahrzunehmen.

Zum einen war da das Hintergrundbrummen der wenigen Computer, die noch eingeschaltet waren. Das sanfte Vibrieren des Kühlschranks im Food-Court. Das Surren und Poltern der Klimaanlage, die die Luft durch die Röhren und Schächte trieb. Das Summen der Deckenbeleuchtung.

Ich hatte Gänsehaut.

Die zweiflügelige Eingangstür war noch immer verschlossen. Ich trat heran, drückte dagegen und zog. Immer noch verriegelt.

Ich drehte mich hastig um. Auf der ganzen dreizehnten Etage gab es kein Anzeichen irgendeiner Bewegung. Draußen war mittlerweile die Dämmerung hereingebrochen und färbte die getönten Scheiben dunkler.

Alles *wirkte* verlassen. Ich glaubte nicht, dass Joel White hier war, aber ich wusste, dass er mich vielleicht über Kameras beobachtete. Außerdem wusste ich, dass er jeden Moment zurück sein konnte.

Also bewegte ich mich rasch vorwärts.

Die Eile würde dafür sorgen, dass mein Herz schneller schlug, und ich vermutete, dass sie auch die Verbreitung eines Gifts in meinem Körper beschleunigen und mich in größere Gefahr bringen würde.

Es kam mir seltsam vor, mein Herz auf einmal als Schwachstelle zu betrachten. Seit den Operationen hatten meine Eltern und die Ärzte sich große Mühe gegeben, mir zu vermitteln, dass ich vollständig gesund sei, dass ich mein Leben ohne Angst verbringen könne. Und genau das hatte ich getan. Jetzt musste ich allerdings daran denken, dass ich nur einen Aussetzer meines Herzens davon entfernt war, dass alles einfach … aufhörte.

Ich rannte. Vor mir lag der Glaskubus. Ich schlitterte durch die Tür hinein.

Sie war immer noch hier.

Maggies Handtasche.

Ich schnappte sie mir vom Tisch, verließ dann den Glaskasten und sah mich nach einem Versteck um.

Diesmal würde ich mich nicht unter einem Schreibtisch verkriechen. Nicht noch einmal. Ich sah die Karussellpferde und den Campingbus. Ich sah den Pavillon und die Schaukel. Dann sah ich den Korb des Heißluftballons, eilte darauf zu und drückte die Tasche fester an mich.

Ich sprang hinein und kauerte mich hin. Der Korb bestand aus grobem Weidengeflecht, das mir durch die Bluse hindurch über die Haut kratzte, als ich mich auf meine Fersen setzte und den Kopf hob, um durch das Großraumbüro zum Empfang hinüberzuspähen.

Noch immer regte sich nichts.

Noch immer keine Spur von White.

Ich öffnete die Tasche und steckte die Hand hinein. Ich hoffte auf ein Telefon, fand aber weder im Hauptfach noch in der mit einem Reißverschluss verschlossenen Seitentasche eins. Joel musste es sich genommen haben.

Ich drehte die Tasche um und leerte sie vor mir aus.

Ein ziegelgroßer Kalender. Eine zusammengerollte Einkaufstasche. Ein kleiner Regenschirm. Zwei Tampons, ein Deostift und eine Seite, die aus einer Zeitschrift gerissen worden war. Ich faltete sie auseinander. Es war ein Artikel mit einem Rezept für Bananenbrot.

Ich durchsuchte die übrigen Dinge und fand ein laminiertes Namensschild mit Maggies Namen darauf, das aussah, als stammte es von einer Netzwerkveranstaltung. Außerdem fand ich einen Haus- und einen Autoschlüssel.

Sonst nichts. Kein Geldbeutel. Den hatte White sicher ebenfalls rausgenommen. Ich nahm wieder die Tasche in die Hand und stülpte sie um. Es musste doch etwas darin geben, was mir helfen konnte. Aber alles, was zum Vorschein kam, war ein Schauer aus Staub, Krümeln und Fusseln.

Ich stellte die Tasche beiseite und nahm den Kalender in die Hand. Ich löste das Gummiband, das ihn zusammenhielt, blätterte zum heutigen Datum und sah, dass sie sich Zeit und Ort meines Vorstellungsgesprächs notiert hatte. Ich blätterte zurück und entdeckte, dass sie meinen Namen noch an mehreren anderen Tagen aufgeschrieben und eingekringelt hatte, unter anderem an dem Morgen vor zwei Wochen, als Maggie zuerst mit mir in Kontakt getreten war und ich mich zu meiner eigenen Überraschung mit ihr unterhalten hatte, als Simon und Rebecca gerade nicht anwesend waren. Unter meinem Namen und meiner Telefonnummer hatte sie sich ein paar kurze Notizen über unser Gespräch gemacht. *Braucht Selbstvertrauen. Viel Erfahrung. Möchte etwas Aufregendes. Edge?*

Flüchtig blätterte ich den Rest des Kalenders durch, dann legte ich ihn neben mir ab und drückte mich aus den Knien nach oben. Ich kletterte aus dem Korb und trat auf die Scheibe zu, die ich mit dem Bürostuhl einzuschlagen versucht hatte. Der Stuhl lag noch immer kaputt und reglos auf dem Boden daneben. Die Glasscheibe war noch immer intakt.

Ich kauerte mich hin und schaltete beide Schreibtischlampen wieder ein, um meinen Hilferuf anzustrahlen, doch obwohl es draußen inzwischen schon dunkler war, nahm ich, als ich auf die Straße hinunterblickte, kein Anzeichen dafür wahr, dass meine Botschaft mittlerweile sichtbarer wäre.

Ein paar Fußgänger eilten mit gesenkten Köpfen die Straße entlang, keiner blickte zu mir hoch. Es gab keine Rauchergrüppchen mehr, die vor dem Pub standen. Fahrzeuge fuhren unten vorbei, allerdings nicht mehr so viele wie vorhin. Zu meiner Rechten waren in einigen der Fenster der Bürogebäude am Paternoster Square Lichter angegangen.

Die Leute machten anscheinend Überstunden, dachte ich. Rechtsanwälte und Buchhalter. Managementberater. Finanzberater. Sie saßen an ihren Schreibtischen, tippten auf ihren Tastaturen herum, und vielleicht würde dann und wann mal einer von ihnen aufblicken und in meine Richtung schauen.

Doch alles, was sie dann sehen würden, wäre ein weiteres glänzend verspiegeltes Fenster unter Hunderten von anderen.

Ich schloss die Augen, spreizte die Finger, presste sie gegen die Scheibe und horchte auf die Umgebungsgeräusche der Büroetage, die mich umgab.

Ich lauschte auf die Computer und den Kühlschrank, auf die Luftschächte und die elektrische Beleuchtung.

Und da fiel es mir auf.

Ein neues Geräusch.

Ein tiefes Dröhnen.

Ich drehte mich um, kniff die Augen zusammen und versuchte zu begreifen, was ich da hörte.

Da war auf jeden Fall etwas – *irgendetwas* – jenseits des Lärms der Büroumgebung und des rauschenden Blutes in meinen Ohren.

Ich wandte den Kopf nach links und konzentrierte mich darauf.

Das Geräusch kam nicht aus dem Großraumbüro selbst.

Sondern von draußen, vor der zweiflügeligen Tür.

64

Ein Stockwerk tiefer gab es keine zweiflügelige Tür. Es gab auch keinen schicken Vorraum vor den drei Aufzügen. Keiner der Aufzüge hielt üblicherweise im zwölften Stock. Joel hatte den Hausmeisterschlüssel aus dem Sicherheitsbüro gebraucht, um mit den Fahrstühlen Zugang zu dieser Etage zu erlangen.

Er trat aus dem Aufzug in ein lautes, heißes Dröhnen. Die Luft war warm und dick, die Beleuchtung schwach. Es gab hier keine Panoramafenster. Stattdessen bestand der gesamte zwölfte Stock aus einem komplexen System aus Luftschächten und Gittern.

In 55 Ludgate Hill gab es zwei Stockwerke für die Technik. Eins davon lag in diesem Moment direkt vor Joels Augen.

Er bewegte sich schnell voran, vorbei an Rohren und Abflusssystemen. Er entdeckte Wassertanks und Boiler. Er sah Pumpen, die Wasser, und andere, die Luft zirkulieren ließen. Es gab hier Kühlaggregate für die Klimaanlage. Außerdem gab es eine elektrische Kontrolltafel. Weiter hinten konnte er noch die Hauptsteuerung für die Telekommunikation sowie mehrere Computerserver erkennen.

Er ging weiter, bis er zu Maggie kam. Sie saß auf dem staubigen Boden, das Kinn war ihr auf die Brust gesunken, die Beine hatte sie vor sich ausgestreckt. Ihr oberer Rücken lehnte an einer Warmwasserleitung. Die Arme waren hinter ihr mit Tape an das Rohr gefesselt, die Hände lagen aneinander. Mit einem weiteren Streifen Tape war sie geknebelt.

Joel trat näher, die kreideartigen Teile einer Kopfschmerztablette lösten sich auf seiner Zunge auf, und die unvertraute Angst, die er den Großteil des Abends über niedergekämpft hatte, erreichte nun einen neuen Höhepunkt.

Ruckartig hob Maggie den Kopf und wimmerte mit bebenden Nasenflügeln hinter ihrem Knebel. Ihr schmutziges Gesicht und ihre Kleidung waren schweißnass.

Der Furcht nach zu urteilen, die nun in ihren Augen aufflackerte, dachte sie anscheinend, er wäre hier, um ihr etwas anzutun.

Das erzeugte in ihm ein … befremdliches Gefühl. Joel war selbstkritisch genug, um zu wissen, dass er mittlerweile sehr weit entfernt von dem guten Menschen war, für den er sich früher einmal gehalten hatte. Seine Taten – die Befragungen, die er vorgenommen hatte, der Druck, den er dabei auf Menschen ausgeübt hatte, die ihm nichts entgegenzusetzen hatten – hatten ihn im Lauf der Jahre verändert, keine Frage. Aber er war kein hirnloser Verbrecher. Töten um des Tötens willen machte ihm überhaupt keinen Spaß. Was zum Beispiel mit Tony geschehen war, belastete ihn. Wahrscheinlich hatte er die Dinge überstürzt. Vielleicht wäre er mit mehr Bedenkzeit auf einen anderen Ausweg gekommen.

Vielleicht gab es auch für Maggie einen anderen Ausweg.

Er hatte keine Ahnung, was für eine Geschichte ihr aufgetischt worden war. Als Sir Fergus ihn zuerst durch einen Mittelsmann kontaktiert hatte, hatte er einfach nur erläutert, wie vorzugehen war und dass dafür eine Personalvermittlerin notwendig sein würde. Aber er wusste, dass Maggie heute hierhergekommen war. Er wusste, dass sie sich mit Kate nach dem Vorstellungsgespräch noch auf einen Drink verabredet hatte. Und aus den Aufzeichnungen in ihrem Kalender ging hervor, dass sie in regelmäßigem Kontakt gestanden hatten.

Zwei Dinge folgten daraus.

Erstens hatte er bei Kate ein Druckmittel, wenn er Maggie – vorerst – am Leben ließ. Wenn es nötig würde, konnte er Maggie vor ihren Augen bedrohen.

Zweitens lag es im Bereich des Möglichen, dass Kate Maggie etwas mitgeteilt hatte – vielleicht etwas auf den ersten Blick Harmloses –, was ihm die benötigte Antwort liefern konnte, falls er sie nicht von Kate bekam.

»Maggie.«

Ihr Atem beschleunigte sich, ihre Wangen um ihren zugeklebten Mund bliesen sich auf, als er sich vor sie hockte und sie zurückwich. Er beobachtete ihre spontanen Reaktionen, studierte ihr Verhalten, merkte sich alles für den Fall, dass er es später gebrauchen konnte.

»Ist schon okay, Maggie. Versuchen Sie, sich zu entspannen. Ich möchte Sie einfach nur anschauen.«

65

Freitag, 21:04 Uhr

Ich rannte zurück, an dem Korb des Heißluftballons vorbei, hastete zwischen den Schreibtischen hindurch und richtete den Blick dabei fest auf die Türen, die aus dem Foyer hinausführten.

Ich konnte nicht erkennen, wer oder was sich dort draußen befand.

Das hämmernde, stoßweise Dröhnen, das ich hörte, war schwer zu deuten. Es war dem Geräusch nicht unähnlich, das die alte, unzuverlässige Waschmaschine in meiner Wohnung manchmal von sich gab.

Ich fürchtete, es könnte von White stammen, fürchtete, dass er den Türen irgendeinen irreparablen Schaden zufügte. Er könnte sie zum Beispiel irgendwie verbarrikadieren und damit doppelt sicherstellen, dass ich nicht entkam.

Panik stieg in mir auf.

Vielleicht hatte er die ganze Zeit vorgehabt, mich hier so lange einzusperren, bis das Gift, das er mir verabreicht hatte, seine Wirkung entfaltete. Vielleicht war nie die Möglichkeit einkalkuliert gewesen, dass ich ein Krankenhaus erreichte.

Vielleicht kam er auch mit dem, was auch immer diesen Lärm verursachte, hier herein.

Ich sah auf den Arbeitsplatz hinunter, an dem ich gerade vorbeilief. Er war leer, aber es gab einen Computer mit Tastatur.

Es war eine kabellose Tastatur. Ich schnappte sie mir und hob sie über meine Schulter. Meine Arme zitterten so sehr, dass die Tasten klapperten.

Langsam schlich ich weiter.

Näher heran.

Immer näher.

Der Lärm vor der Tür wurde immer lauter, ein ununterbrochenes, vibrierendes Dröhnen.

Ich drehte mich zur Seite und pirschte mich näher heran, am Empfangstresen vorbei.

Ich befeuchtete meine Lippen und blinzelte mir den Schweiß aus den Augen.

Aus meinem Blickwinkel konnte ich nicht gut durch die Glasscheiben in den Türen sehen. Und wegen des gedimmten Lichts auf der anderen Seite sah ich vor allem das milchige Spiegelbild des Büros und des Empfangstresens hinter mir. Beim Näherkommen erkannte ich dann auch das Schimmern meines eigenen Spiegelbilds. Mein Gesicht blähte sich auf und verzerrte sich, bis ich fast die Nase an der Glasscheibe hatte. Dann verschwand mein eigenes Bild schließlich, und ich starrte in den Vorraum hinaus.

Auf Raul.

Er drehte mir den Rücken zu, trug noch immer seinen Arbeitsoverall und bediente die Poliermaschine. Sie vibrierte und ratterte unglaublich schnell. Die Bürstenscheiben an der Unterseite wirbelten herum. Er hatte die Füße schulterbreit auf den Boden gestellt, aber seine Hüften und sein Oberkörper bebten dennoch, während er die Maschine von einer Seite auf die andere führte.

Er hatte seine Kopfhörer auf.

Ich ließ die Tastatur fallen und hämmerte mit den Fäusten gegen die Tür. Ich schrie.

Er hörte mich nicht.

Ich packte die Türgriffe und zog heftig daran.

Die Türen erzitterten, aber es genügte nicht, um seine Aufmerksamkeit zu erregen.

Ich trat gegen die Tür und wedelte mit beiden Armen, hoffte, dass er vielleicht eine meiner Bewegungen wahrnehmen würde, wenn sie sich in dem Metallgehäuse der Fahrstühle spiegelte.

»Raul! Raul, schauen Sie mich an!«

Ich schrie so laut, dass es mir unmöglich erschien, dass er mich nicht hörte – und ebenso unmöglich, dass White mich nicht hörte.

»Raul, bitte!«

Mein Hals schmerzte, doch Raul arbeitete stoisch und gleichmäßig weiter. Er war überhaupt nicht in Eile. Wenn er über die Kopfhörer Musik hörte – und das nahm ich an –, dann hatte er die Lautstärke wahrscheinlich ganz aufgedreht, um das Getöse der Maschine zu übertönen.

»Raul!«

Ich trat einen Schritt zurück.

Ich stemmte die Hände in die Hüften.

Dreh dich um!, dachte ich. *Sieh mich an!*

Aber Raul drehte sich nicht um, und Verzweiflung ergriff mich.

White hatte mir gesagt, dass er nach Maggie sehen wolle, aber wie lange konnte das dauern? Wie viel Zeit hatte ich noch, bis er wiederkam?

Ich sah mich um und überlegte, was ich tun konnte. Mein Blick streifte den Feuermelder, den Tony deaktiviert hatte. Nachdem der Alarm losgegangen war, musste Raul mit allen anderen das Gebäude verlassen haben, bevor er wieder zurückkam und mit seiner Arbeit fortfuhr.

Moment.

Neben dem Feuermelder befand sich eine Reihe von Licht-schaltern. Insgesamt acht Stück.

Ich streckte den Arm nach ihnen aus und betätigte sie mit beiden Händen.

Die Deckenlichter gingen an und wieder aus.

Das Gleiche geschah mit den Lichtern im Vorraum.

66

Freitag, 21:07 Uhr

Ich beugte mich nach rechts und starrte aufgeregt durch die gesprungene Scheibe auf Raul. Er legte den Kopf in den Nacken und blickte auf die flackernden Lichter an der Decke. Er ließ die Griffe seiner Maschine los und nahm die Kopfhörer ab.

Die Maschine wurde langsamer, das Summen verebbte, als Raul sich nach rechts und links umsah.

»Raul! Raul, hier hinten!«

Ich schaltete weiter die Lichter ein und aus, während Raul sich umdrehte, sich hinkauerte und verwirrt durch die Glasscheibe blickte.

Er zuckte zusammen und musste zweimal hinsehen, als er mich entdeckte.

»Ich habe keine Codekarte.« Ich zeigte auf den Sensor. »Sie müssen mich rauslassen.«

Ein breites Lächeln plötzlichen Verstehens erschien auf seinem Gesicht. Er nickte heftig, streckte einen Finger in die Höhe, steckte dann die Hand in eine Tasche seines Overalls und zog eine Schlüsselkarte daraus hervor, die an einem Gummiband befestigt war. Er bewegte die Karte über den Sensor, und ich starrte wie hypnotisiert auf die Stahlplatte auf meiner Seite der Tür.

Ich stellte mich auf die Zehenspitzen, beugte die Finger.

Für einen Sekundenbruchteil hatte ich panische Angst, dass

die Tür sich nicht öffnen würde. Ich fürchtete, dass Joel den Sensor irgendwie unbrauchbar gemacht hatte.

Doch dann leuchtete ein winziges grünes Lämpchen auf, und das Schloss ging auf. Eine Welle der Erleichterung überlief mich, als ich den Türgriff packte, die Tür aufriss und hinaustrat.

»Oh mein Gott, Raul, danke. Danke. Sie haben ja keine Ahnung ... «

Ich verstummte, als die Tür des Notausgangs rechts von mir sich öffnete.

Das Herz schlug mir bis zum Hals.

Joel White trat hindurch.

Zunächst blickte er noch nach unten und sah uns nicht. Dann ruckte sein Kinn aufwärts, und er erstarrte.

»Laufen Sie!«, schrie ich.

Doch es passierte alles zu schnell für Raul. Es war zu verwirrend. Er bewegte sich nicht sofort und verdeckte mich mit seinem massigen Körper. Alles, was ich erreichte, war, eine Reaktion von White zu provozieren.

Er sprang nach vorn und warf sich mit einem Knurren auf Raul, packte ihn an den Aufschlägen seines Overalls und wirbelte ihn mehrmals im Kreis herum. Als Raul aufkeuchte und schrie, schleuderte White ihn heftig gegen die mir gegenüberliegende Wand.

»Nein!«, schrie ich. »Hören Sie auf!« Ich packte White am Hemd. Ein Stöhnen drang aus Rauls Mund. »Lassen Sie ihn in Ruhe!«, schrie ich, steckte die Finger in Whites Hemdkragen und riss ihn nach hinten. Ihm blieb kurz die Luft weg, und er streckte einen Arm nach mir aus, während er mit dem anderen Unterarm weiterhin Raul gegen die Wand drückte. Dieser wand sich, scharrte mit den Füßen und blickte mich verblüfft und mit verzweifelter Panik an.

White schlug mir auf den Arm, dann auf die Schulter. Er tastete nach meinem Gesicht, drückte die Hand unter meinen Unterkiefer und stieß mich dann heftig zur Seite.

Ich krachte gegen eine der Aufzugtüren.

Meine Schulter und mein Kopf knallten gegen den Stahl.

Ich sah Sterne, brauchte ungefähr eine Sekunde, um mich wieder zu erholen. Dann presste ich mir eine Hand gegen die Schläfe und drückte mich vom Aufzug ab. Schwankte.

In diesem Moment stieß Raul ein erschöpftes Stöhnen aus und klappte in der Hüfte zusammen.

White hatte ihn in den Magen geboxt.

Raul sackte auf die Knie.

White packte ihn an den Haaren. Er zog seinen Kopf nach hinten, sodass die Kehle blank lag. Mit der anderen Hand tastete er hinter sich nach der Steckdose und nach dem Kabel der Poliermaschine.

Siedend heiß kam mir die furchtbare Erkenntnis, dass er das Kabel, sollte er es erreichen, Raul um den Hals schlingen würde. Und dann …

Ich warf mich in Richtung des Kabels, stieß mir dabei Ellbogen und Kinn an, griff mit beiden Händen danach und zerrte heftig daran. Der Stecker wurde aus der Wand gerissen, sodass White ihn knapp verfehlte.

Raul sah mich benommen an, White hatte seinen Kopf noch immer fest im Griff.

White starrte zu mir nach hinten, sein Hemd war blutig und hing an einer Seite aus der Hose. Auf seinem Gesicht lag ein Ausdruck grimmiger Entschlossenheit.

Ich zog das Kabel mit beiden Händen zu mir heran und rappelte mich hoch.

Das Kabel war um meine rechte Hand gewickelt. Der Stecker hing neben mir herunter.

»Kate«, warnte mich White. »Tun Sie nichts ...«

Ich schwang das Kabel, es sirrte durch die Luft, und der Stecker traf Joel im Gesicht. Er fluchte und wandte den Kopf ab.

Ich zog gerade den Stecker wieder zu mir heran, als ich hörte, wie White ein furchterregendes Jaulen ausstieß, bevor er Rauls Kopf erst heftig in die eine, dann in die andere Richtung riss. Er brüllte auf und rammte Rauls Kopf gegen die Wand.

Das Geräusch des Aufpralls war so schrecklich – so schockierend –, dass ich das Kabel losließ.

Es fiel mir einfach aus der Hand.

Kraftlos und schlotternd stand ich da, während White knurrte, aufjaulte und das Ganze noch einmal wiederholte.

67

Freitag, 21:11 Uhr

Als er fertig war – als es vorbei war –, drehte White sich um und sah mich an. Sein Gesicht war rot, sein Haar glänzte vor Schweiß, sein Hals und sein Hemd waren rot besprenkelt.

»So weit hätte es nicht kommen müssen«, keuchte er. »Niemand sonst sollte zu Schaden kommen.«

Ich schüttelte mehrfach den Kopf und wich zurück.

Raul lag reglos auf dem Boden. Ich traute mich nicht, ihn anzusehen.

Die Rufknöpfe für den Aufzug waren hinter mir. Ich tastete hektisch danach, drückte immer wieder darauf.

»Sehen Sie jetzt, was passiert, wenn Sie andere Leute mit hineinziehen, Kate? Zuerst Maggie. Jetzt diesen Kerl.«

Seine Schultern sackten herab, und er wischte sich mit dem Handrücken den Mund ab. Der feuerrote Striemen von dem Stecker leuchtete auf seiner Wange wie eine nässende Wunde.

Maggie ... Was hatte er ihr angetan?

Hinter mir klingelte es.

Die Türen des hintersten Aufzugs öffneten sich. Ich trat rückwärts in die Kabine und stocherte wild nach dem Knopf für das Erdgeschoss.

Meine Knie gaben nach. Ich begann zu weinen.

Alles, was ich wollte, war, mich zusammenzurollen, sobald die Türen sich schlossen, aber sie hatten sich kaum bewegt, als

White schon im Spalt vor mir erschien, und die Türen mit dem Ellbogen und dem Fuß aufstemmte.

Ich spürte die Hitze, die sein Körper verströmte. Den Ärger und die Frustration.

Auf der anderen Seite der Kabine gab es einen roten Notrufknopf. Ich stürzte mich darauf, doch er packte meinen Arm und schleuderte mich herum.

Ich schrie auf und versuchte noch einmal, mich nach dem Knopf zu strecken.

Meine Finger berührten ihn nicht einmal richtig.

White hielt mich zurück, und seine andere Hand bewegte sich auf meinen Kopf zu.

Er packte mich am Hals, wollte mich auf dieselbe Weise ausschalten wie Raul.

Er griff in meine Haare, zog hart daran. Ich schrie auf, als er meinen Kopf nach vorn zwang, mich herumzerrte und mich dann vor sich aus dem Fahrstuhl führte.

Ich schrie vor Schmerz und versuchte, mich ihm zu widersetzen, aber er packte meine Haare nur noch fester und stieß mich unsanft voran, in Richtung der zweiflügeligen Tür zum Büro.

Beinahe wäre ich gestürzt, als er in die Tasche griff und seine Schlüsselkarte hervorzog, dann schleuderte er mich wieder herum, hielt mich mit gesenktem Kopf eine Armeslänge von sich entfernt, stieg über Raul hinweg und streckte den Arm zum Sensor an der Wand aus.

Diesmal hatte ich keine Wahl. Ich musste hinsehen. Raul lag auf dem Bauch. Er bewegte sich nicht. Sein Kopf war furchtbar zugerichtet. Joel drückte mich so nah zu ihm hinunter, dass ich die scheppernde Musik aus den Kopfhörern hören konnte, die immer noch um seinen Hals lagen.

Ich riss mich vom Anblick seines Gesichts los und betrachtete stattdessen die Brust und den Oberkörper. Er schien nicht mehr zu atmen. Das weiße Kabel seiner Kopfhörer wand sich in einer Schlangenlinie zu einer Tasche seines Overalls.

Ich dachte nach, meine Gedanken suchten verzweifelt nach einem Ausweg. Meine Sicht flimmerte, dann bewegte ich mich, meine Haare strafften sich, als ich mich zu Boden warf.

Ein blendend heller Schmerz lief über meine Kopfhaut. White hielt noch immer ein Büschel Haare in der Hand. Doch nun wand ich mich und riss den Arm hoch, ganz ähnlich, wie White es getan hatte, als er Raul in den Magen geboxt hatte. Allerdings war meine Hand nicht zur Faust geballt. Sie war weit gespreizt. Und ich zielte nicht auf seinen Magen, sondern tiefer, packte zu und drückte fest.

Joel brüllte und ließ meine Haare los. Er sprang von mir weg und hielt sich den Unterleib.

Ich drehte mich wieder um und betastete Rauls Tasche. Darin fand ich sein Telefon. Ich schnappte es mir, zog das Kopfhörerkabel heraus und stürzte zur Bürotür. Sie war noch immer entriegelt.

Sie flog krachend auf.

Ich stolperte.

»Kate!«

Ich rannte los, ohne mich umzublicken. Das Telefon hielt ich mir vor die Nase. Das Display hüpfte und erzitterte. Auch das Büro bewegte sich auf und ab und seitwärts in meinem Blickfeld.

Ich hörte, wie hinter mir eine Tür aufgerissen wurde. Dann Schritte.

Ich stocherte mit dem Daumen nach dem Homebutton. Das Bild auf seinem Sperrbildschirm erschien. Ein weiteres Bild von seiner jungen Frau und dem neugeborenen Mädchen. Seine Frau trug Krankenhauskleidung. Sie hielt das Baby auf dem Arm, eine Kanüle kam aus ihrem Handgelenk.

Ich kannte Rauls Passwort nicht, also konnte ich sein Telefon nicht normal benutzen, aber in der unteren linken Ecke des Displays sah ich das Wort NOTFALL. Ich tippte darauf, und die Wähltastatur für das Telefon erschien. Zwei Balken Empfang.

»Kate, wenn Sie auch nur *irgendwen* anrufen, muss ich Sie töten.«

Ich blickte hoch. Ein paar Schreibtische versperrten mir den Weg. Der von hinten angestrahlte, spiegelverkehrte Hilferuf stand auf den Fenstern vor mir.

Ich schlug einen Haken nach links.

Mein Daumen drückte die 9.

»Kate. Denken Sie gut darüber nach, was Sie jetzt tun.«

Noch eine 9.

Weitere Schreibtische vor mir. Der Fake-Heißluftballon dahinter.

Diesmal scherte ich nach rechts aus.

Drückte das dritte Mal die 9.

Gerade als mein Daumen den grünen Rufknopf drücken wollte, rammte mir von hinten etwas gegen die Kniekehlen.

Meine Beine knickten seitwärts weg, und ich stürzte mit rudernden Armen vorwärts, kurz bevor ich den Heißluftballon erreichte.

Das Telefon rutschte mir aus der Hand.

Ich wusste nicht, ob sich eine Verbindung aufgebaut hatte oder nicht. Ich hatte keine Ahnung, ob wirklich jemand am anderen Ende war.

»Hilfe!«, schrie ich. »Helfen Sie mir!«

White sprang mir ins Kreuz, presste mich zu Boden und streckte die Hand über meinen Kopf hinweg.

Ich versuchte, mich auf alle viere hochzudrücken, und grapschte verzweifelt nach dem Handy. Es lag nicht weit von mir weg. Ich konnte das erleuchtete Display sehen.

»Hallo! Wenn Sie mich hören können, ich bin in…«

White presste mir die Hand auf den Mund und drückte fest zu. Seine Haut fühlte sich heiß und glitschig an. Er drückte mir die Lippen platt, zerquetschte mir das Zahnfleisch.

Ich brachte die Worte nicht heraus.

Ich biss ihn.

Er fluchte und zog die Hand weg. Ich grapschte erneut nach dem Telefon.

Er packte mein Handgelenk, drehte mir den Arm auf den Rücken und wuchtete mich herum, sodass ich nun auf dem Rücken lag und bewegungsunfähig zu ihm hochsah.

Dann kam seine Faust auf mich zu, und zwar schnell. Ich wappnete mich gegen den Schlag, der jedoch nie erfolgte.

Als ich die Augen aufschlug, konnte ich erkennen, dass er nach dem Telefon gegriffen hatte, und als er es an meinem Kopf vorbei aufhob, bemerkte ich, dass die Sekunden eines Anrufs hochzählten.

… *8 Sekunden* … *9*

Ich *meinte*, eine entfernte Stimme am anderen Ende der Leitung zu hören, aber sie wurde abgeschnitten, als White den Daumen senkte und den Anruf beendete.

68

»Kate, bitte. Ich versuche, Ihnen zu helfen. Wenn Sie auf mich hören, kann ich Ihr Leben retten.«

»Indem Sie mich vergiften? Indem Sie mich einsperren?«

Er drückte mich nieder und stand dann auf, Rauls Telefon in der Hand. Er schüttelte angewidert den Kopf und presste Daumen und Zeigefinger auf seine Nasenwurzel, als ob er Geduldreserven anzapfen müsste, die inzwischen schon auf einem gefährlich niedrigen Niveau angekommen waren.

»Man verfolgt Ihren Anruf nicht zurück, Kate. Und selbst wenn, würde das zu lange dauern. Außerdem ist das sowieso bedeutungslos, denn soweit alle wissen, sind Sie gar nicht mehr hier. Sie sind aus dem Gästebuch ausgetragen worden und haben das Haus schon vor Stunden verlassen.«

Das Herz in meiner Brust schlug wütend. Mein Magen schmerzte. Mir war schwindelig, und ich war außer Atem.

Konnte das stimmen? Ja, wurde mir klar. Ohne Probleme. Tony hätte das für ihn mit einem einfachen Federstrich erledigen können. Und wenn jetzt irgendwer herkam und nach mir suchte – zum Beispiel Luke –, konnte man ihm das Buch zeigen und ihn wieder wegschicken.

»Man könnte vielleicht versuchen, Sie zurückzurufen.«

Bevor ich ihn davon abhalten konnte, ließ er Rauls Telefon zu Boden fallen und trat darauf.

Ich rollte mich seitwärts, Plastikteile regneten auf mich herab und blieben in meinem Haar hängen. Er hob den Fuß, um noch einmal auf das Handy zu treten, und diesmal rutschte ich zurück, bis ich mit dem Steißbein gegen den Heißluftballon stieß.

Ein sprödes, hartes Knirschen ertönte, als White den Absatz seines lacklederen Halbschuhs von einer Seite zur anderen drehte. Sein Hemd war fleckig und zerrissen, und seine Krawatte hing ihm lose am Hals. In diesem Moment schien er Lichtjahre von dem gepflegten Angestellten entfernt zu sein, der sich mir erst vor wenigen Stunden vorgestellt hatte.

Ich zitterte stark. Meine Finger krallten sich an den Boden.

Als er den Fuß wieder hob, war Rauls Telefon nur noch ein Haufen Elektroschrott. Vollkommen zerstört.

Ich schüttelte den Kopf.

»Er war gerade erst Vater geworden«, sagte ich zu ihm. »Er hieß Raul. Er war verheiratet und hatte eine neugeborene Tochter.«

White blickte mich ausdruckslos an, und für ein paar Sekunden kam es mir so vor, als ob ich eine andere Seite an ihm sehen würde, als ob sich ein Teil von ihm irgendwie abgespalten hätte. Sein Blick wirkte abwesend. Er seufzte und blickte zur Decke hoch. Es sah so aus, als ob die Folgen seines Tuns ihn tatsächlich belasten würden. Doch dieser Moment ging vorüber, und sein Gesichtsausdruck wurde wieder härter.

»Stehen Sie auf, Kate.«

Ich kauerte mich nur noch mehr zusammen.

»Echt jetzt?«

Ich bewegte mich nicht. Ich konnte nicht. Ich musste an Tony und die Drohungen denken, denen seine Tochter ausgesetzt worden war. Ich dachte daran, wie er Maggie abgefangen hatte, und an das Blut, das ich bei seiner Rückkehr auf dem Hemd bemerkt hatte.

Hinter meinem Rücken wühlten meine Hände die Dinge durch, die ich aus Maggies Handtasche geschüttet hatte. Mein Blusenärmel hatte sich an einem Weidenzweig des Ballonkorbs verfangen.

Panik schwoll in meiner Kehle an und schnürte mir die Luft ab. Mein Herz hämmerte so heftig, dass es sich einen Weg aus meinem Brustkorb herauszuschlagen schien.

»Ich bitte Sie nicht noch mal, Kate.«

Ich wich noch einen Zentimeter zurück.

Das war zu viel für ihn.

Er trat vor und packte mich am Arm. Und am Bein. Ich trat und schrie. Es war egal. Er schleifte mich über den rauen Betonboden zum Glaskubus, schürfte mir die Haut auf, zerrte mich durch die Tür. Ich sprang vom Boden auf und versuchte, an ihm vorbeizulaufen, aber er brachte mich zu Fall, indem er beide Arme um meine Waden schlang, sodass ich mich rückwärts überschlug. Ich drehte mich und knallte gegen das Glas. Dann lag ich in einer Ecke des Glaskastens zusammengekrümmt auf dem Boden.

Von da unten aus beobachtete ich White dabei, wie er beide Stühle packte und sie wütend aus dem Kubus zerrte. Dann drehte er sich um und betrachtete mich, wie ich am Boden lag.

»Sie machen es schwieriger, als es sein müsste«, sagte er. »Für uns beide.«

»Sie haben ihn umgebracht«, brüllte ich zurück. »Sie hätten ihn nicht töten müssen.«

»Als ob ich das nicht selbst wüsste«, sagte er, trat nach draußen und drückte die Tür mit der flachen Hand zu.

69

Diesmal sah ich, wie er die Tür abschloss. Er tat es mithilfe eines kleinen Geräts, das er aus der Tasche zog. Erneut hörte ich nicht, wie sich ein Riegel vorschob, aber als er den Knauf prüfte, ließ er sich nicht mehr drehen.

Joel wandte sich von mir ab, dann ging er quer durch die Büroetage, die eine Hand in die Tasche gesteckt, während er sich mit der anderen übers Gesicht rieb.

Ich fragte mich, ob er das, was er gesagt hatte, auch so gemeint hatte. Ich fragte mich außerdem, ob es etwas ändern würde, ob er nachgeben und mich gehen lassen würde. Vielleicht war die Situation so sehr entgleist, dass er das Manöver beenden und einfach gehen würde. Vielleicht würde er mich hier einfach zurücklassen.

Am Empfang schnappte er sich einen Stuhl von einem der Arbeitsplätze und rollte ihn vor sich her hinter die Trennwand, bis ich ihn nicht mehr sehen konnte.

Schwankend rappelte ich mich hoch. Ich zitterte so heftig, dass ich die Arme um mich schlang, um mich zu stabilisieren. Ich war ausgelaugt und verängstigt. Meine Kopfhaut brannte dort, wo er mir die Haare ausgerissen hatte. Mein Ellbogen war empfindlich, genau wie mein Bauch an der Stelle, wo der Kopierer gegen mich geknallt war. Meine Beine, Knie und Hüften waren mit schmerzenden Stellen übersät.

Der saure Geschmack hinten auf meiner Zunge war immer noch da. Und ich bemerkte diesen seltsamen asynchronen Effekt in meinen Augen, als ob sich am Rand meines Blickfelds hin und wieder alles schneller bewegte als im Zentrum. Eine Art räumlicher Schwindel.

Das konnte alles von meinem Schockzustand herrühren, das wusste ich. Es konnte auch am Adrenalin liegen, an der körperlichen Anstrengung, dem Stress, der Verzweiflung.

Aber ich glaubte ihm, dass er mich vergiftet hatte. Er konnte mir ein Beruhigungsmittel verabreicht haben oder ein langsam wirkendes Halluzinogen oder …

Sonst was.

Ich schob den Gedanken beiseite und konzentrierte mich stattdessen auf den Anruf, den ich mit Rauls Telefon getätigt hatte. Auf die neun Sekunden, die die Verbindung bestanden hatte. Wenn mein Anruf sofort entgegengenommen worden war, hätte man in der Notrufzentrale meine Schreie gehört. Sie wüssten dann, dass ich in Schwierigkeiten steckte.

Aber sie können dich nicht finden.

Mein Herz zog sich zusammen.

Ich streckte die Hand aus und probierte den Türknauf zu drehen. Ich rüttelte daran, schlug mit beiden Händen gegen das Glas.

Falls White wieder hier hereinkäme, falls er mich in die Enge treiben würde …

Ich schreckte auf, als er tatsächlich wieder auftauchte. Jegliche Kraft, die mir geblieben war, schien sich aus meinem Körper zu verabschieden.

Er kam rückwärts wieder hinter der Trennwand hervor und zog den Schreibtischstuhl hinter sich her. Raul hing zusammengesackt darauf, die Arme baumelten zu beiden Seiten herunter, die Beine waren gespreizt, die Fersen schleiften ruckartig über den Boden. White hielt ihn mit einer Hand an Ort und Stelle.

Ich presste mir beide Hände auf den Mund.

Jede leise Hoffnung, die ich vielleicht gehegt hatte, dass Raul noch bei Bewusstsein war, dass er gerettet werden konnte, schwand bei seinem Anblick.

Ich ging um den Schreibtisch herum und sah White dabei zu, wie er Raul zwischen weiteren Säulen hindurch hinter den Playground manövrierte. Er hielt ihn aufrecht und rollte ihn auf die andere Seite des Büros, hinter die Wand im Food-Court und außer Sichtweite.

Ich hielt vollkommen still, während ich darauf wartete, dass White wieder auftauchte.

Das Warten schien sich ewig auszudehnen.

Ich stand in der dröhnenden Stille des Glaskubus, traute mich kaum zu atmen und begann mich zu fühlen, als ob die gesamte Luft aus dem Raum gesaugt worden wäre und ich ersticken müsste. Dieses Gefühl verschlimmerte sich nur noch, als White zurückkehrte, diesmal allein, und direkt auf mich zuschritt.

70

Freitag, 21:25 Uhr

Er betrat den Kubus allerdings nicht.

Stattdessen blieb er auf der anderen Seite der Scheibe stehen und starrte mich einfach nur an. In seinem Blick lag Resignation. Auf eine seltsame Weise ließ mich das vermuten, dass er ebenso in der Falle saß wie ich selbst.

Dann brach er den Bann zwischen uns, indem er sich nach links neigte – von mir aus gesehen nach rechts – und dann nach hinten griff, um mein Telefon aus der Gesäßtasche zu ziehen.

Einen Augenblick betrachtete er das Display und drückte mit seinem Daumen auf den Homebutton. Danach hielt er das Telefon an die Scheibe und beobachtete mich wieder mit derselben Mischung aus Gewissensbissen und Entschlossenheit.

Ich schaute auf mein Telefon und wünschte mir sofort, dass ich es nicht getan hätte. Ich schüttelte den Kopf. Panik stieg mir wieder in die Kehle.

Hey, Schwesterherz, wie ist das Vorstellungsgespräch gelaufen? Ich bin auf dem Weg zu dir und hab ne Ladung Wäsche dabei. Wein und Lagebesprechung?

Luke hatte die Nachricht vor zwei Minuten geschickt.

»Warum zeigen Sie mir das?«

Er gab mir keine Antwort, aber ich hatte das schreckliche Gefühl, genau zu wissen, warum. Er hatte mir erklärt, dass ich andere Menschen in Gefahr brachte, wenn ich sie in das hineinzog, was mit mir geschah. Und wenn Luke in meine Wohnung kam und bemerkte, dass ich nicht da war, würde er vielleicht anfangen, sich Fragen zu stellen. Vielleicht würde er nach mir suchen. Er wüsste, wie ungewöhnlich es für mich war, zu dieser Zeit am Abend noch nicht zu Hause zu sein.

Dann musste ich an den Mann denken, der für White Tonys Tochter bewachte. Was sollte ihn davon abhalten, ihn auch zu Luke zu schicken?

»Nein«, sagte ich, zog die Hände an mich und presste sie mir auf die Brust. »Sie müssen ihm nichts tun. Schreiben Sie ihm einfach zurück. Sagen Sie ihm, dass ich ihn nicht sehen will. Er wird es verstehen.«

Doch schon als ich das sagte, wusste ich, dass es nicht so ablaufen würde. Ich kannte Luke. Mir war klar, dass er trotzdem zu mir nach Hause kommen würde.

White vermutete wahrscheinlich dasselbe. Oder noch wahrscheinlicher: Er wusste, dass ich ihn wieder anlog.

»Ich kann ihn anrufen«, flehte ich. »Sie können sich neben mich stellen. Ich sage ihm, was Sie wollen.«

Wieder regte Joel sich nicht, obwohl seine Pupillen sich um eine Winzigkeit zusammenzogen.

Er schien darüber nachzudenken.

Dann war dieser Moment jedoch vorbei, und ich sah, wie er eine neue Entscheidung traf. Ich konnte dabei zusehen, wie sie auf seinem Gesicht Gestalt annahm. Eine stumme Verhärtung seiner Züge. Wie seine Stirn sich zerfurchte und die Augenbrauen sich senkten. Die leicht herabgezogenen Mundwinkel.

Ich sah ihm dabei zu, wie er das Telefon von der Glasscheibe wegnahm, es ausschaltete und wieder einsteckte.

»Bitte«, rief ich. »Lassen Sie Luke da raus. Ich rede jetzt mit Ihnen, ich sage Ihnen alles, was Sie hören wollen. Alles.«

Er stoppte mich, indem er die Hand hob und den Kopf

schüttelte. Ein Tröpfchen Angst sickerte in meinen Magen und schlug dort Wellen. Da begann er endlich zu sprechen. Durch die Scheibe konnte ich ihn nicht hören. Mir war nicht klar, ob er tatsächlich laut sprach oder ob er die Worte nur mit seinen Lippen formte, aber er tat es dermaßen langsam, derart absichtsvoll, dass es im Grunde egal war.

Ich sah, wie sein Mund sich bewegte. Ich sah, wie sein Atem die Scheibe beschlagen ließ. Dann spürte ich, wie die Worte ihre Widerhaken in mich gruben, an mir zerrten und mich im Innersten zerrissen.

Insgesamt waren es nur zwei Worte.

Aber das genügte.

»Zu. Spät.«

71

White wandte sich ab und entfernte sich.

Ich rief ihm hinterher, schrie seinen Namen, ich hämmerte gegen das Glas.

Er ging nicht mal langsamer.

Ich sah ihn hinter der Wand verschwinden, die mir den Blick in den Empfangsbereich versperrte, und wartete darauf, dass er zurückkam. Ich stellte mich auf die Zehenspitzen und reckte den Hals.

Doch diesmal kam er nicht zurück.

»Nein«, flüsterte ich.

Ich wartete noch eine Minute.

»Bitte, tun Sie das nicht. Bitte.«

Doch zur Antwort bekam ich nur die Stille, die mich umgab und die Reglosigkeit vor dem Glaskubus.

In diesem Moment verlor ich die Nerven. Ich bekam einen Tobsuchtsanfall, trommelte gegen die Scheibe, warf mich dagegen, trat dagegen, schrie und brüllte und kreischte. Nach ungefähr einer Minute hörte ich auf und stemmte die Handballen gegen den Schreibtisch hinter mir, senkte den Kopf und schloss die Augen. Ganz London umgab mich, doch niemand außer White wusste, dass ich hier drin festsaß.

Ich begann leise zu wimmern, als ich an Luke dachte. Ich wollte nicht, dass er in das hier hineingezogen wurde. Ich wollte daran glauben, dass er in meine Wohnung gehen und sie wieder verlassen würde, bevor ihm irgendetwas zustoßen konnte. Aber ich glaubte es nicht wirklich. Ich war außer mir vor Angst.

Luke fuhr jeden Tag mit dem Fahrrad zur Arbeit. Vom St.-Thomas-Krankenhaus brauchte er fünfundzwanzig Minuten bis zu sich nach Hause. Wenn er noch seine Wäsche holte, musste er erst noch in die Wohnung gehen und sich dann auf den Weg zu mir machen. Das dauerte ungefähr dreißig, fünfunddreißig Minuten.

Wenn White vorhatte, mich hier zurückzulassen und selbst zu Luke zu fahren, hatte er dafür genügend Zeit. Ich wusste nicht, ob er ein Auto hatte, aber wenn nicht, konnte er sich einen Uber rufen oder ein Taxi anhalten, dann wäre er immer noch vor Luke dort. Das Gleiche galt für den anderen Mann, der mit ihm zusammenarbeitete. Sie konnten nach Luke auf der Straße – oder schlimmer noch, aus meiner Wohnung – Ausschau halten. Joel hatte meine Handtasche und also auch meine Schlüssel.

Oder der Mann, der vorher schon mal bei mir eingebrochen ist, ist sowieso schon da.

Ich richtete mich auf und starrte auf das Telefon. Ich nahm den Hörer ab, aber es gab kein Freizeichen.

Ich knallte ihn wieder auf, ging zur Tür, rüttelte daran, lehnte mich mit der Schulter gegen die Scheibe. Dann öffnete ich die Faust und sah auf meine Hand hinab.

Maggies Schlüssel schnitten in meine Handfläche. Ich hatte den Schlüsselbund aufgehoben, als ich vor Joel zurückgewichen und gegen den Korb des Heißluftballons gestoßen war.

Insgesamt hingen fünf Schlüssel an einem Schlüsselanhänger für einen Mini. Einer davon war ein Zündschlüssel. Ich entschied mich stattdessen für den längsten Hausschlüssel.

Das Metall war abgewetzt und oxidiert. Der Bart war abgenutzt.

Ich nahm den Schlüssel zwischen Daumen und Zeigefinger und zog ihn einmal diagonal über die Glastür vor mir.

Der Schlüssel quietschte und rutschte ab.

Er hatte kaum einen Kratzer hinterlassen.

Ich drückte gegen die Scheibe, aber sie schien kein bisschen beschädigt worden zu sein.

Ich drehte mich um, betrachtete die Glasscheibe direkt gegenüber der Tür, ging zu ihr und versuchte das Gleiche noch einmal. Der Schlüssel rutschte und quietschte, hinterließ aber wieder nur eine schwache Spur.

Versuch was anderes.

Ich kniete mich hin, spreizte die Finger und drückte gegen die untere Ecke der Scheibe. Dann nahm ich den Schlüssel fester in die Hand und schlug hart zu.

Die Spitze des Schlüssels drang glatt hindurch.

Das überraschte mich so sehr, dass ich laut aufkeuchte und die Stirn gegen die Scheibe presste. Ich blickte hinab und sah, die Spitze des Schlüssels auf der anderen Seite hervorragen. Ich drehte ihn hin und her. Der Schlüssel knirschte und blieb dann stecken. Ich drehte ihn zurück und zog ihn wieder heraus.

Das winzige Loch war vollkommen rund. Es sah aus, als ob eine kleine Kugel aus sehr kurzer Distanz auf die Scheibe abgefeuert worden wäre. Der Schaden, der das Loch umgab, war nur minimal: Ein paar Risse liefen auswärts und hörten dann auf.

Ich drückte gegen die Stelle mit dem Loch, aber das Glas gab nicht nach, es wölbte sich nicht einmal. Wenn überhaupt, zeigte mir das Loch, wie dick die Scheibe aus Sicherheitsglas tatsächlich war.

Ich stieß noch einmal zu, einen Zentimeter links neben dem

ersten Loch. Ein neues Loch entstand, genau wie beim ersten Mal. Ich drehte den Schlüssel, der knirschte und schabte, dann zog ich ihn wieder heraus.

Zwischen den beiden Löchern war die Scheibe jetzt schwächer, aber sie ließ sich immer noch nicht eindrücken.

Ich stieß darüber, darunter und seitlich davon zu, immer und immer wieder.

In etwas über zwei Minuten hatte ich ein ganzes Netz aus Löchern erschaffen.

Dann stieß ich *zwischen* die Löcher, schaffte eine Verbindung zwischen ihnen und auf diese Weise den Anfang einer größeren Öffnung, ungefähr vom Ausmaß eines Tennisballs.

Meine Knöchel begannen allmählich zu bluten. Mein Griff um den Schlüssel wurde immer unsicherer und fing an abzurutschen. Ich wischte mir die Finger an der Bluse ab und stieß noch ein paarmal zu, schuf Stück für Stück ein immer größeres Loch, schniefte gegen die Tränen an, die mir in die Augen traten, konzentrierte mich auf die Aufgabe, die vor mir lag, und versuchte, meine Angst um Luke im Zaum zu halten.

Meine Hand begann nun richtig wehzutun.

Ich ließ trotzdem nicht nach.

Noch zehn weitere Löcher.

Zwanzig.

Die Öffnung war nun etwas mehr als faustgroß.

Ich drückte mit den Fingerspitzen gegen die umgebende Glasscheibe. Kleine Scherben regneten zu Boden.

Ich nahm einen anderen Schlüssel und machte weiter. Das Bluten wurde immer schlimmer. Ich wischte mir die Hand noch einmal an der Bluse ab.

Das Loch wurde fortwährend größer.

Nach ein paar weiteren Minuten war es ungefähr so groß wie meine Hand, nur kurz darauf war es doppelt so groß.

Ich lehnte mich auf meine Fersen zurück und holte mühsam Luft, blickte mich um, um sicherzustellen, dass ich allein und Joel nicht zurückgekehrt war. Als ich den Schlüsselbund auf den Boden legte und die Finger streckte, ließen mich die Schnitte und Kratzer das Gesicht verziehen.

Das Blut rann mir übers Handgelenk in Richtung Ellbogen. *Achte nicht darauf.*

Ich drückte gegen den Rest der Glasscheibe. Sie fühlte sich noch immer stabil an. Ich verlagerte das Gewicht und trat mit der Hacke dagegen. Zweimal.

Die Scheibe blieb stur, wo sie war.

Ich packte wieder den Schlüssel, stach und stach und stach immer weiter, vergrößerte das Loch.

In Gedanken kehrte ich immer wieder zu Luke zurück. Ich stellte mir vor, wie er meine Wohnung betrat und meinen Namen rief. Etwas an der Art, wie White mich durch die Glasscheibe angesehen hatte – die Art, wie er mir verkündet hatte, es sei zu spät –, überzeugte mich davon, dass Luke in ernster Gefahr schwebte. Ich konnte den Gedanken nicht ertragen, dass Joel meinen Bruder ebenso brutal und gewalttätig angriff wie Raul vorhin.

Schrammen und Schnitte liefen mir kreuz und quer über die Fingerknöchel. Inzwischen hatte ich eine gezackte, dreieckige Lücke in der rechten unteren Ecke der Scheibe erzeugt. Ich dachte, sie wäre vielleicht gerade groß genug, um mich hindurchzuquetschen.

Ich kniete mich hin, legte erneut beide Hände flach gegen das Glas. Als ich drückte, ächzte und knackte sie, gab aber immer noch nicht nach.

Ich blickte zu Boden. Er war mit Glasstaub übersät, sowohl im Inneren als auch vor dem Kubus.

Ich griff mir unter den Rock, zog die Strumpfhose aus und

knüllte sie in der blutigen Hand zusammen, um damit wie mit einem Tuch die schärfsten Fragmente wegzuwischen.

Ein paar Splitter blieben an der Öffnung zurück und glitzerten im Deckenlicht.

Das muss reichen.

Ich ließ die Strumpfhose um meine Hand gewickelt, legte mich auf den Rücken, den Kopf neben dem Loch. Dann schob ich mich rückwärts, streckte vorsichtig erst die Hände und dann die Arme durch das Loch auf die andere Seite, hob den Hintern vom Boden, stemmte mich mit den Schultern und den bloßen Fersen vom Beton weg.

Ich bekam die Ellbogen hindurch, gefolgt von meinem Kopf. Das Glas zerkratzte meine Haut. Ein scharfer Splitter stach mir in den Arm. Ich fühlte, wie sich ein Riss öffnete, während ich mich weiter wand und schob. Eine kleine Ecke des Glases brach ab, sodass ich mehr Platz hatte.

Ich machte eine Pause, atmete stoßweise.

Der Rest der Scheibe hing nun direkt über mir. Wenn es ausgerechnet jetzt nachgeben würde – wenn es herunterfallen würde – hätte es denselben Effekt wie die Klinge einer Guillotine.

Beweg dich.

Ich schlängelte mich weiter und grunzte, zuckte, fletschte die Zähne, während sich weitere Glassplitter in meine Schulterblätter und den unteren Rücken pressten.

Ich bekam die Hüfte frei, dann die Knie und die Füße.

Schließlich stand ich auf und klopfte mit der Strumpfhose den Staub von mir ab. Dann stand ich einfach nur so da, umfasste das Gelenk der blutenden Hand und betrachtete das still daliegende Büro.

72

Inzwischen war es draußen völlig dunkel. Über die Glassplitter auf dem Boden ging ich vorsichtig, da ich keine Schuhe anhatte, zu dem Fenster hinüber, das noch immer von den Schreibtischlampen angestrahlt wurde. Ich packte einen von Maggies Schlüsseln und stieß gegen die Scheibe.

»Scheiße!«

Der Schlüssel wurde abrupt aufgehalten, sodass meine blutigen Finger über den scharfen Bart schabten. Ich zuckte zusammen und nahm den Schlüssel in die ganze Hand, dann rammte ich ihn in Schulterhöhe gegen die Scheibe. Dasselbe Ergebnis. Ich trat einen Schritt nach links, dann nach rechts, versuchte es weiter oben, weiter unten, fand aber keine Schwachstellen. Auf diese Weise vergrößerte ich lediglich die Schnitte in meiner Hand.

»Verdammt.«

Ich blutete schlimmer, das Blut tropfte auf den Boden. Ich steckte die Schlüssel in die Brusttasche meiner Bluse und rannte zum Empfang, rüttelte zum gefühlt hundertsten Mal an den Eingangstüren, doch sie waren immer noch verschlossen. Dann trat ich hinter den Tresen.

In einem der Spinde hatte ich vorhin einen Erste-Hilfe-Kasten entdeckt, den ich jetzt aufriss, und mir mit ein paar antiseptischen Tüchern die Hand abwischte. Ein paar der Schnitte sahen aus, als wären sie nicht nur oberflächlich und würden wahrscheinlich genäht werden müssen. Der Rest brannte und blutete, aber das war alles. Ich legte mir eine Kompresse auf den Handrücken und befestigte sie mit einem Verband, den ich unter Zuhilfenahme meiner Zähne zuknotete.

Tu was. Hilf Luke.

Ich lief zurück ins Büro, umrundete die Trennwand. Dort saß Raul zusammengesunken auf dem Stuhl an der hinteren Wand des Raums, ganz in der Nähe der bodentiefen Fenster.

Hinter ihm funkelten die elektrischen Lichter des Stadtpanoramas, glitzerten und verwischten im Wasser der Themse. Ein einzelnes rotes Leuchtfeuer blinkte oben auf dem Kraftwerk von Battersea.

Ich starrte Rauls Spiegelbild im Fenster an. Seine Augen waren dunkle Löcher. Sein Kopf hing schlaff zu einer Seite.

Ich atmete tief durch und blickte auf ihn hinab.

Nie zuvor hatte ich eine Leiche gesehen. Als Mum starb und später dann Dad, hatten Luke und ich uns darauf geeinigt, dass wir keine der beiden Leichen noch einmal sehen wollten. Und natürlich war Mark mir auf eine Weise genommen worden, die mir einen Abschied unmöglich gemacht hatte.

Darüber war ich nun fast froh.

Rauls Haut wies eine gräuliche Blässe auf. Die Lippen wirkten seltsam durchscheinend. Die Kopfverletzung war … entsetzlich.

»Tut mir leid«, sagte ich. »Es tut mir so furchtbar leid.«

Sein rechter Arm war über die Lehne in meine Richtung gestreckt, die Finger seiner Hand waren geöffnet, fast so, als ob er nach etwas griff, was außerhalb seiner Reichweite lag. Ich fragte mich, ob er in seinen letzten Momenten die Hand nach seiner Frau und seiner Tochter ausgestreckt hatte – ob er an sie beide gedacht hatte.

Ich kauerte mich neben ihn. Ich konnte das Wachs riechen, das er sich ins Haar geschmiert hatte. Einer der Schnürsenkel an seinem Arbeitsschuh war aufgegangen.

»Vergeben Sie mir, Raul.«

Ich begann damit, seine Brusttasche mit dem ovalen Namensschild zu durchsuchen. Meine Finger stießen auf etwas, und ich zog ein zerknülltes Papier heraus, pelzig und brüchig. Es war nichts Wichtiges, nur eine alte, verblasste Quittung.

Als Nächstes überprüfte ich die Hosentaschen. In der linken steckte ein Taschentuch. Als ich die Finger in die rechte schob, stieß ich auf mehr Widerstand und verzog das Gesicht wegen des Übergriffs, dessen ich mich schuldig machte. Darin steckte sein Geldbeutel.

Ich zog ihn vorsichtig heraus. Er bestand aus einem abgenutzten olivgrünen Stoff und hatte einen Klettverschluss. Noch einmal betrachtete ich Rauls Gesicht – als ob ich ihn um Erlaubnis bitten wollte – dann öffnete ich den Geldbeutel und klappte ihn auf.

Hinter einem Plastikfensterchen gab es ein weiteres Foto von seiner Frau. Ich hielt inne. Diesmal waren nur sie und Raul darauf zu sehen, und die knittrige Oberfläche und dass sie darauf deutlich jünger aussahen, machten deutlich, dass das Bild schon vor vielen Jahren aufgenommen worden war, vielleicht am Anfang ihrer Beziehung. Sie drückte ihm einen Kuss auf die Wange, während er breit dazu grinste. Ihr Haar war länger, sein Gesicht wirkte schmaler. Wahrscheinlich war es ein Automatenfoto.

Ich machte weiter.

Hinter dem Geldfach fand ich einen Organspendeausweis. Auch das traf mich. Von Luke wusste ich, dass viele seiner Patienten im Lauf der Jahre gestorben waren, weil sie auf Organe warteten, die niemals kamen. Es gab eine Patientin,

Anna, über die er in letzter Zeit viel gesprochen hatte, weil er befürchtete, dass ihr dasselbe Schicksal drohen könnte.

Vielleicht war es ein Überbleibsel des Herzfehlers, der bei mir im Kindesalter behoben worden war, aber bereit zu sein, anderen Menschen zu helfen – vollkommen Fremden, die ums Überleben kämpften –, war die edelste Tat, die ich mir vorstellen konnte. Raul hatte sich dazu entschlossen. Er hatte die notwendigen Vorkehrungen getroffen. Doch ich wusste ebenfalls von meinen Gesprächen mit Luke, dass ich nur unwahrscheinlich so rechtzeitig Hilfe holen konnte, dass irgendwelche Organe entnommen werden konnten – es sei denn, ich fand irgendeinen Weg hier heraus.

Sanft drückte ich seine Hand – es fühlte sich schon so an, als ob ich feuchte Erde zusammenpressen würde – und durchsuchte dann den Rest der Brieftasche. Ich fand Bank- und Rabattkarten, einen abgelaufenen Mitgliedsausweis für ein Fitnessstudio, eine alte Zugfahrkarte, außerdem einen Zwanzigpfundschein und ein bisschen Kleingeld.

Leider fand ich keine Schlüsselkarte und auch sonst nichts, was es mir erlaubt hätte, aus dem Büro zu entkommen oder Hilfe zu rufen.

Ich stand auf und legte die Arme um ihn, zog ihn vorsichtig nach vorn und befühlte seine Gesäßtaschen, in denen ich gar nichts fand. Erst als ich ihn wieder in den Stuhl zurücksinken ließ, bemerkte ich das Gummiband an seiner Gürtelschlaufe. Mir fiel ein, dass ich es vorher schon einmal gesehen hatte, als er mich in den Vorraum gelassen hatte. Seine Schlüsselkarte war daran befestigt gewesen.

Nun hing jedoch nichts mehr daran. Das Band war kurz unterhalb der Gürtelschlaufe durchtrennt worden. Es sah so aus, als ob das mit einem Messer geschehen wäre.

73

Ich trat einen Schritt von Rauls Leiche weg und umfasste meine bandagierte Hand. Meine Haut juckte, als hätte ich Ausschlag an beiden Beinen und Armen. Es fühlte sich an, als ob meine Zunge an- und meine Kehle zuschwellen würde. Zog sich auch mein Brustkorb zusammen, oder bildete ich mir das nur ein?

Erneut bekam ich Panik wegen des Gifts. Ich fürchtete, dass mir nicht mehr viel Zeit blieb.

Also konzentrier dich. Bring das in Ordnung.

Ich sah mich um, blickte auf Raul und die Aussicht vor dem Fenster, dann auf den Bereich, in dem das Fitnessstudio aufgebaut wurde, und den Notausgang, auf den Kopierer, den ich als Rammbock benutzt hatte.

Ich ging noch einmal zum Notausgang. Mir wurde schwindelig. Für eine Sekunde schien der Boden sich in einem verrückten Winkel aufzurichten, sodass ich mich eine Steigung hinaufschleppen musste. Dann knallte der Boden wieder nach unten, und ich blieb ein paar Augenblicke reglos stehen, orientierte mich, völlig verängstigt.

Reg dich nicht auf. Konzentrier dich. Alles wird gut.

Ich atmete durch, fixierte den Notausgang und schritt darauf zu, obwohl sich der Boden diesmal von mir weg neigte. Ich drückte die Stange hinunter, die quer über der Tür angebracht war – vergeblich. Was auch immer die Tür auf der anderen Seite versperrte, es war noch da.

Ich drehte mich um und schlug frustriert mit der Faust gegen den Kopierer. Dann starrte ich ihn an. Das Kabel und der Stecker lagen lose zusammengerollt neben meinen Füßen. Ich schnappte mir den Stecker und rammte ihn in eine Steckdose. Als ich mich wieder aufrichtete, schränkte sich mein Sichtfeld erneut ein, und meine Ohren begannen zu klingeln.

Ganz ruhig.

Der Kopierer gab einen fröhlichen Akkord von sich. Ich riss mich zusammen, mein Blick wurde wieder klarer, das Klingeln in meinen Ohren verstummte. Der Touchscreen, mit dem der Kopierer bedient wurde, leuchtete wässrig blau. Von irgendwo tief aus dem Inneren der Maschine summte und brummte es. Ein Auswahlmenü lief über das untere Ende des Touchscreens.

Kopieren.

Scannen.

Fotos.

Fax.

Ich hatte schon seit Jahren kein Fax mehr geschickt. Wer tat das schon noch? Allerdings wusste ich, dass manche Geschäftsleute zur Sicherheit noch eine Faxnummer behielten.

Edge vielleicht auch?

Die Frage stellte ich mir.

Zum Verschicken eines Fax benötigte man eine funktionierende Telefonleitung. White hatte das Telefonsystem des Büros so manipuliert, dass ich ohne einen Zugangscode nicht nach draußen wählen konnte. Aber wenn das Faxsystem funktionierte, würde es über eine zweite Telefonleitung laufen.

Vielleicht hatte Joel das übersehen.

Meine Hände kribbelten von einem Schub nervöser Energie. Unterhalb der Klappe der Maschine gab es mehrere Papierfächer. Ich zog das oberste davon auf und sah, dass darin ein Stapel A4-Papier lag. Ich nahm ein Blatt heraus und schloss das Fach wieder. Dann ging ich um das Gerät herum, schob es beiseite und betrat die Kammer mit den Büromaterialien. Auf einem der Metallregale lag eine Schachtel mit ein paar Filzstiften. Ich nahm einen davon heraus und ging wieder nach draußen.

Ich legte das Blatt Papier auf den Deckel des Kopierers, zog die Kappe des Filzstifts mit den Zähnen ab und schrieb eine Nachricht darauf.

Ich heiße Kate Harding. Ich werde von einem Mann namens Joel White in den Büroräumen von Edge Communications im 13. Stock, in 55 Ludgate Hill als Geisel gehalten. Ich war wegen eines Vorstellungsgesprächs hier. Die Telefone funktionieren nicht. Dieser Mann hat damit gedroht, mich umzubringen. Er hat schon eine Reinigungskraft namens Raul getötet. Außerdem hat er die Familie des Wachmanns bedroht, der hier gerade Dienst hat. Er heißt Tony. Ich glaube, er hat auch meine Personalberaterin Maggie Thomas verletzt oder eingesperrt. Maggie arbeitet bei der Personalagentur Abacus. Dort kann man bestätigen, dass ich heute Nachmittag ein Vorstellungsgespräch bei Edge hatte. Bitte verständigen Sie die Polizei. Es handelt sich um einen NOTFALL!!!

Ich las mir die Nachricht kurz noch einmal durch, dann fügte ich noch etwas hinzu.

Mein Bruder Luke Harding schwebt auch in Gefahr. Er hält sich in 17b Beaumont St in Balham auf. Sein Leben wird unmittelbar von demselben Mann bedroht.

Ich fügte Lukes Handynummer und meine eigene Festnetznummer hinzu, dann legte ich das Blatt mit der Schrift nach unten in den Papiereinzug.

»Komm schon, komm schon.«

Der Touchscreen leuchtete inzwischen weniger hell. Ich tippte ihn an, um ihn zu aktivieren, dann drückte ich auf »Fax«, schließlich auf »Senden«.

Der Touchscreen forderte mich auf, eine Faxnummer einzugeben. Ich tippte auf die 9, um eine Verbindung nach draußen zu bekommen, dann fügte ich noch dreimal die 9 hinzu und drückte auf »Senden«.

Der Kopierer machte eine lange Pause – so lange, dass ich schon befürchtete, gar nichts würde passieren –, doch dann brummte und klapperte er und zog das Blatt ein.

Unter dem Deckel bewegte sich ein grelles Licht vor und zurück. Dann erfolgte ein tieferes knirschendes Summen, als ob die internen Prozessoren langsam zum Leben erwachten, gefolgt von vier scharfen elektronischen Tönen, die das Wählen einer vierstelligen Nummer anzeigten. Darauf folgten eine Reihe von angestrengten Dröhn- und Zirplauten, bevor die Maschine innehielt, erzitterte und ein weiteres Blatt Papier in das Ausgabefach spuckte.

Ich nahm es in die Hand. Es war warm und leicht gewölbt. Auf der Mitte der Seite war eine verschwommene, zusammengestauchte Kopie meiner handgeschriebenen Nachricht zu sehen. Darüber war der Sendebericht gedruckt.

**** FOLGENDES FAX WURDE NICHT AN DEN EMPFÄNGER 9999 ÜBERMITTELT ****

FAX GESENDET: VOR 1 MINUTE

GRUND: ANRUFE AN 9999 SIND NICHT GESTATTET.

74

Joel stand in der summenden Stille von Kates Flur, die Eingangstür hatte er hinter sich geschlossen.

Er hob eine behandschuhte Hand und schaltete das Licht ein.

Die Wohnung war ein trostloser viktorianischer Umbau mit Wasserflecken an der Decke. Zu seiner Linken gab es eine schmale Einbauküche. Er durchquerte sie, trat an das Fenster am hinteren Ende und sah nach draußen.

Die Straßenlaternen erhellten die Straßenplatanen und die geparkten Autos. Ein Mann und eine Frau gingen mit einem Hund spazieren. Ansonsten regte sich nichts. Von Kates Bruder bis jetzt noch keine Spur.

Joel fragte sich, wie viel Luke wusste und was Kate ihm vielleicht erzählt hatte. Er selbst hatte keine Geschwister. Den Großteil seines Lebens hatte er als Einzelgänger verbracht. Aber Kate und ihr Bruder standen einander offensichtlich nahe. Und er wusste, dass es im Bereich des Möglichen lag, dass sie sich ihm anvertraut hatte.

Er trat vom Fenster zurück und blickte sich um. Die Küche war billig eingerichtet, die Schränke waren altmodisch, die laminierten Arbeitsflächen bestoßen, und es gab nur einen kleinen Klapptisch. Am Kühlschrank hefteten Prospekte und Notizen. Er sah sie rasch durch und ging dann weiter.

Fang mit ihrem Schlafzimmer an.

Es lag am Ende des Flurs auf der linken Seite, und er war

nicht überrascht, dass es traurig und behelfsmäßig wirkte, als er das Deckenlicht einschaltete. Die Wände waren mit gelben Spanplatten vertäfelt. An den Wänden hingen keine Bilder. Auf dem Bett lagen nur eine einfache Daunendecke und ein Kissen. An einer Seite stand eine Kleiderstange.

Das hier war gewissermaßen ein Echo seines eigenen Lebensstils. Das Wesens seines Berufs hatte zur Folge, dass er ständig unterwegs war, immer auf der Suche nach neuen Aufträgen. Er hatte gehofft, das irgendwann einmal zu ändern und sich eine richtige Zukunft aufzubauen, aber das lag alles in der Vergangenheit.

Jetzt musste er an Kate denken, die im Glaskubus eingesperrt war, und verglich sie mit der Kate, als die sie sich zu Beginn des Vorstellungsgesprächs darzustellen versucht hatte. Der Eindruck, den ihm das Schlafzimmer vermittelte, hätte kaum weiter von der selbstsicheren und perfekt hergerichteten Frau entfernt sein können, die sie zu verkörpern versucht hatte.

Unter dem Fenster waren ein paar ausgebeulte Pappkisten aufeinandergestapelt. Daneben stand ein alter, abgenutzter Schminktisch, auf dem ihre Kosmetik verteilt war.

Er fing mit dem Schminktisch an.

Die Wohnung war durchsucht worden, das wusste er. Aber er hatte sie nicht selbst durchsucht, auch nicht jemand, der genauso motiviert wie er gewesen war. Und da Kate ihm nicht annähernd so viel erzählt hatte wie erhofft, konnte es sein, dass ihr Schlafzimmer ihm eventuell mehr verriet. Wenn es hier Antworten gab, würde er sie finden.

Das musste er.

Allerdings fand er sie weder in der Schublade des Schminktischs noch unter ihren Kosmetikprodukten. Er kauerte sich hin und sah unter und hinter dem Tisch nach. Er drehte den Stuhl um, vergebens.

Da begann sein Telefon zu vibrieren. Das Prepaid-Handy. Er zog den Reißverschluss an einer der Taschen seiner leichten Jacke auf und nahm es heraus. *Unbekannter Anrufer.*

75

Sir Fergus konnte am anderen Ende der Leitung überhaupt nichts hören. Er wartete ab, war nicht töricht genug, etwas zu sagen, bevor er nicht wusste, mit wem er sprach, und sah Dominic dabei zu, wie er sich aus dem Stuhl hochstemmte und quer durch den Raum auf ihn zuschritt. Ein paar Sekunden verstrichen. Dann über Lautsprecher eine Stimme: »Ich habe Ihnen doch gesagt, Sie sollen mich nicht anrufen. Ich habe gesagt, dass *ich Sie* anrufe.«

Sir Fergus regte sich nicht. Er war es nicht gewohnt, dass man in diesem Ton mit ihm sprach. Er fühlte sich beleidigt und bloßgestellt, und ein Blick auf Dominic genügte, um ihm zu verraten, dass dieser es noch schlechter aufgenommen hatte.

Sie haben ihn angeheuert, schien Dominics finsterer Blick zu sagen. *Bringen Sie ihn unter Kontrolle.*

»Seit Ihrem letzten Update ist über eine Stunde vergangen«, krächzte Sir Fergus.

»Ich bin Profi. Ich rufe Sie an, sobald ich eine Information für Sie habe.«

»Sie sind Dienstleister«, blaffte Dominic. »Unser Dienstleister.«

Es erfolgte nicht sofort eine Antwort, aber wenn Joel White überrascht oder besorgt darüber war, dass noch jemand bei Sir Fergus im Zimmer war, passte er sich rasch an diesen Umstand an.

»Die Situation ist im Moment sehr heikel. Ich brauche mehr Zeit.«

»Und wir brauchen Ihre Entscheidung«, erwiderte Dominic. »Sie haben bis Montag.«

»Um die Bedrohung auszuschalten. Aber zuerst müssen wir wissen, woher die Bedrohung kommt. Wir erwarten bis Mitternacht eine Antwort von Ihnen. Nicht später. Enttäuschen Sie uns nicht noch einmal.«

76

Der Anruf wurde beendet, und Joel starrte auf das Display. Bis Mitternacht hatte er noch etwas über zwei Stunden. Genug Zeit, um auf Luke zu warten, falls er bald auftauchte. Falls nicht, würde er zum Mirror zurückkehren, sich Maggie schnappen und mit Kate sprechen.

In der Zwischenzeit konnte er seine Suche beenden. Er konnte …

Er hielt inne.

War das ein Geräusch im Flur? Ein Knarren?

Er steckte das Telefon wieder ein, schlich zurück durch das Zimmer und blieb neben der Tür stehen. Doch als er den Kopf vorsichtig hinausstreckte, war alles noch wie vorher.

Das Geräusch war wahrscheinlich von einem Abflussrohr oder einem Dielenbrett gekommen. Vielleicht ein Mieter in einer der anderen Wohnungen.

Joel kehrte ins Schlafzimmer zurück, hievte eine Pappkiste nach der anderen aufs Bett. Eine Wolke aus abgestandener Luft drang aus der ersten Kiste, als er den Deckel abhob. Er fand Fotoalben und alte CDs. Er schaute sie schnell durch und warf alles auf den Boden.

In der nächsten Kiste befanden sich Kontoauszüge, Taschenbücher und ein alter Fotokalender. Die letzte Kiste enthielt ein paar Kleidungsstücke für Männer. Eine ausgeblichene Jeans, Karohemden, Strickpullover.

Er drehte sie auf links und befühlte die Nähte.

Es gab keine versteckten Papiere, keine Speichersticks. Nichts.

Er hielt sich nicht damit auf, die Sachen wieder wegzuräumen oder sie in die Kisten zurückzulegen. Kate würde ohnehin nie mehr hierher zurückkehren, und für ihn gab es keinen Grund, seine Durchsuchungsaktion zu verbergen. Ihm lief die Zeit davon.

Als Nächstes sah er ihre Kleider durch, riss sie von der Stange, drehte sie um, leerte die Taschen aus.

Danach folgten die Matratze und die Kissen und als Letztes schließlich das Bettgestell. Er betastete die Beine nach versteckten Hohlräumen, doch es gab keine. Er zog das Bett von der Wand, entdeckte aber nichts außer Staubmäusen.

Wer war derjenige gewesen, der nach Sir Fergus am Telefon gesprochen hatte? Wie viele Personen waren noch im Raum gewesen?

In diesem Moment hörte er wieder Geräusche aus dem Flur. Diesmal lauter. Unbeholfen. Das Kratzen eines Schlüssels im Schloss. Das Klicken eines Riegels, der sich zurückschob.

In einer fließenden Bewegung zog Joel den Reißverschluss an einer weiteren Jackentasche auf, nahm die Pistole heraus und eilte in den Flur hinaus.

77

Freitag. 21:56 Uhr

Anrufe an 9999 sind nicht gestattet.

Ich schlug mit der Kante meiner unverletzten Hand gegen den Kopierer. Der bittere, rauchige Geschmack hinten auf meiner Zunge wurde immer intensiver. Das Kribbeln in Armen und Beinen verschlimmerte sich, und ich konnte nicht anders, als mich zu kratzen. Mir war klar, dass es einfach von der Angst herrühren konnte, aber mein Herz lag schwer in meiner Brust und wirkte überlastet.

Anrufe an 9999 sind nicht gestattet.

Aber das bedeutete ja nicht automatisch, dass ich kein Fax schicken konnte. Ich hatte doch gehört, wie die Maschine nach draußen gewählt hatte. Sie hatte *versucht*, eine Verbindung herzustellen. Vielleicht bedeutete es nur, dass es nicht möglich war, die Notrufzentrale per Fax über 999 zu erreichen. Vielleicht brauchte ich nur eine Nummer, an die ich tatsächlich ein Fax senden konnte.

Ich hörte auf mich zu kratzen und tippte stattdessen wieder den Touchscreen an. »Fax«. »Senden an«.

Eine Sekunde lang schloss ich die Augen und ballte die Fäuste. Ich hatte ein schwindelerregendes Gefühl, als ob ich rückwärts in mich selbst und meine Erinnerungen stürzen würde.

Die letzten neun Monate über hatte ich jeden Tag E-Mails von meinem Account bei Simple geschickt. Und jede Mail enthielt eine Signatur, in der mein Name, meine Stellung bei Simple und die Kontaktdaten der Firma verzeichnet waren. Ich hatte Simon und Rebecca unendlich oft gesagt, dass niemand mehr Faxe schickte. So subtil wie möglich hatte ich zu erklären versucht, dass die aufgeführte Faxnummer eines der Anzeichen dafür war, dass ihre Firma allmählich den Anschluss an die Gegenwart verlor.

Ich hatte damit nichts erreicht. Sie führten die Faxnummer schon jahrelang mit auf. Es gab auch unzählige Schachteln voller Firmenbriefpapier, auf dem die Faxnummer stand, und Simon sah keinen Grund dafür, neues Briefpapier drucken zu lassen, wenn sie genauso gut einfach die alte Faxnummer behalten konnten.

Während der neun Monate, die ich dort gearbeitet hatte, hatte ich Simons uraltes Faxgerät noch nie in Betrieb gesehen. Es stand in einem Bücherregal neben der Bürotür. Ein staubgrauer Kasten von einer Maschine. Das Büroäquivalent eines Betamax-Rekorders.

Ich versuchte, mich an die Nummer zu erinnern. Nur eine Zahl unterschied sich von der Festnetznummer.

Ich drückte wieder die 9 auf dem Ziffernblock, tippte die Nummer ein und legte meine handschriftliche Nachricht wieder in den Papiereinzug, dann horchte ich darauf, wie die Maschine nach draußen wählte, summte und klapperte und schließlich einen weiteren Bericht ausspuckte.

Ich riss das Blatt aus dem Ausgabefach und schaute darauf.

Mein Körper erschlaffte, und ich stieß einen Schrei der Erleichterung aus.

*** DAS FOLGENDE FAX WURDE ERFOLGREICH ÜBERMITTELT ***

FAX GESENDET: VOR 1 MINUTE.

78

Im Vorraum eines dunklen, leeren Hauses in Clapham, im Londoner Süden, begann das blaue Lämpchen an einem uralten Faxgerät zu blinken, und das Gerät fing an zu klappern und zu surren. Es zog ein einzelnes vergilbtes A4-Blatt ein und ratterte und brummte, als ein vertrocknetes Farbband von einer Seite zur anderen rauschte. Dreißig Sekunden später fiel das nur schwer lesbare Papier vorne aus dem Gerät, hing dort für einen Augenblick in der Schwebe, fiel dann herunter und segelte wie eine Feder hin und her, bis es sich zusammenrollte und unter das Regal rollte, sodass nur noch eine Ecke darunter hervorragte.

Niemand war anwesend, um das zu sehen. Simon und Rebecca saßen mehrere Straßen entfernt mit sechs ihrer engsten Freunde um einen stabilen Küchentisch, tranken Wein und plauderten. Niemand hatte es eilig, nach Hause zu kommen.

79

Freitag, 22:01 Uhr

In den Sekunden, nachdem ich das Fax geschickt hatte, pulsierte es heiß von meinen Zehen aufwärts bis zu meinem Kopf. Eine vage flüsternde Energie sprudelte mir unter der Haut.

Vielleicht war es nur die Erleichterung. Vielleicht hatte ich einfach nur ... losgelassen. Aber plötzlich fühlte ich mich viel schlechter.

Ich lehnte mich gegen den Kopierer und kniff die Augen zusammen. Mein Sehvermögen spielte mir schon wieder Streiche. Das leere Büro wirkte verschwommen und unscharf, als ob ein feiner Nebel sich von den Ecken des Raumes aus verbreiten und von der Decke herabsinken würde.

Ich war todmüde. Das Atmen tat mir weh, und ich fühlte mich vollkommen erschöpft.

Am liebsten wäre ich zu Boden gesunken und hätte mich ein Weilchen ausgeruht, aber das durfte ich nicht. Ich blieb aufrecht stehen, weigerte mich nachzugeben, selbst als die Luft um mich herum mir wie die Gezeiten an Armen und Beinen zerrte.

Ein Telefon klingelte.

Es schien vom anderen Ende des Büros zu kommen, diesmal war es nur ein einzelnes Telefon.

Ich machte drei Schritte vorwärts.

Fehler.

Die Welt um mich herum begann sich zu drehen. Der Boden

hob sich erst abrupt von rechts her an, dann von links, es war wie eine rollende Welle.

Ich schlang die Arme um meinen Leib und lehnte mich gegen die Wand, doch sogar die schien sich zu neigen.

Das schrille Klingeln des Telefons hielt an.

Geh hin, schnell.

Ich warf mich vorwärts und beschrieb unwillkürlich eine Kurve, stolperte voran, auf die Kletterwand zu. Ich hielt mich an einem Seil fest, drehte mich, stolperte weiter.

Meine Schritte waren so schwer, dass es sich anfühlte, als ob meine Fußsohlen mit Kleber bestrichen wären.

Die stickige Luft fühlte sich heiß wie der Dampf einer Dusche auf meiner Haut an.

Das Telefon klingelte weiter.

Es ist das Festnetztelefon im Glaskasten.

Ich taumelte vorwärts, stieß gegen irgendetwas und wirbelte herum. Mein Bein schmerzte. Mit klopfendem Herzen ging ich weiter, während der Boden unter mir schwankte.

Offene Augen. Offener Mund. Nach Luft schnappen.

Schweiß brannte mir in den Augen.

Ich presste mir eine Hand aufs Herz. Es pochte wie wild gegen meine Rippen.

Ich musste zu diesem Telefon gelangen.

Vor mir verschwamm der Umriss des Glaskastens, dann sah ich ihn doppelt. Die Büromöbel warfen monströse Schatten auf den Boden. Die Schatten veränderten und vereinigten sich wie Rorschachtests. Ich stapfte durch sie hindurch, watete voran.

Und stieß gegen eine Glasscheibe.

Der Kubus.

Nur ein paar Meter von mir entfernt klingelte immer noch das Telefon, aber das Geräusch schien von weither und von tief unter der Erde zu mir heranzudringen. Ich spähte durch die

Scheibe auf den Apparat. Ein Lämpchen an der Vorderseite flimmerte und blinkte.

Geh ran. Beweg dich.

Ich tastete mich am Glas entlang und kauerte mich hin, bis ich das herausgebrochene Loch wiederfand. Als ich mich hinkniete, fühlte es sich an, als ob eine Matratze auf mich gefallen wäre.

Langsam kroch ich vorwärts.

Meine Brust schabte auf dem Boden entlang. Mein Kopf war schwer wie ein Felsblock. Fast zu schwer, um ihn anzuheben.

Als ich aus dem Loch wieder hervorkam, sah ich zu dem Telefon auf dem Glastisch hoch. Es war meilenweit entfernt. Ich krabbelte noch ein Stückchen näher.

Steh auf.

Nichts.

Steh auf und geh ans Telefon.

Meine Arme zitterten. Ich griff nach der Tischkante.

Das Telefon klingelte wieder.

Ich griff danach, verfehlte es, dann versuchte ich es ein zweites Mal, stemmte mich an der Tischkante nach oben, weigerte mich aufzugeben. Diesmal verhedderten sich meine Finger im spiralförmigen Telefonkabel. Ich zog es zu mir heran und fiel nach hinten um. Das Kabel streckte sich, dann sprang der Hörer von der Gabel und über den Schreibtisch auf mich zu.

Das Klingeln verstummte.

Ich packte den Hörer und presste mir das feuchte Plastik gegen das Ohr.

80

Freitag, 22:04 Uhr

»Kate?«

Ich weinte und presste mir die freie Hand auf die Augen.

»Kate, ich bin's. Luke. Ich bin bei dir in der Wohnung.«

»Ich weiß.« Meine Stimme klang verzerrt, als ob sie mir in der falschen Geschwindigkeit vorgespielt würde. »Ich weiß, wie bist du …«

»Ich bin nicht allein, Kate. Ein Mann ist hier. Mit einer Pistole.«

Bisher hatte ich nur ein einziges Mal erlebt, dass Worte mich auf diese Weise erstarren lassen konnten, und zwar als Sir Fergus Marsh mich über seinen Schreibtisch hinweg angesehen und mir mitgeteilt hatte, dass Marks Flugzeug vom Radar verschwunden war.

Auch diesmal hielt alles an.

Mein Atem.

Mein Denken.

Die Zeit selbst.

Meine Stimmung hatte sich innerhalb weniger Minuten von einer aufkeimenden, überwältigenden Erleichterung in absoluten Schrecken verwandelt. Es war wie ein geistiges Schleudertrauma.

»Geh da weg«, sagte ich zu ihm.

»Ich kann nicht.«

»Du musst aber, Luke. Du musst sofort gehen. Du musst ...«

»Er kann dich hören, Kate. Er hört uns zu. Wir reden über Lautsprecher.«

Ich erwiderte gar nichts. Ich konnte nicht.

Die Angst schnürte mir die Lunge ein.

Ich stellte mir vor, wie White meinen Bruder mit einer Waffe bedrohte. Ich musste daran denken, wie gnadenlos und effizient er Raul zusammengeschlagen hatte.

Mir wurde schlecht.

»Er stellt mir Fragen über Mark, Kate. Er will wissen, wo er ist.«

»Mark ist tot«, winselte ich.

»Das habe ich ihm auch gesagt.«

Wieder Stille. Sie schien sich auszudehnen und auszufransen.

Ich hielt den Hörer so fest, dass ich meine Gelenke knacken hörte.

»Ich liebe dich«, sagte ich zu meinem Bruder.

Luke gab keine Antwort.

Das versetzte mich in Panik.

Ich drückte mich in eine sitzende Position hoch und umklammerte das Tischbein, um nicht niederzusinken.

»Hören Sie mir zu«, sagte ich, diesmal viel lauter. »Hören Sie gut zu, White, lassen Sie meinen Bruder in Ruhe. Er hat mit alledem nichts zu tun.«

Stille.

»HÖREN SIE MICH? Lassen Sie ihn in Ruhe und kommen Sie wieder her, dann rede ich mit Ihnen. Ich sage Ihnen alles. Alles, was Sie hören wollen.«

Weiterhin nur Stille. Dünn und nervenaufreibend.

Dann erwiderte White: »Diesmal die Wahrheit?«

Er klang so ruhig. So beherrscht.

Ich zitterte.

»Ja.«

»Die ganze Wahrheit?«

»Ja.«

Darauf folgte eine weitere lange, lange Sekunde des Schweigens.

Dann hallte ein lauter Knall aus dem Hörer, ich schrie auf und warf den Hörer auf den Boden.

81

Freitag, 22:07 Uhr

Blind starrte ich vor mich hin und presste mir die Hände gegen die Schläfen.

Ich schaukelte vor und zurück und rollte mich zu einer Kugel zusammen.

Aber ganz egal, was ich tat, ich konnte den Knall nicht vergessen oder das, was er für mich bedeutete. In meinem Kopf wiederholte er sich immer und immer wieder.

Ich griff nach dem Hörer, doch als ich ihn wieder an mein Ohr hielt, war die Leitung tot.

Zuerst überspülte mich eine Welle aus Angst und Schrecken. Dazu das drängende Bedürfnis, irgendwie zu Luke zu gelangen und ihm zu helfen, während ich doch wusste, dass ich das nicht konnte.

Als Nächstes folgte der stechende Schmerz. Er kam unvermittelt, ließ mich erstarren und war verblüffend intensiv.

Er fing in meiner Brust an. Ein brutaler, brennender Stich. Darauf folgte ein heftiger Krampf, als ob mir jemand mit beiden Händen in den Brustkorb gegriffen, mein Herz gepackt und zugedrückt hätte.

Ich warf den Kopf in den Nacken. Das Brennen pflanzte sich in meinen Rumpf fort, breitete sich in Arme und Beine aus und drang in meine Muskeln ein.

Ich konnte nicht mehr atmen.

Konnte mich nicht mehr bewegen.

Ich befand mich in einem Schwebezustand und wartete darauf, dass mein Herz wieder zu schlagen begann, außer mir vor Angst. Niemand war hier, der mir hätte helfen können. In ein Krankenhaus konnte ich schon gar nicht. Mein Herz schlug nicht mehr. Es hatte sich verkrampft. Mein gesamter Körper hatte sich verkrampft. Mit eingezogenen Fingern und Zehen fror ich erbärmlich, obwohl ich aus sämtlichen Poren schwitzte.

Dann kippte ich vornüber, starrte seitlich auf den Telefonhörer, ein schwaches Krächzen entrang sich meinen Lippen, und ein Kranz aus Dunkelheit bewegte sich von den Seiten meines Blickfelds nach innen, bis absolut nichts mehr übrig war.

Ich weiß nicht, wie viel später Mark zu mir kam. Die Zeit verwischte wie alles andere.

Er öffnete die Tür zum Glaskasten, kam herein, stellte sich neben mich und sah auf mich herab, die Hände in den Taschen. Dann kauerte er sich neben mich, streichelte mir übers Haar und küsste meine Hand. Er sagte mir, dass er mich liebe, dass er auf mich gewartet habe. Er drückte seine Stirn gegen meine und strich mir mit dem Daumen über die Wange.

Da ließ ich los.

Es war einfach. Ich wusste und begriff nun, dass sich mein ganzes Leben auf diesen Punkt zubewegt hatte. Es fühlte sich richtig an.

Marks Liebe füllte mich aus, sie strömte wie ein helles Licht aus mir heraus, das uns beide an einen Ort trug, wo wir zusammen sein konnten.

Als ich wieder zu mir kam, lag mein Gesicht auf dem blanken Betonboden. Das Telefon lag noch immer vor mir, und die Leuchtstrahler brannten von oben auf mich herab.

Ich war allein.

Die einsame Nacht kroch durch die Fenster herein, die das Büro umgaben, und auf meinen hellen Kokon zu. Nur die Schreibtischlampen, die meinen Hilferuf anstrahlten, hoben sich noch von der Dunkelheit ab.

Ich drückte mich vom Boden hoch.

Meine Brust schmerzte, als ob darauf herumgetrampelt worden wäre. Mein Mund war so trocken, dass sich meine Zunge wie Teppichboden anfühlte.

Ich wollte, dass Mark zurückkam und mich von alldem fortholte.

Aber Mark war weg, und ich fürchtete mich entsetzlich davor, dass auch Luke nun weg war. Schon vor meinem Vorstellungsgespräch war mein Leben in Unordnung geraten. Ich war so lange in einer Spirale aus Trauer und Selbstmitleid gefangen gewesen, dass sie zu einer Endlosschleife geworden war, aus der ich mich nicht mehr befreien konnte.

Mit jeder Faser meines Seins vermisste ich Mark. Ich vermisste ihn und das Leben, das wir miteinander geteilt hatten. Ich vermisste unsere Nächte auf dem Sofa, in denen wir aneinander gekuschelt alte amerikanische Serien angeschaut hatten. Ich vermisste, wie er mir die Tweets irgendwelcher Leute vorlas und über Witze lachte, die ich nicht kapierte. Ich vermisste den Sex an faulen Sonntagmorgen und Frühstück im Bett und wie sicher ich mich gefühlt hatte, sobald er mir den Arm um die Schultern gelegt, mich geküsst und an meinem Haar gerochen hatte.

Die letzten fünfzehn Monate war ich nicht in der Lage gewesen, ohne ihn weiterzumachen. Ich wusste, dass andere verwitwete Menschen sich wieder aufrichten konnten. Mir war klar, dass Mark genau das auch für mich gewollt hätte. Aber alles, was ich wollte, war, die Zeit zurückzudrehen.

Bis heute.

Denn aus irgendeinem Grund war das hier für mich noch nicht vorbei. Was auch immer mir passiert war – der Schmerz oder die Lähmung, die mein Herz ergriffen hatten –, hatte mich befreit.

Ich fragte mich, ob die Schmerzen nur ein Vorbote von etwas sehr viel Schlimmerem waren, das mir bevorstand, ein leichter Krampf vor einem ausgewachsenen Herzinfarkt. Vielleicht hatte White sein Mittelchen aber auch falsch dosiert, und ich hatte überlebt.

Ich wusste es nicht.

Alles, was ich mit Sicherheit wusste, war, dass ich hier auf Whites Rückkehr warten würde.

Ich würde ihn nicht gewinnen lassen.

82

Ich lehnte mit dem Rücken an der Scheibe und umschlang meine Knie mit den Armen, als ich eine Bewegung vor dem Glaskubus wahrnahm.

Es sah so aus, als ob zwei Gestalten durch das Zwielicht hinter dem Empfang auf mich zukämen. Zuerst war ich nicht davon überzeugt, ob das, was ich sah, überhaupt der Wirklichkeit entsprach. Ich fürchtete, es könnte sich wieder um eine Halluzination handeln.

Dann bewegten sich die Gestalten in den Lichtschein, der aus dem Glaskasten drang, und ich sah das Blut an Lukes Schläfe, sein zugeschwollenes Auge, seinen hinkenden Gang und seinen gequälten Gesichtsausdruck. Die Hände waren ihm vor dem Bauch mit Tape gefesselt worden, und White ging hinter ihm und richtete eine Pistole auf seinen Rücken.

Ich umschlang meine Knie noch fester und unterdrückte ein Schluchzen. Noch stand ich nicht auf. Ich hatte Angst, mich zu schnell zu bewegen, war gelähmt vor Angst, dass die Schmerzen in meiner Brust wiederkehren würden, dass die winzigste Anstrengung mein Herz wieder zum Stillstand bringen würde.

Joel bedeutete Luke, er solle mit den gefesselten Händen die Tür öffnen. Luke brauchte einen Moment, um sich vorzubeugen, den Knauf zu drehen und dann wieder rückwärts aus dem

Weg zu humpeln. Dann machte er einen Schritt zur Seite, schlurfte vorwärts durch die Tür und stand vor mir.

Ich schüttelte den Kopf.

Tränen brannten mir in den Augen.

Schließlich konnte ich mich nicht länger zurückhalten, ich sprang auf und schlang die Arme um den Hals meines Bruders.

Ich drückte ihn an mich.

Keiner von uns sagte ein Wort.

Ich lehnte mich zurück und berührte Lukes Auge mit dem Finger. Er zuckte zusammen und wich zurück. Die Haut um das Auge war voller Blutergüsse und Schwellungen. Ich war mir ziemlich sicher, dass er damit nichts sehen konnte. Das andere Auge zuckte wild hin und her und betrachtete mich aufmerksam. In Haar und Nacken war Blut, das in den Kragen seines blauen OP-Kittels rann. Ich hatte nicht den Eindruck, dass er eine Schussverletzung hatte. Joel hatte das wohl nur vorgetäuscht. Vielleicht hatte er ihm mit der Pistole einen Schlag versetzt.

Ich fragte mich, ob Luke sich gewehrt und versucht hatte, vor White zu fliehen, oder ob seine Verletzungen Auskunft darüber gaben, wie verzweifelt White inzwischen war – ob er ihn vielleicht geschlagen hatte, um Informationen aus ihm herauszubekommen.

»Was hat er mit dir gemacht?«, fragte mich Luke.

Mir wurde bewusst, wie schrecklich ich aussehen musste.

Luke hob die gefesselten Hände und zog mit dem Daumen sanft mein Unterlid herunter. Dann legte er den Handrücken an meine Stirn und fühlte den Puls an meinem Hals.

»Du bist ganz heiß.«

»Nicht.« Ich schob seine Hände weg und zuckte beim Anblick seines verletzten Gesichts zusammen. »Tut mir leid. Ich wollte nicht, dass du in all das hineingezogen wirst.«

»Setzen Sie sich hin«, sagte White hinter ihm.

Es klapperte, als er einen der Bürostühle hinter Luke durch die Tür kickte und dann den zweiten hinterherrollte. Er deutete mit der Waffe auf die Stühle und den Schreibtisch.

»Einer auf jede Seite.« Er klang angespannt, unter Druck. »Wie vorhin.«

Ich starrte ihn an. Sein Gesicht glänzte blass und geisterhaft vor der Dunkelheit, die durch die Bürofenster hereindrang. Ich wartete darauf, dass er Gewissensbisse oder Scham zeigen würde, aber sein Gesichtsausdruck veränderte sich. Es sah aus, als konzentrierte er sich jetzt mit aller Macht auf seine Mission, wie fehlgeleitet sie auch immer sein mochte. Ganz offenbar hatte er es eilig.

»Sofort.«

Er richtete die Pistole auf mich.

Ein Schauder überlief mich.

»Ich bitte Sie kein zweites Mal, Kate. Wir beide wissen, dass Sie keine Zeit zu verlieren haben.«

Ich blickte auf Luke, auf dessen Gesicht kurz ein fragender Ausdruck erschien. Aber ich erklärte nichts. Ich konnte nur hoffen, dass das Gift den Großteil seiner Wirkung schon entfaltet hatte. Ich war ausgelaugt, fühlte aber keinen akuten Schmerz.

Ich senkte den Kopf und griff nach dem Stuhl, der mir am nächsten stand, dann rollte ich ihn hinter den Schreibtisch, ohne meinen Bruder noch einmal anzusehen. Ich streckte die Hand nach dem zweiten Stuhl aus, während Whites Waffe weiter auf mich gerichtet war.

»Setz dich hin«, sagte ich zu Luke und führte ihn auf die Seite des Tisches, auf der ich während meines Vorstellungsgesprächs gesessen hatte. Ich setzte mich auf den Stuhl, der auf Whites vormaliger Seite stand.

White wartete, bis wir beide saßen, bevor er den Glaskasten betrat und lange auf das Loch starrte, das ich ins Glas geschlagen hatte.

»Legen Sie die Hände auf den Tisch«, wies White mich an. »Zeigen Sie sie mir.«

Langsam hob ich die Arme. Sie waren schwer wie Bleirohre. Luke ergriff meine Finger und rieb über die blutbefleckte Bandage um meine Hand. Das Tape grub sich dabei in die Haut an seinen Handgelenken. Sein verletztes Auge tränte, und er fixierte mich mit dem heilen Auge, aber darin lag kein Mitgefühl, nur eine seltsame Distanziertheit, als ob er sich nicht dazu durchringen könnte, mich direkt anzuschauen. Ich denke, wir beide begriffen in diesem Moment, dass keiner von uns hier lebendig herauskommen würde.

»Es tut mir so leid«, wiederholte ich.

»Muss es nicht«, flüsterte er und ließ den Kopf sinken. Ich nahm an, dass er weinte und nicht wollte, dass ich es sah. Fünfzehn Monate lang hatte er mich gestützt. Er war so stark gewesen.

»Ich muss ehrlich zu Ihnen sein, Kate«, ergriff nun White das Wort. »Vorhin habe ich gemischte Signale von Ihnen erhalten. Manchmal habe ich Ihnen geglaubt, selbst wenn ich es nicht wollte. Und manchmal nicht wirklich.«

»Glauben Sie nicht, dass ich es Ihnen inzwischen erzählt hätte, wenn Mark tatsächlich noch am Leben wäre?«

»Um ehrlich zu sein, nein.« Er wedelte mit der Waffe zwischen uns hin und her. »Das hat es für mich ja so schwierig gemacht. Ich mag Sie, Kate. Wir haben mehr gemeinsam, als Sie ahnen.«

»Das Gefühl beruht nicht auf Gegenseitigkeit.«

»Ja.« Er nickte. »Ja, das verstehe ich. Aber lassen Sie es mich Ihnen noch einmal ganz einfach erklären: Wir haben die Fotos von Mark, wie er Ihnen folgt. Wir haben die Berichte Ihrer Nachbarin, die Mark in der Nähe Ihrer Wohnung gesehen haben will. Wir haben den forensischen Bericht, der Marks Haare und Fingerabdrücke in Ihrer Wohnung identifiziert hat. Wir haben eine Quelle im Team der Anklage im Prozess um Melanie Turner, und wir wissen, dass jemand mit denen geredet hat. Es geht dabei um Informationen, die für meinen Auftraggeber vernichtend wären, Dinge, die nur Mark wissen kann oder jemand, dem Mark sich anvertraut hat.«

»Ich habe Ihnen schon gesagt, dass das ...«

»Unsinn ist? Stimmt. Aber die Sache ist die, Kate: Es gibt einen Unterschied zwischen Ihnen und mir. Ich weiß, dass ich Ihnen die Wahrheit sage. Und wissen Sie, auf wen das noch zutrifft? Lassen Sie mich Ihnen einen Hinweis geben.«

Er hob die linke Hand, als ob er Luke daran hindern wollte, das zu sehen. Dann drückte er den Lauf der Pistole gegen seine Handfläche, sodass er auf meinen Bruder zielte.

Ich zuckte zusammen.

Er machte nur eine winzige Bewegung, aber ich spürte, wie Luke sich ein kleines Stückchen von mir entfernte.

Er blickte unverwandt nach unten.

»Wovon redet er?«, fragte ich ihn.

Luke schüttelte den Kopf.

Ich drückte seine Finger. Er atmete durch. Dann hob er den Kopf und blickte mich gequält an, und ich spürte, wie etwas in mir zu Staub zerfiel.

White kannte vielleicht sämtliche Techniken, die existierten, um einzuschätzen, ob jemand ihn anlog, aber bei Luke brauchte ich keine davon. Ich kannte ihn zu gut.

Ich konnte die Wahrheit auf seinem Gesicht sehen.

Den Schmerz.

Die Scham.

»Nein«, sagte ich und ließ seine Hand los. »Du … Nein …«

Und dann sagte mein Bruder etwas zu mir. Etwas, was mein Herz so vollständig zum Stillstand brachte, wie kein Gift es jemals vermocht hätte.

»Es tut mir leid, Kate. Bitte hass mich nicht dafür. Ich bin an allem schuld.«

83

Freitag, 23:27 Uhr

Der Boden unter mir sackte weg, und ich fiel. Stürzte ins Bodenlose.

Alles, was ich wusste, alles, dessen ich mir jemals sicher gewesen war, all das war in einem einzigen Augenblick erloschen.

Luke starrte mich über den Tisch hinweg an. Genauso gut hätte er aber auf der anderen Seite der Stadt sitzen können. Ich konnte die Sorge und die Angst in seinem Gesicht sehen, aber zwischen uns gab es nun eine Kluft. Und ich wusste nicht, wie ich sie überbrücken sollte.

»Er ... lebt?«

»Ja«, sagte er leise.

Ich ließ seine Hände los. Ich starrte ihn an und schüttelte den Kopf.

Mark lebt.

In meinem Kopf wiederholte ich immer wieder diese Worte, aber irgendwie wollten sie nicht dort bleiben. Ich hätte eigentlich überglücklich sein sollen, aber stattdessen fühlte es sich an, als ob mein Inneres sich auflöste.

Mark lebt. Und dann folgte natürlich: *Und er hat mir nichts davon gesagt.*

Heiße Tränen brannten mir auf den Wangen. Ich hatte so viele Fragen, wusste nicht, wo ich anfangen sollte.

»Wann hast du ...? Wie ...?«

Luke warf White einen Seitenblick zu, als ob er aufpassen müsste, wie viel er verriet. Das war mir alles egal.

»Sag es mir, Luke.«

»Es war vor ungefähr zwei Wochen«, flüsterte mein Bruder.

Vor zwei Wochen. Das war ungefähr die Zeit, als ich auf dem Camden Market gewesen war. Ungefähr die Zeit, als die Fotos von mir aufgenommen worden waren, auf denen Mark im Hintergrund zu sehen war.

Hieß das etwa, dass sie echt waren?

Er war mir so nahe gewesen. Nur wenige Meter entfernt.

Ich hätte ihn sehen müssen, dachte ich.

Dann: Nein. *Er hätte zu mir kommen sollen.*

Mein Mann hatte nie etwas getan, um mich zu verletzen. Wenigstens hatte ich das immer geglaubt. Wir hatten uns nur selten gestritten. Und falls doch, ging es immer um Kleinigkeiten, und Mark war stets derjenige, der den ersten Schritt zur Versöhnung machte. Er hatte mich nie betrogen. Nie gelogen.

Wenigstens hatte ich das geglaubt.

Das Ausmaß der Täuschung machte mich fassungslos.

»Warum hat er es dir gesagt? Und warum nicht mir?«

»Er wollte dich schützen.« Luke nickte in Whites Richtung. »Er sagte, es könnte gefährlich sein.«

»Das müssen Sie ihm zugutehalten, Kate«, warf White ein.

In mir explodierte ein Ball aus heißer Energie. Das musste White gespürt haben, denn er machte einen Schritt rückwärts und hob beschwichtigend die Hände.

»Ganz ruhig, Kate. Ich habe versucht, es Ihnen zu sagen.«

Damit hatte ich Schwierigkeiten. Der Mann, der mich gefangen gehalten hatte, der Raul ermordet, sich Maggie geschnappt und Tony erpresst hatte – der Mann, der mich in Angst und Schrecken versetzt, mich vergiftet hatte und in mein

Zuhause eingedrungen war, um meinen Bruder anzugreifen –
war ehrlicher zu mir gewesen als mein eigener Mann.

Mark ist am Leben.

»Wie …?« Ich schüttelte den Kopf. »Er war doch an Bord
dieses Flugzeugs. Das musste er sein, denn er stand auf der Pas-
sagierliste, und die kann nicht gefälscht werden. Ich weiß, dass
sie nicht gefälscht werden kann. Das Personal der Fluglinie
muss sie überprüft haben, sie muss mit dem Computer und
zwei Flugbegleitern abgeglichen worden sein. Vor dem Start
hätten auch der Pilot und der Co-Pilot noch einmal drauf-
geschaut.«

»Sie meinen die Crew, die bei dem Flugzeugabsturz ums
Leben gekommen ist, Kate?«

Ich starrte ins Leere. Ein Seil legte sich um mein Herz und
meine Lunge und zog sich immer enger zusammen. Er teilte
mir mit, dass Mark nicht an Bord gewesen war. Er teilte mir
mit, dass die letzte Nachricht, die Mark auf meiner Mailbox
hinterlassen hatte, eine Lüge war.

»Er hätte mit diesem Flugzeug abstürzen sollen«, murmelte
ich.

White legte den Kopf schief.

»Das haben Sie vorhin zu mir gesagt. Er hätte mit diesem
Flugzeug abstürzen *sollen*. Wollen Sie etwa behaupten, dass
Mark die Zielscheibe gewesen ist? Dass das Flugzeug seinet-
wegen sabotiert wurde? Von MarshJet?«

Keiner von beiden gab mir eine Antwort.

Ich fühlte mich, als hätte mir jemand einen Schlag versetzt.
Ich musste an meine Kollegen denken, die bei der Katastrophe
gestorben waren, vor allem an meine drei Freundinnen aus
dem PR-Team von MarshJet. Zwei von ihnen waren verheiratet gewesen. Eine von ihnen hatte Zwillingstöchter hinterlassen.
Das Unternehmen hatte zu ihrem Andenken eine wohltätige

Stiftung gegründet. Alle waren wegen des Verlusts am Boden zerstört gewesen.

»Wusste Mark Bescheid? Bitte sagen Sie mir, dass er nicht Bescheid wusste.«

Vollkommen erschöpft saß ich da. Ich begriff nicht viel von dem, was ich gerade hörte. Aber eine Sache drang doch zu mir durch: Wenn es wirklich möglich war, dass MarshJet etwas so Furchtbares getan hatte – wenn sie eines ihrer eigenen Flugzeuge mit Hunderten von Passagieren an Bord zum Absturz gebracht hatte –, dann musste, was auf dem Spiel stand, enorme Ausmaße haben. Jeder, der in diese Sache verwickelt war, würde ins Gefängnis müssen. Und die ganze Welt würde mit Abscheu auf sie blicken.

Ich sah White an. Er hatte mir gesagt, dass Sir Fergus Marsh sein Auftraggeber war. Wenn Sir Fergus Marsh in diese Sache verwickelt war, stand für ihn alles auf dem Spiel. Genug, um alles Menschenmögliche zu unternehmen, um Mark ausfindig zu machen. Genug, um White zu beauftragen, mir all das anzutun.

»Mark hat mir gesagt, dass er untertauchen muss, bis der richtige Zeitpunkt für ihn da ist, um an die Öffentlichkeit zu treten«, sagte Luke. »Er hat auf diesen Prozess gewartet, Kate. Er glaubt, wenn es nur genug Aufmerksamkeit durch die Medien gibt, wenn er im Rampenlicht steht ... Er ist völlig paranoid. Er vertraut niemandem.«

»Dir schon.«

»Nicht so, wie du denkst. Ich bin nur zufällig in ihn gerannt, weil ich zu dir gegangen bin, um deine Waschmaschine zu benutzen. Ich hab den Schock meines Lebens bekommen, als ich ihn dort erwischt habe. Ich wollte, dass er dich anruft. Ich habe ihn bekniet, es zu tun. Ich habe ihm gesagt, wie schlimm das alles für dich gewesen ist. Aber er hat mich angefleht, hat mir das Versprechen abgenommen, bis nach dem Prozess zu warten. Er hat gesagt, dass er für deine Sicherheit sorgen müsse, aber wenn irgendetwas schiefging, könne ich dir wenigstens die Wahrheit sagen.«

Die Wahrheit. Ich schüttelte den Kopf. Ich hätte Mark treffen können, hätte ihn berühren und umarmen können. Verstand Luke denn nicht, dass ich dafür alles aufgeben würde?

»Du bist mein Bruder«, sagte ich zu ihm.

»Ich habe nur getan, was ich für das Beste gehalten habe. Ich wollte nicht ...«

»Sind Sie fertig?«, unterbrach ihn White. »Denn wenn Sie fertig sind, habe ich noch eine Bitte an Sie, Luke. Ich hätte gern, dass Sie mir verraten, wo Mark sich gerade aufhält.«

84

»Ich weiß es nicht«, erwiderte Luke. »Ehrlich.«

White zog scharf Luft durch seine Zähne. »Bitte, denken Sie sorgfältig nach, bevor Sie mich noch einmal anlügen.«

»Ich meine es ernst. Ich weiß nicht ...«

White machte ein paar Schritte vorwärts und presste den Pistolenlauf auf dessen noch heiler Seite gegen Lukes Schädel. Luke schrie auf, als die blutige Seite seines Gesichts gegen die Platte des Glastischs gedrückt wurde. Er hob die gefesselten Hände, wie um sich zu ergeben, und versuchte angestrengt, mit seinem guten Auge zu mir hochzublicken. Schweißperlen traten ihm auf die Stirn.

Unfähig, mich zu bewegen, starrte ich White an. »Nicht! Bitte!«

Sein Gesichtsausdruck war hart und entschlossen. »Ich dachte, ich hätte bereits klargestellt, dass das hier kein Scherz ist, Luke. Können Sie ihn jetzt also anrufen oder nicht?«

»Nein, kann ich nicht. Ich ...«

Er sagte es zu schnell und mit zu viel Anspannung in der Stimme. Ganz offensichtlich log er.

Mir gefror das Blut in den Adern.

»Also können Sie ihn anrufen. Gut.« White dämpfte die Stimme und verminderte leicht den Druck der Pistole. Er schien sich einen Augenblick Zeit zu nehmen, um zu verarbeiten, was

Luke ihm gesagt hatte, und sich wieder zu sammeln, bevor er weitersprach. »Sie müssen es jetzt sofort tun, Luke. Sagen Sie ihm, dass er herkommen soll.«

»Aber dann bringen Sie ihn um«, erwiderte ich.

Er wandte sich mir zu und sah ehrlich verblüfft aus. »Was kümmert Sie das? Sie haben doch schon einmal geglaubt, dass er tot ist.«

White hielt die Waffe weiter auf Luke gerichtet und bückte sich in kleinen abgehackten Bewegungen nach unten, um das Telefon vom Boden aufzuheben, wohin ich es vorhin hatte fallen lassen. Dann bückte er sich ein zweites Mal nach dem Hörer.

Als Luke sich aufrichtete, konnte ich eine klebrige rote Spur sehen, die auf dem Glastisch zurückblieb. Ein Teil von mir hatte Angst, dass er sich zu irgendetwas würde hinreißen lassen – zu etwas Verzweifeltem, einem allerletzten Versuch –, aber er schien ebenso gut wie ich zu begreifen, dass das ein Fehler gewesen wäre. Stattdessen sah er mich an, und sein Gesicht verwandelte sich in eine schmerzliche Bitte um Verzeihung.

Ich erwiderte seinen Blick und versuchte alles, was ich gehört hatte, zu verstehen. Wenn mir irgendjemand vor nur einem Tag gesagt hätte, dass mein Mann noch am Leben war, wäre ich auf die Knie gefallen, hätte Gott und alle Heiligen gepriesen und unkontrollierbar zu schluchzen begonnen. Ich fragte mich, ob etwas mit mir nicht stimmte, da mir in diesem Moment nicht danach war, irgendwen zu preisen. Vielleicht stand ich unter Schock.

»Noch etwas sollten Sie wissen, Luke.« White tippte den langen Code ein, um die Telefonanlage des Büros zu entsperren. »Ihre Schwester muss in ein Krankenhaus, und zwar bald. Denken Sie daran, bevor Sie irgendetwas Dummes versuchen.«

»Was meint er damit?«, fragte mich Luke.

Ich schluckte schwer und hob dann die Hand, um mir mit zwei Fingern gegen das Herz zu klopfen. Meine Brust tat noch immer weh, aber wenigstens galoppierte mein Herz nicht mehr wie wild. Wenn überhaupt, fühlte es sich seltsam taub an.

Ich bemühte mich, mich nicht von meinen Gefühlen überwältigen zu lassen, als ich dabei zusah, wie sich Panik auf Lukes Gesicht breitmachte.

»Ich verstehe nicht.«

»Müssen Sie auch nicht, Luke. Sie müssen nur Mark anrufen.« White sah auf seine Armbanduhr, runzelte die Stirn und drückte dann auf einen letzten Knopf, bevor ein aufdringliches Freizeichen durch den Lautsprecher des Telefons surrte. »Und Sie sollten ihm sagen, dass er sich beeilen muss.«

Luke starrte mich an und riss sein heiles Auge auf. Ich sah, dass er anzweifeln wollte, dass die Dinge so ernst um mich standen, wie White behauptete, aber ich war mir ziemlich sicher, dass mein kränkliches Aussehen ihn eines Besseren belehrte. Als Krankenpfleger auf einer Herzstation kannte er sämtliche Warnzeichen. Zwar wusste er nichts von dem Gift, aber er hatte meinen Puls gefühlt und mein Fieber bemerkt.

Vielleicht hast du das Schlimmste doch noch nicht überstanden. Vielleicht war der Anfall vorhin erst der Anfang.

Ich ballte die Fäuste und kämpfte gegen die Angst an. Ich wollte nicht, dass der Schmerz wiederkehrte. Ich wollte mich nie mehr so fühlen.

Luke schluckte vernehmlich, dann nahm er den Telefonhörer in die Hand, blinzelte eine sich lange hinziehende Sekunde in Richtung der Tastatur. Ich hatte den Eindruck, dass er sich die Nummer ins Gedächtnis rief, die er nun wählen musste. Mark hatte ihn bestimmt angewiesen, sie auswendig zu lernen.

Die letzten vierzehn Tage über hätte mein Bruder mich einfach anrufen und mit meinem toten Mann verbinden können, aber das hatte er nicht getan.

Wir treffen immer eine Wahl.

Luke senkte die Hand auf die Tastatur und begann eine Nummer zu wählen. White beobachtete ihn dabei genau.

Meine Gedanken wechselten abrupt die Richtung und warfen mich herum wie in einem Vorortzug, der über eine Weiche fuhr.

Mark war in meiner Wohnung gewesen. Luke hatte ihn dort überrascht.

Was wollte Mark in meiner Wohnung?

Es lag im Bereich des Möglichen, dass er dort in den Sachen, die er hinterlassen hatte, nach etwas gesucht hatte. Vielleicht hatte er aber auch etwas für mich hinterlegt, wie White vermutet hatte. Wenn das so war, warum hatte ich es dann nicht bemerkt? Und wie hatte White es übersehen?

Das Telefon klingelte weiter. Das schien sehr lange so zu gehen.

Ich machte mir Sorgen.

Wenn Mark sich versteckt hielt, glaubte ich nicht, dass er sich sehr weit von dem Apparat entfernen würde, dessen Nummer er Luke gegeben hatte. Er musste sich irgendwo in der Nähe von London aufhalten, wenn er vorhatte, als Zeuge vor Gericht zu erscheinen.

Plötzlich hatte ich Angst, dass ihm etwas zugestoßen sein könnte. Vielleicht hatte ihn der Mann erwischt, der ihn fotografiert hatte. Vielleicht war auch einer der Alternativpläne angelaufen, die White erwähnt hatte.

Oder noch schlimmer, vielleicht war Mark einfach wieder geflohen. Möglicherweise hatte er entschieden, dass die Risiken für ihn zu hoch waren. Falls er tatsächlich auf der Flucht war, war alles, was White getan hatte, umsonst gewesen. Er würde uns umbringen. Dessen war ich mir sicher.

»Was dauert da so lange?«, blaffte White.

»Warten Sie einfach eine Sekunde.«

»Wenn Sie versuchen sollten, mich reinzulegen...« Er trat einen Schritt vor und bedrohte Luke wieder mit der Waffe. Seltsamerweise meinte ich Verzweiflung in seiner Stimme zu hören.

»Tu ich nicht. Ich...«

Es klickte.

Dann entstand eine Pause.

Irgendein leises Hintergrundgeräusch. Undeutliches Gemurmel und Geplauder.

Eine Sekunde lang dachte ich, dass der Anruf vielleicht auf einer bevölkerten Straße entgegengenommen worden war. Oder vielleicht in einem Restaurant oder einem Hotelfoyer.

Dann meldete sich eine männliche Stimme.

»Stephen Ward.«

85

Stephen Ward klang nach einem ziemlich unauffälligen Namen. White glaubte wahrscheinlich, dass Mark diesen Decknamen verwendete.

Ich wusste, dass das nicht stimmte.

Zum einen war nicht Mark ans Telefon gegangen. Selbst nach so langer Zeit glaubte ich fest, dass ich seine Stimme erkennen würde, sobald ich sie hörte.

Zum anderen war Stephen Ward kein Name, sondern ein Ort.

»Dwayne, bist du das?«, fragte Luke.

»Luke?«

Mein Bruder schloss kurz die Augen. »Ja. Du musst mich bitte mit Zimmer sechs verbinden. Ich muss dringend mit Mr. Nicholls sprechen.«

White lehnte sich zurück, atmete aus und schüttelte den Kopf. Ich konnte sehen, wie ihn eine Welle der Entspannung durchlief.

Stephen Ward war die auf Herzkrankheiten spezialisierte Station, in der Luke arbeitete, sie war Teil des St.-Thomas-Krankenhauses.

»Echt jetzt, Mann«, erwiderte der Kollege namens Dwayne. »Weißt du, wie spät es ist? Er schläft. Hast du vorhin noch was vergessen? Soll ich ihm was von dir ausrichten?«

»Er schläft nicht. Glaub mir. Ich muss mit ihm sprechen, Dwayne. Es ist wichtig. Stell mich einfach durch.«

»Okay«, antwortete der Mann skeptisch. »Ich versuch's. Auf deine Verantwortung.«

Das Telefon wechselte zu einer Wartemelodie. Etwas Klassisches, das zugleich vertraut und beleidigend belanglos angesichts unserer Situation war.

»Sie haben ihn bei sich im Krankenhaus versteckt«, sagte White.

Luke senkte die Stimme, als er nun sprach, so als wären wir zwei allein miteinander.

»Wir hatten einen Deal. Ich habe versprochen, dir nicht zu sagen, dass ich ihn gesehen hatte, solange ich zu jedem Zeitpunkt wusste, wo er sich aufhielt. Er sagte mir, das könne er nicht tun, weil er immer in Bewegung bleiben müsse. Er könne sich nicht immer am selben Ort aufhalten. Da kam mir die Idee. Ich habe mit einer der Ärztinnen gesprochen, der ich vertraue, und alle Gefallen eingefordert, die sie mir schuldete. Bei den Privatzimmern haben wir ein bisschen mehr Spielraum. Wir haben ihn unter falschem Namen aufgenommen, haben irgendwelche medizinischen Unterlagen zusammengestellt. Wir haben ihn zur Beobachtung dabehalten. Außer uns weiß niemand Bescheid.«

Mein Herz klopfte dumpf. Wieder tat es weh. Ich hatte den Eindruck, dass sich die Muskeln um meinen Brustkorb zusammenkrampften. Aber diesmal geschah das nicht wegen irgendeines Gifts.

Ich schüttelte den Kopf und kämpfte die Tränen nieder. Luke war zur Arbeit gegangen und hatte Mark jeden Tag gesehen. Er hatte mit ihm gesprochen und mir die ganze Zeit nichts davon erzählt.

Es gab eine Reihe von Fragen, die ich ihm entgegenschleudern wollte: Wo ist Mark gewesen? Wie war er mit allem fertig geworden? Hatte er nach mir gefragt, und was hatte Luke ihm über mein jetziges Leben erzählt?

Doch bevor ich zu irgendeiner dieser Fragen kommen konnte, endete die Warteschleifenmelodie, und ich hörte Stille am anderen Ende der Leitung.

»Ich bin's. Luke«, sagte mein Bruder.

Das Warten auf eine Antwort schien mehrere Jahrzehnte zu dauern. Ich sah, wie White sich zum Telefon beugte.

»Sie rufen aber nicht an, um mich Portugiesisch abzuhören, oder?«

»Wir haben ein Problem«, erwiderte Luke.

»Was für eins?«

Es traf mich mit voller Wucht.

Selbst nach allem, was Luke mir gesagt hatte. Selbst nachdem ich mich geistig darauf vorbereitet hatte.

Das war die Stimme, die ich noch immer in meinen Träumen hörte, in Videos auf meinem Smartphone, auf der Nachricht, die er mir aufgesprochen hatte. Es war die Stimme, die ich so sehr vermisste.

Mark.

Es gibt diese Momente, in denen einem etwas so Bedeutsames passiert, dass man sich fühlt, als ob man über sich selbst schweben und die eigenen Reaktionen von außen betrachten, als ob man ein Theaterstück aus dem Zuschauerraum mitverfolgen würde. So war es jetzt auch, nur hundertmal intensiver.

Ich sah mich den Kopf schütteln und mich an den Armlehnen meines Stuhls festklammern. Ich konnte fühlen, wie weit ich die Augen aufgerissen hatte. Den Mund. Der Rest des Raums schien hingegen vollkommen zu verschwinden. Eine Sekunde lang war ich ganz allein mit meinem toten Ehemann am anderen Ende der Leitung.

Zwar hatte er nur ein paar Worte gesagt, doch ich fühlte mich trotzdem, als ob ein Gebäude über mir eingestürzt wäre.

Luke blickte mich nachdenklich und forschend an, schien mich zu fragen, ob ich etwas sagen wolle. Aber ich konnte nicht. Noch nicht. Es war zu viel.

»Hör zu, ich bin nicht allein hier.« Luke wählte seine Worte sorgfältig, versuchte vermutlich einzuschätzen, wie er die Situation, in der er steckte, am besten erklären sollte, wobei er zwischen mir und White hin- und hersah. »Du bist auf Lautsprecher. Und Kate ist hier.«

Die Stille wurde zu einem Vakuum, das mir die gesamte Luft aus der Lunge saugte.

Ich hörte Mark einatmen.

»Kate?«

Da begann ich zu weinen. Eine Art keuchendes halbes Schluchzen. Ich bekam keine Luft mehr.

So lange und so sehr hatte ich mir gewünscht, Mark noch einmal meinen Namen sagen zu hören. Nie hatte ich zu glauben gewagt, dass das tatsächlich geschehen könnte.

»Ich hab dich vermisst.«

Ich schob mich nach vorn in meinem Stuhl und presste mir die Hände auf den Mund.

»Ich kann dich hören, Liebling. Ich kann dich hören. Ich bin hier.«

Ich nickte, obwohl er das nicht sehen konnte.

»Ich kann dich auch hören«, flüsterte ich.

Sogar in diesem Moment war kaum zu glauben, dass ich diese Worte aussprach. Es fiel mir schwer zu akzeptieren, dass all das wirklich passierte. Und natürlich konnte es nicht andauern. Die Wirklichkeit musste irgendwann wieder über uns hereinbrechen.

»Wer ist sonst noch bei dir?«, fragte Mark.

»Ich«, antwortete White. Er legte die Hand flach neben das Telefon, als ob er sich abstützen müsste, weil ein unerträgliches Gewicht auf ihm lastete. Erneut sah er auf seine Armbanduhr. »Mark, ich möchte, dass Sie wissen, dass ich in diesem Moment eine Pistole auf Ihre Frau und Ihren Schwager richte. Sie wird allmählich schwer, und meine Geduld geht zur Neige. Ich nenne Ihnen jetzt die Adresse eines Bürogebäudes, und Sie müssen innerhalb von zwanzig Minuten hier sein, oder, so wahr mir wer auch immer helfe, ich muss abdrücken.«

86

Mark war sich darüber im Klaren gewesen, dass es dazu kommen würde. Gewissermaßen wenigstens. Und ja, dieses Wissen hatte er irgendwo tief in sich vergraben. Natürlich hatte er gehofft, dass es nicht passieren würde. Deshalb war er auch so vorsichtig gewesen, als er mit der Staatsanwaltschaft in Kontakt getreten war, war sogar so weit gegangen, eine App zu benutzen, mit der er seine Stimme und sein Geschlecht unkenntlich machte. Seine gesamte Herangehensweise war zaghaft gewesen, er hatte ständig auf alles geachtet und vorsichtig versucht herauszufinden, ob der trübe Tümpel, in den er gerade seine Zehen hielt, auch sicher war, bevor er ganz hineinwatete. Er hatte vorgehabt, am Montag als Überraschungszeuge vor Gericht zu erscheinen und seine Aussage zu machen, zu sagen, was gesagt werden musste, und sich anschließend mit den Konsequenzen zu beschäftigen.

Wie lautete doch gleich dieses Sprichwort? Mach einen Plan, und du hörst Gott lachen.

Die ganze Flucht. Das ganze Versteckspiel.

Es war nun alles auf das hier hinausgelaufen.

Er sprang in seinem Krankenhaushemdchen aus dem Bett, wobei sein Sprachlehrbuch zu Boden fiel, dann riss er sich die Kanüle aus dem Handgelenk.

In einem Eckschrank lagen ein Poloshirt, eine Hose und Schuhe, die er sich nun hastig überzog. Er hatte keine Zeit für Socken, steckte nur noch die Brieftasche ein und knöpfte sich die Hose zu, während er schon aus dem Krankenzimmer stürzte und durch die Station raste.

Er hatte Luke gesagt, dass es nicht funktionieren würde. Er hatte ihm erklärt, warum er die Dinge auf seine Art tun musste – warum er es nicht riskieren konnte, sich an die Polizei oder irgendeine andere Regierungsstelle zu wenden. Schließlich hatte er keine Ahnung, wie weit die Korruption schon vorgedrungen war.

Doch auf das alles hatte Luke nur eine Antwort gehabt, der er nichts entgegenzusetzen hatte.

»Ich kann meiner Schwester nicht sagen, dass ich dich gesehen und dich dann wieder habe weggehen lassen, ohne dich aufzuhalten. Das kann ich nicht machen. Es gibt ein paar Dinge, mit denen sie leben kann. Gerade eben so. Damit könnte sie nicht leben.«

Und war das nicht der eigentliche Grund, dachte er nun bei sich, warum er in Kates neue Wohnung gegangen war? Er hatte gewusst, dass das ein Risiko darstellte. Insgeheim vermutete er, dass er einen Grund dafür haben wollte, sich zu offenbaren. So lange auf der Flucht zu sein, war mehr als einsam und hart gewesen. Jede Minute an jedem Tag hatte er den Drang niederkämpfen müssen, sich mit Kate in Verbindung zu setzen.

Jetzt, spät abends, war die Station noch immer in dieses allgegenwärtige grünliche Krankenhauslicht getaucht. Es roch nach dem antiseptischen Putzmittel, mit dem der Linoleumboden geschrubbt worden war, und in den Geruch mischte sich eine leise Note von gekochtem Gemüse. Er sauste an einer Reihe freier Betten zu seiner Linken vorbei. Das Schwesternzimmer lag rechts vor ihm.

Ein großer Pfleger saß hinter dem Tresen. Eine junge Ärztin und eine Schwester unterhielten sich vor einer Tafel miteinander.

Alle drei trugen OP-Kittel in verschiedenen Blautönen. Als er sich näherte, fielen ihnen die Kinnladen herunter.

»Mr. Nicholls?«, fragte ihn die Ärztin. »Mr. Nicholls, was machen Sie denn da?«

Er gab keine Antwort, sondern rannte einfach weiter: Es war nicht die Ärztin, mit der Luke seine Absprache getroffen hatte: Sie musste denken, dass er verrückt geworden war.

Vielleicht stimmte das auch.

Er atmete zu rasch. Seine Lungen stachen bereits. Seine Beinmuskeln waren steif und angespannt. Er lag schon zu lange im Bett.

»Mr. Nicholls!«

Mark drehte sich um und sah nach hinten. Beinahe wäre er hingefallen. Die Schwester und die Ärztin waren hinter dem Tresen hervorgeschnellt und stürzten ihm hinterher. Die Ärztin hielt sich das Stethoskop an ihrer Brust fest.

Mark stürmte durch eine zweiflügelige Tür in den Korridor. Er blickte nach links, dann nach rechts. Eine gute Sache an Krankenhäusern war, dass es überall Schilder gab. Er entdeckte einen Pfeil, der den Weg zum Ausgang wies.

»Mr. Nicholls, kommen Sie zurück!«

Er rannte weiter.

Das Ausgangsschild zeigte in Richtung einiger Fahrstühle und eines Treppenhauses zu Marks Rechter. Er nahm die Treppe. Drei Stockwerke. Das würde schneller gehen, als auf den Fahrstuhl zu warten.

Er raste durch die Tür zum Treppenhaus, sprang die erste Treppe hinunter und stieß gegen die Wand am Treppenabsatz. Er hatte keine Ahnung, was die Ärztin und die Schwester tun würden. Würden sie den Fahrstuhl nehmen und ihn abzufangen versuchen? Oder auf die Station zurückkehren?

Zwanzig Minuten.

Zwei davon waren bestimmt schon vorbei.

Sobald er draußen wäre, würde er sich ein Taxi rufen. Oder ein Auto klauen. Was auch immer nötig wäre.

Angst breitete sich in ihm aus. Er hatte keinerlei Zweifel daran, dass der Mann, mit dem er telefoniert hatte, seine Drohung, Kate und Luke zu erschießen, in die Tat umsetzen würde. Er war sich sicher, dass er eine Pistole hatte. Wenn man es mit einer Organisation zu tun hatte, die bereit war, eins ihrer eigenen Passagierflugzeuge ins Visier zu nehmen, um einen Whistleblower zum Schweigen zu bringen, wurde einem sofort klar, dass alles im Bereich des Möglichen lag.

Er sprang, landete unsanft auf dem nächsten Treppenabsatz, stieß sich ab und lief weiter.

Ihm wurde ein wenig schwindelig. Er hatte starkes Seitenstechen. In letzter Zeit hatte er an Gewicht verloren, nicht absichtlich, es war nur so, dass eine Existenz, bei der man sich in jedem wachen Augenblick über die Schulter sehen musste, einer gesunden Ernährung nicht eben zuträglich war. Und der Gewichtsverlust täuschte ohnehin darüber hinweg, dass er nicht mehr annähernd so fit wie noch vor fünfzehn Monaten war, als er regelmäßig ins Fitnessstudio gegangen war. Das Rauschen des Bluts in seinen Ohren wurde zu einem ohrenbetäubenden Brüllen.

Er unterdrückte sein Unbehagen und konzentrierte sich stattdessen auf Kate. Er dachte daran, wie sie an jenem Tag auf dem Markt ausgesehen hatte. Als er sie aus der Nähe gesehen hatte, hatte es all seiner Willenskraft bedurft, nicht zu ihr zu gehen und sie zu berühren. Er kannte seine eigene Schwäche gut genug, um zu wissen, dass seine Entschlossenheit Risse bekommen hätte, hätte er nicht den Mann entdeckt, der sie fotografierte.

Er musste sich zurückziehen. Fliehen. Dreimal war er in der

U-Bahn umgestiegen, war auch nicht zu der Pension zurückgegangen, in der er damals gewohnt hatte. Trotzdem hatte er immer noch panische Angst davor gehabt, dass das nicht ausreichen würde.

Am nächsten Tag war er in ihre Wohnung gegangen. Ein Schnappschloss zu knacken war eine weitere Fähigkeit, die er sich in seinem neuen Leben angeeignet hatte. Er hatte sich eingeredet, dass er sich überzeugen musste, dass es ihr gut ging.

Jetzt konnte man sehen, wie gut das geklappt hatte.

Er stürmte durch eine weitere Tür, auf einen Korridor mit genopptem Gummiboden, raste weiter, schneller, als sein Körper es vertrug, aber nicht so schnell, wie er eigentlich wollte.

Er bog nach links ab, dann nach rechts. Er kam an einem Pförtner vorbei, der ein leeres Bett vor sich herschob, und an einer Frau und einem Mann, die auf zwei Plastikstühlen beieinandersaßen und stumm weinten.

Sein Weg führte ihn schließlich in die Eingangshalle des Krankenhauses. Links von ihm gab es eine Cafeteria, rechts einen Zeitungskiosk und einen Blumenladen. Alle Geschäfte waren geschlossen und für die Nacht zugesperrt. Vor ihm schloss sich zischend eine automatische gläserne Schiebetür.

Mark drückte sich die Hand auf die Seite und rannte mühsam darauf zu.

Ein Mann in einer Sicherheitsuniform versperrte ihm den Weg.

Er war klein und dick, mit einem Haarkranz und einem Kinnbart. Er hielt ein Walkie-Talkie in der Hand. Sein Gesichtsausdruck verriet Mark, dass man ihn über sein Kommen unterrichtet hatte. Irgendwer vom medizinischen Personal auf der Station musste ihm Bescheid gesagt haben.

Der Wachmann zog sich den Hosenbund zurecht und hob dann eine Hand. In diesem Moment begriff Mark, dass er eine

Wahl treffen musste. Er konnte anhalten und versuchen, ihm seine Situation zu erklären. Das hier war schließlich ein Krankenhaus, kein Gefängnis oder eine Polizeiwache. Er war hier auf freiwilliger (wenn auch vorgetäuschter) Basis. Er konnte sich jederzeit selbst entlassen.

Doch all das würde Zeit in Anspruch nehmen. Man würde von ihm erwarten, dass er mit einem Arzt sprach und ein Formular unterschrieb.

So viel Zeit hatte er nicht.

Unglaube blitzte in den Augen des Wachmanns auf, als er Mark noch einmal zum Anhalten aufforderte, dieser sein Tempo aber nicht drosselte.

Mark senkte den Kopf und rannte auf ihn zu.

Der Wachmann machte einen kleinen Schritt rückwärts. Er blickte sich über die Schulter, als die Schiebetür auf seine Bewegung reagierte und zur Seite glitt.

Mark machte sich schon auf ein Gerangel bereit. In der Schule hatte er Rugby gespielt, doch das schien eine Ewigkeit her zu sein. Er konnte den Mann aus dem Weg schubsen. Oder ihm ausweichen.

Doch als er sich näherte und die Schultern senkte, überraschte der Wachmann ihn, indem er beiseitetrat und den Bauch einzog.

Dann war Mark auch schon an ihm vorbei, stürmte in die kühle Nachtluft hinaus und sah sich um, um zu entscheiden, wo er lang musste.

87

Ich hatte mit meinem Mann gesprochen. Ich hatte gerade mit Mark geredet.

Das hätte eigentlich eine gewöhnliche Aussage sein sollen, war es aber natürlich nicht.

Ein unwirkliches Gefühl ergriff mich. Ich hatte den Eindruck, in eine Parallelwelt gerutscht zu sein, in der die bemerkenswertesten und die schrecklichsten Dinge alle genau zur selben Zeit geschehen konnten.

Ich musste an die Frist denken, die White Mark gesetzt hatte. Zwanzig Minuten waren nicht viel, um von der Westminster Bridge bis nach Ludgate Hill zu gelangen, aber es war wohl zu schaffen. Gerade so. Nach der Art zu urteilen, wie White geredet und gehandelt hatte, würde er ihm keinen Spielraum lassen. Vielleicht konnte er nicht riskieren, dass Mark unterwegs noch die Polizei alarmierte.

Allerdings bezweifelte ich, dass Mark das tun würde. Ganz offensichtlich vertraute er den Behörden nicht. Und er wusste, dass Lukes und mein Leben auf dem Spiel standen.

Doch dann flüsterte eine leise Stimme in meinem Kopf: *Er hat dich glauben lassen, er wäre tot. Er hat dich schon einmal im Stich gelassen.*

Ich verbot mir zu urteilen. Es gab noch zu vieles, was ich nicht wusste.

Zwanzig Minuten, dann würde ich Mark wiedersehen.

Inzwischen schon weniger.

Ich blickte zu White hoch. Er würde Mark umbringen. Entweder würde er es selbst erledigen, oder er würde Mark anderen Leuten übergeben, die das Töten übernahmen.

Ich konnte – *wollte* – das nicht zulassen. Nicht nach all dem, was ich seinetwegen durchgemacht hatte. Nicht solange noch eine Chance bestand, Mark zu retten.

White starrte zu mir zurück. Ich konnte seinen Gesichtsausdruck nicht recht deuten. Einerseits schien er Mitgefühl zu haben, andererseits wirkte er vollkommen skrupellos. Ich spürte, dass es zwei Joels gab, an die ich mich wenden konnte, nur war ich mir nicht sicher, ob ich zu dem durchdringen konnte, der mich vielleicht verstand.

»Tut mir leid, dass Sie es so herausfinden mussten, Kate«, sagte er zu mir. »Ehrlich.«

»Sie müssen ihm nicht wehtun. Sie müssen ihm gar nichts tun, auch uns nicht.«

»Wenn ich es nicht tue, wird das jemand anderes übernehmen, das habe ich Ihnen schon gesagt.«

»Das ist keine Entschuldigung.«

Er runzelte die Stirn. Ich gewann den Eindruck, dass er mir sein Handeln tatsächlich erklären wollte, als ob er mir aus irgendeinem Grund wenigstens das schuldete.

»Was ist mit den Leuten, die krank geworden sind, weil sie mit MarshJet-Maschinen geflogen sind?«, fragte er mich. »Oder mit all den Leuten, die auf dem Flug ums Leben gekommen sind? Glauben Sie, dass sie wollten, dass ich Mark einfach davonkommen lasse?«

Er musterte mich aufmerksam. Ich hatte wieder den Eindruck, dass er nach einer Wahrheit suchte, die ich seiner Meinung nach verborgen hielt, vielleicht sogar vor mir selbst.

»Ich denke, sie würden gern mehr erfahren«, erwiderte ich vorsichtig. »Ich denke, sie würden gern Marks Version der Geschehnisse hören, ihm zuhören und verstehen, was passiert ist.«

»Und wenn er es nicht erklären kann? Oder was, wenn seine Erklärung ihnen nicht reichen würde?«

»Es ist ausgeschlossen, dass Mark wollte, dass auch nur einer von ihnen krank wurde oder starb.«

»Sie können es immer noch nicht akzeptieren, oder? Sie können ihn noch nicht so sehen, wie er wirklich ist.«

»Und zwar wie?«

»Er ist wie ich, Kate.«

»Mark ist kein Mörder.«

»Nein? Dann sind wir vielleicht alle nur in demselben Netz gefangen und tun, was wir tun müssen. Ist es vielleicht so?«

»Mark ist ein guter Mensch. Das weiß ich.«

»Dasselbe habe ich früher einmal über mich selbst gesagt.«

»Aber bei Mark entspricht es der Wahrheit.«

»Sind Sie sich da sicher, Kate? Sehen Sie es ein, Sie wissen nichts über ihn. Nicht wirklich. Sie konnten mir hier kein Stückchen weiterhelfen.«

Er gestikulierte mit der Waffe in Richtung des Büros, verzog abschätzig das Gesicht und sah dann noch einmal auf seine Armbanduhr. Ich fragte mich, ob er nach seinem eigenen Zeitplan arbeitete oder nach dem einer anderen Person. Ich fragte mich, warum er es so eilig hatte.

Ich lehnte mich vor und hielt mich an der Tischplatte fest.

»Das möchte ich aber«, sagte ich zu ihm. »Ihnen helfen, meine ich.«

»Und wie wollen Sie das tun?«

»Weiß ich nicht. Noch nicht. Aber tief in Ihrem Inneren muss irgendwo ein Teil von Ihnen wissen, dass das hier falsch ist.«

Seine Augen blitzten auf, und der Blick verhärtete sich wieder. Ich hatte das Falsche gesagt. Er wandte sich von mir ab und stattdessen Luke zu.

»Es gibt etwas, dessen Sie sich nicht sicher sind«, schob ich schnell hinterher. »Irgendetwas an dieser ganzen Sache stört Sie. Das sehe ich. Sie sind nicht der Einzige, der Leute lesen kann. Sie haben persönlich irgendwelche Aktien in der Sache.«

Für eine Sekunde hielt er still. »Sie verdienen etwas Besseres, Kate«, sagte er dann leise. »Es tut mir wirklich leid, dass Ihnen das hier zustößt.«

Ich verdiente etwas Besseres als *was*?, wollte ich ihn fragen. Etwas Besseres, als gegen meinen Willen festgehalten und zu später Stunde in einem Bürogebäude gequält zu werden? Etwas Besseres, als herauszufinden, dass mein verborgenster, geheimster Wunsch die ganze Zeit wahr gewesen war, nur damit er mir jetzt wieder entrissen wurde?

»Sie widern mich an«, sagte ich zu ihm.

»Kate.« Luke schüttelte warnend den Kopf.

»Was?«, fragte ich. »Glaubst du wirklich, dass er mir noch etwas Schlimmeres antun könnte? Oder dir?«

Der panische Ausdruck auf Lukes Gesicht verriet mir, dass er genau das dachte. Hier saßen wir nun einander gegenüber, grün und blau geschlagen, und wurden bewacht. Ich war vergiftet worden. Ich fühlte mich erschöpft und taub, wie es mir manchmal nach dem Laufen passierte, meine Gliedmaßen waren müde, mein Blutzuckerspiegel niedrig. Meine Symptome waren nicht mehr annähernd so stark wie noch vorhin, und dafür war ich dankbar. Doch ich konnte die Sorge nicht abschütteln, dass mein Herz jede Sekunde wieder aussetzen könnte. Eine Pistole war auf den Kopf meines Bruders gerichtet. White hatte vor, Mark zu töten.

Und es konnte immer noch schlimmer kommen.

»Dieses Gespräch ist jetzt beendet, Kate.«

White schoss nach vorn und packte Luke an den gefesselten Armen, zog ihn unsanft vom Stuhl hoch und presste die Pistole in seinen Rücken. Luke saugte scharf die Luft ein, wölbte den Rücken und machte einen Ausfallschritt vorwärts.

»Nein. Warten Sie.«

»Luke und ich müssen jetzt runtergehen, um uns mit Mark zu treffen.«

»Nehmen Sie stattdessen mich mit.«

Ich erhob mich so rasch, dass der Boden unter mir wieder zu schwanken begann. Ich hielt mich am Schreibtisch und an meinem Stuhl fest, während White mir einen mitleidigen Blick zuwarf.

»Das kommt nicht infrage, Kate. Ich brauche eine Geisel, die mir nicht zusammenbricht.«

Er stieß Luke vor sich her und aus dem Glaskubus hinaus, schob ihn weiter in Richtung Empfang. Er packte Lukes Schulter mit einer Hand, hielt ihn aufrecht und drückte die Pistole gegen die blutige Stelle hinter Lukes Ohr.

Ich ging hinter den beiden her. Joel hatte die Tür des Glaskastens nicht geschlossen. Wahrscheinlich war ihm bewusst geworden, dass das wegen des Lochs, das ich in das Glas geschlagen hatte, ohnehin sinnlos wäre. Aber das Schwindelgefühl machte mich langsam. Schwankend ging ich durch die Tür, stieß dabei links gegen den Rahmen und rammte draußen einen Schreibtisch.

»Warten Sie!«

White zwang Luke weiterzugehen. Ich stemmte mich von dem Tisch weg und folgte ihnen.

Ich musste Mark wiedersehen. Ich wollte, dass er mich sah. Ich wollte, dass wir diese Verbindung miteinander teilten, egal wie flüchtig sie sein mochte, wenn auch nur für eine Sekunde. Auch wenn White sie uns beiden gleich wieder entriss.

Sie erreichten die Ausgangstüren.

»Joel, bitte! Hören Sie mir zu.«

Er wirbelte herum und drückte die Pistole so fest gegen Lukes Kopf, dass dieser vorwärtsstolperte und beinahe zu Boden gesackt wäre.

»Ich habe Ihnen zugehört, Kate. Ich habe Sie verstanden. Besser, als Sie glauben.«

Er hielt eine Schlüsselkarte vor den Sensor, machte die Türen auf und stieß Luke hindurch, bevor er ein letztes Mal innehielt. Etwas, was man für echte Sympathie halten konnte, lag in seinem Blick.

»Es ist besser, wenn Sie hierbleiben, Kate. Um Ihretwillen. Sie müssen das nicht mitansehen.«

»Ich muss meinen Mann sehen.«

»Bleiben Sie hier, Kate. Alles wird bald vorbei sein.«

Er trat durch die Tür, die sich hinter ihm wieder schloss. Ich rannte los und grapschte nach dem Knauf.

Die Tür war bereits wieder verriegelt.

Ich schlug mit den Fäusten dagegen und presste das Gesicht gegen die gesprungene Scheibe. Eine der Aufzugskabinen öffnete sich, und Joel schob Luke hinein, dann drehte er sich wieder zu mir um. Ich stand hinter ihm. Lukes Kopf war zur Seite geneigt, weil sich die Pistole gegen seinen Schädel drückte.

»Hören Sie damit auf! Bitte!«

Das Letzte, was ich sah, als die Türen zuglitten, war mein Bruder, der mich mit seinem guten Auge anblickte. Auf seinem zerschundenen Gesicht lagen widerstreitende Gefühle. Diesen Ausdruck kannte ich. Es war derselbe mit dem er bei Marks Trauerfeier neben mir gesessen hatte. Ein Blick, der zu sagen schien: *Ich bin für dich da*, und zugleich: *Ich habe dich verloren*.

88

Lukes Schläfen pochten, als der Fahrstuhl abwärts raste. In seinem Kopf herrschte ein grell stechender Schmerz, als ob ihm ein Stachel durch den Schädel getrieben worden wäre. Sein zugeschwollenes Auge fühlte sich tellergroß an.

Eine schreckliche Leere saugte ihn innerlich aus.

Er hasste es, Kate zurückzulassen. Noch nie hatte er sie so kränklich gesehen. Und um sein eigenes Leben fürchtete er ebenfalls. Tief in seinem Hirn brüllten seine Instinkte ihn an, etwas zu unternehmen. Sofort. Besser früher als später. Nach der Pistole zu greifen. Etwas Tollkühnes zu wagen.

Aber die Angst lähmte ihn. Seine Hände waren gefesselt, und White stand hinter ihm, gerade außerhalb seines Sichtfelds. Es war verwirrend, nur mit einem Auge sehen zu können.

Die Kontrolltafel des Fahrstuhls lag rechts von ihm, einen verzweifelten Schritt entfernt. Daran gab es einen roten Nothaltknopf.

»Nicht.« White trat zur Seite, streckte den Arm aus und richtete die Waffe auf Lukes Gesicht. »Ich möchte Sie nicht hier drin erschießen müssen. Die Sauerei wäre furchtbar.«

Luke wich zurück.

»Sie müssen Ihre Schwester wirklich lieben, Luke.«

Er antwortete nicht.

»Vielleicht kann sie es jetzt noch nicht sehen, aber ich verstehe, wie hart es für Sie gewesen sein muss. Sie haben eine schwierige Entscheidung getroffen und das dann durchgezogen. Wir bringen die größten Opfer für diejenigen, die wir lieben.«

Der Mann hatte ja keine Ahnung.

Kate war am Tag nach dem Flugzeugabsturz bei Luke eingezogen. Wochenlang hatte sie in seinem Gästezimmer gewohnt, bevor sie überhaupt in der Verfassung war, sich eine eigene Bleibe zu suchen.

In manchen Nächten hatte sie im Schlaf geschrien, und er war zu ihr ans Bett geeilt, um ihr beim Aufwachen zu sagen, dass sie in Sicherheit und er für sie da war. Aber es gab auch andere Nächte – beschämende Nächte –, in denen er sie zwar gehört hatte, aber *nicht* zu ihr gegangen war. Nächte, in denen er in seinem eigenen Bett liegen geblieben war und am Morgen so getan hatte, als ob er sie nicht gehört hätte. Das Trauma seiner Schwester war so schwerwiegend gewesen, dass es sich anfühlte, als würde man in die Sonne starren. Er musste sich vor ihren Strahlen schützen.

Das war sein tiefstes, schrecklichstes Geheimnis.

War es jedenfalls gewesen.

»Ich hätte es ihr früher sagen sollen«, sagte er.

»Sie haben sie beschützt.«

»Sie hat verdient, es zu wissen.«

Der Fahrstuhl fuhr weiter abwärts. Achter Stock ... Siebter Stock ... Sechster Stock ...

Lukes heiles Auge brannte und stach, als er auf die Ziffern hochsah. Innerlich tobte er vor Wut. Auf sich selbst. Auf den Gangster, der neben ihm stand. Auf Mark, wegen der Lage, in die er sie alle gebracht hatte.

»Was haben Sie mit ihr gemacht?«, fragte er. »Warum hat sie so krank ausgesehen?«

Einen Moment gab es eine winzige Aufwärtsbewegung, als der Fahrstuhl langsamer wurde und schließlich im Erdgeschoss anhielt. White wartete kurz, dann bedeutete er Luke mit der Waffe, vor ihm auszusteigen, als die Türen aufglitten.

»Die Sache ist die, Luke: Manchmal ist die Wahrheit überbewertet. Glauben Sie mir, wenn ich Ihnen sage, dass Sie das wirklich nicht wissen wollen.«

89

Inzwischen hatte ich nur noch ein Ziel.

Entkommen.

Ich drehte mich von den Türen weg und eilte zum Kubus zurück, nahm das Telefon ab. Ich hatte White vorhin den Entsperrungscode eingeben sehen, bevor Luke im Krankenhaus angerufen hatte, aber seitdem hatte ich nicht mitbekommen, dass er einen weiteren Code eingetippt hatte. Als ich den Hörer jedoch ans Ohr hielt, funktionierte das Telefon wieder nicht. Es gab kein Freizeichen.

Wie konnte das sein?

Ich schleuderte das Telefon beiseite, trat aus dem Kubus und starrte auf die Schreibtische vor mir. Ich probierte ein anderes Telefon aus, dann noch eins. Immer mit dem gleichen Ergebnis.

Mein Blick zuckte hin und her, über die anderen Arbeitsplätze, über die Besprechungspods, den Empfang und den Speisebereich. Zu den erleuchteten Fenstern, auf die meine Nachricht gekritzelt war.

Denk nach.

Es musste irgendetwas geben, was ich noch nicht probiert hatte. Etwas, das helfen würde. Ich hatte das quälende Gefühl, dass ich etwas übersehen hatte. Als ob die Antwort direkt vor meinen Augen lag.

Ich trat näher an die Fenster heran, aber alles, was mich von dort anstarrte, war mein eigenes Spiegelbild, das draußen in der Dunkelheit schwebte.

Ich legte die Handflächen auf die Scheibe und blickte auf die Straße hinunter. Die Bürgersteige waren inzwischen verwaist. Von Mark keine Spur.

Mein Herz sehnte sich nach ihm.

Er hatte einmal etwas zu mir gesagt. An einem Wochenende hatte ich gearbeitet und das gefühlt hundertste Mal vergeblich versucht, einen Pitch für irgendeinen Medienbeitrag zu überarbeiten, doch es wollte mir nicht recht gelingen. Wir saßen in unserem Wohnzimmer aneinandergekuschelt auf dem Sofa. »Du bist nur so frustriert, weil du nie aufgibst«, hatte er zu mir gesagt. »Du wirfst nie die Flinte ins Korn.«

»Du gibst nie auf«, sagte ich mir selbst vor. »Du wirfst nie die Flinte ins Korn.«

Ich blickte einen Moment lang auf den kaputten Stuhl auf dem Boden, dann stieß ich mich von den Fenstern ab und raste am Glaskasten vorbei in Richtung der Trennwand hinter dem Food-Court, wo der Kopierer stand.

Ich überprüfte das Ausgabefach, doch dort lag keine ausgedruckte Seite für mich, kein Antwortfax von Simon und Rebecca.

Abrupt blickte ich auf, kämpfte gegen die Verzweiflung an, die mich niederdrücken wollte, und sah durch den dunklen Raum zu Raul hinüber. Seine Leiche war nicht bewegt worden, aber irgendetwas zog mich an, irgendeine magnetische Kraft. Ich lief zu ihm.

Draußen erstrahlten die Lichter des nächtlichen London, ein grünlicher Schimmer lag auf Rauls Gesicht und auf seinen Händen. Und da war es wieder. Das Gefühl, dass mir etwas entging. Es fühlte sich so an, als ob ich es gedanklich umkreiste,

ihm immer näher kam wie Wasser, dass ein Abflussrohr hin-
unterstrudelte.

Ich sah zur Seite auf den geisterhaften Umriss des Fitness-
bereichs und auf die Malerutensilien darin.

»Helfen Sie mir, Raul«, flüsterte ich. »Was übersehe ich?«

Einen Moment lang musste ich wieder an das Foto seiner
Frau und seiner Tochter denken, das er mir gezeigt hatte. Ich
dachte daran, wie glücklich er gewesen war, wie viel es gab,
wofür es sich für ihn zu leben lohnte, und wie schuldig ich
mich fühlte, weil ihm das alles jetzt genommen worden war.
An der Art, wie Hayley sich ihm gegenüber verhalten und später über ihn geredet hatte, war deutlich geworden, dass er im
Gebäude beliebt war und sie ihn ehrlich mochte.

Da traf es mich wie der Blitz. Der Gedanke, den ich nicht zu
fassen bekommen hatte. Der Weg hinaus, den ich übersehen
hatte.

Wie konnte mir das bis jetzt entgangen sein?

90

Das Taxi, das Mark gerufen hatte, holperte über die Fleet Street. Er sprach kein Wort mit dem Fahrer, einem bulligen Mann in einem West-Ham-T-Shirt, der ihm immer wieder verstohlene Blicke im Rückspiegel zuwarf, als hätte er Angst, dass Mark sich, ohne zu zahlen, aus dem Staub machen könnte.

Mark verstand das. Er war außer Atem gewesen, als er das Taxi angehalten hatte. Er hatte sich hastig angezogen und saß jetzt vorgebeugt da, hielt sich am Türgriff neben ihm fest und starrte eindringlich wie ein Gefangener auf Freigang aus dem Seitenfenster, das er ein Stück heruntergelassen hatte.

Seit etwas über einer Woche war er im Krankenhaus gewesen, aber es fühlte sich deutlich länger an. Die Nachtluft, die durch das Fenster hereinströmte, hatte etwas Frisches an sich, und zu sehen, wie Menschen in Bussen an ihm vorbeifuhren oder mit dem Handy am Ohr die Straße hinuntergingen, wirkte regelrecht neu auf ihn. Das gewöhnliche Leben. So lange war er davon abgeschnitten gewesen. Seltsamerweise waren es die Kleinigkeiten, nach denen er sich am meisten sehnte, die alltäglichen Dinge, die simplen Routinen, wie nach dem Abendessen das Geschirr zu spülen, fernzusehen oder sogar die Rechnungen zu bezahlen.

Das Herumliegen im Krankenhaus war schwerer als die Flucht für ihn gewesen. Unzählige Male wäre er beinahe einfach abgehauen. So ermüdend es gewesen war, hatte das ständige In-Bewegung-Bleiben etwas Entlastendes gehabt. Während er sich Luke oder den Ärzten und Pflegekräften, die nach ihm sahen, ohne den wahren Grund für seinen Aufenthalt auf der Station zu kennen, gegenüber selbstsicher gab, hatte er die meiste Zeit über Angst gehabt, seine Zimmertür könnte jeden Augenblick auffliegen, und jemand könnte hereinstürmen, um ihn umzubringen.

Natürlich wusste er, dass er gerade in eine Falle lief. Er begriff aber auch, dass er keine Wahl hatte. Von dem Moment an, in dem er Verbindung mit der Staatsanwaltschaft aufgenommen hatte, war ihm bewusst gewesen, dass er damit eine Spur legen würde, die zu ihm zurückverfolgt werden konnte. Vielleicht war es weniger eine Spur als vielmehr eine Lunte – die, einmal entzündet, alles in die Luft jagen würde, was er so sehr liebte.

Seit einem guten Jahr folgte er seinen Instinkten. Er bewegte sich vorsichtig. Tat nur sichere Dinge. Er hatte einige Zeit in Kanada verbracht, zum Großteil in Neufundland. Danach war er eine Weile in Osteuropa gewesen. In Budapest. In Krakau. Und schließlich noch ein paar Monate in Bergen.

Nach der Hälfte seines Aufenthalts in Norwegen war er kurzzeitig nach Amerika zurückgekehrt. Er hatte die neuen Papiere benutzt, die er sich in Polen verschafft hatte. An seinem zweiten Tag in San Francisco war er nach Stanford gefahren und hatte sich ganz hinten in eine überfüllte Vorlesung über die Geschichte und Struktur des westlichen Films gesetzt.

Rosie war dort.

Es war immer der Traum seiner Tochter gewesen, Filmwissenschaft zu studieren, und es half ihm, dass er wusste, dass sie sich ihren Traum erfüllte. Rosie saß viele Reihen vor ihm, fast ganz vorn im Hörsaal. Ihr Haar war nicht mehr lila, sie hatte sich die naturbraunen Locken zu einem kurzen Bob schneiden lassen. Irgendwann hatte der junge, gut aussehende Typ neben ihr ihr einen Zettel hingeschoben. Sie hatte ihn gelesen. Gelächelt. Nach der Vorlesung hatte Mark sich einen abgeschiedenen Platz unter einer Eiche auf dem Campus gesucht und hatte beobachtet, wie seine Tochter und der junge Mann von ihren Taschen und Lehrbüchern umgeben auf der Wiese saßen. Sie hatten die Beine ineinander verschlungen und sich geküsst, Rosie hatte gelächelt, und der junge Mann (gut gekleidet und mit kurzen Haaren – deutlich konventioneller, dachte Mark, als die Jungs, mit denen Rosie in ihren rebellischen Teenagerjahren ausgegangen war, als sie es anscheinend darauf abgesehen hatte, ihren Vater in den Wahnsinn zu treiben) hatte ihre Hand genommen und ihr etwas ins Ohr geflüstert, was sie zum Lachen brachte.

Dieses Lachen hatte ihm den Rest gegeben.

Natürlich wollte er zu ihr gehen. Die große Eröffnung. *Ta-da! Überraschung! Ich bin noch am Leben!* Aber das war nicht der Grund für seine Anwesenheit. Er hatte nachsehen wollen, ob es ihr gut ging. Ob sie es geschafft hatte, ihr Leben weiterzuführen. Hatte sich überzeugen wollen, dass sie klarkommen würde, falls der Plan, den er in Bewegung gesetzt hatte, schiefging.

Bei Kate war es etwas anderes.

In dem Moment, in dem er ihre Wohnung betreten hatte, war ihm klar, dass es ihr sehr schlecht ging. Alles an ihrem neuen Leben hatte sich falsch angefühlt.

Dann hatte er das Bild von ihnen beiden am Kühlschrank entdeckt, das von ihren Flitterwochen, und er hatte sich wieder an alles erinnert. An alles, was er zu verdrängen versucht hatte.

Er kannte Kate. Er liebte sie. Sie war eine Kämpfernatur, aber vielleicht war ihn zu verlieren ein Schicksalsschlag zu viel gewesen. Die Kate, die er gekannt hatte, war immer stolz auf ihr Zuhause gewesen, aber der jämmerliche, triste Zustand ihrer Wohnung sprach eine andere Sprache.

Und nun hatte er alles noch viel schlimmer gemacht.

Ihr zu folgen war nutzlos gewesen. Es war eine Dummheit gewesen, zu ihrer Wohnung zu gehen, feige, sich im Krankenhaus zu verstecken, statt ein für alle Mal zu verschwinden.

Er war schwach und selbstsüchtig gewesen. Er wusste, was auf dem Spiel stand, und hatte sie dennoch in Gefahr gebracht. Er wollte so sehr einen Weg zu ihr zurückfinden, dass er alles riskiert hatte. Und das war jetzt das Ergebnis.

Also ja, er würde den Anweisungen Folge leisten, die ihm gegeben worden waren. Falls er das tat, würden sie Kate vielleicht laufen lassen. Er wusste, dass die Chancen dafür nicht gut standen, aber er musste es trotzdem versuchen.

Und ja, er konnte sich sagen, dass er Kate die Wahrheit schuldete. Er konnte sich sagen, dass er sich persönlich bei ihr entschuldigen und um Verzeihung bitten wollte, selbst wenn ihn das das Leben kostete. Selbst wenn er, nach allem, was er geopfert hatte, und nach allem, was sie durchgemacht hatten, am Montag nicht vor Gericht erscheinen konnte.

Die Wahrheit war einfach, dass er Kate wissen lassen wollte, wie sehr er sie liebte. Er musste es ihr noch ein letztes Mal sagen.

»Da wären wir, Kumpel.« Der Taxifahrer fuhr an den Straßenrand und hielt vor einem Pub, der schon geschlossen hatte. Er nickte zu dem hohen Bürogebäude auf der anderen Straßenseite, das zum Großteil im Dunkeln lag. »Meine Frau sagt immer, es sieht so aus, als hätte sich jemand bei der Bestellung der Fenster vertan und aus Versehen einen Haufen Badezimmerspiegel geliefert bekommen.«

Mark duckte sich und starrte auf den hell erleuchteten Eingang zu dem hohen Gebäude. Die Drehtür bewegte sich nicht. Und drinnen konnte er niemanden entdecken.

»Hier.«

Er gab dem Fahrer ein paar zerknitterte Geldscheine, stieg aus und überquerte dann die still daliegende Straße. Jetzt keine Umwege. Der Anrufer hatte ihm gesagt, er habe zwanzig Minuten. Die Zeit war fast vorüber.

Eine Sekunde lang fragte Mark sich, wie er nach drinnen gelangen sollte, doch dann sah er Luke hinter dem Empfangstresen auftauchen und zu einer kleinen Stahlsäule direkt hinter dem Eingang gehen. Er trug noch seine Krankenhauskleidung und Sneakers. Sein Gesicht war blutig. Die Handgelenke schienen irgendwie gefesselt zu sein.

Mark sah zu, wie Luke eine Codekarte gegen die Säule drückte und sich eine Seitentür öffnete.

Er ging hindurch.

Erst als er drinnen stand und die Tür sich hinter ihm geschlossen hatte, trat der Mann in dem zerrissenen und blutigen Hemd aus seinem Versteck hervor. Er hielt eine Pistole in der Hand.

91

Ich trat hinter Raul hervor und ging quer durch das Großraumbüro.

Mein Herz schlug wahnsinnig schnell, aber ich drosselte nicht mein Tempo.

Inzwischen zirkulierte noch eine weitere Substanz in meinem Körper und konkurrierte mit dem Gift, das White in mein Wasser gegeben hatte.

Adrenalin, ja. Und noch etwas anderes.

Hoffnung. Ich hatte jetzt Hoffnung.

Wenn ich hier rauskommen und nach unten gelangen konnte, wenn ich mich beeilte, wenn ich rechtzeitig da war ...

Wenn. Wenn. Wenn.

Ich hatte keine Ahnung, ob ich es schaffen und auf welche Schwierigkeiten ich dann stoßen würde. Ich hatte keine Ahnung, ob ich Luke helfen und Mark retten konnte. Aber etwas war anders. Ich meinte, jetzt eine Chance zu haben, wo vorher keine existierte.

Der abgeschirmte Fitnessbereich lag vor mir. Ich konnte die Abdeckplanen und die Malerutensilien erkennen, die Kisten mit den Fitnessgeräten hinter den Barrieren aus getöntem Glas.

Ich trat auf die Plastikfolien, mit denen der Boden bedeckt war, und sah auf die blauen Plastikplanen, die vor den Fenstern und Wänden angebracht waren. Mein Körper spannte sich an.

Ich hob beide Hände. Eine Sekunde lang waren meine Arme vor Furcht so schwer, dass es sich anfühlte, als ob ich Hanteln stemmte. Ich riss die Planen ab.

Und da war er, direkt vor meiner Nase.

Der verlorene Gedanke in meinem Kopf, nach dem ich gesucht hatte. Die Fehlzündung in meinem Hirn, immer wenn ich an Raul gedacht hatte.

Alles ging auf etwas zurück, was Hayley zu mir gesagt hatte, nachdem Raul sein Putzgerät aus der Fahrstuhlkabine gerollt hatte.

Raul ist eine Seele von Mensch. Eigentlich soll er den Lastenaufzug benutzen, aber jeder hier kennt ihn, und er ist so nett, dass keiner was sagt.

Es gab einen Lastenaufzug.

Und jetzt starrte ich darauf.

Meine Haut kribbelte wie statisch aufgeladen. Der Aufzug schien vor mir zu pulsieren. Ein winziger Teil von mir befürchtete, dass es sich um eine weitere Halluzination handelte, aber als ich die Arme ausstreckte und beide Handflächen gegen das Metall presste, fühlte es sich hart und kalt an.

Auch White musste von dem Aufzug gewusst haben. So etwas hätte er nicht übersehen. Hatte er vielleicht einfach nur angenommen, dass ich ihn nicht entdecken würde?

Ich trat einen Schritt zurück. Der Aufzug war mitten in die hintere Wand eingelassen, und er war sehr breit – ungefähr doppelt so breit wie die Personenaufzüge draußen im Vorraum. Die Türen waren in einem hellen Cremeton gestrichen. Sie hatten gewaltige Ausmaße und öffneten sich senkrecht, sodass sich ein waagrechter Schlitz in der Mitte bildete. Von der oberen Tür hing ein Riemen herab.

Als ich danach griff, fiel mir noch etwas anderes auf. Die Handwerker, von denen Hayley sich verabschiedet hatte,

waren mit ihren Werkzeugkästen im Foyer an uns vorbei-
gegangen. Aber sie waren nicht mit einem der drei Personenaufzüge heruntergefahren, auf die wir gewartet hatten. Und sie
hätten ihre Werkzeugkästen sicherlich nicht dreizehn Stockwerke über eine Treppe nach unten geschleppt. Also mussten
sie diesen Aufzug benutzt haben.

Das Herz schlug mir bis zum Hals, als ich an dem Riemen
zog.

Die Türen knarrten und klapperten, aber sie teilten sich
nicht. Sie waren irgendwie gesichert.

Nein.

Links neben den Fahrstuhltüren befand sich ein Rufknopf.
Darunter gab es ein Schlüsselloch.

Ich stöhnte.

Der Schlitz des Schlosses war seitwärts verdreht. Darunter
standen die Worte FAHRSTUHL RUFEN.

Darum hatte sich White also keine Sorgen gemacht, dass ich
ihn finden könnte.

Ohne Schlüssel konnte ich den Fahrstuhl nicht rufen.

Wenn ich ihn nicht rufen konnte, konnte ich auch nicht entkommen.

Mist.

Ich dachte an das Gummiband an Rauls Overall. Vielleicht
hatten daran ein Aufzugschlüssel und eine Codekarte gehangen. Joel musste beides an sich genommen haben.

Ich fuhr mit den Fingerspitzen über das Schlüsselloch. Dann
griff ich in die Brusttasche meiner Bluse, zog Maggies Schlüsselbund heraus und wog ihn in der Hand, wählte den kleinsten
der Schlüssel aus und versuchte, ihn ins Schlüsselloch zu stecken. Er ließ sich ungefähr bis zur Hälfte hineinstecken und
wurde dann blockiert. Ich drückte fester, drehte daran, doch er
ließ sich nicht bewegen.

Ich zog ihn wieder heraus und versuchte es mit den anderen Schlüsseln, rammte sie einen nach dem anderen hinein.

Sie passten überhaupt nicht.

»Bitte nicht. Bitte.«

Ich war so nah dran.

Ich steckte den Schlüsselbund wieder ein und zerrte noch einmal in sämtliche Richtungen an dem Fahrstuhlriemen.

Etwas stach mich in die Hüfte. Es war die kleine Kante zwischen den Türen. Die untere Tür stand ganz leicht hervor. Ich presste den Ellbogen darauf und drückte sie abwärts. Es gab eine winzige Bewegung. Eine Lücke entstand.

Würde es ausreichen, um einen Hebel anzusetzen?

»Komm schon, Kate.«

Ich wirbelte herum und hielt in dem Bereich hinter mir nach den Teilen des Crosstrainers Ausschau, ging hinüber und hob eine der kleinen Metallstangen mit dem abgeflachten Ende auf. Dann trat ich hinter den Trennwänden aus getöntem Glas hervor und stürmte durch das Großraumbüro, hin zu der Kammer mit den Büromaterialien. Ich rannte hinein, sah mich hastig um und schnappte mir eine der Schreibtischlampen, die ich vorhin entdeckt hatte.

Ich verließ die Kammer, trug Lampe und Stange zum Lastenaufzug.

Neben der Kontrolltafel des Fahrstuhls gab es eine Steckdose. Ich steckte die Lampe ein und schaltete sie an. Ihr Schein blendete mich kurz. Ich drehte sie mit dem Zeh abwärts, schnappte mir den Riemen, zog daran und stemmte das Knie gegen die untere Tür. Als die Lücke zwischen oberer und unterer Tür wieder erschien, rammte ich das flache Ende der Metallstange hinein.

Es passte.

Ich schaukelte zurück, streckte eine Hand nach der Lampe

aus, richtete den Strahl in die Lücke und spähte dann hinein, bis ich einen metallischen Glanz ganz in der Nähe der Stelle sah, an der ich den Hebel angesetzt hatte. Es sah aus wie eine Art Riegel.

»Du schaffst das.«

Ich ließ die Lampe fallen, packte die Stange und stemmte sie zur Seite. Ich biss die Zähne zusammen. Mein Bizeps spannte sich an. Es ertönte ein schabendes Quietschen gefolgt von einem metallischen Klimpern.

Ich hielt inne.

Ich senkte den Kopf, als mich ein Schwindelanfall ergriff.

Ich blinzelte, schüttelte den Schwindel ab, umfasste die Stange fester und zog wieder daran.

Die Stange glitt schnell zur Seite.

Zu schnell.

Der Metallriegel sprang viel zu leicht beiseite. Die beiden Aufzugtüren teilten sich rasend schnell und öffneten sich.

Darauf war ich nicht vorbereitet.

Ich fiel nach vorn.

Die Stange plumpste vor mir in den gähnenden Schacht.

Ich griff nach der Seite des Aufzugs, stieß mit dem Fuß gegen die Lampe. Auch sie fiel in den Schacht, während sich das Kabel um meinen Knöchel wickelte.

Mir wurde flau im Magen.

Meine bandagierten Finger rutschten ab.

Die Stange prallte im Fall gegen die Wände und klirrte endlos unter mir.

Ich fühlte, wie die Gravitation mich ihr hinterherzog, aber ich warf mich zur Seite, kam unsanft auf Ellbogen und Hüfte auf und scharrte über den Boden.

Das war knapp.

Ich setzte mich vorsichtig auf, schob mich wieder zurück zu

der Öffnung, hielt mich an der Seite des Schachts fest und spähte über die Kante.

Ein Geruch nach kaltem Zement wallte zu mir herauf. Die Lampe baumelte von einer Seite zur anderen, erleuchtete die glatten Zementwände des Aufzugsschachts sowie die armdicken Metallkabel, die in der Mitte des Abgrunds hingen. Unter mir – ganz weit unten, am Ende des Schachts – konnte ich gerade noch die Aufhängung an der Oberseite einer Aufzugskabine erkennen.

92

Joel musterte Mark Harding wortlos, als er nun im nächtlichen Foyer vor ihm stand. Ein toter Mann. Ein Geist.

»Und jetzt?« Mark deutete auf die Waffe in Whites Hand. »Wollen Sie mich erschießen?« In der Stille des Foyers klang er eigenartig fügsam.

»Erst reden wir, Mark.«

»Sie wollen doch gar nicht mit mir reden. Reden gehört nicht zu Ihrer Rolle.«

»Wir müssen uns ein bisschen unterhalten. Sie müssen mich davon überzeugen, dass nicht irgendwo noch irgendwelche Dokumente oder Beweisstücke versteckt sind. Keine beglaubigten Geständnisse, die im Falle Ihres Verschwindens an die Anklage oder eine Zeitung geschickt werden.

Er sah, wie Mark Luke einen Seitenblick zuwarf. Er sah, wie Mark die Verletzungen an Lukes Kopf und Gesicht registrierte.

»Zuerst will ich Kate sehen. Ich muss wissen, dass es ihr gut geht.«

»Wenn wir geredet haben. Nachdem Sie mich überzeugt haben.«

»Nein, ich will sie sofort sehen.«

Joel schüttelte den Kopf. »Ausgeschlossen.«

»Ich könnte auf die Straße rauslaufen und um Hilfe schreien.«

»Und ich könnte Sie und Luke erschießen, bevor Sie durch diese Tür gehen. Aber das werde ich nicht, denn Sie rennen ja nicht weg. Wir unterhalten uns, Mark. Sie wissen, wie das hier ablaufen muss.«

Mark schien kurz darüber nachzudenken, bevor er vorsichtig nickte. Es gab kein Drama, keinen Versuch, zu verhandeln oder zu betteln. Joel hatte das vorher schon erlebt. Wenn jemand am Ende der Fahnenstange ankam, wusste er normalerweise, dass er keine Wahl mehr hatte.

Das konnte er nachfühlen.

Irgendwo in seiner Tasche begann sein Prepaidhandy zu vibrieren. Mitternacht. Die Frist, die Fergus Marsh ihm gesetzt hatte. Joel entschied sich, nicht ranzugehen. Das Telefon war stummgeschaltet, und selbst in der Stille des Foyers nahm man das Vibrieren nicht wahr.

»Wohin sollen wir gehen?«, fragte Mark.

»Ich hab mir schon was überlegt.«

93

Fergus Marsh lauschte auf den Rufton. Niemand ging ran.

In der brüchigen Stille, die nun folgte, überrollte ihn ein ungläubiges Gefühl der Sinnlosigkeit. Es war schwer zu glauben, dass der Mann, den er angeheuert hatte, versagt haben sollte. Seine Empfehlungen waren tadellos gewesen.

»Setzen Sie Plan B in Bewegung«, drängte Dominic ihn. »Und zwar sofort.«

»Nein«, krächzte er. »Wir warten ab.«

»Das ist ein Fehler. Wir müssen den Sack jetzt zumachen.«

Er hielt Dominics Blick stand, ein stummes Kräftemessen fand zwischen ihnen statt.

Das haben Sie mir schon mal gesagt.

Damals hatte er natürlich gewusst, dass es sich um eine schreckliche Entscheidung handelte. Eine widerwärtige und nicht wiedergutzumachende böse Tat. Aber Dominic hatte darauf bestanden, dass keine Zeit für Alternativen blieb. Sie steckten so tief in der Scheiße, ihre Lügen waren so öffentlich erfolgt, dass ein Kundtun der Wahrheit sie in den Ruin getrieben hätte.

Damals war er schwach gewesen. Er hatte sich überreden lassen. Mark Harding musste aufgehalten werden. Unumkehrbar. Unzweifelhaft. Ein Mord, der durch das Ausmaß eines viel schrecklicheren Verbrechens überdeckt und verzerrt wurde.

War er nun ebenso schwach?, fragte er sich. Ihm war bewusst, dass seine eigene Sturheit von Verdrängung herrührte.

Und wollte nicht wenigstens ein Teil von ihm seine Autorität wieder zementieren und Dominic beweisen, dass er im Unrecht war?

»Sie zögern das Unvermeidliche nur hinaus, Fergus. Ich hatte letztes Mal recht. Und diesmal habe ich auch recht.«

»Wir warten«, entgegnete Marsh mit rauer Stimme.

Obwohl er bereits begriff, dass das Warten einer Folter gleichkäme. Mit jeder Sekunde, die verstrich, würden sich seine Zweifel vervielfachen. Er wusste, dass es nicht mehr lange dauern würde, bis sie eine kritische Masse erreichten.

94

Samstag, 0:01 Uhr

Ich kniete mich vor die Öffnung, streckte den Kopf in den Schacht und blickte nach oben in die düstere Leere.

Allerdings konnte ich die Aufzugtüren ein Stockwerk über mir sehen. Außerdem sah ich einen grün leuchtenden Plastikgriff an der Rückseite der Türen. Ein rascher Blick auf die Tür, die ich geöffnet hatte, zeigte mir, dass es auch an ihr so einen Griff gab. Ich vermutete, dass er mit dem Riegel verbunden war, der mich daran gehindert hatte, die Türen zu öffnen. Er musste eine Art Sicherheitsauslöser sein.

Ich atmete scharf die schale Luft des Schachts ein und spähte nach den Stahlseilen, die in der Mitte hingen. Insgesamt waren es vier, aber sie waren zu weit weg, als dass ich sie hätte erreichen können. Mit dem Blick suchte ich die Zementplatten ab, mit denen der Schacht ausgekleidet war. Es gab keine Wartungsleiter, wenigstens konnte ich nichts dergleichen entdecken.

Erneut lehnte ich mich über die Kante. Mein Magen zog sich zusammen. Angst ballte sich in meinem Rachen zusammen. Auch ein Stockwerk tiefer gab es einen leuchtenden Griff an der Rückseite der Türen.

Ich schaukelte wieder rückwärts.

Eine harte Erkenntnis nistete sich in meiner Magengrube ein.

Ich konnte nicht einfach hierbleiben. Meine Symptome hatten vielleicht nachgelassen, waren aber nicht vollständig abgeklungen, und es gab Anzeichen dafür, dass sie vielleicht wiederkehren würden. White hatte mir gesagt, dass ich sterben würde, wenn ich nicht in ein Krankenhaus kam. Und Marks zwanzig Minuten waren verstrichen. Wenn er hergekommen war, wäre White inzwischen bei ihm. Bereits jetzt bedrohte White Luke mit der Waffe.

Ich drehte mich um und blickte nach hinten ins Großraumbüro, eine Gefangene, die ihren eigenen Kerker betrachtete. In der Ferne konnte ich gerade noch die Seile erkennen, die vor der Kletterwand hingen.

95

Sergeant Christine Harris von der Polizei der Londoner City trug eine stichsichere Weste über dem dunkelblauen kurzärmeligen Hemd ihrer Uniform, auf ihrem Kopf saß der Polizeihelm mit dem auffälligen rot-weiß karierten Band. In ihrer Weste gab es eine Vielzahl von Taschen, genau wie an ihrem Gürtel. Sie enthielten unter anderem ihre Handschellen, ihren Teleskopknüppel, ihr Pfefferspray, einen Taser und ein Funkgerät. Ihre Kollegen in der bewaffneten schnellen Eingreiftruppe der Polizei waren außerdem mit Schusswaffen ausgestattet, vor allem für den Fall eines terroristischen Anschlags. Harris nicht.

In diesem Moment meldete sich ihr Funkgerät.

»Zentrale.«

»Harris, Sprechen Sie.«

»Christine, du musst mir einen Gefallen tun.«

Harris fluchte. Ihr Partner auf Streife, Constable Terry – ein großer, schlaksiger Schwarzer mit einem provozierenden Grinsen – kicherte neben ihr. Beide erkannten den Disponenten, der sich meldete, als Alan Potts. Bei einer Weihnachtsfeier, die sich niemals wiederholen durfte und an der Harris zu viel Wodka getrunken und auf zu vielen Tischen getanzt hatte, hatte sie, aus Gründen, die sie noch immer nicht benennen konnte, ihre Nacht damit beschlossen, Potts mit nach Hause zu nehmen, und hatte mit ihm (das vermutete sie wenigstens, denn sie konnte sich an nichts erinnern) wirklich wenig aufregenden Sex gehabt. Seitdem sprach Potts sie so an. Immer mit Christine, nicht mit Harris. Immer mit dem verdrucksten, leicht verlegenen Tonfall eines schüchternen, möglicherweise verknallten Mannes, der sie schon einmal nackt gesehen hatte.

»Was denn für einen Gefallen, Potts?«

»Bist du in der Nähe von Ludgate Hill?«

Harris hätte ihn anblaffen können, dass sie natürlich da in der Nähe war. Ihr Revier konzentrierte sich auf den relativ kleinen Bereich der sogenannten »Square Mile« – auf den historischen Kern und das Wirtschaftszentrum Londons.

»Wir sind gerade bei New Change.«

Tatsächlich stand sie direkt gegenüber dem Eingang zu einem Hochglanz-Einkaufszentrum, das außerdem ein Bar- und Restaurantkomplex war. Harris war lange genug bei der Polizei, um sich daran zu erinnern, dass hier einmal die imposanten Büros einer Rechtsanwaltskanzlei gestanden hatten.

»Okay. Das ist, äh … Ich weiß nicht richtig, wie ich es erklären soll.«

Harris schaltete das Funkgerät aus und schaukelte auf ihren Halbschuhen mit den Stahlkappen vor und zurück. Es war ein heißer Tag gewesen, und selbst so spät in der Nacht konnte sie die Hitze des Tages noch spüren, die vom Asphalt aufstieg und ihre Hände umfloss. Noch sieben Stunden, dann war ihre Schicht vorbei. Sie wollte nach Hause, duschen, frühstücken und schlafen.

Terry berührte sie am Arm. »Glaubst du, er will dich fragen, ob du mit ihm ausgehst?«

»Schnauze.«

»Christine?«, drang wieder die Stimme aus dem Funkgerät. Sie drückte auf den Sprechknopf. »*Sergeant Harris.*«

»Okay. Die Sache ist die …«

»Oh mein Gott, beeil dich einfach und komm zur Sache, Potts.«

Schwerer Fehler. Sie warf Terry sofort einen bösen Blick zu, bevor er noch irgendeine dumme Bemerkung darüber machen konnte. Trotzdem fingen seine Augen zu leuchten an. Sie wusste, was sie von den anderen zu hören bekommen würde, sobald sie zurück in der Dienststelle wären.

Beeil dich einfach und komm zur Sache, Potts. Besorg's mir, Potts.

»Vorhin ist etwas ziemlich Seltsames passiert, Christine. Ich habe einen Anruf von einem Fax bekommen.«

Herr im Himmel.

»Was hast du gesagt?«

»Von einem Faxgerät. Der Anruf kam auf einer Notrufnummer durch. Als ich abgehoben habe, hab ich nur ... Kauderwelsch gehört. Du weißt schon, dieses elektronische Rauschen.«

»Wir bekommen inzwischen Anrufe von Faxgeräten?«

»Nein, das ist es ja gerade. Das ist noch nie passiert.«

»Wahrscheinlich war es irgendeine Art von Fehlfunktion.«

»Das dachte ich auch erst.« Pause. »Aber es hat mich nicht losgelassen. Ich hab unser System überprüft, und die Nummer ist als die einer Firma namens Edge Communications aufgeführt. Ich hab versucht zurückzurufen.«

»Und?«

»Hat nicht geklappt. Keine Verbindung.«

»Da hast du's doch. Ihre Telefonanlage ist ausgefallen oder hat sonst einen Schaden.«

»Da ist noch etwas. Ich habe unsere zentralisierten Aufzeichnungen überprüft und gesehen, dass in dem Gebäude, in dem die Firma ansässig ist, früher am Abend ein Feueralarm ausgelöst wurde. Die Überwachungsstelle ist informiert worden, dass es ein falscher Alarm war, der im dreizehnten Stock ausgelöst worden ist. Da liegen aber auch die Büros von Edge Communications. Ich weiß, es hört sich nicht nach viel an, aber auf mich macht das einen komischen Eindruck, und ich dachte, wenn du nicht gerade was Wichtiges zu tun hast ...«

Harris warf Terry einen Blick zu. Dann stöhnte sie. »Du willst, dass wir da hinfahren und nachsehen?«

»Wenn ihr das machen könntet. Nur ganz kurz. Mir ...«
Sie unterbrach ihn, bevor er noch *zuliebe* sagen konnte.

»Wie genau lautet denn die Adresse von Edge Communications?«

»Es ist ganz bei dir in der Nähe. Im *Mirror*.«

Harris drehte die Hüfte, sah hoch und an der Kuppel der St.-Paul's-Kathedrale vorbei. Dort konnte sie die fedrige Spitze des verspiegelten Büroturms, von dem Potts sprach, in den Himmel aufragen sehen. In den oberen Stockwerken schien kein Licht mehr zu brennen, aber Harris wusste, dass das trügerisch war. Es war eine Eigenschaft der speziellen Glasfenster, die in dem Gebäude verbaut worden waren – eine Eigenschaft, die sie als Polizistin störte. Was war der Sinn eines Fensters, wenn man nicht von beiden Seiten hindurchschauen konnte?

»Christine?«

Sie dachte über das Gesagte nach, während Terry vor ihr mit den Augen rollte. Es war nicht zu leugnen, dass ihre Schicht bis jetzt ruhig war, und so nervig Potts auch sein konnte, war er doch ein erfahrener Disponent, der schon in der Vergangenheit unterbrochenen oder ins Leere gelaufenen Anrufen nachgegangen war, die zu wichtigen Rettungsaktionen geführt hatten. Letzten Herbst war es seinem Gespür zu verdanken gewesen, dass Harris auf einen stummen Anruf von einer Kellnerin reagieren konnte, die im Hinterzimmer des Restaurants, in dem sie arbeitete, von ihrem gewalttätigen Chef in die Enge getrieben worden war. Jetzt, wo sie darüber nachdachte, war es genau dieser Vorfall gewesen, der sie dazu gebracht hatte, Potts

einen Drink auf jener unglückseligen Weihnachtsfeier auszu-
geben.

»In Ordnung«, entschied sie und hob die Hand, um Terrys
unvermeidliches Gejammer abzuwehren. »Wir schauen mal
nach. Aber hör endlich auf, mich mit dem Vornamen anzu-
reden.«

96

Joel zwang Mark und Luke dazu, die Treppe zu benutzen, nicht den Fahrstuhl. Es war eine Vorsichtsmaßnahme um seinetwillen. Waffe oder nicht, er wollte nicht in einer Metallzelle mit zwei Männern eingesperrt sein, denen zweifellos klar war, dass sie in Kürze sterben würden.

»Weitergehen.«

Luke ging voran, seine Hände waren vor seinem Oberkörper gefesselt. Joel hielt die Pistole auf Marks Hinterkopf gerichtet.

Ein heißer Schauer überlief ihn, und eine Sekunde lang war er versucht abzudrücken, um diese Sache ein für alle Mal zu beenden. Aber er widerstand diesem Impuls. Es gab andere Faktoren, die er zu beachten hatte. Kate hatte recht gehabt – wenigstens fast. *Sie haben persönlich irgendwelche Aktien in der Sache.*

Warum war Mark zurückgekehrt? *Er versucht, das Richtige zu tun.* Konnte er wirklich so naiv sein? Verstand er denn nicht, dass es dafür viel zu spät war?

Sie erreichten das untere Ende des Treppenhauses, und Luke zögerte vor der Notausgangstür. Sein Kopf und seine Schultern sackten herunter, und er begann in seinem dünnen, baumwollenen OP-Kittel zu zittern.

»Öffnen Sie die Tür und gehen Sie durch«, wies Joel ihn an. »Gehen Sie zehn Schritte und halten Sie dann an.«

97

Samstag, 0:07 Uhr

Zwei Klettergurte hingen an den bunt gemusterten Seilen, die vor der Kletterwand herabhingen. Jeder davon war mit einer klimpernden Ansammlung von Karabinerhaken und Sicherungsvorrichtungen ausgestattet. Ich zog an dem Seil und dem Gurt, die mir am Nächsten hingen, sodass das andere Ende durch den Flaschenzug über mir peitschte.

Ein dumpfes Scheppern ertönte, und ich blickte abrupt nach oben. *Verdammt.* Am Ende des Seils war ein Karabinerhaken befestigt. Den hatte ich nicht abgenommen, sodass er jetzt oben in dem Flaschenzug feststeckte, der in die Decke eingelassen war.

Als ich hinaufstarrte, fuhr mir plötzlich ein stechender Schmerz in die Nebenhöhlen. Meine Sicht verschwamm, und ich sah doppelt. Ich erstarrte. Einen Moment lang gestattete ich mir, die Augen zu schließen. Ich konnte das heftige Pulsieren in meinen Lidern spüren. Ich drückte mir auf die Nasenwurzel, hielt die Luft an und versuchte, einen gewissen Grad an Kontrolle zu bewahren. Allmählich ebbte der Schmerz ab. Er breitete sich nicht aus. Aber es war ein weiteres unwillkommenes Warnzeichen.

Ich riss die Augen auf, griff nach dem zweiten Seil und zog es zu mir heran, ich brauchte mehrere Versuche, bis ich den Karabiner aufgeschraubt und entfernt hatte. Sobald mir das gelungen war, zog ich fest am Seil und sah zu, wie es erst aufwärts strudelte, durch den Flaschenzug sauste und schließlich in einem losen, schweren Haufen neben mir landete.

Ich schnappte mir einen Armvoll Seil, sowie den Gurt und den Karabiner, dann ging ich zum Aufzugschacht zurück, schleifte den Rest des Seils hinter mir her.

An der Öffnung zum Schacht angekommen, atmete ich eine Sekunde lang durch, dann zog ich mir den Klettergurt über den Rock, der sich daraufhin um meine Taille und Oberschenkel zusammenknüllte. Das schränkte meine Bewegungsfreiheit ein, also öffnete ich den Rock ein bisschen, bevor ich die Schnallen am Gurt schloss und alle losen Riemen festzurrte, die ich sehen konnte.

Ein kleines Stück hinter mir stand einer der nackten Stahlträger. Ich eilte zu ihm, das Adrenalin trieb mich stärker an, als wahrscheinlich gut für mich war. Aber in diesem Moment durfte ich nicht an mein Herz oder daran denken, wie verwundbar es im Augenblick vielleicht war, ich musste einfach nur zu Luke und Mark gelangen.

Mein Mund fühlte sich klebrig an. Das Blut rauschte mir in den Ohren. Ich schlang das Ende des Seils um den Stahlträger und angelte es auf der anderen Seite umständlich wieder hervor.

Meine Sicht begann erneut zu verschwimmen. Ich hielt inne, bis ich wieder klar sah. Am Ende des Seils gab es eine Schlinge, die von einem komplizierten Knoten gebildet wurde. Ich nahm sie in die zitternde Hand und befestigte den Karabiner daran. Mit angehaltenem Atem fädelte ich den Rest des Seils durch den Haken und zog es straff. Es wirkte wie eine relativ sichere Verankerung – so sicher ich sie eben hinbekam –, und ich trug den Rest des Seils zurück zum Fahrstuhlschacht, löste es von einem der Karabiner, die an meinem Klettergurt befestigt waren, und warf es über die Kante hinab.

Dann trat ich vorsichtig näher an den Abgrund heran, hielt mich an der Kante der Öffnung fest und blickte hinunter. Im schrägen Lichtkegel der hängenden Schreibtischlampe konnte ich das Seil bis ein paar Meter unterhalb des leuchtenden Sicherheitsgriffs baumeln sehen, der an den Fahrstuhltüren ein Stockwerk tiefer angebracht war.

Ich nahm das Seil vom Boden auf, bildete damit eine Schlinge und steckte es durch die Sicherungsvorrichtung, dann befestigte ich beides am Karabinerhaken, den ich gerade abgenommen hatte, verband alles mit meinem Gurt und schraubte den Karabiner fest zu.

War das richtig?

Möglich. Ich konnte mich vage daran erinnern, wie es uns beim Wohltätigkeitsabseilen für MarshJet beigebracht worden war. Damals hatten uns Lehrer unterstützt. Außerdem war Mark an meiner Seite gewesen. Alles war doppelt und dreifach kontrolliert worden. Und trotzdem war es noch nervenaufreibend gewesen.

Tränen stiegen mir in die Augen. Wenn ich hier einen Fehler machte …

»Genug«, murmelte ich. »Hör auf.«

Bevor die Zweifel und die Angst mich vollständig in ihre Klauen bekamen, setzte ich mich auf den Rand des Schachts, meine nackten Füße baumelten über dem Abgrund. Schwindel ergriff mich. Kalte Luft stieg von unten zu mir herauf und wehte mein Haar nach oben. Ich legte beide Hände flach neben mich.

Ich zitterte am gesamten Körper, als ich mich auf den Bauch drehte und das Seil oberhalb und unterhalb der Sicherheitsvorrichtung ergriff. Mit tränenüberströmtem Gesicht begann ich den Abstieg.

98

»Sollte hier nicht jemand hinter dem Tresen Dienst schieben?«

Sergeant Christine Harris rüttelte frustriert an dem verschlossenen Eingang seitlich neben der Drehtür. Sie hatte eigentlich nicht damit gerechnet, hier irgendetwas Ungewöhnliches vorzufinden, als Potts sie darum gebeten hatte nachzusehen. Und jetzt? Sie wusste nicht recht, was sie von dem halten sollte, was sie hier sah.

Im Inneren erleuchteten verdeckte Lampen die luxuriöse Lobby. Harris konnte riesige Flächen polierten Steinbodens erkennen sowie etwas, was wie ein künstlicher Wasserfall aussah. Über ihr durchschnitten gläserne Stege auf halber Höhe das Atrium. Sie wusste, dass das beeindruckend wirken sollte, und gewissermaßen tat es das auch, aber es kam ihr auch ein wenig, nun ja, irre vor.

»Ehrlich«, fügte Terry jetzt hinzu. »Ein so großes und so markantes Gebäude – das lässt man doch über Nacht nicht einfach unbewacht.«

»Vielleicht ist der Wachmann gerade auf seinem Rundgang durch die Stockwerke. Wahrscheinlich haben sie dafür einen festen Zeitplan.«

»Und was ist, wenn irgendein Bote kommt? Oder wenn jemand Essen bestellt?«

»Der Lieferant hätte eine Nummer, die er anrufen könnte, der Bote genauso.«

»Was willst du jetzt machen?«

Harris trat noch einen Schritt zurück und ließ die Hand auf ihren Knüppel sinken. Sie konnten warten. Die Chancen standen gut, dass Terry recht behielt. So spät an einem Arbeitstag, sogar an einem Freitag, wurde in der ganzen City Essen bestellt. Und Harris hatte genug vom Leben in der Square Mile gesehen, um zu wissen, dass jeden Moment ein Büroangestellter im Fahrstuhl herunterfahren konnte, um zu gehen oder kurz vor die Tür zu treten.

»Versuch noch mal die Gegensprechanlage«, forderte sie ihn auf.

»Ernsthaft?«

»Tu mir den Gefallen.«

Terry seufzte und drückte auf den mit Stahl überzogenen Knopf, der in die Granitwand neben ihm eingelassen war, bis ein lautes reibendes Geräusch ertönte. Er zog eine Augenbraue hoch und blickte zu ihr zurück, während er den Knopf weiter gedrückt hielt. Aber niemand erschien hinter dem Empfangstresen, um auf ihr Klingeln zu reagieren. Okay, vielleicht war es denkbar, dass irgendein arbeitsscheuer Wachmann hinter dem Empfangstresen ein Nickerchen machte, aber niemand konnte die Klingel so lange ignorieren, wenn er sich in der Nähe aufhielt. Außerdem hatten sie schon zweimal versucht, die zentrale Nummer für das Gebäude anzurufen.

»Willst du mal den Hintereingang überprüfen?«, fragte Terry.

Harris wollte gerade zustimmen, als ihr Funkgerät zu knistern begann.

»Zentrale.« Diesmal war es eine Frauenstimme. »Wir haben einen Hinweis über ein verdächtiges Fahrzeug reinbekommen, das auf der Cheapside in der Nähe des Bahnhofs St. Paul's geparkt ist.«

Harris drückte mit dem Daumen auf den Sprechknopf und

warf Terry einen nachdenklichen Blick zu. In jeder Schicht gab es Anrufe wegen irgendwelcher verdächtigen Fahrzeuge. Meistens war es falscher Alarm. Aber Harris lebte und arbeitete wie alle bei der Polizei in dem Bewusstsein, dass sich jeden Moment irgendein weiterer terroristischer Anschlag in der Stadt ereignen konnte. Wochenenden waren da genauso gefährlich wie jede andere Nacht.

»Sind unterwegs.«

Sie drehte sich um und begann, die Straße zu überqueren, wobei sie ihr Funkgerät fest gegen ihre Weste drückte. Sie konnten über den Paternoster Square gehen und in unter fünf Minuten vor Ort sein.

Das bedeutete aber nicht, dass sie 55 Ludgate Hill vergaß. Es war genau, wie Terry gesagt hatte. Jemand hätte seinen Dienst hinter dem Empfangstresen versehen sollen.

»Zentrale, können Sie mich zu Potts durchstellen?«, fragte sie, bevor sie loslief.

»Negativ. Er ist gerade in einem anderen Gespräch.«

»Dann richten Sie ihm etwas von mir aus. Sagen Sie ihm, dass ich eine Nummer für 55 Ludgate Hill brauche. Und nicht die Nummer vom Empfang. Die haben wir probiert. Ich möchte mit den Eigentümern des Gebäudes sprechen.«

99

Ich geriet in Panik, sobald ich einen Meter weit im Schacht baumelte. Meine Arme fühlten sich taub und schwach an. Durch den Verband an meiner Hand rutschte das Seil zu schnell durch die Sicherungsvorrichtung.

Ich schlug gegen die Zementverkleidung des Schachts. Meine Füße strampelten nach irgendeinem Halt. Irgendwie gelang es mir zu verhindern, weiter abzurutschen, indem ich mich am Seil festklammerte und die Zehen gegen die Innenwand presste.

Ich drückte die Stirn gegen das Seil, konnte meine weiß hervortretenden Knöchel im Zwielicht erkennen.

Meine Finger brannten. Das Seil rutschte noch ein bisschen weiter.

Ich kreischte auf und sah nach unten auf meine strampelnden Füße.

Fehler.

Das Ende des Seils schaukelte bedenklich unter mir und darunter folgten Hunderte von Metern Leere.

Ein Knirschen drang von oben herab.

Mit klopfendem Herzen sah ich hoch. Scheuerte das Seil an der Kante? Vielleicht stand der Karabiner kurz davor, den Geist aufzugeben.

Ich musste weiter. Mich wieder hochzuziehen war undenkbar. Ich hatte weder genügend Halt noch ausreichend Kraft.

Und Zeit hatte ich auch keine mehr.

»Beweg dich, Kate«, zischte ich mir selbst zu.

Ich begann heftig zu zittern, als ich meinen unbeholfenen Abstieg an der Wand fortsetzte, während das Seil mir die Hände aufscheuerte. Mir schlotterten die Knie, die Zehen hatte ich verkrampft. Ich stabilisierte mich, schluckte und arbeitete mich nach unten vor.

Um die Panik zu verdrängen, dachte ich an Mark. Ich dachte an seine Stimme am Telefon und daran, wie fantastisch es war, dass er noch lebte. Doch dann fielen mir seine Lügen ein und dass er mich fünfzehn Monate lang in dem Glauben gelassen hatte, er wäre tot. Eine heiße Wut stieg in mir auf. Ich liebte ihn zwar, aber in diesem Moment hasste ich ihn auch. Dann dachte ich an Luke und an die blanke Angst, die ihm ins Gesicht geschrieben stand, als er sich am Fahrstuhl noch einmal zu mir umgedreht hatte, und ein galliger Geschmack stieg mir in den Mund.

»Beweg dich«, wiederholte ich. »Immer in Bewegung bleiben.«

Mein Fuß rutschte erneut ab.

Ich schrie auf und krallte mich verzweifelt am Seil fest. Ich strampelte mit den Beinen, geriet ins Trudeln und schaukelte vor und zurück, bekam irgendwann meinen Körper wieder unter Kontrolle und setzte meinen Weg fort.

Zentimeter um entsetzlichen Zentimeter schob sich das Seil durch die Sicherungsvorrichtung, bis ich mich der Nische direkt oberhalb der Rückseite der Metalltüren unter mir näherte. Meine Zehen streiften bereits ihre Kante. Der leuchtende Entriegelungsmechanismus war noch einen weiteren Meter weiter unten.

Das Seil erzitterte leicht.

Jammernd vor Anstrengung ließ ich mich weiter hinab.

Jetzt war mein Körper ungefähr bei der Hälfte der oberen Aufzugtür angelangt. Ich packte den unteren Teil des Seils fester, nahm die andere Hand vom Seil und angelte nach dem leuchtenden Griff.

Ich verfehlte ihn.

Geriet erneut ins Trudeln.

Meine Hüfte und mein Oberkörper knallten gegen die Aufzugtüren.

Ich versuchte es erneut und verfehlte ein weiteres Mal.

Die Panik schlug wie eine Trommel in meinem Kopf.

Ich umfasste das Seil wieder mit beiden Händen, der Gurt schnitt mir in Hüfte und Oberschenkel.

Ich blickte nach unten.

Und vor Angst blieb mir die Luft weg. Ich fürchtete mich, noch einmal beide Hände vom Seil zu lösen. Aber mein rechter Fuß befand sich inzwischen in der Nähe des Entriegelungshebels. Wenn ich ihn nur erreichen konnte, konnte ich ihn vielleicht zur Seite wegtreten.

Ich streckte mich. Trat zu.

Nichts. Ich war noch immer ein paar Zentimeter entfernt.

Ich biss die Zähne zusammen und ließ das Seil noch ein kleines Stück durch die Sicherung laufen. Mein Körper drehte sich, sodass ich mit dem Rücken zur Tür hing.

In meinem Magen entstand eine Art Schwerelosigkeit.

Meine Arme zitterten und hätten beinahe nachgegeben. Mein Ellbogen war immer noch schwach und instabil, weil White ihn mir vorhin verdreht hatte. Das Gelenk schrie unter der Anstrengung auf.

Ich strampelte und ruderte und wirbelte mich selbst herum, bis ich die Aufzugtüren wieder im Blick hatte. Dann spannte ich die Bauchmuskeln an, stieß mit den Beinen nach vorn und brachte mich wie ein Pendel zum Schwingen.

Ich streckte die Zehen, trat gegen die Entriegelung. Sie klappte zur Seite.

Die Türen teilten sich ein kleines Stück. Ein Streifen Licht erschien in der Lücke. Ich schrie noch einmal und drückte die Zehen in den Spalt, dann die Füße und spreizte die Beine in einer Scherenbewegung.

Die Türen öffneten sich noch ein Stück weiter. Nicht ganz. Aber vielleicht würde es *gerade so* ausreichen.

Mein Oberkörper verdrehte sich erneut, kippte nach hinten. Ich kämpfte gegen die Schwerkraft an, wand mich in die entgegengesetzte Richtung, während ich die Beine sogar noch stärker gegen die untere Aufzugtür stemmte. Erst kam ich nur mit einem Bein hindurch, das andere strampelte durch die Luft, bis ich schließlich rittlings auf der unteren Tür saß.

»Nein!«

Die Kraft verließ mich. Meine Hände rutschten ab, und das Seil peitschte durch die Sicherung. Ich warf mich nach vorn, zog den Kopf ein. Mit der Stirn prallte ich gegen die obere Tür, während ich mich mit dem ganzen Gewicht auf die untere lehnte und sie so hinunterschob.

Dann krachte ich vorwärts auf rohen Zement, schlug mir Kinn und Hände und Knie auf, während ich verzweifelt nach Halt suchte.

So lag ich da und wagte nicht, mich zu bewegen, als ob ich alle viere von mir gestreckt in der Mitte eines zugefrorenen Sees gestrandet wäre.

Ich schlotterte am ganzen Körper, zuckte krampfartig vor Unglauben und Angst. Überall um mich herum hörte ich ein tiefes, mechanisches Surren. Die Luft war so warm wie ein Schoß.

Ich hob den Kopf.

Ich sah Metallleitungen und elektrische Kontrolltafeln, gewölbte Aluminiumverkleidungen und gewaltige, brummende Maschinen.

Und weiter hinten sah ich noch etwas anderes.

»Maggie?«

100

Joel White stand in der gespannten Stille der Tiefgarage, den Blick auf Luke und die Waffe auf Mark gerichtet. Beide Männer knieten nicht weit entfernt vor ihm auf dem Boden, beide in sicherem Abstand voneinander. Luke hielt den Kopf gesenkt, die Hände waren ihm immer noch vor dem Körper gefesselt. Fast sah es so aus, als würde er beten.

»Sie müssen das nicht tun«, sagte Luke zu ihm.

Joel hasste es, wenn die Menschen ihm das sagten. Als ob man im Leben letztendlich eine Wahl hätte. Das war der große Trugschluss beim Lügen. Irgendwann würde die Wahrheit – sogar die härteste, am schwersten zu schluckende – ans Tageslicht kommen.

Er umfasste seine Waffe noch fester, sah, wie Mark nervös auf seinen Schwager schaute und dann langsam den Blick wieder Joel zuwandte, die Schultern straffte und das Kinn reckte. Weil er der Ältere war, sah er sich möglicherweise in der Pflicht, die Situation in die Hand zu nehmen. Aber wahrscheinlicher war es, dass er sich bewusst war, dass sein Handeln sie beide erst in diese Lage gebracht hatte. Vielleicht spürte er aber auch, wie wichtig das alles für Joel war.

»Sie haben gesagt, Sie wollen reden«, sagte Mark nun zu ihm. »Also lassen Sie uns reden.«

»Okay, Mark.« Joel schürzte die Lippen und zielte mit der Waffe in Marks Körpermitte. »Fangen wir an.«

101

Samstag, 0:18 Uhr

Nachdem ich den Gurt abgeschnallt und meine Beine davon befreit hatte, eilte ich zu Maggie und nahm ihr Gesicht zwischen die Hände. Ihre Haut fühlte sich heiß und feucht an. Sie war auf dem Boden zusammengesunken.

»Oh Gott, Maggie, sind Sie okay?«

Sie stöhnte auf. Das silberne Tape vor ihrem Mund glänzte nass. Verzweifelt zupfte ich mit dem Nagel an dessen Rand.

»Das tut jetzt weh.«

Sie nickte und flehte mich mit Blicken an, mich zu beeilen. Ich fühlte mich schwach und zitterte vor Erschöpfung. Mein Griff war seltsam taub, als ich das Tape abriss.

Maggie schnappte keuchend nach Luft.

»Meine Hände.« Sie verzog das Gesicht. »Bitte. Ich spüre sie nicht mehr.«

Ich beugte mich zur Seite und blickte hinter sie. Ihre Handgelenke waren hinter einem Rohr aneinandergefesselt. Joel hatte das gleiche silberne Tape mehrfach um ihre Hände gewickelt, mit dem er sie auch geknebelt hatte. Ihre Finger waren bleich und geschwollen. Das Fleisch ihrer Unterarme war ebenfalls angeschwollen und fast lila. Es würde zu lange dauern, bis ich das Tape abgewickelt hätte.

»Ich brauche ein Messer oder …«

»Da drüben.«

Maggie wies mit dem Kinn auf ein Metallstück, das unter etwas hervorlugte, was wie ein industrielles Kühlaggregat aussah. Darin dröhnte ein Motor oder ein Ventilator. Heiße Luft strömte aus den Schlitzen, sie war für die überbordende Hitze verantwortlich, in die Maggie getaucht war.

Ich kroch vorwärts, streckte die Hand nach dem Metallstück aus und ergriff es. Ich schwitzte so stark, dass es mir beinahe wieder aus der Hand gerutscht wäre.

»Beeilen Sie sich.«

Ich kroch hinter sie, wischte mir den Schweiß aus dem Gesicht und sägte dann stochernd an dem Tape herum. Schweißperlen traten mir auf die Stirn, tropften herunter und fielen auf den Boden. Mir war bewusst, dass uns die Zeit ausging, also begann ich, hastig auf das Tape einzuhacken, sodass ich Maggies Haut aufkratzte.

Sie zuckte zusammen. »Was ist Ihnen passiert?«

»Dasselbe wie Ihnen. White.«

»Warum?«

Ich schüttelte den Kopf. »Dafür haben wir jetzt keine Zeit.«

Das Tape begann sich zu lockern. Ich kratzte mit den Nägeln daran. Maggie stöhnte vor Schmerzen auf, als das Band sich endlich löste. Sie versuchte, die Arme nach vorn zu ziehen, schrie vor Schmerz auf.

»Ist schon okay«, beruhigte ich sie. »Hier.« Sanft half ich ihr, legte ihr die Arme in den Schoß, dann blickte ich mich um und versuchte zu erkunden, welchen Weg wir am besten nehmen sollten. Dabei scheute ich davor zurück, mich noch einmal zum Fahrstuhlschacht umzudrehen. Ich wollte so rasch wie möglich weiter, doch ich konnte Maggie hier ja nicht einfach zurücklassen.

Sie fletschte die Zähne und fluchte, als sie ganz langsam die Finger beugte. »Das tut weh.«

»Tut mir leid.«

»Ich dachte nicht mehr, dass noch irgendwer kommen würde.«

»Wir müssen hier weg. Wissen Sie, wo er ist?«

Panisch riss sie die Augen auf. »Nein? Und Sie?«

»Er hat meinen Bruder. Und meinen Mann, glaube ich.«

»*Was?*«

Ich half ihr aufzustehen, und meine Sicht verschwamm erneut. Kleine, schmerzhafte Risse öffneten sich in meiner Brust. *Nein. Nicht jetzt.*

Ich ließ sie los und schlang die Arme um meinen Oberkörper. Ich hörte nur noch gedämpft. Mir wurde heiß, und meine Kopfhaut begann zu kribbeln. Ich schaukelte vor und zurück und stampfte mit den Füßen auf.

»Kate? Was ist los?«

Mit einem angestrengten Grunzen stemmte Maggie sich von den Knien hoch.

»Kate?«

»Mir geht's gut«, sagte ich zu ihr.

Ich schlang die Arme noch fester um mich, versuchte mit reiner Willenskraft, die Worte wahr werden zu lassen, und befahl dem Schmerz, sich nicht wieder auszubreiten und mich nicht bewegungsunfähig zu machen.

»Haben Sie die Polizei gerufen?«, fragte mich Maggie.

Ich schüttelte den Kopf und kniff die Augen fest zu. »Nein. Wir müssen ein Telefon finden, das funktioniert.«

»Meins hat er mir abgenommen.«

Ich nickte und öffnete dann vorsichtig die Augen. Ich hoffte, wenn ich keine zu abrupten Bewegungen machte, würde es vielleicht gehen. »Können Sie laufen?«

»Und Sie?«

»Ich muss nach unten.«

Ich machte einen Schritt nach vorn, wankte. Vor mir schien die Wand wegzukippen.

Warte. Noch nicht.

Ich drückte mir die Hand seitlich gegen den Kopf und schlotterte am ganzen Körper. Taubheit wanderte meine Arme hinauf und wieder hinunter. Mein Zahnfleisch kribbelte, als ob es unter Strom stünde.

»Was ist mit Ihnen los?«, fragte Maggie mich noch einmal.

Ich schüttelte wieder den Kopf und bemühte mich, aufrecht stehen zu bleiben. »Hat er Ihnen etwas gegeben?«

»Was meinen Sie? K.-o.-Tropfen oder so was? Gütiger Himmel.«

»Ich meine Wasser. Irgendetwas zu essen oder zu trinken?«

»Nein. Das hätte ich auch nicht angenommen.«

Maggie stand nun auf den Füßen und lehnte mit der Schulter an der Maschine mir gegenüber, während die vertraute Sturheit wieder in sie zurückkehrte. Wir blickten uns einen Moment lang in die Augen. Wir sahen beide schrecklich aus. Und uns beiden war das schmerzlich bewusst.

»Wie hat er Sie hier raufgekriegt?«, fragte ich sie.

»Mit dem Fahrstuhl. Die sind in dieser Richtung.«

Sie stieß sich von der Maschine ab und ging mühsam voran, wobei sie die Arme vor dem Körper verschränkte. Der Schweiß hatte die gesamte Rückseite ihrer Bluse durchnässt. An ihren Beinen entdeckte ich schmutzige Striemen.

Ich trottete ihr mit unsicheren Schritten hinterher. Die verschlungenen Korridore zwischen den brummenden Apparaten waren eng und schlecht beleuchtet. Es war, als ob wir uns einen Weg durch die Eingeweide eines Kriegsschiffs bahnten.

»Da«, sagte Maggie. »Gleich da vorn.«

Die Aufzüge lagen direkt vor uns. Sie waren von nackten Stahlträgern und Schleifen aus Elektrokabel umgeben. Als wir näher kamen, sah ich, dass es keinen Rufknopf gab, nur ein Schlüsselloch.

»Ohne einen Schlüssel halten die nicht in diesem Stockwerk«, stellte ich fest und drehte mich verzweifelt im Kreis. Ich musterte die Decke. Gab es hier vielleicht auch Kameras? Konnte White uns sehen?

»Die Treppe.« Maggie schob mich auf den Notausgang zu. »Wir können nachsehen, ob wir den Fahrstuhl im nächsten Stock rufen können.«

102

Sir Fergus hielt das Warten nicht länger aus. Sie hatten immer noch nichts von Joel gehört. Die Frist war lange abgelaufen.

Ein stählernes Band aus Anspannung wand sich um seinen Schädel und zog sich gnadenlos immer weiter zu. Seine Kehle brannte wie Feuer.

Er beugte sich auf dem Stuhl nach vorn, wählte mit eingeschaltetem Lautsprecher und hörte, wie die Mailbox ranging.

»Na endlich«, murmelte Dominic.

Sir Fergus hielt den Kopf gesenkt, als es piepte. »Sie haben grünes Licht«, sagte er pfeifend. »Bringen Sie diesen Saustall in Ordnung.«

103

»Erzählen Sie mir von MarshJet«, forderte Joel Mark auf.

»Was wollen Sie wissen?«, fragte Mark.

»Fangen Sie mit der giftigen Kabinenluft an.«

»Das ist kompliziert.«

»Die einfache Version.«

»Ist das wirklich nötig?«, fragte Luke.

Joel ignorierte ihn und musterte Mark aufmerksam, um zu bemerken, falls er irgendein Detail schönte. Zugleich war er sich durchaus bewusst, dass Luke *ihn* musterte, aber im Augenblick hielt er keinen von beiden für eine Gefahr.

Außerdem war er sich ziemlich sicher, dass sie nicht gestört würden. Die Parkplätze waren fast vollkommen leer. Links von ihm stand in einer Ecke neben dem Lastenaufzug etwas, was wie ein umgebautes elektrisches Golfmobil aussah. Das einzige andere Fahrzeug war sein gemieteter Audi.

»MarshJets Flugzeuge sind nicht sicher«, fing Mark an. »Das wissen Sie inzwischen bestimmt.«

Aus seiner knienden Position blickte er zu Joel mit suchender Intensität auf. Joel erwartete nicht, dass er log. Er wusste, dass er gehofft hatte, Montagmorgen gegen MarshJet auszusagen. Und er war sich sicher, dass Mark inzwischen begriffen hatte, dass das auf keinen Fall geschehen würde. Dies hier war die nächstbeste Variante davon. Die Variante, die Joel ihm erlauben konnte. Sollte er sich doch seine Schuld von der Seele reden, solange er es noch konnte.

»Mich würde interessieren, wann Sie davon erfahren haben.« Joel war sich des leichten Dröhnens in seiner Stimme sehr bewusst, es war ein Vorbote des Sturms, der bald losbrechen würde – und den er im Moment aus allen Kräften zu zügeln versuchte, während sein Finger sich schon über dem Abzug spannte, als ob ein Teil von ihm sich seiner Kontrolle entzog.

»Früher, als ich es hätte erfahren sollen. Später, als Sie wahrscheinlich glauben.«

»Das reicht jetzt mit den kryptischen Antworten.«

Er konnte sehen, dass Mark ihn neugierig ansah, als das Echo seiner Worte über dem Boden verhallte. Vielleicht hielt Mark ihn für unbeherrscht. Vielleicht war er das auch. Jedenfalls wusste er, dass er angespannt war, und zwar schon viel zu lange.

Luke war seine Reaktion ebenfalls aufgefallen. »Erzähl ihm einfach, was er wissen will«, zischte er Mark zu.

»Okay.« Mark starrte Joel an. »Sicher wusste ich es ungefähr eine Woche, bevor ich untergetaucht bin.«

»Vorher nicht?«

»Nein.«

»Wie konnte das passieren?«

»Gefälschte Unterlagen. Gefälschte Ergebnisse. Die Berichte über die Kabinenluft in unseren Flugzeugen waren anhand falscher Daten erstellt worden. Die Behörden haben die Genehmigung auf der Basis von falschen Informationen erteilt.«

Da hatte er sie. Die Bestätigung, die er benötigte. Oder wenigstens einen Teil davon. Aber Joel wollte mehr.

»Wie haben Sie es rausgefunden?«, fragte er.

»Die ganzen Krankheitsfälle, die bei Piloten und Crewmitgliedern festgestellt wurden … Es war schwer, da unberührt zu bleiben. Und ich hatte ja die Aufsicht über eine Menge unserer

Konstruktionen. Zuerst wollte ich mich wahrscheinlich einfach nur selbst beruhigen. Also habe ich einen Flug an Bord einer unserer Maschinen gebucht. Im Handgepäck hatte ich ein Gerät dabei, das die Luftqualität maß. Die Daten, die ich so erhielt, lagen jenseits der Grenzwerte.«

»Gefährlich weit?«

»Selbst mit meiner einfachen Ausstattung habe ich Konzentrationen giftiger Gase gelesen, die weit oberhalb dessen lagen, was noch als sicher gelten kann. Als ich von dem Flug zurückgekommen bin, habe ich mit einem der Techniker in unserer IT-Abteilung gesprochen. Ich habe ihn gebeten, mir die Rohdaten aus den Aufzeichnungen einiger Maschinen rauszuziehen. An Bord sind ausgeklügelte Apparaturen verbaut, die die Luftqualität überwachen. Als ich die Daten durchgegangen bin, habe ich mehrere Vorfälle giftiger Rauchereignisse gefunden.«

»Was bedeutet das?«

Mark zögerte. »Warum wollen Sie das so genau wissen?«

»Sobald Sie selbst eine Waffe haben, können Sie die Fragen stellen, Mark. Bis dahin müssen Sie meine beantworten.«

»Okay«, erwiderte Mark vorsichtig. »Das kann passieren, wenn das, was man als ›Zapfluft‹ bezeichnet, während des Fluges aus den Triebwerken eingeleitet wird, um den Kabinendruck aufrechtzuerhalten. Es ist ein ganz normaler Vorgang. Nicht normal war jedoch, dass die Originaldaten zeigten, dass die Kabinenluft mit hochgiftigen Ausdünstungen von hydraulischen Flüssigkeiten und Triebwerksölen verunreinigt war.«

Joel lief der Speichel heiß und zähflüssig im Mund zusammen. Er schluckte, doch danach fühlte sich seine Kehle noch immer knochentrocken an.

»Haben Sie davon irgendwem erzählt?«, fragte er.

»Ja.«

»Wem?«

Mark ruckte auf den Knien herum. War das ein Zeichen, dass er gleich ausweichend antworten wollte, oder war die Stellung einfach nur unbequem? Luke sah Mark erneut eindringlich an, als wollte er ihn zum Weiterreden animieren. Joel trat einen Schritt näher. Es wäre jetzt so einfach gewesen, mit der Waffe zuzuschlagen, sie Mark übers Gesicht zu ziehen. Aber wenn er einmal damit anfing, wie sollte er je wieder aufhören?

»Ich wollte es dem Vorstand melden.«

Die Pistole zitterte in Joels Hand. »Aber ...?«

»Ich habe mich stattdessen zuerst direkt an den CFO gewandt.«

»An Dominic North.«

»Richtig«, erwiderte Mark ruhig und musterte Joel wieder mit diesem durchdringenden Blick, wie ein Schachspieler, der versucht, die nächsten Züge seines Gegners zu erraten. Allmählich setzte Joel die Puzzlestücke zusammen. Er hatte Porträts darüber gelesen, wie eng Sir Fergus mit seinem langjährigen CFO zusammenarbeitete. Er vermutete auch, dass Dominic North es gewesen war, der anwesend gewesen war, als Joel vorhin mit Marsh telefoniert hatte.

»Er sagte mir, ich müsse einen Fehler gemacht haben und dass ich nicht nach Problemen suchen solle, wo es keine gebe. Ich erwiderte, dass das für mich nicht akzeptabel sei. Sir Fergus und der Rest des Vorstands müssten informiert werden. Wir müssten eine Pressemitteilung herausgeben und eine umfassende Untersuchung anstellen. Die Flugzeuge dürften bis auf Weiteres nicht mehr abheben. Wir müssten unsere Luftfiltersysteme verbessern. Alles in Ordnung bringen.«

In Joels Ohren knallte es. Sein Atem ging rasch und flach. Er hielt den Blick auf Mark gerichtet und nickte dann in Richtung des Audi. »Wie beim Rückruf eines Autos.«

»Ja.«

»Ich nehme an, das hätte eine Stange Geld gekostet?«

»Geld?« Mark stieß die Luft durch die Lippen aus. »Einige Millionen für die Umbauten, aber das war nicht das eigentliche Problem.«

»Was denn dann?«

»Die Entschädigungszahlungen, die wir würden leisten müssen. Zunächst an die Fluggesellschaften für all die ausgefallenen Flüge. Dann an ihre betroffenen Mitarbeiter. Es gab immer mehr Hinweise auf schwere Erkrankungen bei Crewmitgliedern, die regelmäßig an Bord unserer Maschinen flogen. Heftige Kopfschmerzen. Chronischer Schwindel. Nervenprobleme. Neurologische Schäden und der Verlust von kognitiven Fähigkeiten. Erblindung. Krebs. Das Unternehmen hatte stets behauptet, dass es keinen Zusammenhang zwischen der Qualität der Kabinenluft und den akuten gesundheitlichen Problemen gebe, von denen die Angestellten berichteten. Die Regulierungsbehörden und die Fluggesellschaften stärkten uns den Rücken. Ich hatte geglaubt, alles ginge mit rechten Dingen zu, aber das ganze System gründete auf einer Lüge. Die Schadenersatzansprüche wären unendlich hoch gewesen. Sie hätten die Firma ruiniert.«

Mark verstummte für einen Moment. Er wirkte niedergeschlagen, nachdenklich. Als er dann wieder das Wort ergriff, konnte Joel die Bitterkeit in seiner Stimme wahrnehmen. Sie machte ihn wachsam, denn er wusste nur zu gut, wie leicht Gefühle die Wahrheit verfälschen konnten.

»Dominic bat mich, erst mal eine Nacht darüber zu schlafen. Er versicherte mir, dass er mich, sollte ich es dann immer noch wollen, bei meinem Vorhaben unterstützen würde.«

»Er hat Sie angelogen.«

»Als ich an jenem Abend zu meinem Auto ging, haben dort

zwei Männer auf mich gewartet. Sie waren Ihnen nicht unähnlich. Sie bestanden darauf, dass ich eine Runde in ihrem Wagen mit ihnen drehen solle. Sie zeigten mir Bilder von meiner Tochter. Bilder von Kate.«

»Und du hast sie nicht gewarnt?«, schaltete Luke sich ein und klang ehrlich schockiert.

Mark schien die Frage zu treffen, aber Joel ging darüber hinweg, bevor sie vom Thema abweichen konnten.

»Und da haben Sie sich entschlossen zu verschwinden?«, hakte er nach.

Mark warf Luke einen Blick zu, aber dieser war zu sehr mit missbilligendem Kopfschütteln beschäftigt, um den Blick zu erwidern. Joel fragte sich, ob Luke seinem Schwager wohl auch so bereitwillig geholfen hätte, wenn er die ganze Geschichte gekannt und gewusst hätte, wie groß die Gefahr war, in der sie tatsächlich alle schwebten.

»Nicht sofort, nein. Den Entschluss habe ich erst gefasst, als ich in New York war.«

»Was hat sich da geändert?«

Mark starrte ihn mit stummem Trotz an.

»Etwas muss sich doch geändert haben«, insistierte Joel. »Sagen Sie mir, was es war.«

»Warum interessiert Sie das?«

»Ich will alles wissen. Und zwar aus Ihrem Mund.«

»Ich habe noch einmal in unserer Computerdatenbank nachgesehen.« Marks Stimme klang heiser, aber nicht etwa, weil er flüsterte. Auf Joel wirkte es so, als käme jetzt der Teil seines Berichts, mit dem er selbst am schlechtesten klarkam. »Ich hatte Ausdrucke der Daten über die giftigen Dämpfe, die mein Verbindungsmann in der IT mir beschafft hatte, Tabellen, aber das alles war eigentlich nur ein kleiner Ausschnitt. Es gab noch mehr. Als ich jedoch wieder in die Datenbank gegangen bin, war alles weg. Alles war gelöscht worden. Und als ich dann versuchte, meinen Kollegen aus der IT zu kontaktieren, war auch der verschwunden. Er war nicht mehr zur Arbeit erschienen, hatte sich aber auch nicht krankgemeldet. Als ich es bei ihm daheim und auf seinem Handy probierte, konnte ich ihn nirgends erreichen. Es war, als hätte ihn der Erdboden verschluckt.«

»Sie hatten Angst.«

»Große Angst. Aber darüber hinaus hätte ich nicht damit leben können. Mit meinem Wissen, meine ich, wenn ich nichts unternommen hätte. Ich habe diesen Brief bekommen. Ich ...« Er wandte den Blick ab. Sammelte sich. »Man fängt irgendwann an, an die Tausende von Leuten zu denken, die an Bord unserer Maschinen gearbeitet haben. Man denkt darüber nach, wie viele von ihnen krank geworden sind, ohne zu wissen, warum. Ich dachte, dass die Informationen, die ich hatte, den Ärzten vielleicht helfen könnten, sie zu behandeln, oder dass sich die Firma an ihrer Behandlung finanziell beteiligen könnte.« Er machte eine Pause. »Meine Frau war früher auch mal Stewardess. Nun half sie dabei, den Leuten zu vermitteln, dass unsere Flugzeuge sicher wären. Das Karma hat mir wahrscheinlich Angst gemacht. Ich dachte, wenn ich nichts sage ...« Er schüttelte den Kopf. »Ich wurde den Gedanken nicht mehr los, dass Kate eine der Unglücklichen hätte sein können. Mein schlimmster Albtraum wäre, dass Kate krank würde.«

104

Samstag, 0:29 Uhr

Ich wäre beinahe gestürzt, als ich aus dem Fahrstuhl in die Lobby hinaustrat. Es war keine Ohnmacht, ich brach nicht zusammen, es war einfach nur so, dass die Beine unter mir nachgaben.

Ich griff nach Maggie, stützte mich an ihr ab. Sie beugte sich leicht nach vorn, die Arme an die Seiten gelegt.

Mein Sehvermögen war noch immer gestört, mein Puls fühlte sich verklebt an, und meine Kehle war wie ausgedörrt.

Ich konnte nirgends eine Spur von Joel, Mark oder Luke entdecken. Und außer einem fiebrigen Rückfluss in meinen Ohren konnte ich auch nichts hören.

»Ich glaube nicht, dass sie hier sind«, flüsterte Maggie. »Lassen Sie uns von hier verschwinden, solange wir noch können.«

»Nein, warten Sie.« Ich deutete mit dem Kinn in Richtung des Empfangstresens, an dem vorhin die Wachleute gesessen hatten. Jetzt war er verwaist. Keine Spur von Tony. »Da drüben sind Telefone. Wir können die Polizei rufen. Und hinter dieser Tür gibt es Überwachungskameras. Auf die muss ich einen Blick werfen.«

»Das ist keine gute Idee.«

»Sie müssen mich hinbringen, Maggie.«

»Es ist nicht sicher.«

Sie versuchte, mich zum Ausgang zu führen, aber ich ließ

meinen Körper zusammensacken und hielt sie mit meinem Gewicht zurück.

»Kate!«

»Er hat meinen Mann. Und meinen Bruder.«

»Dann ist das Beste, was wir tun können, hier rauszukommen und die Polizei zu rufen.«

Ich sah sie an. »Sie sind daran schuld, dass ich in dieser Lage bin. Ohne Sie wäre ich nicht hier.«

Sie zögerte. »Kate, ich hatte doch keine Ahnung, dass …«

»Ist mir egal. Sie schulden mir was. Und jetzt helfen Sie mir da rüber.«

Maggie warf einen Blick auf den Empfangstresen, dann auf den Ausgang, als ob sie den Abstand zu beidem abschätzte.

»Bitte, Maggie.«

Sie atmete scharf aus. »Aber wir sollten uns beeilen.«

Ich stützte mich auf sie, und gemeinsam stolperten wir weiter. Draußen in der Dunkelheit fuhr ein Taxi vorbei. Maggie sah es und hielt die Luft an. Sie versuchte, den Arm zu heben, um dem Fahrer ein Zeichen zu geben, doch dann wimmerte sie vor Schmerz. Beide sahen wir zu, wie das Taxi vorbeirauschte. Draußen auf der Straße war niemand zu sehen.

»Weiter«, drängte ich sie.

Sie führte mich hinter den Tresen und zu dem kleinen Büro dahinter.

Als wir dann gemeinsam die Tür öffneten, war Maggie die Erste, die losschrie.

105

Sergeant Harris betrachtete das Hipsterpärchen vor sich und bemühte sich – nicht sehr erfolgreich –, die Müdigkeit in ihrer Stimme zu verbergen.

»Sie müssen heute woanders übernachten. Hier können Sie nicht schlafen.«

»Ernsthaft?«

Das kam von dem Typen mit dem tiefen V-Ausschnitt und den zahlreichen Armreifen. Die schlanke Brünette, die neben ihm schmollte, sah ziemlich instagrammable aus: große Augen, schmale Hüften – wahrscheinlich ernährte sie sich von nichts als Reiscrackern und Luft.

»Ehrlich, Officer. Wir sind morgen in aller Herrgottsfrühe wieder verschwunden. Sobald wir ein paar Drohnenaufnahmen für unser Vlog im Kasten haben, sind wir weg.«

Constable Terry schnaubte verächtlich. Er stand hinter dem Kastenwagen und leuchtete mit der Taschenlampe hinein. Harris musste ihr nicht sagen, was er dort entdeckt hatte. So was begegnete ihnen inzwischen immer öfter: Junge Influencer, die in ausgebauten Fahrzeugen schliefen, um im Morgengrauen die perfekten Bilder von London zu schießen.

»Ich tu einfach mal so, als hätte ich das nicht gehört«, entgegnete Harris. »Sie dürfen hier keine Drohnen fliegen lassen.«

»Wo sind wir denn?«, murmelte das Mädchen. »In Russland?«

»Fahren Sie den Wagen von hier weg. Machen Sie es gleich,

bevor ich Sie nach den Papieren frage, die Sie brauchen, um ihn als Campingbus zu benutzen.«

Mit einem bedeutungsschweren Blick gab Harris dem Typen seinen Führerschein zurück. Das Pärchen stöhnte und maulte, als sie ins Führerhaus des Wagens kletterten. Der Auspuff spuckte ein paar Rauchwolken aus, als sie davonfuhren.

»Wie lange dauert es wohl, bis sie wieder zurück sind?«, fragte Terry, als sie ihnen nachsahen.

»Unter einer Stunde.«

»Macht dir das was aus?«

»Nicht, wenn ich sie nicht wiedersehe.«

Harris zog ihr Handy hervor und las die Nachricht, die Alan Potts ihr geschickt hatte, während sie mit dem Insta-Pärchen gesprochen hatte.

Der eingetragene Besitzer von 55 Ludgate Hill ist die EFX Holding. Nummer folgt. Alan.

Wenigstens hatte er sie diesmal nicht Christine genannt.

Sie wählte die Nummer. Nach nur dreimaligem Klingeln meldete sich ein Anrufbeantworter. Harris zog das Handy von ihrem Ohr weg, damit Terry die Nachricht mithören konnte. Die Büros der EFX Holding waren übers Wochenende geschlossen. Die regulären Bürozeiten waren Montag bis Freitag von acht bis achtzehn Uhr.

»War ja klar«, sagte Terry.

Harris drehte sich um und sah hinter der St.-Paul's-Kathedrale das dunkle Hochhaus aufragen.

»Du willst wieder hin und noch mal nachsehen, oder?«, fragte Terry sie.

»Wenn du mich so fragst: Eigentlich nicht.«

106

Samstag, 0:32 Uhr

»Oh mein Gott, ist er ...?« Maggie beendete den Satz nicht. Das musste sie nicht.

Tony lag auf dem Rücken auf dem Boden, die Gliedmaßen in seltsamen Winkeln von sich gestreckt. In seinem Hals steckte ein Kugelschreiber, das aufgedunsene Gesicht war voller Blutergüsse und um die Nasenlöcher und den Mund herum fleckig.

Ich konnte Maggies stockenden Atem hinter mir hören, und von der Schwelle des kleinen Raums aus konnte ich außerdem die furchtbare Stille wahrnehmen, die um Tonys Leiche herum herrschte.

»Geben Sie mir ... nur eine Sekunde«, sagte ich.

»Nein, Kate, tun Sie das nicht.«

Sie schüttelte die Hände, zum Teil aus Grauen, dachte ich, wahrscheinlich aber auch, weil sie ihre Blutzirkulation wieder in Gang bringen wollte.

»Ich muss die Kameras sehen.«

Ich betrat den Raum und bewegte mich auf die Wand aus Überwachungsbildschirmen zu. Als ich mich Tony näherte, musste ich daran denken, wie viel Angst er um seine Tochter gehabt hatte. Ging es ihr gut? Ich streckte die Hand nach einem Aktenschrank aus, um mich daran abzustützen, und starrte auf die Bildschirme. Das helle Flackern schmerzte mir in den Augen.

»Kate, wir müssen hier weg.«

»Warten Sie noch.«

Ich konnte sie auf den Bildschirmen nirgends entdecken, und in mir öffnete sich ein gähnender Abgrund aus Panik. Dann bemerkte ich eine Bewegung auf einem der Monitore unten links.

Mein Herz begann übelkeiterregend zu holpern und ich atmete erstickt aus. Luke und Mark knieten auf etwas, was wie roher Beton aussah, und Joel ragte mit seiner Pistole vor ihnen auf.

Nein.

Der Bildschirm flackerte erneut. Mark hob das Gesicht in Richtung der Kamera.

In mir fühlte ich einen tiefen Schmerz.

»Ich kann sie sehen«, sagte ich.

»Wo?« Maggie blickte sich erschrocken über die Schulter.

»Ich weiß nicht. Es … Ich kann ein Auto hinter ihnen erkennen.«

»Die Tiefgarage«, sagte Maggie schnell und bemühte sich nicht einmal, die Erleichterung darüber zu verbergen, dass Joel uns nicht irgendwo ganz in der Nähe auflauerte. »Da hab ich vorhin auch geparkt.«

»Ich muss da runter.«

»Was? Nein. Sind Sie verrückt?«

Ich riss mich vom Anblick der Bildschirme los und schlängelte mich aus dem Raum hinaus, taumelte seitwärts, krachte gegen den Empfangstresen. Maggie streckte die Hand nach mir aus.

»Versuchen Sie die Telefone«, sagte ich zu ihr und wehrte sie ab. Mein Mund fühlte sich an, als wäre er mit Sirup gefüllt. »Holen Sie Hilfe. Sagen Sie denen, dass es sich um einen Notfall handelt. Und dann verschwinden Sie von hier.«

»Und was wollen *Sie* tun?«

»Ich hab keine Ahnung.«

»Sie können doch kaum laufen, Kate.«

»Er bedroht meinen Mann und meinen Bruder mit einer Pistole.«

Ich blieb am Ende des Tresens stehen und drehte mich zu ihr um. Sie hielt meinem Blick stand, wirkte verwirrt, nickte dann aber und schien sich zu entschließen, das zu tun, worum ich sie gebeten hatte. Sie starrte auf die Telefone vor sich, als ob sie ein Rätsel darstellten, für das sie keine Lösung hatte.

Ich wartete nicht länger ab, sondern setzte mich mit schlotternden Beinen quer durch das Foyer in Bewegung. Mir war bewusst, dass ich schief lief, aber ich konnte nichts dagegen tun. Der Kalksteinboden fühlte sich hart und unnachgiebig unter meinen nackten Füßen an.

Jede Sekunde fürchtete ich, aus dem Keller des Gebäudes einen Schuss zu hören, stellte mir vor, wie ich tief im Inneren spüren würde, dass Mark nun wirklich fort war.

Ich schluckte etwas süßlich Warmes herunter und horchte auf das Summen und Klicken in meinen Ohren.

Nach einer gefühlten Ewigkeit erreichte ich das andere Ende der Lobby, wo sich auch der Wasserfall befand. Da ich wusste, dass ich auf keinen Fall die Treppe würde benutzen können, drückte ich auf den Fahrstuhlknopf, und als sich die Türen vor der mittleren Kabine teilten, fiel ich mehr hinein, als dass ich ging.

Drinnen gab es Knöpfe, die mit P1 und P2 beschriftet waren. Ich schlug auf P1 und sank dann mit dem Rücken gegen die Wand der Aufzugkabine, während ich quer durch die Eingangshalle noch einmal auf Maggie schaute.

Eines der Telefone hatte zu klingeln begonnen. Ich sah, wie sie die Zähne fletschte, beide Hände benutzte, um den Hörer

vom Apparat zu schlagen, und sich dann bückte, um hineinzu-
sprechen, während sich die Aufzugtüren schlossen und meine
Fahrt abwärts begann.

107

Im selben Moment, in dem Kate verschwunden war, richtete Maggie sich auf, nahm den Hörer in die Hand, räusperte sich und sprach dann deutlich hinein.

»55 Ludgate Hill. Empfang. Wie kann ich Ihnen behilflich sein?«

Ihr Ausdruck blieb wachsam, als sie der Polizistin am anderen Ende der Leitung zuhörte. In ihrem Gesicht war nicht der leiseste Anflug von Zweifel oder Unbehagen zu erkennen, als sie über den seltsamen Notruf über ein Faxgerät informiert wurde.

»Tut mir leid, Officer. Heute Abend hatten wir ein paar Probleme mit unserer Telefonanlage. Aber ich kann Ihnen versichern, dass ich erst vor Kurzem selbst oben in den Büros von Edge gewesen bin und dass dort nun niemand mehr ist.«

Sie machte eine Pause, hörte zu und richtete ihre Aufmerksamkeit fest auf die Leuchtanzeige über dem Fahrstuhl, den Kate benutzt hatte.

»Sie haben vollkommen recht, Officer. Heute Abend sind wir unterbesetzt. Normalerweise hätte jemand am Empfang sein sollen, während ich oben auf meinem Rundgang war. Wenn Sie jetzt noch mal herkommen wollen, können wir uns gern persönlich unterhalten ... Nein? Nun, ich bin die ganze Nacht hier, falls Sie Ihre Meinung noch ändern sollten. Gute Nacht, Officer. Danke fürs Kümmern.«

Sie legte auf, wartete eine Sekunde und wählte dann die

Nummer für die Mailbox, auf die sie ihr Telefon umgeleitet hatte, bevor sie mit White in den Aufzug gestiegen war. Nachdem sie ihr Passwort eingegeben hatte, hörte sie die beiden Nachrichten ab, die für sie aufgesprochen worden waren, und legte auf.

108

Samstag, 0:38 Uhr

Ich hatte keinen Plan und war nicht bewaffnet. Bestenfalls konnte man mich als halbwegs klar im Kopf bezeichnen. Ich lehnte mich gegen die polierte Wand der Aufzugkabine und starrte benommen vor mich hin. Meine Brust hob und senkte sich zwar, doch meine Atmung fühlte sich schwach an. Mir war inzwischen wieder sehr heiß.

Ich wusste nicht, wie schlimm es werden oder in was für eine Situation ich hineinplatzen würde. Mein einziger Gedanke war, dass ich White irgendwie hinhalten musste.

Wie lange würde die Polizei hierher brauchen, nachdem Maggie sie verständigt hatte? Fünf Minuten? Länger?

Der Aufzug klingelte.

Die Türen glitten auseinander.

Ich atmete schmerzhaft ein und trat nach draußen.

Sie waren nicht hier.

Ich war allein.

Verwirrt blickte ich mich um. Der Kopf tat mir weh. Ich war mit dem Fahrstuhl aufs Parkdeck Nummer eins gefahren. Der Raum war grell ausgeleuchtet. Die Parkplätze waren grün eingezeichnet, während der Rest des Bodens milchig blau das Licht der Deckenlampen reflektierte. Auf dem Boden konnte ich Reifenspuren erkennen. Sie führten zu einer Rampe, über die man in das untere Parkdeck gelangte.

Von dort hörte ich schwache Stimmen.

Ich stolperte und schwankte voran. Das Licht war wie eine Reihe dünner Klingen, die mir in die Augen stachen. Die niedrigen Decken lasteten auf mir. Meine Zehen schabten über den Boden.

Rechts von mir stand ein Auto. Es war das einzige Auto hier unten, ein roter Mini. Es stand hinten in einer Parkbucht in der Nähe der Rampe abwärts.

Ich tastete nach der Tasche in meiner Bluse und zog Maggies Schlüssel mit dem Mini-Schlüsselanhänger daraus hervor. Konnte ich in das Auto steigen und damit nach unten fahren? Auf diese Weise ein Ablenkungsmanöver erzeugen?

Ich stapfte darauf zu. Ich bezweifelte, dass das Geräusch meiner nackten Füße bis nach unten hallen würde, aber wenn ich das Auto mit der Fernbedienung entriegelte, würde wahrscheinlich ein elektronisches Piepen ertönen. Stattdessen wäre es wohl besser, den Schlüssel ins Schlüsselloch der Fahrertür zu stecken. Auf die altmodische Weise. Aber selbst die einfachste Aufgabe überstieg inzwischen meine Fähigkeiten. Der Kopf sank mir auf die Brust, und ich verfehlte mit unbeholfenen Bewegungen immer wieder das Schlüsselloch. Meine Sicht verschwamm. Ich zerkratzte den Lack.

Dann fiel mir der Schlüssel herunter.

Ich starrte ihn an.

Ich versuchte, ihn aufzuheben. Versuchte es ein zweites Mal, doch verfehlte ihn beide Male. Beim zweiten Mal verlor ich das Gleichgewicht und wäre beinahe vornübergekippt. Ich spürte, dass ich, sollte ich hinfallen, nicht mehr würde aufstehen können. Mir war klar, dass meine Zeit ablief.

Schwankend stand ich da.

Mein Herz hämmerte gegen meine Rippen.

Ein Teil von mir wollte sich wirklich einfach nur hinlegen

und die Augen schließen. Eine Weile dahintreiben. Sich gehen-
lassen.

Ich streckte die Hand nach dem Metallgeländer hinter dem
Auto aus. Das benutzte ich, um mich zur Rampe zu wuchten.
Ich stolperte und klammerte mich daran fest.

Die Luft schien in meiner Lunge zu stocken, während ich
nach unten stapfte und meinen Körper gegen das Geländer
presste. Die Stimmen wurden derweil lauter und waren deutlicher zu verstehen.

109

Die Pistole in Joels Hand wurde allmählich immer schwerer, kleine Krämpfe arbeiteten sich langsam durch den Arm Richtung Handgelenk vor. Er griff die Waffe fester, während er die andere Hand in die Tasche steckte und ein Telefon herauszog.

»Bitte«, sagte Luke. »Sie müssen das nicht tun.«

Joel ignorierte ihn. Seine ganze Aufmerksamkeit war weiterhin auf Mark gerichtet.

»Erzählen Sie mir von dem Flugzeugabsturz.«

»Was soll ich Ihnen darüber sagen?«

»War es ein Unfall?«

Er stolperte über seine eigenen Worte und presste sie hervor. Sein Hals tat ihm weh, als ob er ein Ei hochgewürgt hätte.

Irgendetwas schien sich in diesem Augenblick zwischen ihm und Mark abzuspielen. Joel wusste nicht genau, was, aber er fragte sich, ob Mark vielleicht langsam begann, ihn zu verstehen.

Luke sah besorgt zwischen beiden hin und her. Vielleicht spürte auch er die Veränderung.

»Nein«, antwortete Mark. »Ich glaube nicht, dass es ein Unfall war.«

»Warum?«

»Wollen Sie meine Vermutung hören? Das Flugsystem ist sabotiert worden.«

»Zu welchem Zweck?«

»Um mich zu töten. Um mich daran zu hindern, mit den

Regierungsvertretern in London und bei der europäischen Regulierungsbehörde zu sprechen. Zwei Tage vor diesem Flug …«

Er atmete aus und blickte zur Decke. »Das ist der Tag gewesen, an dem die Daten aus der Computerdatenbank verschwunden sind und an dem ich das erste Mal jemanden außerhalb der Firma angerufen habe. Bei der Regulierungsbehörde. Wir haben verabredet, uns in London unter vier Augen zu treffen.«

»Und?«

»Und ich glaube nicht, dass sie ein Risiko eingehen wollten.«

»Wenn meinen Sie mit ›sie‹?«

»MarshJet. Ich weiß nicht, wer genau. Dominic North, vermute ich. Fergus. Sie müssen mein Telefon angezapft haben. Vielleicht hat auch die Person, mit der ich bei der Regulierungsbehörde gesprochen habe, mich verpfiffen. Sie haben bei diesem Prozess eine Quelle im Team der Anklage, oder? Das würde wenigstens Ihre Anwesenheit hier erklären.«

»Zurück zum Absturz. Reden Sie weiter.«

»Ich weiß nicht, was Sie hören wollen. Ich war schon auf den Heimflug gebucht, zusammen mit ein paar Kollegen von MarshJet. Ich war eine Bedrohung. Sie konnten nicht zulassen, dass ich hier landen und mich persönlich mit der Regulierungsbehörde in Verbindung setzen und denen mitteilen würde, was ich herausgefunden hatte, aber wenn sie mich daran gehindert hätten, an Bord des Flugzeugs zu gehen, hätte das ganz eigene Fragen aufgeworfen. Vielleicht wäre eine Verbindung zwischen unserem vermissten IT-Mitarbeiter und mir hergestellt worden und so weiter. Sie hatten nicht viel Zeit, um zu reagieren. Ich rede mir gern ein, dass sie nie so etwas Schreckliches getan hätten, wenn sie sich nicht so eilig hätten entscheiden müssen.«

Joel brummte. Er tippte auf das Display seines Smartphones und sah in unregelmäßigen Abständen immer wieder hoch.

Luke beobachtete ihn aufmerksam, sein Körper war angespannt, als ob er darüber nachdachte, was er tun könnte.

»Sie sind an Bord gegangen?«

»Ja.«

»Warum sind Sie dann nicht gestorben?«

Mark zuckte mit den Schultern. »Ich habe geholfen, das Flugzeug zu entwerfen. Ich könnte Ihnen ein Dutzend Möglichkeiten aufzählen, wie man von Bord kommt, bevor es abhebt.«

Joels Schläfen pochten. Er verarbeitete das. Ein Teil seines Hirns überwachte weiterhin Luke. Es war nicht so, als hätte Mark ihm irgendetwas mitgeteilt, womit er nicht gerechnet hätte, aber es war trotzdem immer noch schockierend, es tatsächlich zu hören.

»Was haben Sie gedacht, als Sie von dem Absturz erfahren haben?«, fragte er ihn.

»Ich ...« Mark erbleichte. »Ich kann Ihnen nicht mal ansatzweise sagen, wie furchtbar das gewesen ist. Ich hatte keine Ahnung, dass sie das tun, dass sie so weit gehen würden. Ich wollte nur für eine Weile untertauchen und meine Spuren verwischen. Ich dachte, wenn ich ein paar Wochen verstreichen ließe, könnte ich zur Regulierungsbehörde gehen. Wenn ich gewusst hätte ...« Er verstummte, aber er sah nicht nach unten. Er erwiderte einfach Joels Blick, und dieser erkannte den Schmerz und die Schuld darin, mit denen er jeden Tag leben musste. »Kollegen von mir, gute Freunde waren auf diesem Flug. All diese armen Leute. Kinder ...«

»Sie haben nichts gesagt«, unterbrach ihn Joel. »Sie sind nicht an die Öffentlichkeit getreten oder haben mit jemandem geredet oder haben sich an die Presse gewandt.«

»Weil ich Angst hatte. Weil ich keinen Beweis dafür hatte, dass sie eins ihrer eigenen Flugzeuge sabotiert hatten. Ich habe

abgewartet, was bei der Untersuchung des Unglücks herauskommen würde. Und weil das Risiko zu groß und Sicherheit
mir das Allerwichtigste war. Ich hatte Angst um Kate, um meine Familie.«

»Und was ist mit dem Prozess?«

Luke bewegte sich ein wenig, und diesmal wandte Joel sich
zu ihm um, schüttelte den Kopf und richtete als Warnung die
Waffe auf Luke. Er hätte ihn sofort erschießen können. Mark
war derjenige, dessen Geschichte er hören wollte. Aber er wollte ihn nicht ablenken. Er musste die Sache zu Ende bringen.

»Reden Sie weiter«, forderte er Mark also auf.

»Ich wusste, dass ich den Leuten, die bei der Katastrophe
ums Leben gekommen sind, eine Aussage schuldete. Den Angestellten, die an Bord unserer Maschinen flogen und krank
wurden. Mir selbst. Meiner Frau. Ich musste vor Gericht erscheinen und genug Fragen aufwerfen, damit alles ans Licht der
Öffentlichkeit kommt, aber ich wusste nicht, wem ich trauen
konnte, mich sicher dorthin zu bringen. Ich war skeptisch gegenüber dem Team der Anklage angesichts dessen, was passiert
war, nachdem ich mich an die Regulierungsbehörde gewandt
hatte. Das Gleiche galt für die Presse und die Polizei. Es gab
niemanden, dem ich trauen konnte.«

Joel starrte Mark an. Er war sich einer tiefen, durchdringenden Kälte bewusst, die sich von innen her ausbreitete. Mark
schien ihm nun alles gesagt zu haben, was er erfahren wollte.
Es gab nur noch eine letzte Sache zu erledigen.

»Zwei Dinge sollten Sie wissen«, sagte er und richtete die
Waffe wieder auf Mark, während sich eine Übelkeit erregende
Hitze von seiner Brust bis in den Hals ausbreitete. »Es gab nie
eine Chance, dass Sie in diesem Gerichtssaal ankommen würden. Ihre Zeugenaussage würde nie gehört werden. Auf die
eine oder andere Weise hätten die Sie gestoppt. Dominic North.

Fergus Marsh. Marsh war vorhin übrigens hier bei mir. Ich bin mir ziemlich sicher, dass es dafür Zeugen gibt. Die Überwachungskameras. Er hat mich angeheuert, um Ihre Frau gefangen zu nehmen und sie zu befragen. Um Sie zu töten. Und den Job habe ich gern übernommen. Denn wenn *ich* es heute nicht gewesen wäre, wäre es jemand anderes gewesen. Jemand wie ich hätte Sie auf jeden Fall aufgehalten.«

Mark zögerte und biss die Zähne aufeinander, als ob er sich wappnen wollte. »Und was ist das Zweite?«

Joel tippte noch einmal auf sein Smartphone. Er schluckte schwer und drehte die Lautstärke auf. Als die Nachricht abgespielt wurde, schien sie ihn von innen her zu zerreißen, ihn aufzuschlitzen und zu Hackfleisch zu verarbeiten.

Es war eine Nachricht, die er sich beinahe täglich angehört, die aber nie ihre verletzende Kraft verloren hatte. So war es seit fünfzehn langen Monaten gewesen.

Im Hintergrund hörte man Schreie. Das schrille Sirren eines Triebwerks. Eine Abfolge stampfender, stoßender und aufeinanderprallender Geräusche. Dann die Stimme einer Frau, in panischer Verzweiflung, die sagte: »*Joel ... Joel, mein Lieber, ich weiß nicht, ob du ... Unser Flugzeug ... in Schwierigkeiten. Wir sind ... Ich wünschte, ich könnte jetzt mit dir sprechen. Ich liebe dich, Joel. Ich liebe dich. Tut mir leid ... Oh mein Gott, wir ...*«

110

Samstag, 0:45 Uhr

Ich stieß mich vom Geländer ab und wankte die Rampe hinunter. Meine Beine schlotterten, doch irgendwie hielt ich mich aufrecht.

Als ich den Blick wieder nach vorn richtete, konnte ich sehen, dass White mich anstarrte. Er hatte Tränen in den Augen. Ich in meinen auch. Ich sah ihn, sah in ihn hinein, und ich sah, dass er es mich tun sah. In diesem Moment verstanden wir einander. Ich wusste, dass er jemanden auf diesem Flug verloren hatte und dass ihn das gebrochen hatte.

»Ich bin wegen der Wahrheit hier«, rief er mir zu. »Ich habe Sie diesbezüglich nie angelogen. Eher noch habe ich meinen Auftraggeber angelogen ...«

Mark und Luke drehten beide den Kopf zu mir.

Die Zeit blieb stehen.

Ich starrte meinen Mann an.

Es war so seltsam, das sagen zu können. *Ich starrte meinen Mann an.* Worte, die keinen Sinn hätten ergeben sollen, die sich in diesem Moment aber dennoch nicht falsch anfühlten. Mark war mit mir zusammen hier. Ich konnte ihn sehen, nur ein paar Schritte entfernt.

Er sah genauso aus wie auf den Fotos, die White mir gezeigt hatte. Sein Haar war länger. Er hatte dunkle Ringe um die Augen, und er hatte an Gewicht verloren.

Aber er war es.

Ich wünschte, ich könnte beschreiben, wie ich mich in diesem Moment fühlte. Doch ich kann es nicht. Wenn alles, was man immer wollte, plötzlich direkt vor einem steht und man weiß, dass es einem gleich wieder genommen wird …

Ich erschauderte. Ich war so erschöpft.

Ich musste zu ihm gehen. Ich wollte ihn berühren.

»Lassen Sie sie gehen.« Meine Stimme klang leise und rau. Es kostete mich so viel Kraft zu sprechen. »Bitte. Lassen Sie sie gehen, und wir können über alles reden. Ich verstehe Sie. Ich …«

»Nein.« Joel reckte das Kinn. »Es ist vorbei, Kate. Tut mir leid. Ich habe mir geschworen, dass ich das tun würde. Ich habe es ihr versprochen. Ich habe einen Eid geschworen, dafür zu sorgen, dass die Leute, die dafür verantwortlich sind, nicht ungestraft davonkommen.«

Das Herz klopfte mir ungleichmäßig in der Brust, immer schneller und schneller, geriet außer Kontrolle.

»Sie können Mark nicht die Schuld daran geben. Sie können MarshJet beschuldigen, Fergus Marsh oder Dominic North. Sie können denjenigen verantwortlich machen, den die beiden dazu gebracht haben, das Flugzeug zu sabotieren. Sie können …«

»Warum kann ich nicht ihnen allen die Schuld geben?«

Ich beobachtete ihn und hatte den Eindruck, einem Mann dabei zuzusehen, wie er auf einer schmalen Plattform am Rand eines hundert Meter tiefen Abgrunds schwankte. Ein Mann, der sich darauf vorbereitete zu springen.

»Dann tun Sie das«, sagte ich zu ihm. »Aber das hier nicht. Was erreichen Sie denn damit?«

»Ich habe mein Leben in kleinen Räumen verbracht, Kate. In Räumen wie demjenigen, in dem wir beide zusammengesessen haben. Ich bin der Wahrheit nachgejagt. Habe sie immer gefunden. Aber wissen Sie, was danach passiert? Die Wahrheit bleibt in diesen Räumen weggesperrt. Sie bleibt bei mir und bei den Leuten, die mich bezahlen. Entweder sorgen sie dafür, dass sie verschwindet, oder sie manipulieren sie. Der Polizei oder der Regierung kann man nicht vertrauen. Gerichten oder dem Justizsystem kann man auch nicht vertrauen. Alles kann gefälscht und gekauft werden. Das sehen Sie jetzt ein, oder? Aber diesmal nicht. Diesmal kommt die Wahrheit ans Tageslicht. Keine Geheimnisse in kleinen Räumen mehr. Keine Wände mehr. Denn nur so kann es Konsequenzen geben. Es ist die einzige Möglichkeit, diese Leute zu Fall zu bringen.«

»Dann lassen Sie mich Ihnen dabei helfen, das zu tun. Ich kann Ihnen helfen. Das ist mein Job. Darin bin ich gut.«

»Das haben Sie schon.« Langsam trat er einen Schritt vor und zielte mit der Waffe auf Marks Kopf.

»Nicht. Bitte.«

»Sehen Sie nicht hin, Kate.«

»Selbst wenn Mark an Bord dieses Flugzeugs gewesen wäre, würde ich niemals das tun, was Sie jetzt tun. Und ich glaube auch nicht, dass die Person, für die Sie das zu tun glauben, das wollte.«

»Nun, das ist wohl der Unterschied zwischen uns beiden, Kate. Das hier ist *mein* Job. Mein allerletzter. Und ich habe nichts mehr zu verlieren.«

Sein Arm zitterte. Er biss sich auf die Lippe.

Mark sah ihn nicht an. Stattdessen sah er zu mir. Er lächelte. Ich sah die Sorge in seinem Blick, aber auch noch etwas anderes. Eine Art Akzeptanz. Es war Marks Art, mich wissen zu lassen, dass er irgendwie immer geglaubt hatte, dass es so enden würde, dass er vielleicht sogar dachte, dieses Ende zu verdienen. Dass er seinen Frieden damit geschlossen hatte.

»Ich liebe dich«, sagte er zu mir. »Ich werde dich immer lieben.«

Ich begann zu schluchzen. Ich war so müde. So ausgelaugt. Ein tauber Schmerz durchzuckte meine Rippen. Ich konnte das entfernte Flackern meines Pulses in den Fingerspitzen wahrnehmen, als ich nach einer Seite zu Boden sank.

»Was haben Sie mit ihr gemacht?«, fragte Luke. »Ist es dein Herz, Kate? Bitte. Lassen Sie mich ihr helfen. Im Empfangsbereich gibt es einen Defibrillator. Ich habe ihn gesehen. Ich kann…«

»Seien Sie still«, brüllte White ihn an.

Ich hob beide Hände und legte sie mir auf die Brust. Mein Herz schlug jetzt so schnell, so heftig, dass es sich anfühlte, als wollte es sich einen Weg aus mir hinaus hämmern.

Tränen liefen mir übers Gesicht.

Ich bin mir nicht mehr sicher, in welcher Reihenfolge sich die nächsten Dinge ereigneten. Ich bin nicht sicher, ob Mark zuerst aufblickte oder ob ich es war. Ich bin ziemlich sicher, dass Luke aufschrie. Ich weiß, dass er sich auf die Füße hochdrückte. Ich sah White zurückweichen und seine Waffe herumreißen.

Mein Herz blieb stehen.

Es hörte einfach auf zu schlagen.

Der furchtbare Schmerz durchfuhr mich erneut, nur noch viel schlimmer als zuvor in dem Großraumbüro auf der dreizehnten Etage.

Ich riss die Arme nach außen.

Riss den Kopf in den Nacken.

Ich hörte das Geräusch des Motors, sah das Entsetzen in Whites Gesicht. Dann drehte ich mich gerade noch rechtzeitig um, um den Mini zu sehen, der auf mich zuraste.

Maggie saß hinter dem Steuer.

Irgendwie sah sie anders aus.

Ich konnte nicht mehr atmen. Konnte mich nicht bewegen.

Dann fühlte ich, wie Lukes Hände mich wegstießen. Das wütende Aufheulen des Motors. Der Außenspiegel, der mich an der Seite erwischte.

Ich wurde zu Boden gerissen. Griff mir an die Brust.

Das Auto raste weiter, setzte am Fuß der Rampe auf. Funken stoben.

Ich sah, wie Mark beiseite hechtete und hörte die Schüsse. Glas splitterte. Das Auto rutschte und drehte sich. Dann hörte ich einen Aufprall. Eine Kugel zischte über meinen Kopf hinweg. Irgendwelche Splitter regneten von der Decke herab. Ein weiterer Schrei ertönte, glaube ich, gefolgt vom Quietschen und dem Gestank der Bremsen, dann krachte der Mini gegen etwas und blieb abrupt stehen.

In der verzerrten Stille, die darauf folgte, lauschte ich.

Ich konnte ein Zischen hören. Ein metallisches Klicken. Das Geräusch einer Flüssigkeit, die auf den Boden platschte.

Aber sehen konnte ich nichts. Mit durchgebogenem Rücken starrte ich nach oben. Ich wünschte mir so sehr, dass mein Herz noch ein einziges Mal schlagen würde. Dass es weiterschlagen würde. Ich wünschte es mir sogar dann noch, als mir bereits schwarz vor Augen wurde.

111

Den Rest nahm ich nur noch in Fetzen wahr. Selbst heute weiß ich nicht, wie viel davon Erinnerung und wie viel Einbildung ist. Was ich weiß, ist, dass Mark mich aufhob und über die Treppe zwei Stockwerke nach oben trug. Vor meinem inneren Auge kann ich immer noch den schrägen Lichtstrahl der Deckenbeleuchtung über mir sehen. Ich kann fühlen, wie Mark mich fest umarmte. Ich spüre die Kühle des Bodens, als er mich in der Lobby hinlegte, und ich kann den Chlorgeruch des Wasserfalls ganz in der Nähe riechen.

Ich meine mich daran zu erinnern, wie der Defibrillator neben mir summte. Ich habe keinerlei Erinnerung daran, wie Mark meine Bluse geöffnet oder die Elektroden aufgelegt hat.

Ob der Schock der Defibrillation wehgetan hat? Manchmal frage ich mich das. Ich kann mich an keinen Schmerz erinnern, oder wenn doch, nehme ich an, dass ich ihn verdrängt habe. Woran ich mich allerdings erinnere, ist das großartige Gefühl von Energie, die durch meinen Körper floss. Eine echte, lebenspendende Kraft, die mich bis in die letzte Faser wieder aufzuladen schien.

Ich erinnere mich daran, wie ich mich vom Boden wieder aufgerichtet und einen riesigen, reinigenden Atemzug gemacht habe. Ich erinnere mich daran, dass Mark immer und immer wieder meinen Namen gesagt, mich festgehalten und an sich gedrückt, sich zurückgelehnt und mein Gesicht mit seinen Händen umschlossen hat.

In diesem Moment hörte ich Schritte.

Sie waren zögerlich und schlurfend. Sie kamen näher.

Marks Arme spannten sich um mich herum an, als Maggie erschien.

Ihr Haar war zerzaust. Glassplitter steckten in ihren Schultern. Ein blutiges Rinnsal floss ihr vom Mundwinkel übers Kinn.

Sie hielt Whites Pistole in der Hand. An der Art, wie sie sie hielt, konnte ich erkennen, dass sie nicht das erste Mal eine Waffe in der Hand hatte.

Ein paar lange Sekunden starrte sie mich ausdruckslos an, dann hob sie die Pistole und zielte auf Mark.

In diesem Augenblick wusste und begriff ich mehrere Dinge auf einmal.

Ich wusste, dass Maggie nicht diejenige war, die sie zu sein vorgab. Ich musste daran denken, dass White mir gesagt hatte, noch weitere Personen seien angeheuert worden für den Fall, dass er versagte, und wie skrupellos sie beenden würden, was er begonnen hatte.

Mir wurde bewusst, dass er sich nur in einer Sache getäuscht hatte: Die Absicherung, um die sich Sir Fergus Marsh gekümmert hatte, war kein finsterer Meuchelmörder, der hinter den Kulissen abwartete und benachrichtigt wurde, sobald man ihn brauchte. Es war Maggie, und sie war von Anfang an Teil dieser ganzen Angelegenheit gewesen. Wenn ich White irgendwie entkommen wäre, wenn ich es aus dem Gebäude geschafft hätte, hätte sie schon auf mich gewartet. Ich hätte keinerlei Verdacht geschöpft.

Sie kam nicht näher. Sie stand schon nahe genug. Wenn sie noch näher gekommen wäre, hätte sie fürchten müssen, dass Mark sie irgendwie aufzuhalten versuchte.

Sie sah entlang des Pistolenlaufs auf ihn hinab. In ihrem Gesicht war nichts außer einer kalten, gnadenlosen Entschlossenheit zu lesen.

In diesem Moment brach der Tumult los. Glas splitterte, überall ertönten Schreie, und ungefähr hundert Gestalten mit schwarzen Mützen stürmten das Gebäude. Sie brüllten Maggie an, sie solle die »Waffe fallen lassen«, »weggehen«, »nicht schießen«. Schwere Stiefel hallten laut in dem gewölbeartigen Raum wider. Einige von ihnen platschten durch das Becken neben mir.

Sie kamen zu spät.

Maggie würde trotzdem abdrücken und den Job beenden. Doch dann sah ich, wie etwas in ihren Augen aufflackerte und ihre Lippen sich bewegten, als ob sie im Geist eine Reihe schneller Zahlenkombinationen durchging.

Es dauerte einige Sekunden, bevor sie langsam die Hände hob und die Pistole lose an ihrem Finger hängen ließ, während zwei bewaffnete Polizisten herbeieilten, ihr die Waffe aus der Hand rissen, sie an den Armen packten und abführten.

»Kate? Kate, können Sie mich hören? Kate, ich bin Officer Harris. Wir verarzten Sie jetzt.«

Eine Polizistin kniete sich neben mich. Sie hielt meine Hand und drückte meinen Daumen zusammen. Hinter ihr stieß ein groß gewachsener schwarzer Beamter einen Pfiff aus und starrte auf die Szene, die ihn umgab.

»Wie … Wie haben Sie mich gefunden?«

»Sie haben ein Fax geschickt«, erklärte mir die Polizistin. »An Ihre Chefs? Das Gerät hatte kein Papier mehr. Als sie am Abend heimgekommen sind, hörte einer von ihnen, wie es piepte. Sie haben Ihre Nachricht gefunden und uns verständigt. Und, na ja, sagen wir einfach, es passte zu ein paar anderen Ungereimtheiten, mit denen wir es hier zu tun hatten.«

Ich ließ mich rückwärts wieder in Marks Arme sinken und

blickte ihm ins Gesicht. Meine Finger krallten sich in sein Hemd. Ich hielt ihn immer noch fest, wollte ihn nie mehr gehen lassen.

»Wo ist Luke?«, fragte ich ihn.

Und in diesem Moment sah ich, wie ein Schatten über Marks Gesicht huschte, und die Panik kehrte zurück.

112

Spät am Vormittag des folgenden Tages kam Officer Harris in mein Krankenhauszimmer. Luke war für eine Notoperation wegen einer Schusswunde in seinem Kopf ins St. Thomas gebracht worden. Ich wusste, dass die Aussichten nicht gut standen, aber ich versuchte, es als gutes Omen zu deuten, dass er in demselben Krankenhaus operiert werden sollte, in dem er arbeitete. Alle beteuerten mir gegenüber, dass die Chirurgen dort alles in ihrer Macht Stehende für ihren Kollegen tun würden.

Harris stand, den Polizeihelm unter den Arm geklemmt, zögerlich in der Tür herum. Ich war allein und vollkommen erschöpft, lag im Bett mit einem piepsenden Herzfrequenzmessgerät neben mir und einem Gewirr aus Schläuchen, die mit meinem Körper verbunden waren, sodass die Gifte, die Joel mir verabreicht hatte, aus meinem Blut gewaschen werden konnten. Mark hatte eigentlich bei mir bleiben wollen, aber die Detectives, die am Tatort in 55 Ludgate Hill aufgetaucht waren, hatten darauf bestanden, dass er sie begleitete und ihre Fragen beantwortete. Darüber war ich seltsam erleichtert. Ich weiß nicht, wie ich es erklären soll. Ich hatte so viel Zeit mit Wünschen und Träumen verbracht, dass ich ihn wiedersehen würde, dass ich jetzt überfordert war.

»Wie geht es Ihrem Bruder?«, fragte mich Harris.

Ich hob den Kopf vom Kissen. Es fühlte sich an, als ob ein Gummiband ihn unten hielt. »Sie operieren ihn noch.«

»Ich kann auch später wiederkommen. Wir müssen das nicht jetzt machen.«

»Nein. Bitte. Ich würde mich gern unterhalten.«

Harris nickte, als ob sie das verstehen könnte, wirkte aber noch immer unsicher, als sie die Tür hinter sich zudrückte. Meinem Bett gegenüber stand ein Stuhl, und sie schien ein wenig mit sich zu hadern, bevor sie sich schließlich hinsetzte. Vermutlich hatte ihre Schicht schon vor Stunden geendet. Der Gedanke daran trieb mir die Tränen in die Augen.

»Der Mann, der Sie gefangen gehalten hat …«, setzte sie an.

»White.«

»Joel White. Ja. Hat man Ihnen gesagt, dass er …?«

»Er ist tot.« Ich nickte. »Man hat mir gesagt, dass er beim Zusammenprall mit dem Auto sofort gestorben ist.«

Ich wusste nicht, was ich empfinden sollte. Natürlich hätte ich mir gewünscht, dass niemand gestorben wäre. Aber ich hatte dabei zugesehen, wie er Raul ermordet hatte. Ich war mir ziemlich sicher, dass er Tony auf dem Gewissen hatte. Und sein Handeln hätte auch mich beinahe das Leben gekostet.

Also nein, ich konnte nicht behaupten, dass ich mich seinetwegen grämte, aber ich fühlte mich auch in keiner Hinsicht erleichtert. Wahrscheinlich verarbeitete ich die Ereignisse noch. Zu viel war passiert und passierte noch immer.

»Haben Sie Tonys Tochter ausfindig machen können?«

»Ja. Sie ist in Sicherheit. Falls jemand sie beschattet hat, ist das vorbei. Sie lässt die Schlösser auswechseln und verbringt dann ein bisschen Zeit bei ihrer Mutter.«

»Was ist mit Maggie?«

»An ihr sind wir dran. Im Moment kann ich Ihnen sagen, dass sie nicht wirklich Maggie heißt und es auch keine Personalagentur Abacus gibt. Ihre Webseite ist ein Fake. Sie ist in Haft. Sie hat sich einen Anwalt genommen, aber wir haben ein gutes Team, das sie befragt. Tut mir leid, Ihnen das sagen zu müssen, aber bald werden die auch mit Ihnen sprechen wollen.«

»Noch eine Befragung?«

»Ja.«

Da begann ich zu weinen. Alles stürzte zugleich auf mich ein. In den kommenden Tagen und Wochen würde ich lernen, dass es von nun an so sein würde. Plötzlich, aus dem Nichts, war ich von Angst und Schrecken überrumpelt und überwältigt worden. Im Schlaf und in meinen Tagträumen würde ich mein Martyrium immer wieder durchleben. Es gab Momente, in denen ich die Dinge sich anders entwickeln sah, in denen ich mir einredete, dass ich mehr hätte tun oder sagen können. Am häufigsten schien ich an den Moment zu denken, in dem mein Herz zu schlagen aufhörte und Mark mich wiederbelebte. In meinen allerschlimmsten Albträumen erschien Maggie, bevor Mark mein Herz wieder zum Schlagen bringen konnte, und in meinen letzten Sekunden sah ich ihr zu, wie sie ihn erschoss. Dann wachte ich nach Luft schnappend und schweißgebadet auf.

Doch für den Moment wusste ich nichts von alledem. Harris sah mich mitleidig an und wartete geduldig, bis ich mich gesammelt hatte.

»Es gibt da etwas, was ich Ihnen mitteilen sollte«, sagte sie, als ich mich halbwegs wieder unter Kontrolle hatte. Sie blickte noch einmal zur Tür. Mir wurde bewusst, dass die Ärzte sie wahrscheinlich gebeten hatten, mich nicht allzu sehr aufzuregen. »Sie sind Mitglied in einer Unterstützergruppe auf Facebook für Verwandte und Freunde der Opfer der Global-Air-Katastrophe, stimmt's?«

Die Frage traf mich vollkommen unerwartet. »Ja, aber ich bin da nicht mehr so oft. Vielleicht am Anfang...«

»Er hat mit Ihrem Telefon einen Livestream gestartet. In der

Gruppe, meine ich. White hat alles, was in der Tiefgarage passiert ist, gestreamt. Wir haben Ihr Handy hinter der Stelle, an der er stand, gefunden, es war mit Tape an der Wand befestigt. Wir vermuten, dass das der Grund dafür ist, warum er Ihren Mann aufforderte, alles zu erklären. Das Video ist auf der ganzen Welt geteilt worden. Es ist … Nun, im Moment ist es der Aufmacher in sämtlichen Nachrichten. Es ist so ziemlich überall.«

Ich blinzelte sie an. Ich war nicht sicher, was ich mit dieser Information anfangen sollte. Ich musste wieder an einige der Dinge denken, die White am Ende zu mir gesagt hatte: dass er die Wahrheit ans Licht bringen müsse; dass man sich nicht auf Behörden und Gerichte verlassen durfte, wenn so viel auf dem Spiel stand.

Zu jenem Zeitpunkt hatte ich geglaubt, dass er vielleicht an die Presse gehen wollte. Jetzt erkannte ich, dass er die ganze Zeit seinen Plan verfolgt hatte.

Das hier ist mein Job. Mein allerletzter.

White selbst hatte mich gewarnt, dass es einen Plan B für den Fall gab, dass er seinen Auftrag nicht erfüllen würde. Er hatte angedeutet, dass unser beider Leben auf dem Spiel stand – dass unsere Schicksale miteinander verwoben waren.

Bedeutete das, dass er, als er mit unserem Vorstellungsgespräch begann, die Möglichkeit bereits akzeptiert hatte, dass keiner von uns den *Mirror* jemals wieder lebend verlassen würde? Hatte er sich entschieden, dass das ein Opfer war, das er zu bringen bereit war, um zu garantieren, dass die volle Wahrheit ans Licht kam?

Den Livestream von meinem Smartphone aus zu starten, konnte kein spontaner Einfall gewesen sein. Er hatte es so geplant, sehr wahrscheinlich von dem Moment an, in dem Maggie sich wegen der offenen Stelle bei Edge an mich gewandt hatte. Er musste entschieden haben, alles, was Mark ihm sagte, mit der Welt zu teilen. Die Informationen an die Öffentlichkeit zu bringen, bevor sie manipuliert oder durch Anwälte in Verruf gebracht werden konnten, war seine beste Chance, Sir Fergus Marsh zu vernichten.

Eine Sekunde lang, während ich über all das nachdachte, was Harris mir gerade erzählt hatte, blitzte ein Bild in meinem Kopf auf, wie die Geschichte in Haushalte auf der ganzen Welt übertragen wurde, auf Webseiten und in Zeitungskiosken erschien. Doch in diesem Moment war es für mich nichts weiter als ein flüchtiger Gedanke. Es war mir egal, wie groß die Geschichte war oder welche Konsequenzen sie haben würde. Die Welt da draußen konnte sich weiterdrehen, doch für mich und für Luke spielte sich alles, was von Bedeutung war, innerhalb dieses Krankenhauses ab.

»Er ist Organspender«, flüsterte ich.

»Wie bitte?«

»Mein Bruder. Er hat einen Ausweis bei sich. Seine Arbeit…« Ich hob die Hand und spürte das Ziehen der Kanüle, die darin steckte. »Er bekommt ständig Leute zu Gesicht, die auf eine Transplantation warten. Sie haben mich um meine Zustimmung gebeten, falls er nicht durchkommt. Sie müssen das nicht tun, aber sie haben mich trotzdem gefragt.«

»Tut mir leid.« Harris berührte mich durch die Decke hindurch am Bein. »Wir drücken ihm die Daumen. Ich möchte, dass Sie wissen, dass viele von uns in Gedanken bei ihm sind. Und jetzt sollten Sie sich ausruhen.«

Sie durchquerte das Zimmer und machte die Tür auf.

»Officer?«

Sie drehte sich noch einmal zu mir um.

»Ich habe mich noch gar nicht bei Ihnen bedankt. Für das, was Sie getan haben. Dafür, dass Sie rechtzeitig bei mir gewesen sind.« Ich schloss die Finger fest um die Decke. »Ich wollte Danke sagen.«

»Keine Ursache, Kate.«

»Warum hat sie eigentlich nicht geschossen? Maggie, oder wie auch immer sie heißt – am Ende, warum hat sie da gezögert?«

»Soll ich raten?«

Ich nickte.

»Es war zu spät. Außerdem, wenn man es zynisch betrachten möchte – und das tue ich normalerweise –, kann ein guter Anwalt sie so am Ende sogar als Heldin dastehen lassen. Sie hat das Auto gefahren, mit dem Joel White umgebracht worden ist.«

»Sie hatte den Auftrag, mich zu töten. Und meinen Mann.«

»Nun, wie gesagt, sie könnte versuchen, es so darzustellen. Ich behaupte nicht, dass man ihr glauben wird.«

113

Zur selben Zeit saß Sir Fergus Marsh an Bord eines Privatjets, der darauf wartete, von einem verregneten Flugfeld des Londoner City Airports zurückzusetzen, atmete keuchend und rieb sich mit einem weichen weißen Handtuch Gesicht und Nacken trocken, während er mit müder Distanziertheit auf Dominic North blickte, der sich auf dem Sitz ihm gegenüber wand und die Finger abwechselnd um die Armlehnen schloss und sie wieder öffnete.

Sein einstmals unerschütterlicher Berater war jetzt ein in die Ecke getriebenes Tier. Er hoffte auf Hilfe durch das Team von Managern und Anwälten, die eilige Anrufe tätigten und untereinander Papiere herumreichten.

Die Luft roch nach feuchter Kleidung. Auf dem kurzen Weg von ihren Limousinen zum Flugzeug waren sie alle klatschnass geworden. Der Jet war vollgetankt und kurzfristig startklar gemacht worden. Auf Dominics Drängen hin würde das Team zu Sir Fergus' Stützpunkt nach Monaco fliegen und dort über die nächsten Schritte beraten.

»Nathan!«, schrie Dominic Sir Fergus' persönlichen Piloten hysterisch an. »Warum sind wir noch nicht zurückgestoßen?«

»Wir warten auf die Starterlaubnis, Mr. North.«

»Warum verzögert sich das?«

»Es verzögert sich nicht. Wir haben unser Zeitfenster. Es sollte jetzt nur noch ein paar Minuten dauern.«

Sir Fergus blieb reserviert und schwieg. Ohnmächtige

Schicksalsergebenheit hatte ihn in der letzten halben Stunde befallen. Die Ahnung, dass er nun seine Schuld begleichen musste.

Vor fünfzehn Monaten hatte er sich von Dominic überzeugen lassen, dass sie zu viel verlieren würden, wenn er nicht handelte und dem Plan zustimmte, eines ihrer eigenen Flugzeuge zu sabotieren. Jetzt wurde ihm klar, dass er *alles* verlieren würde.

Er duckte sich und spähte durch das regennasse Fenster neben sich nach draußen. Eine Swiss-Air-Maschine (keine von ihren) raste über die nasse Startbahn, ihre Räder hoben mit einem Sprühnebel vom Boden ab. Andere Flugzeuge standen mit der Nase voran am Terminal. Er zählte acht seiner Maschinen, die besorgniserregend reglos aussahen. Ein schlechtes Omen, vermutete er. Der Himmel war trüb und feucht.

In aller Deutlichkeit stellte er sich die umfassende Berichterstattung in den Dauernachrichtensendern vor, die vernichtenden morgendlichen Schlagzeilen, die kommen würden, die Bedrohung und der Hass, die heranrollten wie die violetten Gewitterwolken draußen.

»Wie geht es mit unserer Pressemeldung voran?«, blaffte Dominic.

Ihr Medienberater, ein ehemaliger BBC-Journalist, schrak hinter seinem Laptopbildschirm hoch, sein Gesicht wirkte ebenso bleich und durchscheinend wie sein regennasses Hemd.

»Ich feile noch an dem, was wir rüberbringen wollen, Mr. North.«

»Was gibt's da zu feilen? Wir wollen ein Dementi rüberbringen. Sie streiten alles ab, was in diesem Video gesagt wurde.«

»Gut. Nur …«, sagte der Mann verzagt. »Manche Leute werden glauben, dass wir etwas zu verbergen haben, wenn wir einfach so das Land verlassen.«

»Wir fliegen zu einer lange verabredeten Geschäftsbesprechung.«

Lange verabredet, vor zehn Minuten.

»Das weiß ich. Worauf ich hinauswill, ist, dass andere das vielleicht nicht so sehen werden.«

»Nun, dafür werden Sie ja bezahlt, nicht wahr? Bringen Sie die Leute dazu, es so zu sehen.«

Sir Fergus drückte sich zwei Finger gegen die Kehle. Er hatte kein Wort gesagt, aber der brennende Schmerz war gnadenlos. Jeder Atemzug schmerzte mehr als der vorangegangene. Und war das nicht auch eine Art Sühne? Seine ganz persönliche Strafe.

Er gab Nancy, seiner regelmäßigen Stewardess, ein Zeichen, dass sie ihm das Morphium holen solle. Als er wieder zu Dominic sah, flackerte das Gesicht seines CFO in einem seltsam bläulichen Licht.

»Was ist?«, fragte ihn Dominic. »Warum schauen Sie mich so an?«

Er gab ihm keine Antwort, sondern blickte lieber rechts an ihm vorbei auf die Stelle, wo sein Team sich vor den ovalen Fenstern drängte, erstarrt und mit ehrfürchtigem Gesichtsausdruck.

»Sagt mir vielleicht mal irgendwer, was hier los ist?«, schrie Dominic.

Sir Fergus rückte auf seinem Sitz nach vorn und legte das Handtuch neben sich ab, dann stand er auf, stellte sich in den Mittelgang und knöpfte sich das Jackett zu.

»Was tun Sie da?«, fragte ihn Dominic. »Warum stehen Sie da rum?«

Fergus straffte die Schultern und ging steif zum vorderen Teil der Flugzeugkabine, wo er Nancy zunickte, damit sie die Tür des Flugzeugs öffnete.

Ein Schwall Regen wurde hereingeweht, als eine Kolonne von Polizeifahrzeugen vor dem Jet in einem Halbkreis zum Halten kam, wobei die Reifen feucht quietschten und ihre Blaulichter verwaschen durch den trüben Nachmittag blinkten.

»Gehen Sie da nicht runter, Sie verrückter, alter Dreckskerl«, brüllte Dominic ihn an. »Wagen Sie es ja nicht.«

Die Vordertüren einer dunklen Limousine öffneten sich, und zwei Zivilpolizisten – eine Frau und ein Mann in billigen Anzügen – stiegen aus. Die Frau, in deren Hand Dokumente flatterten, betrachtete Sir Fergus unter einem schwarzen Regenschirm hervor. Der Mann ging zum unteren Ende der Gangway, hob seinen Ausweis in die Höhe und wartete, bis Sir Fergus zu ihm herunterstieg.

Epilog

Acht Wochen sind inzwischen vergangen. Acht Wochen ohne Luke. Er hat den Eingriff nicht überlebt und ist im Operationssaal gestorben, kurz nachdem Officer Harris ihr Gespräch mit mir beendet hatte.

Ein Teil von mir hat immer noch Schwierigkeiten zu akzeptieren, dass mein Bruder wirklich fort ist, wahrscheinlich ist das eine Folge davon, dass Mark entgegen aller Wahrscheinlichkeit zu mir zurückgekehrt ist. Aber diesmal bin ich mir im Klaren darüber, dass es keinen wundersamen Aufschub geben kann. Ich habe Lukes Körper in der Leichenhalle gesehen. Ich habe ihn auf die Stirn geküsst und mich von ihm verabschiedet. Ich habe ihm auch noch ein Dankeschön für all das zugeflüstert, was er für mich getan hat – alles, was er zu tun *versuchte* –, und ich habe ihm gesagt, dass ich ihm verzeihe und ihn liebe. Ich habe ihm gesagt, er soll sich jetzt ausruhen.

Vor dem Hintergrund dessen, wie sehr ich ihn vermisse, und der Zukunft, die ihm verwehrt worden ist, fällt es mir schwer, mich mit dem Gedanken anzufreunden, dass noch irgendetwas wirklich Bedeutung hat. Aber natürlich ist das so, und zwar nicht nur für mich, sondern auch für sehr viele andere. Als Erstes sollte ich also erzählen, dass MarshJet zusammengebrochen ist. Der erweiterte Vorstand von MarshJet und das Management haben sich schon früh einhellig von den Taten von Sir Fergus und Dominic North distanziert, doch das hatte kaum einen Effekt. Alle MarshJet-Maschinen sind weltweit mit einem Startverbot belegt worden, das nur unter der Auflage einer umfassenden Umgestaltung und Überholung aufgehoben werden kann.

In der Folge von Joel Whites viral gegangenen Videos ist der Prozess Melanie Turner gegen MarshJet verschoben worden. Die meisten Beobachter bewerten ihn jetzt als beinahe überflüssig. Aus meiner Sicht als PR-Managerin erscheint es klar, dass der Verlust an Ansehen, den MarshJet erlitten hat, nicht wiedergutzumachen ist.

Diesbezüglich habe ich gemischte Gefühle. Rechts- und Wirtschaftsexperten vermuten nämlich, dass die Millionen Pfund an Schadensersatz, die dem Kabinenpersonal zustehen, das aufgrund seiner Arbeit an Bord der Maschinen von MarshJet erkrankt ist oder in den nächsten Jahren noch Symptome entwickeln wird, nun vielleicht nie mehr gezahlt werden können.

Dann ist da noch die Global-Air-Katastrophe. Die Regierungen des Vereinigten Königreichs und der Vereinigten Staaten haben gemeldet, dass die Ermittlungen bezüglich des Flugzeugabsturzes aufgrund der neuen Informationen intensiviert worden sind. In den Medien wird darüber spekuliert, was diese Untersuchungen nun ergeben werden (außerdem gibt es Verärgerung darüber, wie es möglich sein konnte, dass die Beweise für eine Sabotage bis jetzt übersehen worden sind). Mit den richtigen Zeugen und genug Druck werden Familien und Angehörige derer, die ihr Leben verloren haben, endlich die Wahrheit erfahren, und vielleicht wird Ihnen sogar die Gerechtigkeit zuteil, die sie verdienen.

Das Fazit ist für den Moment, dass Erfolg oder Misserfolg der Zivilklagen gegen MarshJet (und von ihnen scheint es mit jedem Tag mehr zu geben) die Leitung des Unternehmens in keiner Weise vor kriminalrechtlicher Haftung schützen. Hier kommt Maggie ins Spiel (deren echter Name Theresa Murphy lautet). Wie alle anderen versucht sie, Deals zu machen, wo sie nur kann. Nach meinen letzten Informationen liefert sie der Staatsanwaltschaft die Munition, die sie braucht, um Sir Fergus Marsh und Dominic North direkt wegen ihrer Verschwörung gegen mich und Mark zu verurteilen.

Es gibt ein paar Leute, die Joel White einen Helden nennen. Leider kann ich mich dem nicht anschließen. Er mag einem weltweiten Publikum die Wahrheit zugänglich gemacht haben, aber er hat auch Raul und Tony ermordet, ein Schuss aus seiner Waffe hat meinen Bruder getötet, und er hat mich gequält und unter Druck gesetzt. Nach und nach erscheinen außerdem Berichte über andere verdächtige Todesfälle und Krankheiten im Zusammenhang mit Gesprächen, die er in der Vergangenheit geführt hat, sie reichen von Shanghai bis nach LA.

Die Frau, die die Sprachnachricht auf seinem Telefon hinterlassen hat, war seine Geliebte Sarah Walker, eine sechsunddreißigjährige Medienanalystin aus New York. Sie lebte von ihrem Mann Alex getrennt und hatte mit Joel White wenigstens zwei Jahre lang eine geheime Affäre gehabt, bevor sie bei der Global-Air-Katastrophe ums Leben gekommen ist. Ich habe mit Alex Walker telefoniert. Er erzählte mir, dass er seine Frau verdächtigt habe, sich mit jemand anderem zu treffen, dass er allerdings keine Ahnung hatte, um wen es sich dabei handelte oder wie ernst die Sache tatsächlich war. Er fragte mich, ob Joel White Sarah in unserem Gespräch erwähnt habe. Er war unsicher, wie er die Frage stellen sollte, es war ja nicht so, dass ich irgendeine Wahl gehabt hätte, über welche Themen ich mich mit White unterhielt.

Tatsächlich habe ich ihn angelogen und behauptet, wir hätten uns darüber unterhalten, wie verzweifelt wir uns beide nach dem Absturz der Global-Air-Maschine gefühlt hatten. Ich erzählte ihm, Joel White hätte mir gesagt, wie viel ihm Sarah bedeutete, dass sie allerdings in einem Telefonat kurz vor dem Flug mit ihm über das Ende ihrer Beziehung gesprochen hätte. Es ist schon ironisch, dass White so sehr auf die Wahrheit gedrängt hatte und am Ende eine Lüge hoffentlich dazu beitragen kann, wenigstens die tiefsten Wunden zu heilen.

Ich ging auf die Beerdigungen von Raul und Tony. Es fiel mir schwer. Noch immer weiß ich nicht, ob hinzugehen die richtige Entscheidung war. Was ich allerdings weiß, ist, dass der Anblick ihrer trauernden Angehörigen mich so stark mitgenommen hat, dass ich beinahe zusammengebrochen wäre.

Nachdem ich mir einige Zeit gegeben habe, mich zu erholen und um Luke zu trauern, bin ich jetzt wieder bei Simple und dankbar dafür, mit Simon und Rebecca zusammenarbeiten zu können. Ich schulde ihnen mehr, als ich auszudrücken vermag, aber wann immer ich einen Moment übrig habe, in dem ich mich stark genug fühle, widme ich mich der Unterstützergruppe für die Opfer von MarshJet – sowohl für diejenigen, die erkrankt sind, als auch für die der Global-Air-Katastrophe. Mir ist nicht entgangen, dass ich, indem ich das tue, Joel White gewissermaßen bei dem helfe, was er vorhatte. Doch ich will mich davon nicht allzu sehr verwirren lassen. Ich kann mir vorstellen, dass manche Menschen glauben, Schuldgefühle würden mich antreiben, und bis zu einem gewissen Grad stimmt das auch, schließlich habe ich, wenn auch mit den besten Absichten, dabei geholfen, die Welt glauben zu machen, dass die Flugzeuge von MarshJet sicher seien, obwohl das nicht stimmte. Hunderte von Menschen sind bei einem Flugzeugabsturz zum Teil deshalb ums Leben gekommen, weil mein Mann sich nicht dazu durchringen konnte, sich mir anzuvertrauen. Versuche ich Wiedergutmachung zu leisten? Ich bin nicht so naiv zu glauben, dass so etwas möglich wäre. Aber ich habe vor, mich der Suche nach Gerechtigkeit und Wahrheit zu verschreiben.

Der Aktienkurs von Edge Communications ist eingebrochen. Sie haben verschiedene Klienten und Großkunden verloren – darunter natürlich MarshJet und Sir Fergus Marsh. Im Zuge der Schadensbegrenzung, die sie gerade betreiben, haben sie bereits verkündet, dass sie ihr Londoner Büro im *Mirror* schließen.

Und dann ist da noch Mark.

Es ist ein Dienstagmorgen im August. Wir gehen zusammen am Südufer der Themse spazieren. Der Himmel ist blau und wolkenlos, und die Sonne steht hoch über uns. Der Fluss schimmert golden. Ein perfekter Sommertag.

Mark hat gestern bei mir übernachtet. Wir sind heute früh zusammen aufgewacht. Jedes Mal, wenn ich ihn berühre, steigt in mir dieses Gefühl auf – dieser verwirrende Eindruck, dass alles möglich ist. Vielleicht sogar wir beide als Paar.

Aber es gibt auch andere Momente. Momente, in denen ich an die Geheimnisse denke, die er vor mir hatte, wie er sich vor mir versteckt hat, an den Schmerz, für den er in den Herzen so vieler Menschen verantwortlich ist, die ich niemals kennenlernen oder treffen werde. Und er ist dafür tatsächlich verantwortlich. Vielleicht hat er das einzig Mögliche getan, als er geflohen ist. Vielleicht hatte er recht mit der Einschätzung, dass er sich versteckt halten musste, bis er als Zeuge vor Gericht erscheinen und die ganze Wahrheit ans Licht bringen konnte. Vielleicht hat er aber auch einen Fehler nach dem anderen gemacht.

Mir gegenüber sagt er, dass er sich bemüht hat, das Richtige zu tun. Manchmal, wenn ich das nicht einsehen kann, bittet er mich um Verständnis. Er fleht mich an und sagt mir, dass schon zu viele Leute so viel verloren haben, dass es keinen Sinn ergibt, dass auch wir beide das aufgeben sollen, was wir haben können.

Es ist ein heilloses Durcheinander. Und ganz ehrlich, ich kann nicht sagen, wie sich die Dinge zwischen uns entwickeln werden. So oft kommt es mir vor, als ob ich mich in meinem eigenen Kopf nicht mehr auskenne. Was ich weiß, ist, dass es einer der glücklichsten Augenblicke in meinem Leben gewesen ist, Mark wieder mit seiner Tochter Rosie vereint zu sehen. Und vielleicht ist das am Ende genug.

»Du musst das nicht allein tun«, sagt er nun zu mir. »Ich könnte mitkommen?«

Ich wende den Blick von ihm ab und schüttle den Kopf. Dann erschaudere ich.

»Nervös?«, fragt er.

Und wieder – sorry, Joel White – sage ich nicht die Wahrheit. Ich verrate nicht, dass ich erschaudere, weil ich über den Fluss auf die Spitze von 55 Ludgate Hill geblickt habe, dass die Erinnerungen wieder über mir zusammenschlagen, dass ich mich manchmal immer noch frage, ob ich jemals wirklich aus diesem Büro entkommen bin.

Stattdessen nicke ich und drücke seine Hand. »Wartest du auf mich?«

Zehn Minuten später entdecke ich Anna im Schatten unter einem der Bäume vor der Tate Modern, wo wir uns verabredet haben. Sie wirkt dünn und zerbrechlich, trägt ein zartes Sommerkleid und sitzt in einem Rollstuhl. Sie bemerkt nicht, wie ich herankomme, denn sie hat das Gesicht in einer Art schwärmerischer Pose himmelwärts gewendet, sodass Flecken von Sonnenlicht ihr Gesicht sprenkeln.

Auf dem Weg zu ihr denke ich an Luke und daran, was er von alldem halten würde. Ich muss daran denken, wie er für mich da war, als ich ihn brauchte. Jedes Mal. Außerdem muss ich daran denken, wie oft er Anna in den Tagen erwähnt hat, bevor ich ihn verloren habe, und ob ihm das wirklich bewusst war – wie er zu verbergen versuchte, dass er sich ganz offensichtlich zu einer seiner Patientinnen hingezogen fühlte. Denn ich vermute, dass er ihr seine Gefühle nicht gestehen wollte, wusste er doch, wie verletzlich sie war.

»Anna?«

Sie öffnet die Augen und lächelt mich an. Es ist ein wunderbares, lebendiges Lächeln. Und es gibt mir schließlich den Rest. Ihr Lächeln bringt meine Tränen zum Fließen, ich kann sie nicht mehr aufhalten.

»Sie sind gekommen«, sagt sie.

Ich nicke, denn ich bringe kein Wort heraus. Luke sollte mit ihr zusammen hier sitzen, nicht ich.

Der Wind wispert leise in den Bäumen über uns, und für eine Sekunde gestatte ich mir, mich der Fantasie hinzugeben, dass es sich dabei um die Stimme meines Bruders handelt. Er flüstert mir zu, dass alles in Ordnung ist, dass er Frieden gefunden hat und dass es genau das Richtige ist, mit Anna in Kontakt zu bleiben.

»Wie geht es Ihnen?«, frage ich sie.

»Besser. Ich werde jeden Tag kräftiger.«

Neben ihr gibt es eine Steinbank. Wer auch immer Anna hergebracht hat, wer auch immer sich für diesen Augenblick zurückgezogen hat – ihre Eltern, wie ich später herausfinde –, hatte offensichtlich im Sinn, dass ich mich neben sie setzen sollte.

Auf einmal fühle ich mich so leicht, dass mich die Festigkeit der Bank unter meinen Beinen stört.

»Wahrscheinlich finden Sie es albern, dass ich Sie hergebeten habe«, sagt sie zu mir. »Ich war ja nicht mit ihm zusammen oder so. Aber ... keine Ahnung ... das letzte Mal, dass ich ihn gesehen habe, hat er mir diesen lächerlichen rosa Ballon mitgebracht. Statt Blumen. Es war ihm irgendwie peinlich, aber ich habe auch gehofft, dass er, sobald ich ein Spenderorgan habe, mit mir ausgeht. Ich wusste ja nicht…«

»Er hätte Sie zum Essen eingeladen, Anna. Er hat Sie wirklich gemocht. Also nein, ich finde es gar nicht albern. Und er wäre so froh darüber, wenn er wüsste, dass Sie Ihr Herz bekommen haben. Irgendwie würde ich mir fast wünschen, es wäre seins. Ich glaube, wenn ich wüsste, wer es bekommen hat, wäre für mich alles erträglicher. Wenn ich manchmal mit dieser Person sprechen könnte.«

Sie drückt meine Hand.

»Man hat mir gesagt, dass ich irgendwann einen Brief bekomme«, sage ich zu ihr. »Dann erfahre ich ein bisschen was über den Menschen, dem er geholfen hat.«

»Den er *gerettet* hat«, flüstert sie.

Und ich nicke. Denn ich verstehe sie. In diesen letzten Sekunden, bevor mein Bruder erschossen wurde, hat er auch mich gerettet. Und ich weiß, es liegt nun in meiner Verantwortung, dass das alles eine Bedeutung hat.

Nachbemerkung des Autors

Dieses Buch ist vor und während des Lockdowns entstanden, also zu einer Zeit, als unklar war, wie sehr oder wie dramatisch die Covid-19-Pandemie unser aller Leben verändern würde. Wer genau liest, entdeckt also vielleicht einige Abweichungen zwischen Reisebeschränkungen, Distanzregeln und anderen Dingen, die tatsächlich in der erzählten Zeitspanne in Kraft waren, und den Ereignissen, die ich in diesem Roman beschrieben habe. Ich hoffe, dass das den Lesegenuss nicht stört. Ich hoffe außerdem – wo immer Sie auch sind, wenn Sie diese Bemerkung lesen –, dass sich die Lage inzwischen gebessert hat und das Leben – wenigstens einigermaßen – wieder auf dem Weg zurück zur Normalität ist.

Danksagung

Ein riesiges Dankeschön geht an Vicki Mellor, meine Lektorin, die dieses Buch in vielerlei Hinsicht besser gemacht hat. Danke auch an Gillian Green für ihre wertvollen Ratschläge und an Samantha Fletcher, Claire Gatzen, Matthew Cole und die brillanten Teams in Vertrieb, Marketing und Presse bei Pan Macmillan.

Camilla Bolton, meine Agentin, hat mir alle Weisheit, Begeisterung und Unterstützung zukommen lassen, die sich ein Autor nur erträumen kann. Dabei wurde sie von allen unterstützt, denen ich bei Darley Anderson ein großes Dankeschön schulde, nämlich Mary Darby, Kristina Egan, Georgia Fuller, Sheila David und Jade Kavanagh sowie Sylvie Rabineau bei WME.

Ich bedanke mich für die Beantwortung einiger Fragen bei Lucy Hanington und Dominic Jones sowie bei Clare Donoghue und Tim Weaver für ihr Lachen und ihre Unterstützung.

Mum, Allie, Jessica und Jack – ihr habt mich beim Schreiben (und auch sonst) sehr freundlich ertragen.

Und an meine Frau Jo – ein Dankeschön für alles, noch einmal und immer wieder.

LESEPROBE

aus »Er will nicht gehen«
von C. M. Ewan

Sie haben eine neue Sprachnachricht.
Heute, 15:36

Lucy, Bethany hier. Ich bin leider spät dran, stecke noch in einer Besichtigung fest. Verrückter Tag. Also … ich weiß, Sie sind nicht scharf darauf, die Interessenten selbst durch Ihr Haus zu führen, aber würde es Ihnen etwas ausmachen, schon mal mit der Tour zu starten, bis ich da bin? Der potenzielle Käufer heißt Donovan. Ich bin der Ansicht, Ihr Haus ist die perfekte Immobilie für ihn. Wenn Sie ernsthaft verkaufen wollen … wäre er der Richtige … Rufen Sie mich bitte einfach zurück, falls Sie ein Problem damit haben, dann versuche ich, einen neuen Termin mit ihm zu finden. Aber falls ich nichts mehr von Ihnen höre, bin ich so schnell wie möglich da. In Ordnung? Gut. Viel Erfolg!

1

Die Paranoia pirscht sich an mich heran, sobald Sam das Haus verlässt und ich den Staubsauger anschalte. Es dauert nicht lange, und mich überkommt der panische Gedanke, ich wäre nicht allein.

Ein Prickeln rieselt über meine Wirbelsäule. Unwillkürlich versteife ich mich.

Dann drehe ich mich um.

Ich drehe mich *jedes Mal* um.

Dabei weiß ich ganz genau, dass hinter mir niemand ist oder vielmehr sein *kann*, weil ich Sam nämlich mit eigenen Augen habe gehen sehen und genau gehört habe, wie er die Haustür hinter sich zugezogen hat. Ich habe ihm zum Abschied sogar zugewinkt, als er noch einmal kurz stehen blieb und mir vom Gartentor aus zulächelte.

Nie ist da irgendwer.

Also mache ich mich wieder ans Staubsaugen und das Spiel beginnt von vorn. Da ist das ohrenbetäubende Brüllen des Staubsaugers. Das Kribbeln auf meinem Rücken. Die nagende Angst, dass, wenn ich mich nicht auf der Stelle umdrehe und nachsehe, dann …

Was ich da tue, hat absolut nichts mehr mit Vernunft zu tun. Das ist mir sonnenklar. Und natürlich habe ich auch mit Sam schon mehrfach darüber gesprochen. Nicht dass es ihn in irgendeiner Form überraschen würde. Wir haben uns unzählige Male über das unterhalten, was mir zugestoßen ist – viel zu oft, wie ich finde. Sam macht gern Witze darüber und meint, das ist bei ihm eben Berufsrisiko.

Ich stellte den Staubsauger aus, hielt den Atem an und streckte den Rücken durch – und ja, ich drehte mich noch einmal um und sah nach. Als hinter mir keiner stand, atmete ich erleichtert auf und blickte hoch zum Oberlicht.

Ich war im hinteren Zimmer im Dachgeschoss, mein absoluter Lieblingsplatz im ganzen Haus. Der Raum war selbst an bedeckten und windigen Tagen wie heute lichtdurchflutet und verströmte eine Aura tiefer Ruhe und Klarheit, woran es mir selbst leider viel zu oft mangelte.

Dieser Raum war für mich ein sicherer Ort.

Ich schüttelte meine Nervosität ab und verstaute den Staubsauger an seinem Platz im Einbauschrank unter der Dachschräge. Dann fischte ich mein Handy aus den Jeans und überprüfte die Uhrzeit.

Ich plante, während der Besichtigung in einem nahe gelegenen Café zu warten. Ich würde mir ein Buch mitnehmen, mir eine Tasse Earl Grey mit Zitrone bestellen und versuchen, mich zu entspannen. Sobald die Besichtigung vorüber wäre, könnte Bethany mich anrufen und mir mitteilen, wie es gelaufen war. Mit etwas Glück wäre heute vielleicht der Tag, an dem wir ein akzeptables Angebot bekamen.

Erst jetzt bemerkte ich die Sprachnachricht auf meiner Mailbox und sofort bohrte sich Furcht in meine Eingeweide.

Noch bevor ich die Nachricht abhörte, überkam mich eine dunkle Vorahnung. Bethanys Worte gaben mir den Rest.

Ich legte auf. Meine Kehle wurde eng, und meine Hände begannen, unkontrolliert zu zittern.

Immer mit der Ruhe, Lucy.

Noch eine Viertelstunde bis zur Besichtigung.

Absagen kam jetzt nicht mehr infrage.

Klar konnte ich die Sache jederzeit abblasen, aber das wäre unhöflich. Außerdem konnten wir es uns nicht leisten, einen potenziellen Käufer zu vergraulen.

Mein Mund war staubtrocken. Ich presste mir den Handballen gegen die Stirn und kämpfte krampfhaft gegen die sich anbahnende Panikattacke an.

Mittlerweile steckten wir bis zum Hals in Schulden. Zum einen waren da die Darlehen, die Sam wegen der Renovierungskosten aufgenommen hatte, und als diese aufgebraucht waren, kamen noch die Kreditkartenabrechnungen hinzu, die Monat für Monat höher wurden. Sam hatte schlaflose Nächte deswegen. Aber für uns beide bedeuteten der Verkauf dieses Hauses und unsere Entscheidung, London für immer den Rücken zu kehren, noch so viel mehr. Wir wollten komplett neu anfangen.

Bethany. Ich mochte diese Frau, obwohl sie in so gut wie jeder Hinsicht die typische Immobilienmaklerin war. Sie konnte extrem penetrant und unverschämt sein und das Lügen fiel ihr so leicht wie das Atmen. Aber zumindest bekannte sie sich ganz offen dazu, was ja in gewisser Weise auch eine Art von Ehrlichkeit war.

Nachts, wenn Sam sich im Bett herumwälzte, während ich in der Stille auf das leise Klicken des Schlosses an der Badezimmertür lauschte – auf das metallische Krächzen einer unbekannten Stimme –, da war mein rettender Strohhalm die Erinnerung an Bethany und wie sie das erste Mal in ihrem sündhaft teuren Mantel und mit der auffälligen Brille bei uns vor der Tür stand. Damals war sie ohne langes Vorgeplänkel ins Haus gerauscht und hatte angefangen, wie ein Wasserfall zu reden, von wegen Wertermittlung, wie geschmackvoll wir die Einrichtung ausgewählt und wie sehr wir die Nummer 18 Forrester Avenue dadurch aufgewertet hätten.

Ich vertraute ihr auf Anhieb – so sehr man einer Immobilienmaklerin eben vertrauen kann. In letzter Zeit hatte ich mich immer wieder bei dem Gedanken ertappt, dass ich hoffte, wir könnten auch nach dem Verkauf des Hauses in Kontakt bleiben. Aber gleichzeitig wurmte es mich, dass sie mich nicht früher über ihr Zuspätkommen in Kenntnis gesetzt hatte. Ich wurde den Verdacht nicht los, dass sie mich ganz bewusst hatte auflaufen lassen.

Und? Jetzt musst du eben das Beste aus der Situation machen.

Ich lief die Treppe hinunter, den Korridor im ersten Stock entlang und dann weiter ein Stockwerk tiefer ins Wohnzimmer. Mein Blick huschte fieberhaft umher, auf der Suche nach etwas, das ich übersehen haben könnte.

Im ganzen Haus brannte Licht. Aus dem Blumenladen um die Ecke hatte ich einen Strauß frischer Lilien mitgebracht. Sie standen in einer Keramikvase auf dem marmornen Wohnzimmertisch. Die honigfarbenen Dielenbretter glänzten. Erst heute Morgen hatte ich jede einzelne Lamelle der hellen Holzjalousien von Staub befreit. Sie waren eine Spezialanfertigung für das große Erkerfenster, das nach vorne rausging.

Okay. Alles in Ordnung.

Ich wirbelte herum und blickte zur offenen Küche, die eine Ebene tiefer lag und über ein paar Stufen vom Wohnbereich aus zu erreichen war. Ich hatte keinen Kaffee aufgebrüht. Bethany hatte mich vorgewarnt. Das entspreche zu sehr dem Klischee. Trotzdem hatte ich dafür gesorgt, dass alles blitzsauber und ordentlich aufgeräumt war.

Im Zuge der Renovierungsarbeiten am Haus hatten wir den Großteil der Wände im Erdgeschoss eingerissen, um einen großzügigen, offenen Wohnraum zu schaffen. Den Abschluss bildete eine Fensterfront mit einer doppelten Stahltür im Industriestil, durch die man in einen bescheidenen kleinen Garten gelangte. Wir hatten fast sämtliche Arbeiten im Alleingang durchgeführt, hatten den Vorschlaghammer geschwungen und Wände verputzt. Einzig die elegante Küche hatten wir von Profis einbauen lassen, ausgestattet mit qualitativ hochwertigen Schränken und High-End-Geräten. Die Arbeitsflächen aus Granit und die Kochinsel hatten allein so viel gekostet wie ein Mittelklassewagen.

Früher oder später macht sich das bezahlt, hatte Sam mir versichert und mit rot geränderten Augen von seinen Kalkulationstabellen zu mir aufgesehen, sein wild vom Kopf abstehendes Haar war mit einer feinen Staub- und Schmutzschicht überzogen. Zu dem Zeitpunkt war ich mir nicht sicher gewesen, wen von uns beiden er damit eigentlich überzeugen wollte. *Sie mag zwar teuer sein, ist aber genau das, was Leute, die ein solches Haus kaufen, haben wollen. Wenn sich unsere Investition lohnen soll, ist das die beste Entscheidung.*

Mir schwirrte der Kopf. Ich überlegte, was Sam wohl dazu sagen würde, wenn er wüsste, dass ich ernsthaft in Erwägung zog, einen Wildfremden durch unser Haus zu führen. Wahrscheinlich wäre er im ersten Moment sprachlos. Und nach einigem Überlegen würde er mich liebevoll in seine Arme ziehen, mir über den Rücken streichen und mir erklären, dass es vielleicht an der Zeit war, mich meinen Ängsten zu stellen.

Doch leider hatte ich nicht die Möglichkeit, ihn zu fragen. Sam steckte mitten in einer Vorlesung und müsste gleich im Anschluss zu seiner Selbsthilfegruppe. Bestimmt hatte er sein Telefon gar nicht an.

Außerdem hatte Bethany mir in ihrer Nachricht versichert, sie sei unterwegs. Ich wäre also ohnehin nicht lange mit dem Interessenten allein.

Nervös kaute ich auf der Innenseite meiner Wange herum

und warf einen Blick zu dem grünen Samtsofa, auf dem ich Mantel und Schal bereitgelegt hatte. Ich nahm die Kleidungsstücke von der Lehne, trug sie nach oben und hängte sie zurück in den begehbaren Kleiderschrank im umgebauten ehemaligen Gästezimmer, das direkt an unser Schlafzimmer grenzte.

Ich ging zum Bett und zog die Tagesdecke glatt, die ich für Besichtigungen bewusst auf einer Seite zurückschlug. Am Kopfende waren diverse Daunenkissen und kleinere Dekokissen gegen das überdimensionale Brett gelehnt, das ich in einer mehrtägigen Aktion eigenhändig gepolstert und mit Stoff bezogen hatte. Dieses Kopfbrett war an der Wand befestigt, die den Schlafraum vom angrenzenden Badezimmer trennte. Das Arrangement erinnerte an eine schicke Suite in einem Boutique Hotel. Mein Ziel war es gewesen, ein Ambiente für erholsamen Schlaf zu schaffen, etwas, das bei uns leider nicht immer funktioniert hatte.

Bitte, mach, dass er unser Käufer ist.

Mein Blick fiel auf den Ganzkörperspiegel gleich neben der Tür. Eine blasse, sichtlich mitgenommene Frau Anfang dreißig mit Sorgenfalten rund um Augen und Mund starrte mir entgegen. Mein Haar war locker zurückgebunden, ich trug einen weiten Aran-Pullover und bequeme Jeans. Vielleicht sollte ich mich schicker anziehen?

Doch bevor ich dem Impuls nachgeben konnte, klingelte es an der Tür.

2

Er war zu früh.

Zwar nicht allzu viel, aber es reichte aus, um mich komplett aus der Bahn zu werfen. Die Türklingel-App auf meinem Handy vibrierte und brummte. Klar hätte ich die Benachrichtigungsfunktion einfach ausstellen können. Am einfachsten wäre es gewesen, nach unten zu gehen, die Haustür zu öffnen und ihn mit einem Lächeln zu begrüßen. Stattdessen stand ich unschlüssig da, zog das Handy aus der Gesäßtasche meiner Jeans und starrte auf das Abbild des Mannes, der vor unserer Haustür stand.

Meine Hände zitterten. Ich hatte einen kupfrigen Geschmack im Mund.

Er hielt den Kopf gesenkt, deshalb konnte ich sein Gesicht nicht richtig erkennen. Eigentlich sah ich hauptsächlich seinen Scheitel. Er hatte lockige graue Haare, der Kragen seines dunkelblauen Wollmantels war aufgestellt. Seine Hände steckten in braunen Lederhandschuhen. Er hatte sie vor seinem Körper locker ineinander verschränkt. Seine Schultern waren breit, er wirkte insgesamt athletisch.

Wenn ich nur sein Gesicht sehen könnte.

Mein Blick ging zu den Jalousien. Die Lamellen waren schräg gestellt. Spontan traf ich eine Entscheidung. Ich drückte auf die Antworttaste auf meinem Handy.

»Ja, hallo?«

Ich ließ es möglichst beiläufig klingen, als erwartete ich eine

Paketlieferung. Der Mann blickte zur Kamera auf, ein offenes, ungezwungenes Lächeln auf den Lippen. Ich hatte ihn noch nie gesehen, aber das half mir auch nicht weiter.

Er wirkte wie ein Womanizer, hatte markante Augenbrauen und auffallend blaue Augen. Seine Kinnpartie war von einem dunklen Bartschatten überzogen. Er wirkte leicht abgespannt. Unter dem eleganten Wollmantel trug er einen beigen Rollkragenpullover.

»Mein Name ist Donovan.« Die dünne Haut um seine Augenwinkel herum kräuselte sich, als er sich ein kleines Stück zur Seite neigte und auf das Schild vor unserem Haus deutete. »Zu verkaufen« stand darauf. Es war an der Seite zum Nachbargrundstück hin an der Ziegelmauer befestigt. Der restliche Garten wurde von einer Hecke abgeschirmt, die wir eigenhändig gebändigt und in Form gebracht und der Privatsphäre wegen behalten hatten. »Ich bin wegen der Hausbesichtigung hier.«

»Eine Sekunde.«

Ich machte ein Foto von ihm und schrieb Bethany.

Nur zur Kontrolle: Ist das der Mann, der den Besichtigungstermin mit Ihnen vereinbart hat? Ein Mr. Donovan?

Mir war bewusst, dass Bethany meine übertriebene Vorsicht seltsam finden könnte, vielleicht sogar neurotisch, aber das war mir in diesem Moment egal. Wenn ich ihren Interessenten schon persönlich durchs Haus führen sollte, brauchte ich ihre Bestätigung als Rückversicherung.

Die üblichen drei tanzenden Punkte erschienen im Feed, und während ich gebannt auf Bethanys Antwort wartete, machte sich ein banges Ziehen in meiner Brust bemerkbar. Noch einmal öffnete ich den Tür-Feed in der App.

Der Mann war ein Stück zurückgetreten und neigte sich gerade etwas zur Seite zum Erkerfenster, um das Mauerwerk in

Augenschein zu nehmen. Dann wanderte sein Blick weiter zum Dach.

Hinter ihm überblickte ich die Forrester Avenue. Die Häuserzeile aus abwechselnd farbig gestrichenen und unverputzten roten Backsteinbauten im viktorianischen Stil gegenüber. Die knorrigen alten Platanen zu beiden Seiten der Straße. Autos und gewerbliche Fahrzeuge, die Stoßstange an Stoßstange geparkt standen, bedeckt mit einer Schicht heruntergewehten Herbstlaubs. Es waren überwiegend BMWs und Range Rover. Ein paar Porsches waren ebenfalls darunter.

Aktuell herrschte kein Durchgangsverkehr, aber auf dem Gehsteig fuhr ein kleines Mädchen in der rot-grauen Uniform der örtlichen Grundschule auf einem Roller vorüber, gefolgt von einer Frau im Regenmantel. Sie starrte im Laufen auf ihr Handy. Die Schultasche des Kindes baumelte an ihrer Hüfte.

Bethanys Antwort erschien auf dem Display.

Jep! Donovan ist sein Vorname. Verraten Sie ihm ruhig, dass ich Single bin … viel Spaß!

Erleichtert stieß ich die Luft aus und tippte eine rasche Antwort.

Okay, danke. Wie lange brauchen Sie hierher?

Aber diesmal kam keine Antwort.

Ich ließ mein Handy zurück in die Tasche gleiten, schloss die Augen und redete mir gut zu, dass ich das hier schaffen konnte, dass alles gut laufen würde. Dann ballte ich die Hände entschlossen zu Fäusten und ging zur Treppe.

Ich war schon fast unten im Erdgeschoss, als ich von draußen einen gellenden Schrei hörte.

3

Ich riss die Tür auf und stellte fest, dass der Mann verschwunden war. Hastig schlüpfte ich in meine Schuhe und wagte mich auf den Gehsteig jenseits unserer Hecke. Er kniete mit dem Rücken zu mir vor unserem Grundstück. Langsam näherte ich mich ihm. Da sah ich das Mädchen auf dem Boden liegen.

Das Kind war gestürzt und schrie vor Schmerzen. Der Roller lag mit sich drehenden Rädern nicht weit von ihr auf dem Pflaster.

»Hey«, sagte Donovan sanft. Seine Stimme klang tief und rau. »Hey, alles wird gut.«

Behutsam nahm er ihre Hände in seine behandschuhten. Sie hatte sich die Innenfläche der einen Hand aufgeschürft, in der blutigen Wunde steckten kleine Steinchen. Ihre graue Strumpfhose war an einem Knie aufgerissen und sie hatte bei dem Sturz einen Schuh verloren. Ihre Wangen waren tränenüberströmt, die Augen vor Schreck weit aufgerissen und sie zitterte am ganzen Leib.

»Wo hast du denn solche Stunts gelernt? Ich muss schon sagen, das war wirklich beeindruckend.«

Blinzelnd und mit bebenden Lippen sah sie zu ihm auf. Sie schluchzte. Ihr Atem bildete in der kalten, feuchten Luft kleine Nebelschwaden.

»Ach, mein Liebling«, gurrte die Frau, die jetzt neben dem Kind in die Hocke ging. Ich nahm an, dass es sich um die Mutter handelte. »Ich sagte doch, du musst besser aufpassen.«

»Ich glaube nicht, dass was gebrochen ist«, sagte Donovan. »Scheint nur eine Schürfwunde zu sein.«

Ob er Arzt war? Bei näherer Betrachtung wirkten seine Augen müde und verquollen. Vielleicht hatte er gerade seine Schicht im Charing Cross Hospital oder im Queen Mary's beendet. Möglicherweise wollte er aus beruflichen Gründen in dieser Gegend eine Immobilie kaufen.

Offenbar spürte er meine Gegenwart, denn jetzt drehte er sich um und sah lächelnd zu mir auf. Ich merkte, wie ich rot wurde.

»Ich bin Lucy, aus der Nummer 18.« Verlegen deutete ich hinter mich auf die geöffnete Haustür.

»Ah, hallo, Lucy.« Dann sah er wieder zu dem Mädchen und ein besorgter Ausdruck huschte über sein Gesicht. »Ich nehme an, Sie haben nicht zufällig ein sauberes Taschentuch oder Ähnliches bei sich?«

»Leider nein, aber ich laufe schnell rein und hole Verbandszeug.«

Ich eilte ins Haus, zog das Erste-Hilfe-Set unter der Spüle hervor und kramte sterile Wundauflagen und Heftpflaster heraus. Als ich wieder nach draußen kam, steckte Donovan dem Mädchen gerade den Schuh zurück an den Fuß. Die Frau dankte ihm wortreich und legte ihm die Hand auf den Unterarm. Dabei sah sie ihm eindringlich in die Augen.

»Hier, bitte.« Ich hielt ihr die Auflagen und das Pflaster hin, und sie griff danach, sichtlich verstimmt über die Unterbrechung.

Die Frau hatte langes blondes Haar, war schlank und trug ein eng anliegendes Etuikleid über kniehohen Stiefeln. Frauen wie sie, in teurer Kleidung und mit viel Make-up, sah ich häufig in sündhaft teuren SUVs vor dem Tor der nahen Grundschule anhalten, um ihre Kinder abzusetzen.

Nicht zum ersten Mal kam mir der Gedanke, dass ich in diesem Wohnviertel völlig fehl am Platz war. Ich hatte mit diesen reichen Schnöseln hier in Putney einfach nichts am Hut.

Sam hatte das Haus von seinen Großeltern mütterlicherseits geerbt. Ansonsten hätten wir es uns niemals leisten können, in einer so schicken Gegend zu wohnen. Wir hatten tief in die Tasche gegriffen und unser Budget stark überzogen, um das Haus für den Verkauf zu modernisieren.

Während die Frau eine der Wundauflagen aufriss und dem Mädchen damit das Knie säuberte, verschränkte ich die Arme vor der Brust und sah mich zu unserem Grundstück um. Das Haus war dreistöckig. In einer der Dachgauben befand sich eine doppelte Glastür, durch die man auf einen kleinen Balkon gelangte. Die Fassade war zitronengelb, die Fensterrahmen erstrahlten in frischem Weiß. Die Haustür war knallrot lackiert.

»Vielen Dank noch mal für Ihre Hilfe«, wandte die Frau sich mit samtig-rauchiger Stimme wieder an Donovan. »Sie waren überaus freundlich.«

»Ich bitte Sie, das ist doch selbstverständlich.«

Donovan half dem Mädchen hoch und richtete den Roller auf. Und während die Kleine mit schmerzverzerrter Miene humpelnd darauf zuging, trat er beiseite und hob die Hand an den Hinterkopf, mit einem Mal sichtlich verlegen.

»Tja, dann passen Sie mal gut auf sich auf.«

»Oh, das werden wir«, sagte die Frau lachend. »Es war wirklich nett, Sie kennenzulernen.«

Wir sahen den beiden hinterher. Die Frau drehte sich noch einmal um und winkte ihm, mich würdigte sie keines Blickes.

»Tut mir leid«, sagte er.

»Nein, nicht doch, Sie haben das Richtige getan.«

Jetzt sah er mir fest in die Augen, als wäre ihm meine Meinung tatsächlich wichtig, und für einen kurzen Moment erlag auch ich seinem Charme. Er war wirklich gut aussehend.

»Sie sind die Eigentümerin dieses Hauses?«, fragte er.

»Es gehört meinem Freund.«

»Verstehe.« Wieder schenkte er mir ein Lächeln. »Und Bethany, ist sie schon drinnen?«

Ich runzelte die Stirn. »Hat sie Ihnen denn nicht Bescheid gegeben?«

»Weswegen denn? Oh, ach herrje!« Seine Augenbrauen schossen panisch nach oben, und er klopfte seine Manteltaschen ab, als suchte er sein Telefon. »Hat sie den Termin abgesagt? Hat man Ihnen bereits ein Angebot gemacht, das Sie angenommen haben?«

»Nein, nichts dergleichen«, versicherte ich ihm und erklärte, Bethany sei nur spät dran und habe mich gebeten, die Hausführung schon mal ohne sie zu beginnen.

Irgendetwas an der Art, wie ich das sagte, musste ihn alarmiert haben, obwohl ich mein Unbehagen krampfhaft zu verbergen versuchte, denn jetzt stutzte er und legte den Kopf leicht schief.

»Ist das für Sie in Ordnung?«

»Ich …«

»Denn falls nicht, kann ich warten. Mir macht das nichts aus. In circa einer halben Stunde muss ich aber weg. Hat Bethany gesagt, wie lange sie braucht?«

Das hatte sie nicht. Dass sie nicht geantwortet hatte, bedeutete hoffentlich, dass sie bald hier wäre, obwohl um diese Zeit üblicherweise auf den Straßen viel los war. Es war bereits später Nachmittag, das schwache Oktoberlicht begann, allmählich zu schwinden.

Instinktiv ging ich auf die Zehenspitzen, als könnte ich so vielleicht ihren Mini mit dem Firmenlogo erspähen, der in unsere Richtung gebraust kam. Im selben Moment spürte ich ein seltsames Stechen in der Brust.

In unserer Straße hingen noch zwei weitere Schilder mit der Aufschrift »Zu verkaufen«. Sam und ich hatten uns beide Immobilien im Internet angesehen, kaum dass sie auf den Markt gekommen waren. Das eine Haus hatte einen ultraschicken Glasanbau. Das andere verfügte über ein extra Badezimmer und lockte noch dazu mit einem relativ moderaten Verkaufspreis. Eine Reihe weiterer Häuser verbarg sich hinter Gerüsten und Sperrholzwänden, ganze Trupps von Bauarbeitern und Handwerkern waren dahinter am Schuften. Es war nicht schwer, zu erraten, dass einige von diesen Objekten früher oder später ebenfalls zum Verkauf stünden.

Ich spürte, wie Donovan meinem Blick folgte, vielleicht las er meine Gedanken. Und auf einmal wusste ich, was ich zu tun hatte.

»Nein, nicht nötig«, sagte ich zu ihm. »Bitte, treten Sie ein.«

Wenn Sie wissen möchten, wie es weitergeht,
lesen Sie C. M. Ewan
Er will nicht gehen

ISBN 978-3-7645-0881-4 /
ISBN 978-3-641-31932-8 (E-Book)
Blanvalet